MID
ES BEGANN
NIGHT
IN NEW YORK
SONG

NICA STEVENS

MIDNIGHT SONG

ES BEGANN IN NEW YORK

CARLSEN

Außerdem von Nica Stevens im Carlsen Verlag lieferbar:
Hüter der fünf Leben
Morgen wirst du bleiben

Originalausgabe
Veröffentlicht im Carlsen Verlag
März 2020

Lektorat: Rebecca Wiltsch
Umschlagbild: shutterstock.com © LightField Studios/ErickN/TZIDO SUN
Umschlaggestaltung: formlabor
Herstellung: Karen Kollmetz
Satz: Dörlemann Satz, Lemförde
ISBN 978-3-551-31852-7

BitterSweet
Stille Deine Sehnsucht

Die bedeutendsten Momente unseres Lebens sind die,
in denen wir lieben.

Für all jene,
die sich nach der großen Liebe sehnen,
sie bereits gefunden haben
oder zumindest an sie glauben.

1

Mein erster Eindruck von New York war überwältigend und zugleich beängstigend gewesen. Die Stadt war bunt, chaotisch, vielfältig, wie ein eigener Planet. Für mich – ein Mädchen vom Land – war sie aber vor allem übergroß, laut und prallvoll.

Inzwischen war es Anfang August und es waren fast vier Wochen seit meiner Ankunft vergangen. Trotzdem hatte ich mich noch nicht an die Menschenmassen gewöhnt und würde es wahrscheinlich nie tun. Meine Schwester wohnte mit ihrem Freund in Greenwich Village, einem Stadtteil Manhattans, mit vielen Bars, Restaurants, Boutiquen und Theatern. Ich bewunderte Emily, wie sie sich inmitten der verspielten Geschäfte mit ihrem eigenen Café namens Eagle Rock integriert hatte. Es lag nur vier Häuserblocks von ihrer Wohnung entfernt. Trotzdem war ich spät dran, als ich mich auf den Weg dorthin machte: Ich hatte am Laptop gearbeitet und darüber die Zeit vergessen.

Ich drängte mich an Passanten vorbei und schaute auf die Uhr. Meine langen braunen Haare hatten sich in den Trägern des Rucksacks verfangen und zogen an meiner Kopfhaut. Ich bemühte mich, das schmerzhafte Gefühl zu ignorieren, und legte noch einen Schritt zu. Emily verließ sich darauf, dass ich das Café pünktlich öffnete.

Als würde sie spüren, dass ich an sie dachte, klingelte mein Handy. Ich zog es aus der Jeanstasche und hielt es ans Ohr.

»Bist du deine Zahnschmerzen los?«, fragte ich und versuchte mir nicht anmerken zu lassen, dass ich außer Puste war.

»Schön wär's. Ich soll mich auf eine lange Wartezeit einstellen. Im Patientenzimmer ist kein Stuhl mehr frei.«

»Mach dir keinen Stress. Ich werde dich gut vertreten. Du brauchst heute nicht mehr ins Café zu kommen.« Ich blieb an der Straßenkreuzung stehen und starrte ungeduldig auf die Fußgängerampel, als könnte ich sie allein durch meinen Blick zum Umschalten bringen. Ein Auto hupte in unmittelbarer Nähe und ließ mich zusammenschrecken.

»Wo steckst du?«, stieß Emily aus. Sie konnte den Straßenlärm unmöglich überhören. »Lynn Collins, bitte sag mir, dass du im Eagle Rock bist, der Kaffeeautomat warm läuft und du die Donuts schon mal in die Glasvitrine räumst.«

»Beruhige dich. Ich hab noch zwanzig Minuten. Das schaffe ich locker.«

Emily schnaubte.

»Ich melde mich später.« Bevor sie mir eine Standpauke hielt, legte ich auf, schob das Handy in meine Hosentasche und fuhr mit einem Arm aus dem Träger des Rucksacks, um nach dem Schlüssel zu suchen.

Meine Schwester war vierundzwanzig und damit sechs Jahre älter als ich. Da sie ziemlich klein war, sah man uns den Altersunterschied nicht an. Unsere Ähnlichkeit ließ sich hingegen nicht leugnen, was beim Blick in unsere grünen Augen besonders deutlich wurde. Im Gegensatz zu mir hatte sie allerdings naturrotes schulterlanges Haar, das sie oft zu einem wirren Dutt trug.

Das Dröhnen des Straßenverkehrs erschien mir heute lauter denn je. Ein ständiges Hupen war zu hören, außerdem lautes Stimmengewirr, das schon fast nach Geschrei klang.

Ich bog um die Ecke und hielt abrupt inne. Eine Vielzahl

Mädchen rannte mitten auf der Straße einem schwarzen Van mit verdunkelten Scheiben hinterher, der an der roten Ampel vor Emilys Café notgedrungen zum Stehen kam. Die zwei Polizisten, die auf Motorrädern den Wagen eskortierten, konnten nicht verhindern, dass die Kreuzung innerhalb von Sekunden voller Menschen war.

Was passierte hier? Immer mehr Leute strömten herbei und der Lärm schwoll weiter an.

Ich hastete zur Tür. Meine Finger zitterten, mir fiel der Schlüsselbund aus der Hand. Ich hob ihn auf, schaffte es beim zweiten Anlauf, die Tür aufzuschließen, und brachte mich im Eagle Rock in Sicherheit. Hinter mir schloss ich wieder ab und prüfte, ob richtig verriegelt war.

Mein Herzschlag pulsierte spürbar in der Ader an meinem Hals. Durch die Glasscheibe beobachtete ich eine Weile den unerklärlichen Tumult und hoffte, dass er sich schnell auflöste. Vielleicht brachten sie in den Nachrichten etwas darüber? Ich ging hinter den weißen Tresen und schaltete das Radio ein. Dann streifte ich den Rucksack von meiner Schulter, wischte die feuchten Hände an der Hose ab und erweckte den Kaffeeautomaten zum Leben. Während ich die schwarzen Stühle von den vier Tischen räumte, spähte ich immerzu nach draußen. In ein paar Minuten sollte das Eagle Rock öffnen, doch mir stand momentan nicht der Sinn danach.

Ich wollte gerade in den Lagerraum gehen, um den Karton mit den Donuts aus dem Kühlschrank zu holen, da klopfte ein groß gewachsener Mann gegen die Fensterscheibe. Er deutete auf die Tür, die ich unmissverständlich für ihn öffnen sollte.

In meinem Magen machte sich ein mulmiges Gefühl breit. Der Typ war komplett in Schwarz gekleidet und sah aus, als würde er das Fitnessstudio nur zum Schlafen verlassen. Seine Glatze glänzte vom Schweiß. Ich zögerte und warf einen Blick auf meine Armbanduhr. Gleich musste ich sowieso aufschließen.

Sein Klopfen wurde energischer. Draußen herrschte nach wie vor Chaos, dennoch drehte ich den Schlüssel herum und öffnete einen Spaltbreit die Tür.

»Guten Tag, Miss. Wir haben hier einen Notfall und benötigen Ihre Hilfe.« Er deutete auf die im Fenster hängende Tafel mit den Öffnungszeiten. »Wir bitten Sie, das Café heute geschlossen zu halten, um den Jungs einen Rückzugsort zu ermöglichen. Wir werden selbstverständlich für die Unannehmlichkeiten aufkommen und Ihnen einen großzügigen Scheck ausstellen.«

Ich stellte mich auf die Zehenspitzen und schaute über seine Schulter hinweg auf die überfüllte Straße. Von welchen Jungs sprach er?

»Einen Moment, das muss ich kurz mit der Inhaberin klären.« Ich nahm mein Handy zur Hand.

»Bitte, Miss. Die Lage spitzt sich zu. Die Kreuzung ist komplett dicht. Wenn wir die Band nicht schnellstmöglich von der Straße bekommen, könnte es noch Verletzte geben.«

Es klingelte, doch Emily nahm meinen Anruf nicht entgegen. Ich fluchte innerlich. Vermutlich lag sie gerade auf dem Zahnarztstuhl. Warum musste das ausgerechnet heute passieren, wo ich hier allein war?

Der Mann drehte sich um und lief auf das Getümmel zu. »Halten Sie sich an der Tür bereit und schließen Sie nach uns unverzüglich ab«, rief er, obwohl ich ihm keine Zusage gegeben hatte.

»Warten Sie«, setzte ich an, doch er drängte sich schon durch die Massen in Richtung des Vans und konnte mich bei dem anhaltenden Geschrei unmöglich hören.

Ich biss mir auf die Lippe und versuchte erneut, Emily zu

erreichen. Im nächsten Moment sah ich, wie mehrere schwarz gekleidete Männer sich eine Schneise durch die hysterische Menschenmenge bahnten. Da erkannte ich, wen die Bodyguards verzweifelt abzuschirmen versuchten: Es handelte sich um niemand Geringeren als die Band *Reanimation*. Mein Puls ging schlagartig weiter in die Höhe. Das Gedränge nahm beängstigende Ausmaße an. Trotz der Bemühungen der Sicherheitsleute streckten die Fans die Hände nach den Jungs aus, berührten sie und zerrten an ihrer Kleidung. Paparazzi hatten sich ebenfalls in die Menge gemischt und machten eifrig Fotos.

Als die Gruppe das Café erreichte, wurde die Tür aufgestoßen und ich stolperte einen Schritt zurück. Dann stemmten sich drei Männer von innen dagegen, um sie vor den nachdrängenden Fans zu verschließen.

»Gibt es hier einen Hinterausgang?«, erkundigte sich jemand.

Ich konnte nur mechanisch den Kopf schütteln, während ich allmählich realisierte, wer im Café meiner Schwester gestrandet war. Ryle, Dan, Simon, David und Tom – fünf Namen, die derzeit jeder aufgrund des kometenhaften Aufstiegs der Band kannte. Die Jungs standen wenige Schritte von mir entfernt und drehten mir den Rücken zu. Na ja, im Grunde nicht mir, sondern dem Schaufenster, dessen Scheibe durch die dagegentrommelnden Hände vibrierte. Der Lärm war ohrenbetäubend.

»Wie sieht es mit einem Hinterzimmer aus, in das sich die Jungs zurückziehen können?«

Ich löste mich aus meiner Starre und führte sie in den angrenzenden Lagerraum, wo sich Emilys selbst gemachtes Gebäck und handverlesene Teesorten in den Regalen stapelten.

»Tut mir leid, mehr kann ich nicht bieten«, sagte ich zu dem Bodyguard, der mich um Hilfe gebeten hatte. Er bekam es nicht mit, weil er mit vier Kollegen und einem Mann im Anzug eifrig diskutierte.

»Das reicht vollkommen«, antwortete Ryle an seiner statt. »Wir sind einfach nur froh, hier Unterschlupf gefunden zu haben. Danke.«

Seine Stimme klang tief und zugleich sanft. Sie hallte tief in meinem Inneren wider und ich bekam eine Gänsehaut. Kein Wunder, dass er damit Geld verdiente.

Ich traute mich kaum, ihn anzusehen, und wagte nur kurz einen Seitenblick. Mir fielen die zerzausten braunen Haare und seine blauen Augen auf. Ich nickte, damit ich wenigstens irgendwie auf seine Worte reagierte. Dann zwang ich mich dazu, mich wieder von ihm abzuwenden. Nach allem, was da draußen gerade geschehen war, konnte er sicher gut darauf verzichten, hier von mir angestarrt zu werden.

Er gesellte sich zu den anderen Jungs, die mittlerweile auf dem Boden saßen und auf ihren Smartphones tippten. Die Beine lässig nach vorn gestreckt, lehnte er sich mit dem Rücken gegen die Wand und schloss die Augen.

Höflicherweise sollte ich ihnen wohl etwas anbieten. »Möchte jemand Kaffee, Donuts oder Cookies?«

»Nein, danke«, erwiderte der Mann im vornehmen Anzug, den ich auf Ende vierzig schätzte. Er strich über sein kurz rasiertes Haar. »Wir arbeiten daran, schnellstmöglich von hier verschwinden zu können.«

Um nicht sinnlos herumzustehen, ging ich zurück ins Café, nahm meinen Laptop aus dem Rucksack und setzte mich an einen der Tische. Vielleicht konnte ich mich ablenken, wenn ich weiter an der Bewerbungsmappe für die Uni arbeitete. Die gaffenden Fans schrien die Namen der Jungs und kreischten dermaßen laut, dass ich mich fragte, wie ihre Stimmbänder das aushielten. Seit ich den Raum betreten hatte, trommelten sie wieder gegen das Fenster. Ich machte mir ernsthaft Sorgen, dass die Scheibe nicht mehr lange standhielt.

Da ich mich unter den Blicken der Fans unwohl fühlte, ging ich wieder zu den anderen ins Hinterzimmer und ließ mich direkt bei der Tür im Schneidersitz auf dem Boden nieder. Den Laptop platzierte ich auf meinem Schoß und hielt den Blick starr auf den Bildschirm gerichtet.

Der Anzugträger ging neben mir in die Hocke. »Ich bin Mark Stinger – der Manager«, stellte er sich vor. »Über Twitter und Instagram spricht sich schnell herum, wo sich die Band gerade aufhält. Draußen wird es immer voller, weshalb der Straßenverkehr zusammengebrochen ist und wir trotz der zusätzlichen Einsatzkräfte nicht wegkommen. Wir haben einen Hubschrauber geordert, müssen aber noch auf dessen Landeerlaubnis warten.«

Ich nickte stumm. Als er sich erhob und wieder zu den anderen Männern trat, bemerkte ich, dass Ryle mich beobachtete. Obwohl ich ihn dabei ertappte, sah er nicht weg. Ich merkte, wie mir die Hitze ins Gesicht stieg. »Ist das immer so?«, platzte es aus mir heraus.

»Ähnlich«, erwiderte er. »Heute ist es eskaliert.«

»Ganz schön beängstigend«, sagte ich und starrte wieder auf den Bildschirm, ohne wirklich etwas zu sehen.

»Es ist nett von dir, dass du uns hilfst. Verrätst du mir deinen Namen?«

»Ich bin Lynn. Das ist das Café meiner Schwester. Ich helfe hier heute nur aus.«

Es war schwierig, eine bequeme Sitzposition zu finden, da ich vor Anspannung verkrampfte. Ich vermied es, von meinem Laptop aufzuschauen. Er sollte sich nicht dazu genötigt fühlen, sich mit mir unterhalten zu müssen.

»Und was machst du sonst?«, erkundigte er sich trotzdem.

Nun sah ich ihn an. Seine Mundwinkel umspielte ein kaum wahrnehmbares Lächeln, das dennoch seine Augen erreichte und seinem Blick einen unergründlichen Ausdruck verlieh. Die anderen Jungs lehnten mit den Köpfen an den Schultern des jeweils anderen und dösten. Es war vormittags. Sie mussten ganz schön fertig sein, wenn sie um diese Tageszeit und in dieser Position einschliefen.

»Ich will Kommunikationsdesign studieren und arbeite derzeit an meiner Bewerbungsmappe für die Uni«, antwortete ich nach einem kurzen Zögern.

»Darf ich mal schauen?« Ryle stand auf, kam zu mir und setzte sich neben mich.

Seine plötzliche Nähe machte mich nervös. Mir fiel auf, wie angenehm frisch er nach einer Mischung aus Lavendel und Minze roch.

Die aktuelle Single von *Reanimation* lief derzeit permanent im Radio. Erst gestern war ich mit Emily am Times Square unterwegs gewesen und hatte auf den großen LED-Werbetafeln ein Video der Band gesehen. Die fünf Jungs starteten am nächsten Tag ihren Tour-Auftakt im legendären Madison Square Garden. Man musste kein Fan sein und doch begegneten sie einem seit Monaten überall. Ob in Magazinen, im Fernsehen oder Internet – sie waren stets präsent. Und nun saß Ryle Cooper höchstpersönlich neben mir und zeigte Interesse an meiner Arbeit.

Er verengte die Augen, als wollte er sich jedes Detail genau einprägen. So dunkelblaue und klare Augen hatte ich niemals zuvor gesehen. Ich musste mich zusammenreißen, ihn nicht unverhohlen anzustarren. Deshalb konzentrierte ich mich wieder auf meine Grafik: eine Gitarre, auf deren Korpus ich eine Weltkarte im 3-D-Effekt gestaltete.

»Was ist das Thema?«, fragte er.

»Die Vielfalt der Sprachen«, erwiderte ich.

Jetzt war er es, der mich von der Seite musterte. Doch ich tat, als würde ich es nicht merken.

»Ich finde, Musik ist eine eigene Sprache, die man auf der ganzen Welt versteht«, erklärte ich in Bezug auf das Bild.

Da er mich immer noch ansah, gab ich mir einen Ruck und wandte mich ihm zu. Ihm war sicher bewusst, wie verdammt süß er in diesem Moment aussah.

Ryle beugte sich näher zu mir. »Eine Melodie verändert deinen Herzschlag. Ihr sanfter Klang streichelt deine Seele, ein schneller Rhythmus beschleunigt deine Atmung und kraftvolle Akkorde setzen Adrenalin frei. Egal wer du bist oder wo du lebst, ihre Wirkung ist bei allen gleich.«

»Ja, so sehe ich das auch.« Meine Stimme hörte sich kratzig an. Ich räusperte mich und widmete mich wieder dem Laptop, in der Hoffnung, dass er nicht bemerkte, wie sehr er mich durcheinanderbrachte.

Ich spürte, dass er lächelte. Er sah mir bei der Bearbeitung zu. Die Jungs schliefen, während die Männer unentwegt telefonierten und diskutierten.

»Wie bekommst du diesen 3-D-Effekt hin?«

»Das ist wie bei einem Nagelbrett, bei dem du jeden Stift in Tiefe und Höhe verschieben kannst. Genau das mache ich hier auch, nur eben mit den Pixeln des Fotos.«

»Wo hast du das gelernt?«

»Es hat sich irgendwie ergeben. Ich komme aus Virginia, genauer gesagt aus einer kleinen Gemeinde namens Eagle Rock. Es ist das krasse Gegenteil von New York. Dort passiert nichts, wirklich gar nichts, und wenn du nicht vor Langeweile sterben willst, musst du dir dringend eine Beschäftigung suchen.« Ich zuckte mit den Schultern. »Gemalt habe ich schon, seit ich denken kann. Später kam das Fotografieren dazu. Aber da in

Eagle Rock schnell die Motive ausgehen, habe ich im Internet nach lizenzfreien Bildern gesucht und diese umgestaltet. Ich konnte nicht genug davon bekommen und habe mir zum dreizehnten Geburtstag von meinen Eltern ein gutes Bildbearbeitungsprogramm gewünscht. Und so nahm alles seinen Lauf.«

»Eagle Rock? So heißt auch dieses Café.«

»Ich hätte nicht gedacht, dass dir das bei eurer turbulenten Ankunft aufgefallen ist. Meine Schwester hat es nach unserem Heimatort benannt.«

Er schmunzelte und deutete mit dem Kinn auf den Laptop. »Du hast dir das also selbst beigebracht?«

Ich nickte. »Man braucht nur die richtige Software, Geduld, Hartnäckigkeit und viel Zeit.«

»Und einen Sinn für Formen und Farben«, ergänzte er. »Ohne Kreativität und ein gutes Vorstellungsvermögen bekommt man so was nicht hin.«

»Im Grunde tun wir das Gleiche«, entgegnete ich. »Das, was ich mit Bildern darstelle, machst du mit der Musik.«

Er legte den Kopf schräg. »Kannst du mir noch andere Arbeiten von dir zeigen?«

Ich nahm das Smartphone zur Hand, öffnete meinen Instagram-Account, auf dem ich alle Bilder hochgeladen hatte, und reichte es ihm.

»Lynn Collins«, sagte er mit Blick auf meinen Nutzernamen. »Du bist echt talentiert.«

Das war unwirklich. Ryle Cooper betrachtete meine Bilder. Er saß neben mir in Emilys Café und morgen stand er wieder auf einer riesigen Bühne im Rampenlicht.

»Der Hubschrauber ist im Landeanflug«, ließ der Manager Ryle wissen, trat zu den anderen Jungs und weckte sie.

»Meine Schwester wird nicht glauben, dass ihr ausgerechnet heute im Eagle Rock gestrandet seid«, sagte ich mehr zu mir selbst.

»Dann sollten wir ihr ein Beweisfoto hinterlassen.« Ryle hielt mein Handy noch in der Hand. Er schaltete die Kamera ein, lehnte wie selbstverständlich seinen Kopf gegen meinen und machte ein Selfie. Mir war plötzlich viel zu heiß.

»Kommt mal her, Jungs. Wir machen mit Lynn ein Gruppenfoto.« Er stand auf.

Ihn mit seiner samtigen Stimme erneut meinen Namen aussprechen zu hören, brachte mich endgültig durcheinander. Ich stellte den Laptop neben mir auf den Boden, ergriff seine ausgestreckte Hand und ließ mich von ihm auf die Beine ziehen.

Die Jungs nahmen mich in ihre Mitte und strahlten. Ein Bodyguard machte das Foto. Sie waren alle Profis.

Der Hubschrauber landete und draußen wurde es noch lauter. Gleich verschwand Ryle wieder aus meinem Leben. Vermutlich vergaß er unsere Begegnung, sobald er durch die Tür war. Ich hingegen würde mich allein schon deswegen an ihn erinnern, weil er regelmäßig in den Medien auftauchte.

»Haben Sie eine Visitenkarte mit den Kontaktdaten Ihrer Schwester?«, fragte der Manager. »Wir lassen ihr zeitnah einen Scheck zukommen.«

Ich ging voraus. Sobald wir in die Sichtweite der Fans kamen, stieg der Lärmpegel weiter an. Das Geschrei schmerzte in den Ohren. Ich holte aus dem Schubfach des Tresens eine Karte und reichte sie ihm.

»Für heute sollten Sie besser wieder hinter uns abschließen. Die Journalisten und Fans können sehr aufdringlich sein. Sie wollen bestimmt mit Ihnen sprechen, sobald wir weg sind.«

Ich nickte und warf einen Blick zu Ryle, der mich unablässig ansah.

»Macht euch bereit«, rief der Bodyguard, der mich um Einlass gebeten hatte. Er telefonierte nebenbei.

Und dann ging alles ganz schnell. Sie schlossen die Tür auf und drängten die Jungs nach draußen. Der Helikopter war im Park gegenüber gelandet und wurde von Polizisten abgeschirmt. Ich riegelte hinter ihnen ab und beobachtete, wie die Jungs sich mühsam durch die Menschenmenge kämpften. Als der Hubschrauber Minuten später abhob und über den Häuserblocks verschwand, fiel es mir schwer, den Blick vom Himmel zu lösen und mich abzuwenden.

2

»Ich glaub es einfach nicht.« Emily wischte sich mit dem Handrücken über die Nase und hinterließ einen Mehlstreifen auf der Haut. »Da ist man einmal nicht da und dann passiert so was.« Sie schüttelte den Kopf und streute Salz in die Teigmasse.

»Nicht so viel«, rief ich und nahm ihr hastig die Packung aus der Hand.

Sie sah mich mit großen Augen an. »Scheiße, ich dachte, das wäre Zucker.«

Wir lachten. Doch sie wurde schnell wieder ernst und zog einen Schmollmund.

»Was machen eigentlich deine Zahnschmerzen?«

»Ich habe jetzt eine Füllung. Es ist alles gut.«

Luca kam zur Tür herein, streifte die Schuhe ab und warf seine Tasche auf die Couch. »Na, Mädels. Was gibt's zum Abendessen?« Er kam in die offene Küche und gab Emily einen Kuss. Dann begutachtete er mit hochgezogenen Augenbrauen den Esstisch, auf dem sich Schüsseln unterschiedlicher Größe stapelten. Verstreutes Mehl, Eierschalen und Haferflocken rundeten das Chaos ab. »Das ist nicht euer Ernst?«

Emily seufzte. »Lasst uns Pizza bestellen.« Sie zog eine Schublade auf und suchte nach dem Flyer.

»Wir können uns nicht ständig Essen liefern lassen. Das Budget für diesen Monat ist fast aufgebraucht.« Er nahm ihr den Flyer aus der Hand und legte ihn in die Schublade zurück.

»Ich hab jetzt keine Zeit zum Kochen. Bis morgen muss ich die Cookies fertig backen. Es ist nur noch eine Sorte im Café vorrätig.« Sie schob die Schublade abermals auf.

»Emily.« Er sah sie streng an.

»Du kommst nach Hause und meckerst«, beschwerte sie sich, schmiegte sich aber gleichzeitig an ihn.

»Ich meckere, weil ich Hunger habe.« Er legte einen Arm um sie und strich sich mit der freien Hand durch sein kinnlanges gewelltes Haar.

»Es ist meine Schuld«, gab ich zu. »Ich war fürs Einkaufen zuständig, und bin zu spät nach Hause gekommen.«

Emily verzog den Mund. »Nicht du, sondern die Band ist schuld. Du kannst nichts dafür, wenn das Café belagert wird und du nicht herauskommst.«

Luca runzelte die Stirn. »Wovon redet ihr?«

Emily hatte die kleine Meinungsverschiedenheit augenblicklich vergessen und begann sofort, ihm in allen Einzelheiten zu berichten, was ich ihr erzählt hatte. Währenddessen beschloss ich, uns ein paar Sandwiches zu machen. Ich schaffte mir an einer Ecke des Tisches Platz, suchte im Kühlschrank nach Zutaten und schmierte schließlich Thunfischsalat auf einige Toastscheiben.

Solange mich Emily und Luca bei sich wohnen ließen und ich kein Geld für ein WG-Zimmer aufbringen musste, hatte ich zumindest eine Chance, das Studium irgendwie zu stemmen. Doch ich durfte ihnen nicht komplett auf der Tasche liegen. Luca war in einer kleinen Anwaltskanzlei angestellt und Emily steuerte die Einnahmen aus dem Eagle Rock bei. Ihre Wohnung war nicht groß, aber völlig ausreichend. Sie hatten viel Wert auf eine gute Wohngegend gelegt, dafür verzichteten sie auf größere Urlaube und gingen nicht so oft aus.

Um die beiden zu entlasten und in New York bestehen zu

können, brauchte ich dringend einen Job. Morgen hatte ich ein Bewerbungsgespräch in einer Bar vor mir, und mir blieb nur zu hoffen, dass es gut verlief und ich eine Stelle als Kellnerin bekam. Ansonsten hatte ich echt ein Problem.

Das Letzte, was ich wollte, war, nach Eagle Rock zurückkehren zu müssen. Meine Schwester war vor sechs Jahren nach New York durchgebrannt und seitdem war ihr Verhältnis zu unseren Eltern abgekühlt. Dad war nicht begeistert gewesen, als ich ihm von meinen Plänen, zu Emily zu ziehen, erzählt hatte. Doch ich hatte mich trotz unzähliger Diskussionen nicht davon abbringen lassen. Kurz nach dem Schulabschluss, einen Tag nach meinem achtzehnten Geburtstag, hatte ich meinen Koffer gepackt. Und nun war ich gerade mal vier Wochen hier und kämpfte bereits um dieses neue Leben, bevor es überhaupt richtig angefangen hatte.

»Sie hat sich nicht mal ein Autogramm geben lassen«, sagte Emily in dem Moment, als ich ihr und Luca jeweils einen Teller mit einem Sandwich reichte.

Wir setzten uns auf die Couch.

»Hauptsache, die vergessen nicht, dir einen Scheck auszustellen«, sprach Luca mit vollem Mund.

»Ich habe heute geschlagene sechs Stunden im Lagerraum zugebracht, weil einige Fans es sich vorm Café gemütlich gemacht hatten. Irgendwann haben sie geglaubt, es wäre niemand mehr da, und sind abgezogen. Blöderweise waren noch zwei Reporter vor Ort und haben mich mit Fragen überhäuft, sobald ich nach draußen kam. Da bin ich einfach weitergelaufen und hab geschwiegen.« Ich biss in mein Sandwich. »Was ich damit sagen will …«, brachte ich kauend hervor. »Emily wird sich in den nächsten Tagen vor Kundschaft kaum retten können. Allein die Nachricht, dass die Band in ihrem Café war, wird die Leute anlocken.«

Sie gab ein Geräusch von sich, das ich nur als heiseres Quieken beschreiben konnte. »Ein Grund mehr, die Cookies zu backen«, rief sie und eilte ungeachtet ihres angebissenen Sandwiches zum Küchentisch.

»Ich esse schnell auf und helfe dir dann«, ließ ich sie wissen.

»Zeig Luca die Fotos«, forderte sie mich auf.

Ich entsperrte mein Handy, öffnete die Galerie und legte es neben ihm aufs Kissen. Er schob sich den letzten Bissen in den Mund, lehnte sich zurück und sah sich an, wie ich inmitten der fünf lächelnden Jungs scheu in die Kamera blickte.

Das Selfie mit Ryle, bei dem unsere Köpfe so vertraut aneinanderlehnten, hatte ich heute derart oft angesehen, dass es als ausgedrucktes Bild wahrscheinlich total abgegriffen wäre.

»Die machen gute Musik«, sagte Luca, gab mir das Handy zurück und schaltete den Fernseher ein.

Ich nickte, nahm seinen und Emilys Teller und brachte das Geschirr zur Spüle. »Willst du den Rest von deinem Sandwich noch essen?«, fragte ich.

Emily schüttelte den Kopf und verteilte den fertigen Teig auf dem Blech.

»In Greenwich Village kam es heute zu einem Großeinsatz der Polizei«, verkündete der Nachrichtensprecher in diesem Moment, woraufhin Luca lauter stellte. Emily eilte mit erhobenen, von Teig beschmierten Händen zu ihm, setzte sich neben ihn auf die Couch und starrte auf den Fernseher. Ich ging zu ihnen.

»Die Band *Reanimation* war heute Morgen in der Live-Übertragung eines ansässigen Radiosenders zu Gast«, berichtete der Moderator. »Nach ihrem Interview wurden sie vor dem Studio von vielen Fans erwartet und von diesen regelrecht verfolgt. Das Auto, in das die fünf Bandmitglieder einstiegen, kam nur wenige Straßen weit, ehe es an einer Ampelkreuzung von den Fans gestoppt wurde.«

»Da ist das Eagle Rock«, jubelte Emily, als die schreiende Menschenmenge vor ihrem Café eingeblendet wurde.

Der Moderator diskutierte mit einem Experten, was der Polizeieinsatz kostete und zu welchen Teilen die Band und die Stadt New York dafür aufkommen mussten. Glücklicherweise wurde bei dem Gedränge niemand verletzt. Als die fünf Jungs auf dem schwer erkämpften Weg durch die Massen gezeigt wurden, blieb mein Blick auf Ryle haften, bis er im Helikopter verschwand und nicht mehr zu sehen war. Wenige Minuten vor diesen Aufnahmen hatte ich mit ihm zusammengesessen und gequatscht. Es kam mir vor wie ein Traum.

Den restlichen Abend half ich Emily beim Backen. Die Küche hinterher aufzuräumen dauerte ewig.

»Möchtest du heute mit bei mir im Zimmer schlafen?«, fragte sie mit Blick auf Luca, der auf der Couch eingeschlafen war und leise schnarchte.

»Es reicht schon, dass ich mich hier bei euch eingenistet habe. Ich werde ihm auf keinen Fall auch noch das Bett klauen.«

»Es wäre ja nur heute Nacht.«

Ich schüttelte den Kopf.

»Na schön. Dann werde ich ihn wecken.«

Sie ging zu ihm und verteilte auf seinem Gesicht sanfte Küsse. Ich wusste gar nicht, wohin ich sehen sollte, und wischte noch mal den Tisch ab, obwohl dieser längst sauber war.

»Tut mir leid, dass ich dich heute um deine Pizza gebracht habe. Magst du mich noch?« Er zog sie schlaftrunken an sich.

»Ich mag dich fast immer. Außer, wenn du hungrig bist.«

Er stand auf und ließ sich von ihr ins Schlafzimmer ziehen.

So, wie ich die Lage einschätzte, konnte ich das Bad für mich allein haben. Ich schloss mich ein und genoss eine wohltuende, heiße Dusche. Die Erinnerung an Ryle abzuschütteln und stattdessen über weitere Grafiken für meine Mappe nachzudenken, gelang mir nur mäßig. Als ich mir die Zähne putzte, ertappte ich mich wieder dabei, wie ich an sein Lächeln und seine faszinierenden blauen Augen dachte.

Ich ging ins Wohnzimmer. Einerseits war ich müde und gleichzeitig von den Erlebnissen des Tages total aufgekratzt. Da ich sowieso nicht schlafen konnte, nahm ich den Laptop aus dem Rucksack, machte es mir auf der Couch bequem, und widmete mich meiner Arbeit. Beim Betrachten der Gitarre und der darauf befindlichen Weltkarte hatte ich sofort Ryles Worte im Kopf. *Egal wer du bist oder wo du lebst, die Wirkung einer Melodie ist bei allen gleich.*

Emily und Luca hatten anscheinend ihre Müdigkeit überwunden und unüberhörbar ihren Spaß. Ich seufzte und öffnete mein E-Mail-Postfach. Vor ein paar Tagen hatte ich sämtliche Redaktionen angeschrieben und im Anhang ein paar meiner Arbeiten zur Anschauung beigefügt. Die Redakteurin eines Online-Magazins hatte an ihnen Gefallen gefunden und wollte mich für die Gestaltung einiger Banner beauftragen. Sie erkundigte sich nach meinen Preisen.

Das war zumindest ein Lichtblick, aber ich brauchte dringend mehr Aufträge, um New York die Stirn bieten zu können. Ich schickte der Redakteurin ein Angebot, das preislich tief angesetzt war. Es nützte nichts, wenn sie meinen Dienst wegen eines zu hohen Geldbetrages ausschlug. Mein Ziel war es, sie zufriedenzustellen und daraufhin weitere Aufträge an Land zu ziehen. Ich musste vorausschauend denken, um langfristig überleben zu können.

Als Nächstes erstellte ich eine To-do-Liste. Angefangen bei der Gestaltung einer eigenen Website bis hin zum gezielten Marketing auf den gängigen Social-Media-Kanälen.

Nachdem ich den Laptop zugeklappt hatte, legte ich mich hin, kuschelte mich in die Decke und nahm mein Smartphone zur Hand. Als ich Instagram öffnete, blieb mir regelrecht die Luft weg. *Ryle Cooper folgt dir jetzt,* las ich da. Während ich reglos auf die Benachrichtigung starrte, begann mein Herz wild zu schlagen.

Ich brauchte eine Weile, um mich zu sammeln. Mit einem Grinsen im Gesicht ging ich auf seinen Account und folgte ihm ebenfalls. Ich war nun einer seiner fünfzehn Millionen Follower, er mein achthundertsiebenundfünfzigster.

Die Bilder, die er hochgeladen hatte, zeigten ihn mit seinen Bandkollegen, Musikern, Schauspielern und anderen Stars. Die Fotos wirkten nicht gestellt, sondern eher wie spontane Selfies. Er schien mit all diesen Prominenten befreundet zu sein.

Ich kehrte auf mein Profil zurück und scrollte durch meine eigenen Bilder. Hauptsächlich hatte ich meine Grafiken hochgeladen, nur vereinzelt mischten sich Fotos von meinen Schulfreunden darunter. Falls Ryle sie durchgegangen war, hatte ich mich wenigstens nicht blamiert.

Lächelnd legte ich das Handy beiseite und schloss die Augen, um es kurz darauf wieder zur Hand zu nehmen und unser gemeinsames Foto zu betrachten. Es käme mir falsch vor, es auf Instagram hochzuladen. Die Jungs hatten vor der Öffentlichkeit Zuflucht gesucht. Diese beiden Bilder gehörten mir allein.

3

Luca war immer zuerst auf den Beinen. Er schlich an mir vorbei ins Bad, weshalb ich mich gähnend aufrappelte. Ich hatte kaum geschlafen und wäre gern liegen geblieben. Aber da ich hier momentan fast für lau wohnte, wollte ich mich zumindest nützlich machen.

»Mmh ... Ich liebe den Duft von Kaffee«, sagte Luca auf dem Weg zurück ins Schlafzimmer. Wie jeden Morgen hatte er sich nur ein Handtuch um die Hüften gebunden. Ich hoffte immer, dass er es nicht unterwegs verlor.

»Na, Schwesterchen.« Emily kam aus dem Zimmer und dehnte sich beim Gehen. »Du hast auch schon mal frischer ausgesehen.«

»Danke, gleichfalls«, erwiderte ich und reichte ihr eine Tasse.

Sie drückte mir einen flüchtigen Kuss auf die Wange und füllte sich mit ihrer freien Hand Cornflakes in die Schüssel. »Was steht heute bei dir an?«

»Meine Grafik fertig machen und mit der Gestaltung einer eigenen Website beginnen.« Ich trank einen Schluck. »Und am späten Nachmittag hab ich das Vorstellungsgespräch in der Bar.«

»Kommst du mit ins Eagle Rock? Du kannst deinen Laptop mitnehmen und dort arbeiten. Falls es heute tatsächlich zu einem Ansturm kommt, wäre mir wohler, dich in meiner Nähe zu haben.«

»Klar, bin dabei.«

Luca hatte sich in seinen Anzug geworfen. Er setzte sich zu uns an den Esstisch und ging seine Unterlagen durch. »Bei mir wird es heute Abend später. Mein Kollege hat Geburtstag und lädt uns nach Feierabend ins Steakhaus ein.«

»Das schreit nach einem Mädelsabend«, sagte Emily. »Da ziehen wir uns eine Schnulze rein!« Sie schlurfte mit ihrer Kaffeetasse Richtung Bad.

Ich sah ihr hinterher. »Sie ist die Einzige, die ich kenne, die ihren Kaffee beim Duschen braucht. Muss sie ihn einfach in ihrer Nähe wissen oder benutzt sie ihn als Mundspülung?«

Luca zuckte mit den Schultern und deutete auf ihre halb volle Cornflakes-Schüssel. »Deine Schwester ist ein eigenwilliges Geschöpf. Sie isst auch nie auf.« Er schüttelte missbilligend den Kopf. »Warum nimmt sie sich nicht gleich weniger?«

Er räumte sein Geschirr in die Spüle und packte die Unterlagen in seine Tasche. »Bis später«, rief er, als die Tür bereits hinter ihm ins Schloss fiel.

Ich ging zu Emily ins Bad und putzte mir die Zähne. Ihr beim Schminken zuzusehen faszinierte mich immer wieder aufs Neue. Mit nur einem Pinselstrich zauberte sie einen akkuraten Lidstrich auf ihr Auge. Ich hatte mich in der Vergangenheit mehrfach daran versucht, war aber gänzlich gescheitert. Bevor ich mit einer Kriegsbemalung herumlief, verzichtete ich lieber darauf und gab mich mit Mascara zufrieden.

Emily hingegen war immer perfekt geschminkt. Sie war wie ich schlank und dennoch kurvig gebaut und trug raffiniert geschnittene Kleider in allen Farben und Mustern. Ich war eher der sportliche Typ und bevorzugte Hosen. Zumindest war das bisher der Fall, da ich in Eagle Rock keinen Anlass gesehen hatte, mich herauszuputzen. Seit ich bei Emily wohnte, dachte ich darüber nach, meinen Look mit der Zeit an die Großstadt anzupassen. Es ärgerte mich, dass ich mich noch nicht dazu durchgerungen hatte. Gestern hätte mir ein schickeres Outfit sicher besser gestanden.

»Ryle Cooper folgt mir jetzt auf Instagram«, ließ ich sie wissen.

Sie trug ihren knallroten Lippenstift auf, hielt mitten in der Bewegung inne und sah mich über den Spiegel mit großen Augen an. »Nicht dein Ernst?«

Ich hob mein Handy in die Höhe, woraufhin sie sich zu mir umdrehte und es mir aus der Hand nahm.

»Sagte ich schon, wie beknackt ich es finde, dass ich gestern nicht da war?«, fragte sie mit einem melodramatischen Unterton.

Ich schürzte die Lippen und tat, als würde ich nachdenken. »Ja, ich glaube, das hattest du erwähnt.«

Meine Schwester zog einen Schmollmund, was durch den halb aufgetragenen Lippenstift lustig aussah. Sie gab mir das Handy zurück, wandte sich wieder ihrem Spiegelbild zu und vollendete ihr Werk.

Ich lief ins Wohnzimmer, suchte saubere Kleidung aus der Kommode, die Emily für mich frei gemacht hatte, und schlüpfte in Jeans und ein weißes Shirt.

Bald darauf waren wir zum Eagle Rock unterwegs. Jede von uns trug einen Karton mit abgepackten Tüten voller Cookies. Meinen Laptop hatte ich im Rucksack dabei.

Als wir an der Straßenkreuzung abbogen und das Café vor uns sahen, blieb Emily schlagartig stehen. Vor dem Schaufenster standen etwa zehn Mädchen, was ich als überschaubare Menge empfand. Meine Schwester war jedoch ganz aus dem Häuschen.

»Wir haben noch nicht mal geöffnet.« Sie trippelte auf ihren High Heels vor mir her. »Hallo, ihr Lieben«, sang sie und bahnte sich einen Weg zur Tür. »Bitte habt ein wenig Geduld, wir machen gleich für euch auf.«

Ich schloss hinter uns ab und bemühte mich, die abschätzenden Blicke zu ignorieren. Meinen Rucksack stellte ich im Lagerraum ab und die Erinnerungen an den Vortag prasselten auf mich ein. Ich bildete mir ein, eine Mischung aus Lavendel und Minze zu riechen.

Seufzend nahm ich die Donuts aus dem Kühlschrank und brachte sie nach vorn zur Vitrine. Emily kümmerte sich um den Kaffeeautomaten und ich räumte die Stühle von den Tischen. Anschließend sortierten wir das Gebäck in die Regale, ehe wir zehn Minuten vor der eigentlichen Öffnungszeit aufschlossen.

Die Mädchen überhäuften uns mit Fragen zu dem gestrigen Ereignis. Doch ich hatte Emily mit einem Kopfschütteln zu verstehen gegeben, dass wir uns nicht dazu äußern würden. Wie sich herausstellte, waren diese Fans nur der Anfang. Über den Tag verteilt strömten immer wieder kleine Gruppen ins Café. Die Tische waren stets besetzt, und draußen warteten die Nächsten, bis Plätze frei wurden. Dazu verkauften wir einen Kaffee zum Mitnehmen nach dem anderen. Die Pappbecher gingen rapide zur Neige, weshalb ich mit dem Kaffeelieferanten telefonierte und ihn minutenlang um Nachschub anbettelte. Unter die Fans und diejenigen, die einfach neugierig waren, mischten sich auch Reporter. Emily war gut darin, auf alle Fragen in Bezug auf die Band ausweichend zu antworten, und ich machte es mir leicht und verwies immerzu an die Inhaberin.

Am Nachmittag betrat der schwarz gekleidete Bodyguard mit der Glatze das Café. Er ignorierte Emily und kam stattdessen auf mich zu.

»Guten Tag, Miss.« Er reichte mir einen Briefumschlag über den Tresen. »Mit freundlichen Grüßen von Mr Stinger. Wir danken Ihnen nochmals für Ihre Unterstützung.«

Bevor ich etwas sagen konnte, nickte er mir schon zum Abschied zu und verschwand nach draußen.

»Wer war das denn?«, fragte Emily, während sie zwei Kunden die Kaffeebecher reichte.

»Er war gestern dabei. Ich hab nicht in den Umschlag reingesehen, vermute aber mal, dass er den Scheck überbracht hat.«

Draußen hielt der Lieferant, schaltete die Warnblinker ein und parkte in zweiter Reihe. Ich steckte das Kuvert in die Hosentasche meiner Jeans, nahm Bargeld aus der Kasse und lief zu ihm, um die Ware entgegenzunehmen.

Es war bereits nach vier Uhr. Ich hatte meinen Laptop heute zum letzten Mal gesehen, als ich ihn zu Hause in den Rucksack gepackt hatte. Emily und ich hatten ohne Pause geackert. Durch die schlaflose Nacht war ich hundemüde. Ich hatte Hunger, und aufkommende Kopfschmerzen waren ein Indiz, dass ich zu wenig getrunken hatte. Das Eagle Rock war immer noch prall gefüllt, die Donuts waren längst ausverkauft und vom Gebäck war auch nicht mehr viel übrig.

»Ich muss zu meinem Bewerbungsgespräch«, rief ich Emily zu. »Kommst du allein klar?«

Sie sah nicht begeistert aus. »Hab ich eine Wahl?«

Ich schüttelte den Kopf.

»Viel Erfolg.« Sie warf mir eine Kusshand zu.

Ich holte den Rucksack. Auf dem Weg nach draußen fiel mir der Umschlag wieder ein. Ich zog ihn aus der Hosentasche, reichte ihn Emily über den Tresen und verließ das Café. Meine Laune war auf dem Tiefpunkt. Ich hatte heute nichts von meinen geplanten Aufgaben geschafft und war so erledigt, dass das Vorstellungsgespräch mit Sicherheit schieflief.

»Lynn«, schrie Emily plötzlich derart hysterisch, dass man sie vermutlich in ganz Manhattan hören konnte.

Ich war schon über die Straße und blickte mich zu ihr um.

»Komm sofort wieder her«, rief sie, wedelte hektisch mit den Händen und verschwand im Eagle Rock.

Hatte ich was vergessen? Wenn ich zu spät kam, konnte ich mir den Job gleich abschminken.

Sobald die Ampel umschaltete, eilte ich zurück. Allerdings schaffte ich es nicht, ins Café zu kommen, weil meine Schwester die Gäste scharenweise hinaustrieb. Sie war zwar freundlich, aber hartnäckig. Was war bloß in sie gefahren?

Als der Letzte mit einem missbilligenden Kopfschütteln durch die Tür war, zog sie mich hinein und schloss ab.

»Bist du jetzt völlig übergeschnappt?«, brach es aus mir heraus. »Das Geschäft läuft super und du vergraulst die Leute?«

Sie winkte ab und hielt den Umschlag in die Höhe. Als hätte sie den Atem tagelang angehalten, stieß sie geräuschvoll die Luft aus. »Du glaubst nicht, was da drin ist.«

Ich hob die Augenbrauen und verzog den Mund. »Ein Scheck.«

Ihr Nicken war eher ein Zittern. »Über zehntausend Dollar«, flüsterte sie, obwohl keine Gefahr bestand, dass die Leute sie draußen hörten.

»Wow.« Ich umarmte sie. »Darauf werden wir heute Abend anstoßen!« Ich lief rückwärts zur Tür. »Aber jetzt muss ich los.«

»O nein.« Sie hielt mich zurück. »Du kannst nicht gehen.« Mit einem breiten Grinsen zog sie zwei Karten aus dem Kuvert. »Weißt du, was *das* ist?«

»Sag's mir.« Ich hatte keine Zeit für ihre Spielchen und versuchte ihr das mit ernster Miene zu verdeutlichen.

»Backstage-Pässe«, sang sie, wobei sie das Wort endlos in die Länge zog. »Für heute Abend. In einer guten Stunde geht's los!«

Das Glücksgefühl, das sich im ersten Moment in mir ausbreitete, ging bei ihrem letzten Satz in maßlose Enttäuschung über. Mit hängendem Kopf sah ich zu Boden. »Ich kann nicht.«

Emily riss die Augen auf. »Wie, du kannst nicht?«

»Ich muss zu diesem Bewerbungsgespräch. Vergangene Woche habe ich zwei Absagen bekommen. Wenn ich keinen Job finde, hat sich New York für mich erledigt.«

»Das siehst du zu eng. Solange du bei uns wohnst ...«

Ich fiel ihr ins Wort. »Das ist kein Dauerzustand, Emily. Ihr müsst schon allein kämpfen, um die Kosten ...«

Jetzt unterbrach sie mich. »Luca hat wirklich nichts dagegen. Und ich finde es toll, dass du bei mir bist.«

»Es geht nicht nur um die Miete und den Unterhalt.« Ich atmete tief durch. »Seit ich dreizehn bin, träume ich von diesem Studium. Mom und Dad können mich finanziell nicht unterstützen, und ein Stipendium kann ich nicht beantragen, weil ich nichts vorzuweisen habe.«

»Probier es einfach. Du hast doch super Noten.«

»Das reicht leider nicht.« Ich ging zur Tür. »Geh mit Luca hin. Ich brauche dringend diesen Job.«

»Warte. Ich will da nicht ohne dich hin, schließlich bist du diejenige, die der Band geholfen hat. Sie erwarten, dass du kommst, und außerdem ist Luca bei der Geburtstagsfeier.« Sie sah auf ihre Uhr. »Wir sollen um sechs Uhr beim Hintereingang vom Madison Square Garden sein. Wenn ich dich zu deinem Vorstellungsgespräch begleite, machen wir uns gleich von dort auf den Weg. Es wird zwar knapp, aber wir können es schaffen.«

In meinem Bauch begann es zu kribbeln. »Meinst du?«

Sie nickte übereifrig und schob mich im nächsten Moment zur Tür hinaus.

Die Bar, in der ich mich vorstellen sollte, befand sich sechs Querstraßen weiter. Der Gedanke, Ryle wiederzusehen, verstärkte meine Aufregung. Ich musste damit aufhören, an ihn zu denken, und mich auf das Hier und Jetzt konzentrieren.

Emily rief Luca an, um ihn über unser Abendprogramm zu informieren. Sie setzte sich gleich beim Eingang der Bar an einen Tisch. Um diese Zeit war es hier noch gähnend leer.

Ich ging zum Tresen, hinter dem ein Barkeeper Gläser polierte. »Hallo, mein Name ist Lynn Collins. Ich soll mich bei Mr Miller zum Bewerbungsgespräch melden.«

Er nickte und deutete zu einem runden Tisch in der hinteren Ecke des Raumes, an dem bereits zwei Frauen saßen. »Du kannst dort warten. Mr Miller kommt gleich.«

»Okay, danke.« Ich warf Emily einen resignierten Blick zu und gesellte mich zu den anderen Bewerberinnen. Eigentlich hatte ich gedacht, dass ich heute allein zum Gespräch eingeladen war. Meine Zuversicht schwand ganz, als eine weitere Frau dazukam.

Emily sah ständig auf ihre Uhr. Bis Mr Miller auf der Bildfläche erschien, vergingen geschlagene zehn Minuten. Er war ein kleiner Mann mit Halbglatze, trug einen dunkelblauen Anzug und ein schwarzes Hemd. Bevor er sich zu uns setzte, zog er das Jackett aus und krempelte die Hemdärmel hoch.

»Guten Tag, die Damen. Ihre Zeugnisse bitte.« Er streckte seine Hand über den Tisch, in die ihm meine Nachbarin als Erste das Dokument überreichte. Die beiden anderen taten es ihr unverzüglich nach, während ich in meinem Rucksack kramte.

Mr Miller setzte sich eine Lesebrille auf und nahm mein Zeugnis als letztes entgegen. Er sah mich kurz über den Rand seiner Brille an, wobei sein Blick eindeutig auf mein T-Shirt fiel. Dann begutachtete er die Beurteilungen.

Hatte er mir etwa gerade auf den Busen gestarrt? Ich sah unauffällig an mir hinab und entdeckte auf dem weißen Stoff einen schmutzigen Fleck. Na toll, das musste bei der Entgegennahme der Pakete passiert sein. Eigentlich hatte ich vorgehabt, mich zu Hause umzuziehen. Durch den Ansturm im Café hatte ich Emily aber nicht im Stich lassen wollen.

»Hat jemand von Ihnen Berufserfahrung?«, fragte Mr Miller, ohne von den Zeugnissen aufzusehen.

Wieder war es meine Nachbarin, die sofort eine Reihe von Restaurants aufzählte, in denen sie bisher bedient hatte. Die anderen beiden hatten auch schon Arbeitserfahrung vorzuweisen.

»Ich habe im Diner meiner Eltern geholfen«, sagte ich.

»Warum tun Sie es jetzt nicht mehr?«

»Ich möchte in New York studieren.«

»Dann sehen Sie das hier nur als Studentenjob?«

»Nein. Ich brauche diesen Job, um mir das Studium überhaupt ermöglichen zu können.«

Abermals sah er mich über den Rand seiner Brille an und die Mitbewerberinnen musterten mich ebenfalls argwöhnisch.

»Wer kann heute Abend spontan zur Probe arbeiten?«, erkundigte er sich.

»Ich würde mir die Zeit selbstverständlich einrichten«, kam neben mir die Antwort.

»Ich müsste kurz telefonieren«, sagte eine andere.

Die Dritte schüttelte bedauernd den Kopf. »Heute ist es ungünstig.«

Er sah zu mir. »Einen Moment bitte.« Ich stand auf und ging zu Emily. »Wir sollen bleiben und zeigen, was wir draufhaben«, informierte ich sie.

Sie verzog enttäuscht das Gesicht.

»Ich glaube nicht, dass ich eine Chance habe. Aber ich muss es zumindest versuchen.«

»Wir können backstage bei einem *Reanimation*-Konzert dabei sein! Willst du dir diese Mega-Gelegenheit wirklich entgehen lassen, wenn dir dein Gefühl schon sagt, dass du den Job sowieso nicht bekommst?«

Ich strich mir eine Strähne hinters Ohr und sah zu dem Tisch zurück. Die drei waren aufgestanden, wobei sich Mr Miller von der Frau, die nicht bleiben konnte, verabschiedete. Die anderen beiden führte er zum Barkeeper, der ihnen erste Anweisungen gab.

Es drängte mich zu diesem Konzert, denn ich wollte Ryle so gern wiedersehen. Aber ich musste vernünftig sein.

»Das Konzert ist nach ein paar Stunden vorbei«, hörte ich mich sagen. »Hier geht es um meine Zukunft.«

Meine Schwester legte die Stirn in Falten und verzog den Mund.

»Wie sieht es bei Ihnen aus?«, fragte Mr Miller. Er kam auf uns zu und blieb neben uns stehen.

»Ich bleibe«, erwiderte ich mit Blick auf Emily.

»Wenn Sie diesem Mädchen den Job nicht geben, begehen Sie einen Fehler«, sagte sie. »Lynn hat Backstage-Karten für das heutige *Reanimation*-Konzert und lässt dieses einmalige Erlebnis sausen, weil sie die Stelle so dringend braucht. Sie ist hilfsbereit, zuverlässig und fleißig. Ich hoffe, Sie erkennen, dass Lynn für Ihre Bar eine Bereicherung wäre.«

Ich wusste nicht, ob ich sie umarmen oder erwürgen sollte. Da mir die Situation unangenehm war, drückte ich zum Abschied ihre Hand und wandte mich Mr Miller zu. »Womit soll ich anfangen?«

Er sah Emily und mich abwechselnd an, ehe er mir mein Zeugnis reichte. »Sie haben heute Abend etwas vor, Miss Collins. Ich vergebe die Stelle erst nächsten Monat. Melden Sie sich und sagen Sie Bescheid, wann Sie bei mir zur Probe arbeiten können.«

Ich starrte ihn an. »Wirklich?«

»Viel Spaß auf dem Konzert.« Er ging davon.

»Wenn du nicht willst, dass ich hier drinnen vor Freude kreische, sollten wir schnellstmöglich gehen«, flüsterte Emily. Sie strahlte übers ganze Gesicht. »Das wird ein Abend, den wir nie vergessen werden.«

4

Nach vier U-Bahn-Stationen stiegen wir aus und erreichten kurz darauf die Arena. Wir waren abgehetzt, verschwitzt und zu spät. Emily war wenigstens gut gekleidet. Ich trug ein schmutziges weißes T-Shirt.

Je näher wir dem Eingang kamen, desto mehr verspürte ich den Drang, die Flucht zu ergreifen. Es war mir peinlich, hier in diesem Zustand aufzutauchen. Doch Emily war dermaßen aufgekratzt und voller Vorfreude, dass ich ihr den Abend nicht verderben wollte.

Obwohl das Konzert jeden Moment beginnen würde, hatten noch nicht alle Fans Einlass gefunden. Wir liefen auf einen Mann von der Security zu, der mit seinen Kollegen die Schlange vor der Halle im Auge behielt.

»Wo ist denn hier der Hintereingang?«, erkundigte sich Emily. Er und die umstehenden Fans starrten sie an. Mit einem mürrischen Gesichtsausdruck und einem Kopfschütteln drehte er uns kommentarlos den Rücken zu.

Ich zog sie weiter. »Lass uns um die Arena laufen. Es gibt bestimmt mehrere Nebeneingänge. Vielleicht kann uns dort jemand weiterhelfen.«

Emily übernahm die Führung und gab trotz ihrer High Heels ein Tempo vor, bei dem ich kaum mithalten konnte. Allerdings kamen wir nicht weit, denn ein Eisenzaun versperrte uns den Weg. Dahinter standen mehrere Sicherheitsleute, wovon uns einer mit einem Winken dazu aufforderte, zu verschwinden.

»Entschuldigung«, rief Emily. »Wir haben eine Einladung vom Manager der Band und werden erwartet.«

Sie grinsten spöttisch. Nun waren es noch mehr, die uns mit Handzeichen zum Gehen aufforderten.

»Gib mir mal den Brief«, bat ich sie.

Sie zog den Umschlag aus ihrer Handtasche und überreichte ihn mir.

»Hier, sehen Sie«, rief ich und hielt die Einladung mit den Backstage-Karten in die Höhe.

Einer der Männer warf seinen Kollegen einen genervten Blick zu, atmete tief durch und kam betont langsam näher. Er riss mir das Papier förmlich aus der Hand und nahm es in Augenschein.

»George, komm mal her.« Er winkte einen anderen zu sich und reichte es an ihn weiter.

Dieser überflog die Einladung und griff zu seinem Funkgerät. »Ich habe hier zwei Zugangsberechtigungen auf den Namen Collins. Könnt ihr das mal prüfen?«

Das Gerät knackte. »Ich frage nach«, lautete die Antwort.

»Darf ich Ihre Taschen sehen?«, raunte er und zog mir, ohne abzuwarten, den Rucksack von der Schulter. Sein Kollege nahm sich Emilys Handtasche vor.

»Was soll der Laptop?« Seine Stimme triefte vor Unfreundlichkeit.

»Wir sind direkt von der Arbeit hergekommen«, erwiderte Emily an meiner statt.

Er verengte die Augen. »Schalten Sie ihn ein.«

Was glaubte der Typ, was ich in dem Computer schmuggelte? Sah ich so gemeingefährlich aus? Ich war doch kein Bombenbauer.

»Das geht in Ordnung«, sagte er, nachdem der Monitor aufleuchtete.

Anschließend standen wir uns schweigend gegenüber und musterten uns gegenseitig.

»Wie sieht's aus?«, sprach er erneut in das Funkgerät, da sich eine gefühlte Ewigkeit niemand meldete.

Es rauschte eine Weile. »Das ist korrekt«, kam schließlich die erlösende Nachricht. »Bringt sie zu Eingang C, dort werden sie abgeholt.«

»Alles klar.« Er schob den Zaun ein Stück zur Seite, um uns Durchlass zu gewähren, und bedeutete uns dann mit einem Kopfnicken, ihm zu folgen.

Emily ergriff meine Hand und drückte diese so fest, als wollte sie mir die Finger brechen. Wir tauschten einen kurzen Blick und lächelten. Bis wir den Eingang erreicht hatten, waren meine Hände vor Aufregung ganz feucht.

Der Security-Mann klopfte an die Tür, woraufhin diese unmittelbar von einem weiteren Sicherheitsmann geöffnet wurde. Laute Musik drang aus der Halle. Das Konzert hatte bereits begonnen.

Die Männer nickten sich zu. »Kommen Sie rein und warten Sie hier.« Der Typ zog die schwere Tür hinter uns zu, stellte sich breitbeinig davor und verschränkte die Arme, was bei seinem breiten Brustkorb nicht einfach erschien.

Ich hörte hauptsächlich den Bass dröhnen und dazu das Geschrei der Fans. Die Stimmen der Jungs konnte ich von hier aus kaum verstehen. Es war unglaublich laut.

Emily trat unruhig von einem Bein aufs andere. Die Wartezeit kam mir endlos vor. Schließlich näherte sich eine junge Frau. Ihr schulterlanges Haar war ein Wirrwarr aus blonden Locken, die ständig in Bewegung waren. Sie trug ein weinrotes Businesskleid, das ihre endlos langen Beine zur Geltung brachte, obwohl sie es nur mit flachen Turnschuhen kombinierte.

»Emily Collins?«, rief sie über den Lärmpegel hinweg und

hielt dabei die Hand vor das Mikrofon ihres Headsets. Sie sah uns abwechselnd an.

Meine Schwester nickte.

»Ich bin Olivia, Mr Stingers Assistentin.« Sie fuhr mit dem Kugelschreiber über die Liste auf ihrem Klemmbrett und strich unsere Namen durch. »Folgen Sie mir.«

Sie führte uns im Backstage-Bereich seitlich neben die Bühne, reichte uns Ohrstöpsel und gab uns genaue Anweisungen, wo wir uns aufhalten durften und was uns untersagt war. Da ich zwei der Jungs im Scheinwerferlicht erblickte und angespannt nach Ryle Ausschau hielt, hörte ich ihr gar nicht richtig zu.

Und dann sah ich ihn ...

Ryle ging über einen langen Steg, der von der Bühne bis auf eine Empore inmitten der Zuschauer führte. Ein Meer aus Gesichtern schaute zu ihm auf, Plakate und Poster wurden in die Höhe gehalten und Tausende Hände wogen im Rhythmus der Musik. Dan saß am Schlagzeug, David stand hinter einem Keyboard, und Tom und Simon spielten Gitarre. Sie gaben gerade ihre aktuelle Single zum Besten und die Fans sangen jede Zeile mit. Der Beat vibrierte in meiner Brust. Ich hatte am ganzen Körper Gänsehaut.

Emily und ich hielten uns gegenseitig fest. Wir tanzten, sangen und umarmten uns. Ich ließ Ryle nicht aus den Augen und staunte, als Dan ihm den Platz am Schlagzeug frei machte. Er legte auf den Drums ein Solo hin und die Fans flippten völlig aus. Als die Jungs zusammen auf einer schmalen Plattform durch die ausverkaufte Halle schwebten und a cappella eine Ballade sangen, ertappte ich mich dabei, wie mir Tränen in die Augen stiegen. Ich war total aufgewühlt. Ein einziger heller Scheinwerferkegel war auf die Band gerichtet und ließ die Jungs regelrecht erstrahlen. Ich nahm mein Smartphone zur

Hand und machte in dem Moment, als die Plattform inmitten der Halle verharrte, ein Foto.

Die Zeit verging wie im Flug. Nach neunzig Minuten kündigten sie den letzten Song des Abends an, und ich spürte, wie sich ein beklemmendes Gefühl in meiner Brust ausbreitete. Nachdem die Jungs sich verbeugt hatten und durch eine Öffnung im Boden unter die Bühne verschwanden, war das Geschrei so laut, dass ich trotz der Ohrstöpsel dachte, mir würde jeden Moment das Trommelfell platzen. Wie hielt die Band das nur aus? Die Fans stimmten Sprechchöre an und verlangten nach einer Zugabe.

»Das war der absolute Wahnsinn«, schrie Emily, ehe sie erstarrte und hinter mich deutete.

Ich drehte mich um und sah die Jungs nicht weit entfernt neben ihrem Manager stehen. Er klopfte ihnen auf die Schultern und sie umarmten sich gegenseitig. Einer seiner Bandkollegen kippte Ryle einen Schluck Wasser über den Kopf. Er lachte, strich sich das Haar aus dem Gesicht, nahm ihm die Flasche weg und trank. In diesem Moment sah er mich und hielt mitten in der Bewegung inne. Wie in Zeitlupe setzte er die Flasche von seinen Lippen ab, schluckte und ließ mich nicht aus den Augen. Ich schmolz unter seinem eindringlichen Blick und hatte große Mühe, mir das nicht anmerken zu lassen.

Um irgendetwas zu tun, hielt ich den Daumen nach oben und nickte anerkennend. Da umspielte seine Lippen ein zögerndes Lächeln, das immer breiter wurde. Er machte einen Schritt auf mich zu, doch die Jungs zogen ihn für die Zugabe zurück auf die Bühne.

Emily sah mich abschätzend aus zusammengekniffenen Augen an. »Wir müssen später dringend reden«, rief sie, bevor sie sich wieder dem Geschehen im Saal zuwandte und mit den Füßen im Takt wippte.

»Miss Collins.« Mr Stinger trat zu mir. »Wir haben gar nicht mehr mit Ihnen gerechnet.«

»Wir waren spät dran«, entgegnete ich. »Das ist meine Schwester Emily«, stellte ich sie vor.

»Vielen Dank für den großzügigen Scheck.« Sie schüttelte ihm übertrieben die Hand.

Er lachte. »Wir haben zu danken. Ich hoffe, Sie hatten einen angenehmen Abend. Machen Sie's gut.« Er nickte mir zu, wandte sich ab und ging davon.

Das Gekreische schwoll wieder an. Die Jungs hatten die Bühne mittlerweile endgültig verlassen und ich schaute mich nach ihnen um.

»Hey, Lynn.«

Ich fuhr herum und blickte in Ryles dunkelblaue Augen. »Schön, dass du es doch noch geschafft hast.«

Er war außer Atem. Sein Brustkorb hob und senkte sich deutlich. Das Shirt klebte ihm auf der verschwitzten Haut und feuchte Haarsträhnen hingen ihm ins Gesicht. Am liebsten hätte ich sie ihm aus der Stirn gestrichen.

Wir reichten uns zur Begrüßung die Hand.

»Es war etwas chaotisch«, erwiderte ich. »Erst hatte ich ein Vorstellungsgespräch und dann haben meine Schwester und ich den Eingang nicht gefunden.« Ich sah zu Emily, die stocksteif neben mir stand.

»Hallo.« Er nickte ihr zu, doch sie bewegte nur tonlos die Lippen. Als er sich wieder an mich wandte, brachte mich sein Lächeln aus dem Gleichgewicht. »Wie hat dir das Konzert gefallen?«, fragte er.

»Es war beeindruckend.«

Die blond gelockte Assistentin tauchte neben uns auf und drängte ihn von mir weg. »Beeil dich, Ryle. Ihr müsst los, bevor die Fans draußen sind.«

Erst als unsere Finger durch die plötzliche Bewegung auseinanderglitten, wurde mir bewusst, dass wir uns nicht losgelassen hatten. Er zog sich das verschwitzte T-Shirt über den Kopf und nahm von ihr ein sauberes entgegen. Ich wusste nicht, wohin ich sehen sollte.

»Tempo, Jungs«, rief Olivia und scheuchte sie Richtung Hinterausgang.

Mit einem Mal war ein Pulk von Menschen um uns. Bodyguards wiesen der Band den Weg, wobei einer der Männer Ryle von mir wegtrieb. Der Manager kam dazu, legte einen Arm um seine Schultern und mahnte zur Eile.

Ryle drehte sich beim Gehen zu mir um. Er lief ein Stück rückwärts und sah mir direkt in die Augen. Dann drängten sie ihn durch die Tür nach draußen und er verschwand aus meinem Blickfeld.

Ich stand wie angewurzelt da. Während ich zu dem Ausgang starrte, durch den er gegangen war, trat Emily neben mich und musterte mich von der Seite.

»Holla, die Waldfee«, brach es aus ihr heraus. »Was war *das* denn? Ich konnte es richtig zwischen euch knistern hören, und wenn mich nicht alles täuscht, ist die Raumtemperatur gerade um etliche Grad gestiegen.«

»Sie müssen jetzt gehen«, forderte uns ein Security-Mann auf und deutete auf den Ausgang, den ich noch immer fixierte.

Ich setzte mich schlagartig in Bewegung und eilte in Begleitung von Emily hinaus. Wir sahen gerade noch, wie eine Karawane aus schwarzen Vans davonbrauste. Weg von der Arena, weg von den Fans – weg von mir.

Meine Schwester war nicht mehr zu bremsen. Den ganzen Heimweg sprach sie über ihre Eindrücke. Anscheinend stand sie komplett unter Adrenalin.

In meinem Bauch tat sich hingegen ein Loch auf. Es war

ein hohles, stumpfes Gefühl, als ob ich trauerte. Aber um was? Heute Abend hatte ich irgendetwas verloren, bevor ich es überhaupt besessen hatte.

»Jetzt sag doch auch mal was.« Emily stieß mich sachte mit der Schulter an. »Wenn mich Ryle Cooper so angesehen hätte, wie er dich angesehen hat, würde ich auf Wolke sieben schweben.«

Wir verließen die U-Bahn-Station und stiegen die Treppe zur Straße hinauf. »Das war die reinste Reizüberflutung«, erwiderte ich. »Es war mein allererstes Konzert.«

Ich war froh, bei dem vierstöckigen Backsteinhaus anzukommen. Wir betraten das Gebäude über die Außentreppe. Emilys Wohnung befand sich in der obersten Etage. Sobald wir die Tür aufschlossen, kam Luca uns entgegen.

»Na, ihr zwei. Wie war's?«

Meine Schwester sprang ihm in die Arme und schlang die Beine um seine Mitte. »Gigantisch! Leider war es viel zu schnell vorbei.«

Er trug sie ein Stück und ließ sie dann wieder herunter. »Und wie fandest du es?«, fragte er mich.

»Ich habe den Abend mit meiner Schwester in vollen Zügen genossen«, erwiderte ich, ging zu den beiden und strich Emily über den Arm. »Wo ist der Alkohol? Es wird Zeit, dass wir auf den Scheck anstoßen.«

Sie schnappte nach Luft und wandte sich an Luca. »Rate, wie viel sie gezahlt haben.«

Er zuckte mit den Schultern, ging zum Kühlschrank und nahm eine halb volle Weinflasche heraus. »Wenn du schon so fragst, waren sie bestimmt großzügig.«

Sie nickte, holte den Scheck aus der Tasche und hielt ihn Luca dermaßen nah vor die Nase, dass er schielen musste, um die Zahl entziffern zu können.

»Zehntausend Dollar«, rief sie und riss jubelnd die Arme in die Höhe. Falls die Nachbarn nicht bereits schliefen, wusste es jetzt das ganze Haus.

»Ist nicht dein Ernst?« Er nahm ihr den Scheck aus der Hand, starrte auf das Papier und schüttelte fassungslos den Kopf.

Ich holte drei Gläser, stellte sie auf den Esstisch und schenkte uns ein. Wir stießen an und Emily begann, Luca von unserem Abend zu berichten. Sie zeigte ihm ihre Handybilder. Ich hatte nur ein einziges geschossen, das er sich ebenfalls ansah. Als Luca mir mein Smartphone zurückgab, schickte ich das Foto via Bluetooth auf mein Grafiktablet und begann es nebenbei zu bearbeiten.

Eine ganze Weile saßen wir noch zusammen. Emily erzählte ohne Punkt und Komma und ich malte mit dem digitalen Stift. Das Bild erwachte zum Leben, indem ich es in 3-D gestaltete, die Farben anpasste und Glanzpartikel hinzufügte. Ich war in meine Arbeit vertieft, hörte nicht mehr, was die beiden besprachen, und bekam auch nur am Rande mit, dass sie sich irgendwann verabschiedeten und zu Bett gingen.

Die Rückenansicht der Jungs war inzwischen so plastisch, dass man dachte, man könnte sie anfassen und aus dem Bild herausheben. Ich bearbeitete ihre Shirts, sodass es den Anschein machte, der Stoff würde im Wind wehen. Bei ihren Haaren ging ich genauso vor, zeichnete Strähnen hinzu, die optisch in Bewegung waren. Zusätzlich veränderte ich die Perspektive zu den Fans. Jetzt hatte man den Eindruck, die Plattform schwebte weit über ihnen in der Luft. In Wahrheit waren es nur wenige Meter gewesen. Ich verlor jegliches Zeitgefühl. Bevor das Bild nicht fertig war, wollte ich nicht aufhören. Immer wieder fand ich Kleinigkeiten, mit denen ich nicht zufrieden war.

Nach Stunden brach draußen ein neuer Tag an und die Geräusche auf der Straße nahmen zu. Doch ich hob erst den Kopf, als Luca aus dem Schlafzimmer kam und sich mir gegenüber an den Tisch setzte.

»Sag mir jetzt nicht, du hast die ganze Nacht hier gesessen?« Er schaute mich an wie einen Zombie. Vermutlich sah ich auch so aus. »Wow.« Er nahm das Tablet und betrachtete das fertige Bild. »Das sieht mega aus, Lynn.«

»Danke.« Ich stand auf, schlurfte Richtung Bad und zog mitten am Tag mein Schlafshirt an.

»Damit hast du dich selbst übertroffen«, sagte Emily, sobald ich die Tür wieder öffnete. Sie saß neben Luca am Tisch und hielt mein Grafiktablet in den Händen. »Das ist die beste Arbeit, die ich bisher von dir gesehen habe.«

Ich lächelte. »Darf ich in eurem Bett schlafen? Wäre blöd, wenn ich die Couch blockiere.« Es war Samstag und zumindest Luca würde tagsüber in der Wohnung sein.

Sie nickten gleichzeitig.

»Bis später.« Ich nahm mein Handy vom Tisch und zog mich zurück. Das vollendete Bild hatte ich auf das Smartphone übertragen. Dabei war mir klar geworden, warum ich die Nacht durchgemacht und wie besessen daran gearbeitet hatte: Ich wollte es Ryle zum Geschenk machen und gleichzeitig von ihm Abschied nehmen.

Ich machte es mir im Bett bequem und öffnete Instagram, um ihm das Bild in einer privaten Nachricht zukommen zu lassen. Da sah ich, dass er mir etwas geschrieben hatte.

Es tut mir leid, dass uns keine Zeit zum Reden geblieben ist. Ich hatte gehofft, dich vor dem Konzert zu sehen.

Er hatte diese Zeilen vor Stunden geschrieben. Unschlüssig, was ich ihm darauf antworten sollte, las ich seine Nachricht wieder und wieder. Doch was ich auch tat, es hatte sowieso keine Bedeutung mehr. Unser gestriges Wiedersehen war gleichzeitig unser Lebewohl. In meiner Welt war er nicht echt – er lebte in einer völlig anderen. Er war urplötzlich in mein Leben getreten und genauso schnell wieder daraus verschwunden. Ryle war wie ein Traum. Ich wünschte mir, irgendwann mal einem Jungen zu begegnen, der eine vergleichbare Wirkung auf mich hatte.

Es tut mir leid, dass ich zu spät gekommen bin.

Ich zögerte einige Augenblicke, dann schickte ich ihm das Bild hinterher und schrieb darunter:

Viel Spaß und Erfolg beim Erobern der Welt. Egal wo du sein wirst, sie werden deine Sprache verstehen.

5

Blinzelnd schlug ich die Augen auf und sah auf Emilys Wecker. Es war gleich sechs Uhr. Ich hatte den ganzen Tag verschlafen.

Gähnend stand ich auf und verließ das Schlafzimmer. Emily war schon wieder in der Küche am Backen.

»Na, du Schlafmütze.« Sie blies sich eine Haarsträhne aus dem Gesicht.

»Ich habe geschlafen wie ein Stein.«

»Kein Wunder, wenn du die ganze Nacht durchmachst. Schaust du mal bitte nach, ob noch Milch im Kühlschrank ist?«

Ich tat es, öffnete die Flasche und reichte sie Emily. Ihr Handy begann zu klingeln, doch sie ignorierte es, da ihre Hände ganz klebrig waren. Sie hatte einen nervigen Ton eingestellt, der sich anhörte wie das Zirpen von Grillen. Der Anrufer war hartnäckig, deshalb nahm ich das Smartphone von der Ablage und hielt es ihr ans Ohr.

»Collins«, meldete sie sich zu Wort und leckte sich den Teig von den Fingern. »Oh ... Hallo.« Sie riss die Augen auf, sah mich eindringlich an und gestikulierte hektisch mit den Händen, um mir etwas zu verstehen zu geben, was ich nicht begriff.

»Was ist los?«, flüsterte ich.

»Ja, sie ist in der Nähe ... Einen Moment, ich reiche Sie weiter.« Sie trat einen Schritt zurück und grinste. »Mr Stinger möchte dich sprechen.«

Ich hielt das Handy noch immer auf der Höhe ihres Ohres. »Der Manager?«

Sie nickte übereifrig.

»Was will er?«

Emily verdrehte die Augen. »Das wirst du erfahren, wenn du rangehst«, sagte sie leise.

Einen kurzen Moment starrte ich das Smartphone an. »Hallo, Mr Stinger«, grüßte ich ihn.

»Miss Collins, wie schön, dass ich Sie erreiche. Ich möchte Ihnen ein Angebot unterbreiten, brauche dazu aber noch heute Ihre Entscheidung.«

Ich hob die Augenbrauen. »Worum geht es?«

»Ryle hat mir Ihr Bild gezeigt, das Sie von der Band gemacht haben. Die Jungs könnten sich das gut als Cover für das neue Album vorstellen, allerdings brauchen wir dafür ein Motiv, auf dem sie von vorn zu sehen sind.«

Meine Schwester hielt ihren Kopf dicht an meinen und hörte mit. Sie kniff mir in den Arm und wurde ganz zappelig, während ich zur Eissäule erstarrte. Mr Stinger machte eine Pause. Da ich nichts sagte, sprach er weiter: »Das CD-Booklet wird so angelegt werden, dass man es auffalten kann. Die eine Seite ergibt ein Poster. Auf der anderen wollen wir verschiedene Eindrücke von der Tournee abbilden und dafür auch Ihr Foto verwenden. Es wäre super, wenn Sie uns die Rechte dafür verkaufen.«

»Das Bild war ein Geschenk für Ryle. Sofern er es im Booklet haben will, können Sie es gern nutzen.«

Emily stieß mich an und rieb wie wild Daumen und Zeigefinger aneinander. Ich schüttelte nur den Kopf.

»Das wird die Jungs freuen«, sagte Mr Stinger. »Nun zu meinem Angebot: Ich möchte Sie einladen, uns eine Woche lang auf Tour zu begleiten. Die Entwürfe fürs Album müssen bald fertig sein, und es wäre toll, wenn Sie uns bis dahin weitere Bilder mit diesen Effekten liefern könnten. Vor allem ein Titelbild mit einer Frontaufnahme der Band ist wünschenswert. Kost und Logis übernehmen wir. Was wir noch brauchen, ist Ihre Preisvorstellung pro verwendetem Bild und ihre Zusage.«

Ich hatte das Gefühl, mein Blut sackte von jetzt auf gleich aus meinem Kopf in meine Füße. Mir stand der Mund offen. »Ich weiß gerade nicht, was ich dazu sagen soll«, erwiderte ich.

Mr Stinger lachte. »Ich habe Sie damit auch ziemlich überfallen. Sie haben jetzt meine Nummer. Denken Sie darüber nach und rufen Sie mich in spätestens zwei Stunden zurück. Wir sind heute in der Tonight Show, daher bin ich später schwer zu erreichen.«

Ein »Okay« war das Einzige, was ich hervorbrachte.

»Bis später«, sagte er und legte auf.

»Ach. Du. Scheiße!«, rief Emily. Sie schlug sich fassungslos die Hand vor den Mund, bemerkte dabei wieder ihre klebrigen Hände und ging zur Spüle, um sie zu waschen.

Ich sackte auf den Stuhl neben mir. Obwohl das Gespräch beendet war, hielt ich das Telefon noch immer ans Ohr. Meine Schwester nahm es mir ab und legte es auf den Tisch.

»Woher hat er deine Nummer?«

»Na, von meiner Visitenkarte, die du ihm im Café gegeben hast«, erwiderte sie.

»Was soll ich bloß tun?«, sagte ich mehr zu mir selbst, stemmte die Ellenbogen auf die Tischplatte und fuhr mir mit den Händen durchs Haar.

»Das fragst du dich nicht ernsthaft?« Emily sah mich an und rümpfte die Nase. »Nenn mir nur einen Grund, der dagegenspricht.«

»Da gibt es sogar mehrere.« Ich lehnte mich zurück und starrte ins Leere. »Wenn ich es richtig verstanden habe, soll ich die Band während der Tour ablichten. Aber ich bin keine gute Fotografin, die diesem Job gewachsen wäre. Das Bild für Ryle habe ich nebenbei mit meinem Handy geschossen.«

»Die Ausrede gilt nicht.« Emily setzte sich mir gegenüber. »Denen geht es darum, was du aus den Fotos machst. Und das, meine Liebe, ist so was von gut genug.«

Ich seufzte. »Außerdem muss ich in der Bar zur Probe arbeiten.«

Emily lehnte sich über den Tisch. »Die Stelle wird erst nächsten Monat vergeben. Du brauchst den Inhaber nur anzurufen und einen Termin vereinbaren, sobald du zurück bist.«

Ich ließ den Kopf hängen. »Und was ist mit meiner Mappe?«

»Mr Stingers Angebot ist die Chance, auf die du gewartet hast. Wenn er mit deiner Arbeit zufrieden ist, wird er dir eine Empfehlung schreiben. Das und die Bilder, die es aufs Cover der beliebtesten Band des Landes schaffen, eröffnen dir ganz neue Möglichkeiten. Mal abgesehen davon, dass du damit Geld verdienen wirst.« Sie atmete tief durch. »Was also lässt dich zögern? Wovor hast du Angst?«

»Ryle«, flüsterte ich und sah sie an. »Er löst irgendwas in mir aus. Ich habe ihn nur zweimal gesehen und bekomme ihn nicht aus dem Kopf. Diese eine Woche wird schnell vorbei sein, aber sie wird ausreichen, um mir das Herz zu brechen.«

Emily kaute auf ihren Lippen und dachte eine Weile nach. »Ich habe euch einen kurzen Moment zusammen erlebt und hatte dabei nicht den Eindruck, dass er dir wehtun könnte. Vielleicht war es sogar Ryle, der dieses Angebot in die Wege geleitet hat. Damit ihr euch näher kennenlernen könnt.«

»Wahrscheinlich traut er mir zu viel zu und ist dann von

meiner Arbeit enttäuscht. Er hat bestimmt eine völlig falsche Vorstellung von mir.«

Sie schmunzelte. »Vielleicht hast du die auch von ihm.« Sie zuckte mit den Achseln. »Wer weiß? Du wirst es nur herausfinden, indem du dich darauf einlässt.«

Zögernd erwiderte ich ihr Lächeln. »Jeder Widerstand ist zwecklos, oder?«

»Falls du ablehnst, wirst du das den Rest deines Lebens bereuen und dich immer wieder fragen, was du verpasst hast.«

Wir schwiegen eine ganze Weile. Mein Herz schrie, dass ich es tun sollte, mein Verstand warnte mich. Ryle hatte etwas Faszinierendes an sich. Er zog mich in seinen Bann, und es fühlte sich an, als ob ich ihn vermisste, obwohl ich ihn gar nicht kannte. Ich hatte Angst davor, dass er mein Leben auf den Kopf stellte, wenn ich ihn richtig kennenlernte.

»Vielleicht hat Ryle auch keine Ahnung, dass sein Manager mich kontaktiert hat«, sagte ich und erntete dafür von Emily einen tadelnden Blick. »Ich werde ihm schreiben und ihn fragen. Auf jeden Fall will ich verhindern, womöglich ohne sein Wissen dort aufzukreuzen. Vorher muss ich herausfinden, was er davon hält.«

»Ich hol dir dein Handy.« Emily ging ins Schlafzimmer. Als sie zurückkam, setzte sie sich neben mich und legte es vor mir ab.

In der Absicht, Ryle nach seiner Meinung zu fragen, öffnete ich Instagram. Doch ich bekam meine Antwort, ohne ihm schreiben zu müssen. Es waren zwei Worte, die mein Herz zum Rasen brachten.

Sag Ja!

Ich konnte nicht anders und grinste bis über beide Ohren. »Gib mir bitte mal die Telefonnummer von dem Manager«, forderte ich Emily auf und zeigte ihr Ryles Nachricht.

Sie jubelte und drückte mir einen dicken Kuss auf die Wange.

Ich speicherte Mr Stingers Nummer und rief ihn an. Je länger es klingelte, desto nervöser wurde ich.

»Stinger.«

»Hier ist Lynn Collins. Ich möchte mich für Ihr Angebot bedanken und nehme es gern an.«

»Das freut mich zu hören. Und wie sind Ihre Preisvorstellungen?«

»Ich möchte ehrlich zu Ihnen sein. Bisher hatte ich noch nie einen solchen Auftrag. Aufgrund des Schecks, den Sie meiner Schwester ausgestellt haben, bin ich aber voller Vertrauen, dass Sie mich nicht über den Tisch ziehen werden.«

»Das werde ich nicht«, sagte er. »Dann sehen wir uns also morgen.«

»Morgen schon?« Meine Stimme klang seltsam schrill.

»Ja, sogar sehr früh. Ich lasse Sie um fünf Uhr abholen. Geben Sie mir bitte die Adresse.«

Ich sagte ihm Emilys Straße und Hausnummer.

»Alles klar. Vergessen Sie Ihren Pass nicht.«

»Wo soll's denn hingehen?«, erkundigte ich mich.

»Nach Chicago. Sollten Sie weitere Fragen haben, schreiben Sie mir eine Nachricht.« Er legte auf.

Ich sah Emily an. »Kneif mich, damit ich kapiere, dass ich nicht träume.«

Sie kniff mir beherzt in den Handrücken. Als Luca zur Tür hereinkam, fielen wir uns gerade in die Arme.

»Ich habe derart Hunger, ich könnte alles verspeisen, was auf einer Speisekarte steht.« Er schmiss seine Sporttasche in die Ecke, ging zur Küchenzeile und kramte in der Schublade nach Flyern.

»Ach, ich dachte, wir bestellen nichts mehr«, sagte Emily spöttisch.

Luca schmunzelte. »Meine Freundin hat einen großzügigen Geldbetrag erhalten. Da kann sie ruhig mal was ausgeben.«

Sie stand auf, lief zu ihm und kuschelte sich an ihn, während er weiterhin den Flyer durchsah. »Du müffelst.«

Er hob den Arm, beugte ihn ein und zeigte ihr seine überschaubaren Muskeln. »Dieser Stahlkörper formt sich nicht von allein.«

Sie kicherte. »Warum duschst du nicht im Fitnessstudio?«

Er drehte sich zu ihr um und küsste sie auf die Nasenspitze. »Weil ich viel lieber mit dir dusche.«

Ich stand auf, um mich unauffällig zu verkrümeln.

»Warte«, rief Emily. Sie holte mich auf halbem Weg zum Bad ein, legte mir einen Arm um die Schultern und drehte sich mit mir zu Luca um. »Ich präsentiere Ihnen die neue Tourfotografin von *Reanimation*! Sie wird uns morgen für eine Woche verlassen und mir unsagbar fehlen.«

»Was habe ich denn jetzt schon wieder verpasst?« Er kam auf uns zu. »Ich brauche Einzelheiten.«

Ich klopfte Emily auf die Schulter. »Das übernimmt meine Schwester. In der Zwischenzeit mache ich mich frisch, und wenn ihr nachher unter der Dusche seid, packe ich meinen Koffer.«

Nachdem ich mich ins Badezimmer zurückgezogen hatte, stellte ich mich vor den Spiegel und sah mich an. Da stand ich nun, ein Mädchen aus Virginia, das bis vor vier Wochen noch nie aus Eagle Rock herausgekommen war. Es musste eine Eingebung gewesen sein, dass ich zu meinem achtzehnten Geburtstag einen Reisepass beantragt hatte. Allein ihn zu besitzen hatte sich für mich wie ein Stück Freiheit angefühlt.

New York war für mich eine riesige neue Welt, und jetzt eröffnete sich mir aus heiterem Himmel die Möglichkeit, weitere Städte kennenzulernen.

Wie würden wir morgen nach Chicago reisen? Die Band hatte sicherlich einen Tourbus. Allerdings wären wir bei der Entfernung länger als einen Tag unterwegs. Mir wurde flau im Magen. Ich war noch nie geflogen und hatte auch nichts dagegen, in Zukunft auf diese Erfahrung zu verzichten.

Mr Stinger meinte, ich solle ihm schreiben, falls ich Fragen hatte. Natürlich hatte ich die – jede Menge sogar. Aber ich wollte ihn nicht nerven. Ich sah auf die Uhr meines Smartphones. Vermutlich war die Band für die Show schon zu den NBC Studios im Rockefeller Center unterwegs. Ob Ryle inzwischen wusste, dass ich zugesagt hatte?

Kurz zögerte ich, doch dann schrieb ich ihm auf Instagram eine Nachricht.

Ich kann nicht glauben, dass ich das tue. Passiert das wirklich?

Meine Finger zitterten beim Tippen. Mit ihm zu schreiben war schon aufregend, wie würde ich mich da erst fühlen, wenn ich ihm wieder begegnete? Eins stand schon jetzt fest: Die nächsten Tage würde ich nie vergessen.

Sollte ich meine Eltern darüber informieren? Dad hatte sich gewünscht, dass ich in Eagle Rock blieb und eines Tages das Diner übernahm. Doch ich war wie Emily gegangen. Ich glaubte, er machte sich vorrangig Sorgen, dass ich hier in der Großstadt scheiterte. Deshalb entschied ich, ihm noch nichts von dem Auftrag zu erzählen. Vorher musste ich mir sicher sein, dass ich das wirklich hinbekam.

Unter der Dusche machte ich mir darüber Gedanken, was ich alles einpacken musste. Zum Glück hatte ich erst Wäsche gewaschen und noch genügend saubere Sachen. Meine Garderobe bestand in erster Linie aus Jeans und T-Shirts. Vielleicht würde ich Emily fragen, ob ich mir ein Kleid von ihr leihen durfte. Sie war zwar kleiner als ich, aber die Länge war egal.

»Bist du ertrunken?«, fragte Emily und klopfte an die Tür.

Ich schloss ihr auf. »Bin gleich fertig.«

»Seit wann brauchst du so ewig im Bad?« Sie beobachtete mich beim Bürsten meiner Haare.

»Ich habe das volle Programm durchgezogen, mich gefühlt von oben bis unten rasiert, eine Haarpackung gemacht, Nägel geschnitten und lackiert. Sogar die Augenbrauen habe ich mir nachgezupft.«

Sie lehnte sich an den Türrahmen und schmunzelte.

»Was ist so lustig?«

»Nichts.« Sie zuckte mit den Schultern und grinste noch breiter.

»Hast du eventuell ein Kleid für mich, das du entbehren kannst?«

»Klar. Ich könnte dir auch schicke Unterwäsche borgen. Schwarz mit Spitze oder rot mit ...«

Ich warf das Handtuch, mit dem ich mir die Haare trocken gerubbelt hatte, nach ihr. Sie fing es lachend auf.

»Es ist bescheuert. Ich weiß selbst nicht, warum ich so einen Aufwand betreibe.« Seufzend packte ich die Haarbürste in meine Kulturtasche.

»Weil du Ryle gefallen möchtest.« Sie trat zu mir ans Waschbecken. »Du hast abgehetzt in einem schmutzigen Shirt vor ihm gestanden und es schien ihn kein Stück zu stören. Glaub mir, Lynn. Du gefällst ihm genau so, wie du bist.«

Ich zog Leggings und ein Shirt an und schob mich an ihr vorbei ins Wohnzimmer. Luca ging ohne Emily duschen. Sie räumte in der Zwischenzeit die Küche auf und füllte die Cookies in Tüten. Als ich mit dem Kofferpacken fertig war, machten wir es uns alle auf der Couch gemütlich und ließen uns die bestellten Pizzen schmecken. Wir schauten die Tonight Show und warteten auf die Band. Ich konnte es nicht erwarten, Ryle zu sehen. In dem Moment, als der Moderator die Jungs ankündigte, hörte ich auf zu kauen. Im Gegensatz zu seinem sonst so zerzausten Look waren seine Haare heute zur Seite frisiert. Er trug eine enge schwarze Jeans und ein weißes Shirt.

Die Jungs nahmen in grauen Sesseln Platz und hatten bei dem Interview sichtlich Spaß. Sie sprachen über die Tour und das kommende Album. Dass sie sich immer wieder gegenseitig neckten, brachte mich zum Schmunzeln. Jedes Mal, wenn die Kamera Ryle einfing und er eine Frage beantwortete, bekam ich Herzklopfen. Selbst aus der Ferne verliehen ihm seine dunkelblauen Augen diesen geheimnisvollen Blick.

Ich war richtig enttäuscht, als der Moderator sie verabschiedete. Gern hätte ich ihnen länger zugesehen. Sie waren lustig, unterhaltsam und sympathisch. Ryle verschwand hinter den Kulissen und ich blieb mit einem leichten Ziehen im Bauch zurück.

»Ich geh schlafen. Gute Nacht.« Luca strich mir über den Arm. »Viel Spaß auf Tour. Bring uns ein paar Souvenirs mit.« Er verschwand im Schlafzimmer.

»Ich stell mir den Wecker und steh morgen früh mit dir auf«, sagte Emily.

»Bloß nicht. Sonntags sollte man ausschlafen und außerdem machst du mich noch nervöser.«

Sie zog mich in ihre Arme. »Mach dich nicht verrückt. Das wird toll.«

»Es ist so verwirrend«, sagte ich und lehnte mein Kinn auf ihre Schulter. »Ich hab mich noch nie so gefühlt. Einerseits kann ich es nicht erwarten, Ryle zu sehen, andererseits möchte ich am liebsten vor ihm wegrennen.«

»Warum das?«, fragte sie.

»Weil ich keine Ahnung habe, wohin das führen soll.«

6

Ich konnte nicht sagen, ob ich kurzzeitig eingeschlafen war – gefühlt hatte ich kein Auge zubekommen. Ryle hatte meine Antwort auf Instagram gesehen und mit *Bis morgen* und einem Smiley geantwortet.

Nach unzähligem Hin-und-her-Wälzen gab ich auf. Ich legte meine Decke zusammen und räumte sie mit dem Kissen in die Kommode. Um sicherzugehen, dass ich nichts vergessen hatte, sah ich noch mal mein Gepäck durch. Ich tapste durch die Wohnung und verhielt mich so leise wie möglich. Nachdem ich mir das Gesicht mit kaltem Wasser gewaschen hatte, putzte ich mir die Zähne und trug Wimperntusche auf. Dann verstaute ich die letzten Sachen im Kulturbeutel und packte diesen in den Koffer.

Für heute hatte ich mir mein graues Lieblingsshirt und eine schwarze Jeans zurechtgelegt. Da ich vor Aufregung keinen Bissen herunterbekam, saß ich eine geschlagene Stunde am leeren Küchentisch und zählte die Minuten, bis es kurz vor fünf war.

Ich schnappte meinen Rucksack und den Koffer, verließ die Wohnung und ging die Stufen im Treppenhaus hinab. Gerade als ich durch die Tür nach draußen trat, kam ein schwarzer Wagen vorgefahren und hielt in zweiter Reihe. Der mir inzwischen bekannte Bodyguard stieg aus dem Auto und kam mir entgegen. »Guten Morgen, Miss Collins. Ich bin Bruce. Warten Sie, ich nehme Ihren Koffer.«

»Vielen Dank. Bitte, nennen Sie mich Lynn.«

Er nickte freundlich, verstaute mein Gepäck im Kofferraum und hielt mir die Tür auf. Es kam mir komisch vor, hinten zu sitzen, schließlich war niemand sonst im Wagen. Aber ich traute mich nicht, ihm das zu sagen. Vielleicht stieg unterwegs noch jemand zu?

»Wir fahren direkt zum Flughafen«, informierte er mich und fuhr los.

Ich schluckte. Dass ich heute zum ersten Mal fliegen würde, konnte ich immer noch nicht fassen.

»Kommen Sie mit nach Chicago?«, fragte ich.

»Ja, ich bin von Anfang an dabei, seit die Band vor vier Jahren zusammengefunden hat. Allerdings hat sich mein Aufgabengebiet inzwischen erweitert.«

»Was tun Sie so?«

»In erster Linie bin ich für Ryles Sicherheit zuständig. Aber eigentlich bin ich sein Mann für alles. Ich erledige Dinge, die er zeitlich nicht schafft, mache Besorgungen und so weiter.«

Bei der Erwähnung seines Namens zuckte ich zusammen. Hatte es einen Grund, dass ausgerechnet Ryles Bodyguard mich abholte?

»Heißt das, jeder der Jungs hat einen eigenen Leibwächter?«

Er strich sich über die Glatze. »Ja, anders ist das nicht mehr zu schaffen. Sie haben ja vorgestern miterlebt, was da zuweilen los ist.«

Wir fuhren über die Williamsburg Bridge Richtung Brooklyn. Ich sah aus dem Fenster, streckte mich und blickte über die Leitplanke hinweg auf den East River, dessen Wasser sich im schwachen Morgenlicht kräuselte. Den Rest der fast dreißigminütigen Fahrt schwiegen wir. Als wir beim Flughafen ankamen, war ich ein nervliches Wrack.

Ich konnte mich nicht daran erinnern, jemals derart nervös gewesen zu sein. Zum einen hatte ich Zweifel, dass ich dem Auftrag gewachsen war und meine Bilder den Ansprüchen der Band gerecht wurden. Und das bevorstehende Wiedersehen mit Ryle machte mich zusätzlich verrückt. Ich wusste nicht, wie ich ihm gegenübertreten und mich verhalten sollte.

Bruce stellte das Auto im Parkhaus ab. »Der Wagen kann abgeholt werden«, ließ er jemanden am Telefon wissen. »In etwa drei Stunden landen wir in Chicago. Ich melde mich kurz vorher noch mal. Die Vans müssen bereitstehen, wenn wir den Flughafen verlassen.« Er legte auf und holte unser Gepäck aus dem Kofferraum. Obwohl er einen eigenen Koffer dabeihatte, zog er auch meinen hinter sich her.

»Ich kann ihn selbst tragen«, sagte ich und hastete neben ihm her. Der Mann war riesig. Für jeden seiner Schritte brauchte ich drei.

»Das übernehme ich«, erwiderte er. »Haben Sie Ihren Reisepass griffbereit?«

Natürlich nicht. Ich kramte im Rucksack, während Bruce unbeirrt weiterging. Als ich den Pass gefunden hatte, musste ich rennen, um zu ihm aufzuschließen. Ich folgte ihm quer durch das Hauptgebäude bis zu einem abseits gelegenen kleinen Terminal.

»Wir werden gesondert abgefertigt«, erklärte er und reichte einer Dame im schicken Kostüm ein Dokument und unsere Pässe.

Sie gab unsere Daten in den Computer ein, nickte und ließ uns die Absperrung passieren. Dann lief sie in einem breiten Gang voraus.

»Müssen wir das Gepäck nicht abgeben?«, flüsterte ich, da Bruce die Koffer wieder trug.

»Nein. Wir fliegen nicht mit einer Airline, sondern privat.«

Die Frau stemmte sich gegen eine Tür, durch die wir direkt auf den Flugplatz gelangten.

»Guten Flug«, wünschte sie und blieb zurück.

Bruce nickte und lief zielgerichtet auf einen geschätzt zwanzig Meter langen Jet zu.

»O mein Gott«, stieß ich aus. Meine Hände begannen zu zittern, weshalb ich sie in die Hosentaschen schob.

Er verlangsamte seine Schritte. »Haben Sie Flugangst?«

»Keine Ahnung. Ich bin noch nie geflogen.«

»Verstehe.«

Ein Mann nahm uns wortlos das Gepäck ab, ehe wir das Flugzeug über eine Zugangstreppe betraten. Die Inneneinrichtung sah ziemlich edel aus. Auf der einen Seite befanden sich zwei Tische mit jeweils vier cremefarbenen Ledersitzen. Auf der anderen Seite gab es eine Bar und einen kleinen Tisch mit zwei Sitzen gegenüber.

»Wir sind die Ersten«, stellte Bruce fest und machte eine ausladende Handbewegung. »Sie haben freie Platzwahl. Machen Sie sich keine Sorgen, Fliegen ist entspannter als Busfahren.«

Ich ging nach hinten und setzte mich in Fahrtrichtung an den kleinen Tisch. Oder sagte man Flugrichtung? Ich biss mir auf die Lippen und sah aus dem Fenster. Auf dem Rollfeld hob gerade ein Flugzeug ab.

Was, wenn mir schlecht wurde? Meine Hände wurden immer feuchter.

»Gibt es hier eine Toilette?«, erkundigte ich mich.

Bruce stand mit verschränkten Armen vorm Eingang und blickte nach draußen. »Ja, direkt durch die Tür hinter Ihnen. Aber Sie müssen warten, bis wir in der Luft sind.«

Diese Warterei machte mich mürbe. Ich nahm mein Handy und schrieb Emily eine Nachricht.

Ich sitze in einem Privatjet. Kannst du bitte herkommen und meine Hand halten? Ich sterbe vor Aufregung.

Es war kurz vor sechs Uhr. Vermutlich schlief sie noch.

Ich machte ein Foto vom Flugzeuginneren und schickte es ihr.

»Sie kommen«, sagte Bruce und trieb meinen Puls dadurch weiter in die Höhe.

Ich ließ mich noch tiefer in meinen Sitz sinken. Da ich auf der falschen Fensterseite saß, konnte ich nichts sehen. Dafür hielt ich den Blick auf den Eingang gerichtet und wischte mir die Hände an meiner Hose ab.

»Es ist immer dasselbe«, schimpfte Olivia, die als Erste eintrat. »Die Jungs trödeln.«

Mr Stingers Assistentin würde ich aufgrund ihrer blonden Lockenmähne überall wiedererkennen. Sie ging an Bruce vorbei und blieb schlagartig stehen.

»Was machen Sie denn hier?«, brach es aus ihr heraus. Sie musterte mich von oben bis unten.

»Miss Collins ist Mr Stingers persönlicher Einladung gefolgt«, erwiderte Bruce.

Sie hob die Augenbrauen und fuhr zu ihm herum. »Und warum weiß ich davon nichts?«

»Hat sich kurzfristig ergeben«, antwortete er, während Tom hereinplatzte. Er spielte in der Band Bass.

»Wann können wir endlich mal wieder ausschlafen?«, fragte er, zwängte sich an den beiden vorbei und erblickte mich. »Hey, du bist die Fotografin, stimmt's?« Er ließ sich mir gegenüber in den Sitz fallen. Seine verwuschelten blonden Haare hatten heute noch keinen Kamm gesehen. Trotz der frühen Stunde war er gut gelaunt und grinste mich an. Auf seinen Wangen bildeten sich Grübchen.

Ich lächelte und nickte.

»Ryle hat mir das Bild gezeigt, das du von uns gemacht hast. Ist richtig cool geworden.«

»Danke.« Im Gegensatz zu Olivia mochte ich ihn auf Anhieb.

Er streckte mir über den Tisch die Hand entgegen. »Ich bin Tom.«

Das wusste ich längst. »Lynn«, entgegnete ich und schüttelte ihm die Hand.

»Hey, Jungs«, sagte er, als seine Bandkollegen hereinkamen. »Das ist Lynn. Und das sind Simon, David und Dan«, stellte er sie vor, während er der Reihe nach auf sie zeigte.

Sie hoben zum Gruß die Hand und ließen sich an einem der Vierertische nieder. Simon und David waren Zwillinge, die ich nur dank ihrer unterschiedlich langen dunklen Haare auseinanderhalten konnte. Dan trug sein rotes Haar ebenso wie der Manager kurz rasiert.

»Ryle kennst du ja bereits«, sagte Tom in dem Moment, in dem er an Bord kam.

Unsere Blicke begegneten sich und ich hielt unwillkürlich die Luft an. Ryle kam langsam näher und sah mir mit einer Intensität in die Augen, dass ich glaubte, er könnte all meine Geheimnisse offen vor sich sehen.

»Hey.« Ich schluckte, um den Kloß im Hals loszuwerden.

Er erwiderte nichts, lächelte mich einfach nur an.

»Kann ich auf deinen Platz?«, fragte er Tom.

Dieser schmunzelte, lehnte sich entspannt zurück und schaute zu ihm auf. »Hm ... Das ist Verhandlungssache. Was bekomme ich denn dafür?«

Ryle lachte. »Beweg deinen Hintern, sonst hebe ich dich aus dem Sitz.«

»Wir haben Startfreigabe«, sagte Mr Stinger, dessen Anwesenheit ich noch gar nicht bemerkt hatte.

Tom kicherte, als Ryle ihn am Arm packte und aus dem Sitz zog. »Ist ja gut.« Sie stießen sich gegenseitig mit den Schultern an, bevor Tom sich zu den anderen drei Jungs setzte und Ryle den Platz mir gegenüber einnahm.

»Hallo, Miss Collins.« Mr Stinger trat zu mir und reichte mir die Hand.

»Einfach nur Lynn, bitte.«

Er legte eine Mappe vor mir auf den Tisch. »Lynn, bitte lesen und unterschreiben Sie das. Falls Sie nicht einverstanden sind, haben Sie jetzt noch die Gelegenheit, das Flugzeug zu verlassen.«

»Was ist das?«

»Ein Vertrag über unsere Vereinbarung.« Er reichte mir einen Kugelschreiber.

Ich klappte die Mappe auf, nahm eine Kopie des Vertrages heraus und begann zu lesen. In erster Linie war das Dokument eine Verschwiegenheitsvereinbarung, durch die ich mich verpflichtete, nichts über meine Erlebnisse mit der Band sowie geschäftliche und private Details preiszugeben. Ich war noch nicht ganz durch, da zogen sie die Tür zu. Ruckartig sah ich auf und starrte zum geschlossenen Ausgang.

»Ist alles okay?« Ryle legte den Kopf schräg und kniff die Augen zusammen.

»Ich fliege heute zum ersten Mal«, ließ ich ihn wissen.

Der Motor wurde gestartet und der Jet begann zu vibrieren. Ich setzte hektisch meine Unterschrift unter den Vertrag und legte mit zittrigen Fingern den Gurt an.

»Als ich das erste Mal geflogen bin, war ich auch nervös«, sagte Ryle. »Glaub mir, sobald wir in der Luft sind, wirst du es mögen.«

»Das ist eigentlich genau das, wovor ich mich fürchte«, erwiderte ich. »Man ist da oben völlig wehrlos. Einen Busfahrer kann ich im Notfall dazu bringen, anzuhalten, und im Zug gibt es eine Notbremse. Im Flugzeug habe ich überhaupt keinen Einfluss auf die Landung.«

Er stemmte die Unterarme auf den Tisch und lehnte sich ein wenig zu mir herüber. »Du bist also jemand, der am liebsten die Kontrolle behält?«

Ich zuckte mit den Schultern.

Ryle lehnte sich zurück und sah nachdenklich aus dem Fenster. »Es gibt viele Dinge, auf die wir keinen Einfluss haben. Uns bleibt nichts anderes übrig, als sie zu akzeptieren.«

Er wirkte mit einem Mal bedrückt. Aber ich hatte keine Zeit, über den Grund nachzudenken, weil der Jet sich in Bewegung setzte und zur Startbahn rollte.

»Du musst dich noch anschnallen«, stellte ich fest und zog meinen Gurt straffer.

Seine Miene hellte sich auf. »Sorgst du dich um mich?«

Ich sah zu den anderen, von denen sich auch keiner angeschnallt hatte. Die Jungs waren in ein Gespräch vertieft. Bruce saß mit einem Kollegen, Mr Stinger und Olivia an dem zweiten Vierertisch. Sie war die Einzige, die sich zu uns umdrehte und uns beobachtete.

Als Ryle meinem Blick folgte und sie ansah, wandte sie sich hastig ab. Sie verhielt sich seltsam. Wie alt sie wohl war? Ich schätzte sie ungefähr auf Emilys Alter.

Er runzelte die Stirn und drehte sich wieder zu mir. »Wenn es dich beruhigt …«, sagte er, legte seinen Gurt an und zwinkerte mir zu.

Ich lächelte.

Das Flugzeug hatte seine Startposition erreicht und stoppte. Es wurde lauter und begann zu beben. Ich klammerte mich an meinen Sitz und starrte aus dem Fenster.

»Hab Vertrauen.« Ryle streckte sein Bein aus und lehnte es

unter dem Tisch gegen meines. Ob es eine unbewusste Geste war oder er es absichtlich tat, um mir Mut zu machen, konnte ich nicht sagen.

Der Jet beschleunigte so schnell, dass es mich in den Sitz drückte. Das Vibrieren übertrug sich auf meinen Körper. Meine Muskeln schmerzten, da ich sie verkrampft anspannte.

Und dann hob die Maschine ab. Ich hatte das Gefühl, meine Organe würden in mir schweben. Froh darüber, heute Morgen nichts gegessen zu haben, legte ich die Hand auf meinen Bauch. Ich war mir bewusst, dass Ryle mich beobachtete. Doch ich konnte mich nicht von dem Anblick lösen, der sich mir nun bot.

Die Skyline von New York City aus der Luft zu sehen war mehr als beeindruckend. Die Morgensonne spiegelte sich in den fensterreichen Fassaden und brachte sie zum Schimmern. Der Central Park lag inmitten der Hochhäuser. Bisher war mir nicht bewusst gewesen, wie riesig diese grüne Oase war. Ich sah die Brooklyn Bridge und die Freiheitsstatue. Die Straßen durchzogen die Stadt wie Adern, Autos und Menschen waren der Puls, der sie belebte. Je höher wir flogen, desto besser erkannte man die Wasserarme, die durch die Landfläche verliefen.

»Ich wusste, dass dich die Aussicht begeistern wird«, sagte Ryle.

»Sieht man mir das so deutlich an?«

»Deine Augen leuchten wie bei einem Kind, das ein Geschenk auspackt.«

»Wir haben unsere Flughöhe erreicht«, informierte der Pilot in diesem Moment über die Sprechanlage.

Mr Stinger stand umgehend auf und trat in den Gang.

»Ich habe unterschrieben«, sagte ich, streckte mich, ohne mich abzuschnallen, nach vorn und reichte ihm eine Ausfertigung des Vertrags.

»Sehr gut.« Er nahm ihn entgegen. »Dann fangen Sie gleich mit der Arbeit an. Ich möchte, dass Sie die Jungs auf Schritt und Tritt begleiten und sie auch in Alltagssituationen festhalten. Am besten, wenn sie gar nicht merken, dass sie fotografiert werden. Außerdem benötigen wir natürlich Fotos von den Konzerten. Je mehr brauchbare Bilder wir bekommen, desto besser. Es gibt nämlich großartige Neuigkeiten.« Er wandte sich an seine Assistentin und nickte ihr zu. »Olivia, übernehmen Sie.«

Sie stand ebenfalls auf und nahm ihr Klemmbrett vom Tisch. »Der Menschenauflauf in New York hat großes Aufsehen erregt«, begann sie ihre Rede. »Durch die Straßensperrung und den Großeinsatz der Polizei wurde in sämtlichen Nachrichten darüber berichtet, sogar außerhalb der Staaten. Alles in allem kommt uns das teuer zu stehen, aber wir profitieren anderweitig davon.« Sie blätterte in ihren Notizen. »Seit Freitag haben sich die Klickzahlen unserer YouTube-Videos fast verdoppelt und die Follower auf Instagram sind auf über zwanzig Millionen gestiegen.«

»Wie geil«, sagte Simon und klatschte sich mit seinem Zwillingsbruder ab.

»Uns erreichen Anfragen aus Europa, Asien und Australien. Innerhalb der letzten zwei Tage hat *Reanimation* verstärkt an Bekanntheit gewonnen und ist auch außerhalb der USA in aller Munde. Zumal die Kritiker in Bezug auf den Tour-Auftakt voller Lob sind und weitere Sponsoren mit Werbedeals einsteigen wollen.«

»Was euch Olivia damit sagen will ...«, ergriff Mr Stinger wieder das Wort. Er sah mit ernstem Blick in die Runde, bevor ein euphorisches Lachen aus ihm herausbrach. »Ihr denkt, ihr seid schon ganz oben? Irrtum, Jungs, jetzt geht es erst richtig los.« Den letzten Satz rief er so laut, dass ich zusammenzuckte.

Die Jungs sprangen auf, jubelten und fielen sich in die Arme. Tom zog Ryle aus dem Sitz und wuschelte ihm durch die Haare. Obwohl er sich mit seinen Bandkollegen freute, war seine Reaktion im Vergleich zu den anderen verhalten.

Ich hielt mich an den Armlehnen fest, weil ich befürchtete, der Jet würde wegen all der Luftsprünge jeden Augenblick ein paar Meter absacken. Olivia umarmte die Jungs, wobei sie Ryle augenscheinlich gar nicht mehr loslassen wollte und sich anschließend an seinem Arm festhielt. Mir wurde mit einem Schlag klar, dass ich nicht die Einzige in diesem Flugzeug war, die für ihn schwärmte.

Olivia suchte meinen Blick und strich Ryle dabei vielsagend über den Rücken. Es war eine unausgesprochene Warnung, bei der ich mir wünschte, den Auftrag niemals angenommen zu haben. Ryle war unerreichbar, daran würde auch die kommende Woche nichts ändern. Nach dem, was ich soeben erfahren hatte, waren die Jungs bald Weltstars. Ich fühlte mich in diesem Moment so fehl am Platz – wäre ich in einem Zug gewesen, hätte ich bestimmt die Notbremse gezogen.

7

In meinem Kopf herrschte Chaos. Ich starrte aus dem Fenster und versuchte mir darüber bewusst zu werden, was ich hier gerade erlebte. Es war kein Traum, dass ich über den Wolken schwebte. Die Aussicht war atemberaubend und ich war für die Eindrücke dankbar. Gleichzeitig machte mir die Höhe Angst und ich fieberte der Landung entgegen.

Dass ich hier war, hatte ich Ryle zu verdanken, daran bestand kein Zweifel. Dennoch war ich mir unsicher, warum er mir diese Chance ermöglicht hatte. Wir waren uns zweifellos sympathisch, aber vielleicht schätzte er tatsächlich nur meine Arbeit, und ich hatte mir das, was auch immer zwischen uns war, nur eingebildet.

Ein kurzer Blick versicherte mir, dass Olivias Hand noch immer auf seinem Rücken lag. Womöglich waren die beiden zusammen?

Mir wurde flau im Magen. Ich sah zur Toilettentür. Der Gedanke, mich abschnallen zu müssen, hielt mich jedoch davon ab, aufzustehen. Um mich abzulenken, nahm ich mein Handy. Allerdings hatte ich den Flugmodus eingestellt und traute mich nicht, online zu gehen, solange wir in der Luft waren. Ich konnte also erst am Boden checken, ob Emily mir geantwortet hatte.

Den Rucksack hatte ich unter meinem Sitz verstaut. Ich zog ihn hervor. Mr Stinger wollte, dass ich unverzüglich mit der Arbeit anfing. Deshalb holte ich meine Spiegelreflexkamera heraus und prüfte die Einstellungen. Darauf musste ich mich konzentrieren, deswegen war ich hier. Ich würde mich zusammenreißen und die Sache professionell angehen. Zumindest tat ich mein Bestes, um vor den anderen diesen Eindruck zu hinterlassen.

Mr Stingers Telefon klingelte. Ich betete, dass seine Funkfrequenz die des Flugzeuges nicht beeinflusste, legte die Kamera auf den Tisch und krallte meine Hände erneut in die Armlehne.

»Das klingt nach einer Weltkarriere«, sagte ich, da Ryle sich wieder zu mir setzte und mich ansah. »Herzlichen Glückwunsch.«

»Danke.« Er nahm meine fünf Jahre alte Kamera vom Tisch und betrachtete sie.

Die Situation war mir unangenehm. Er hatte bestimmt erwartet, dass ich mit einer modernen Ausrüstung aufkreuzte. »Sie ist nichts Besonderes«, sagte ich kleinlaut.

Er schaltete sie ein, hielt sie hoch und machte ein Foto von mir. »Es kommt nicht auf die Kamera an, sondern auf das Motiv.«

Ich merkte, wie mir Hitze in die Wangen schoss. Ryle gab mir die Kamera zurück, und ich betrachtete das Foto, das er von mir gemacht hatte. Das Licht schmeichelte mir und brachte meine Haare zum Glänzen. Mein Lächeln war schüchtern, doch meine Augen leuchteten geradezu.

Olivia trat zu uns und schmiss einen Stapel Autogrammkarten vor ihn auf den Tisch. »Du hast zu tun«, wies sie ihn an und warf mir einen eisigen Blick zu.

Konnte ich mich bitte einfach in Luft auflösen?

»Es gibt Neuigkeiten aus Chicago«, ließ Mr Stinger die Jungs wissen, nachdem er das Telefonat beendet hatte. »Das Soldier Field Stadion ist seit einer halben Stunde restlos ausverkauft.«

»Nur mal zur Information, was das bedeutet«, ergriff Olivia das Wort und blätterte abermals in ihren Notizen. »Im Madison Square Garden habt ihr vor zwanzigtausend Leuten gespielt.« Sie sah auf. »In Chicago werden es heute Abend sechzigtausend Zuschauer sein.«

»Alter, ist das krass«, sagte Simon. Sein Zwillingsbruder pfiff beeindruckt.

Mr Stinger nickte stolz. »Das ist eine Menge Verantwortung. Je größer die Hallen werden, desto mehr Fans müsst ihr beeindrucken. Wir fahren vom Flughafen direkt ins Stadion, damit ihr euch mit der Location vertraut machen könnt.«

»Los jetzt, ich brauche unterschriebene Autogrammkarten«, forderte Olivia die Jungs auf. »Danach solltet ihr euch bis zur Landung noch etwas ausruhen.«

Es erklang ein allgemeines Seufzen, bevor sie sich ans Signieren machten. Auf der Karte waren sie zu fünft vor einer Mauer abgebildet. Jeder unterschrieb unter seinem Bild und reichte es dann weiter.

Ich sprang über meinen Schatten, löste den Gurt und stand auf. Da Ryle nicht mit den Jungs am Tisch saß, bekam ich sie aus meiner jetzigen Perspektive nicht alle aufs Foto. Ich ging nach vorn und suchte einen Winkel, aus dem ich die fünf einfangen konnte.

»Sagt, was ihr wollt. Auf dem Bild bin ich eindeutig der Heißeste von uns«, stieß Tom aus.

Die anderen Jungs prusteten los.

»Klar, da konnten sie in der Bearbeitung deine große Nase retuschieren«, entgegnete Simon.

»Du weißt schon, was man über die Nase eines Mannes sagt?« Tom grinste breit. »Du musst dich endlich mal damit abfinden, dass in meiner Hose mehr los ist als bei dir.«

Simon klatschte ihm die flache Hand auf den Hinterkopf,

weshalb er mit dem Stift von der Karte abrutschte und auf den Tisch malte.

»Hört auf zu nerven«, sagte Dan. Es war das erste Mal, dass ich ihn sprechen hörte.

»Lynn, wie ist deine Meinung dazu?«, fragte Tom und sah sich zu mir um.

O Gott. War das sein Ernst? Jetzt sahen mich alle an. Wie kam ich aus dieser Nummer wieder raus?

»Meinst du in Bezug auf deine Nase?« Es war mein kläglicher Versuch, es ins Lächerliche zu ziehen, damit ich um eine ernsthafte Antwort herumkam.

Die Jungs lachten, aber Tom ließ nicht locker.

»Wer von uns ist am ehesten dein Typ?«, hakte er nach.

Ich spürte Ryles Blick auf mir, ebenso wie den von Olivia. Auf keinen Fall würde ich meine Schwärmerei vor ihr zugeben. Tom war ein Spaßvogel und ich mochte ihn. Allein deswegen, weil er mich in diese blöde Situation brachte, würde ich seinen Namen nicht nennen. Simon und David warteten sichtlich gespannt auf meine Antwort. Nur Dan widmete sich fleißig dem Signieren. In der Schule war er bestimmt ein Streber gewesen.

»Dan«, sagte ich spontan und hoffte, dass sich der Fall damit erledigt hatte.

Sein Kopf schnellte nach oben. »Was?«

»Ach, komm schon.« Tom verzog den Mund. »Dan ist der Einzige von uns, der vergeben ist. Such dir einen anderen aus.«

Das war ja eine interessante Information. Ich schielte zu Olivia, die nicht, wie befürchtet, Ryles Freundin war. Sie strich sich die Locken aus dem Gesicht und atmete tief durch. »Kümmert euch um die Autogramme, sonst werdet ihr nicht fertig. Und lenkt Miss Collins nicht von ihrer Arbeit ab.« Sie wandte sich mir zu. »Eigens dafür ist sie hier.«

Toll. Jetzt fühlte ich mich gleich viel besser. Ich wich ihrem Blick aus und tat, als würde ich die Kamera einstellen. Es fiel mir schwer, mir das einzugestehen, doch genau genommen hatte sie recht. Ich war engagiert worden, um den Bandalltag zu dokumentieren, und genau das würde ich tun.

»Könnt ihr zusammenrücken, damit Ryle mit an euren Tisch passt? Ich bekomme euch sonst nicht alle aufs Bild.«

»Setz dich auf meinen Schoß, Schatz.« Tom klopfte sich einladend auf die Beine.

»Dann kannst du doch nicht mehr signieren«, erwiderte Ryle.

Ich ging zu ihnen. »Kann man die Armlehne zwischen euch hochklappen?«

Simon stellte sie auf, Tom rutschte nach und Ryle setzte sich an den Rand.

»Rrrr ... Jetzt wird es kuschlig.«

»Du bist ein Spinner«, sagte David zu Tom.

»Amen«, erwiderten die anderen im Chor.

Er grinste. »Ich liebe euch auch.«

»Widmet euch euren Autogrammkarten und vergesst einfach, dass ich da bin«, wies ich sie an.

Ryle sah mich an. »Das wird mir schwerfallen.«

Ich konnte nicht anders, als sein zögerndes Lächeln zu erwidern. Schließlich zog ich die Schuhe aus, stellte mich mit eingezogenem Kopf auf meinen Sitz und machte einige Aufnahmen.

Den Rest des Fluges verbrachte ich über mein Grafiktablet gebeugt und bearbeitete eins der Bilder im 3-D-Modus. Die Jungs hatten eine Stunde lang signiert. Simon und David schauten auf einen kleinen Fernseher, der an der Kabinendecke befestigt war. Dan las ein Buch. Tom tippte auf seinem Smartphone. Und Ryle hatte wieder mir gegenüber Platz genommen und sah mir beim Bearbeiten des Bildes zu.

»Ich würde das auch gern können«, sagte er.

»Wenn du magst, bringe ich es dir bei.« Ich hatte es leichtsinnig ausgesprochen, sah schnell zu Olivia und war erleichtert, dass sie schlief.

Er hob die Augenbrauen. »Echt?«

»Klar, fragt sich nur, wann.«

»Die Zeit wird sich finden.« Er lehnte sich zu mir über den Tisch. »Und wie kann ich mich revanchieren?«

»Du hast mir diesen Job verschafft.«

»Den hast du dir selbst verschafft, weil deine Arbeit gut ist.« Er lehnte sich wieder zurück. »Lass mich überlegen. Was kann ich, was du nicht kannst?«

Ich lachte. »Singen zum Beispiel. Da bin ich ein hoffnungsloser Fall. Mein Gesang reicht nicht mal für die Dusche.«

Ryle stimmte in mein Lachen ein. »So schlimm?«

»Grausam.«

»Ich könnte dir ein wenig Gitarrespielen beibringen.«

»Da muss ich dich auch enttäuschen. Das kann ich nämlich schon.«

Er kniff die Augen zusammen. »Tatsächlich?«

»Ich behaupte nicht, dass ich es gut kann. Aber ein paar Akkorde bekomme ich hin.«

»Wie wäre es dann mit Klavier?«

Ich schüttelte den Kopf. »Wie viele Instrumente beherrschst du eigentlich? Bei dem Konzert habe ich dich am Schlagzeug gesehen.«

»Unser Ryle ist ein Allroundtalent«, mischte sich Tom ein. »Er spielt sogar Dudelsack.«

Ich presste die Lippen zusammen, konnte mein Schmunzeln aber nicht unterdrücken.

Ryle verschränkte die Arme vor der Brust und scheiterte ebenfalls an einer ernsten Miene. »Was ist daran so lustig?«

»Na ja, ich hatte gerade Kopfkino.«

Er zog die Stirn in Falten. »Inwiefern?«

Nun lächelte ich ganz offen. »Ich hab mir vorgestellt, wie du in einem Kilt aussiehst.«

Tom brach in Gelächter aus und weckte dadurch Olivia. »Ich mag dich, Lynn«, sagte er.

Ryle blickte von ihm zu mir und streckte die Beine aus, sodass er meine berührte und mich schlagartig ein wohliger Schauer überlief. »Bisher habe ich noch nie einen Schottenrock getragen. Für dich mache ich vielleicht mal eine Ausnahme.« Er zwinkerte mir zu.

Olivias Blick bohrte sich in meine Brust, ich schenkte ihr jedoch keinerlei Beachtung.

»Wir befinden uns im Landeanflug«, informierte der Pilot über die Sprechanlage.

Ich packte meine Kamera und das Tablet in den Rucksack, verstaute diesen wieder unter den Sitz und schnallte mich an. Automatisch ging mein Blick zu Ryles Gurt, der es bemerkte und ihn daraufhin ebenfalls anlegte.

»Es sind bereits zwei Vans auf dem Weg zum Flughafen«, ließ Bruce Mr Stinger wissen.

Dieser nickte. »Gut. Wir verlassen den Transitbereich erst, wenn die Wagen vor Ort sind.«

Ich hörte sie kaum. Auf meinen Ohren lag ein unangenehmer Druck, der immer schlimmer wurde.

Ryle reichte mir ein Päckchen Kaugummis über den Tisch. »Wenn du kaust, wird es besser.«

Wir verloren schnell an Höhe. Der Jet ging in Schräglage und flog eine Kurve, weshalb ich nach Luft schnappte. Einen kurzen Moment lang konnte ich die Landebahn sehen.

Als wir auf dem Boden aufsetzten, ging ein Ruck durch das Flugzeug. Wir wurden stetig langsamer und ich atmete erleichtert auf. Bis wir zum Halten kamen, vergingen noch einige Minuten.

Ich schaltete den Flugmodus meines Handys aus und las Emilys Nachricht.

Emily: Ich wäre gern bei dir, aber du schaffst es ganz allein. Seit ich aufgestanden bin, höre ich Reanimation in Dauerschleife. Hast du gewusst, dass Ryle den aktuellen Song selbst geschrieben hat? Hab ich im Internet gelesen. Ich stalke die Band gerade. 😃

Ich: Hab ich nicht gewusst. Dafür weiß ich jetzt, dass er Dudelsack spielt. 😉 Sind eben gelandet. Melde mich später wieder.

»Um euer Gepäck und die Instrumente wird sich gekümmert«, sagte Mr Stinger. »Bleibt dicht zusammen und trödelt nicht.«

Wir verließen das Flugzeug. Ich war erleichtert, wieder festen Boden unter den Füßen zu haben, blieb kurz stehen und atmete tief durch.

Ryle wartete auf mich.

»Bleib bei den anderen Jungs«, rügte Olivia ihn. Sie hakte sich bei mir unter, als wären wir gute Freundinnen. »Ich kümmere mich um Lynn. Wir fahren im zweiten Wagen.«

Bruce legte Ryle eine Hand auf die Schulter und geleitete ihn durch eine Tür ins Flughafengebäude. Statt unsere Pässe zu kontrollieren, ließen sich die Mitarbeiter am Check-out mit der Band fotografieren.

Bevor wir den Transitbereich verließen, setzten die Jungs Basecaps auf. Bruce und ein weiterer Bodyguard waren mit uns geflogen. Hinter der Schranke warteten bereits drei ihrer Kollegen, um uns in Empfang zu nehmen. Mit gesenktem Kopf liefen die Jungs und ihr Manager von den Männern umringt los. Olivia und ich folgten ihnen mit etwas Abstand.

Es dauerte nicht lange, da wurden sie von Fremden erkannt. Es waren keine Fans, die sie wie bei dem Vorfall in New York bedrängten. Aber sie erweckten Aufmerksamkeit. Immer mehr Menschen liefen herbei und zückten ihre Handys. Einige rannten, um die Band von vorn fotografieren zu können.

»Ryle«, schrie ein Mädchen. Unter das Gemurmel der Leute mischte sich schlagartig Geschrei.

»Tom«, rief eine andere.

Die bisher noch übersichtliche Lage wurde zudringlicher. Obwohl ich ein ganzes Stück hinter ihnen lief, beschleunigte sich mein Puls.

»Die Ankunft der Band wurde geheim gehalten«, sagte Olivia neben mir ins Telefon. »Diese Fans sind zufällig vor Ort. Vielleicht reisen sie gerade zum Konzert an.«

Von jetzt auf gleich kreisten so viele Menschen die Jungs ein, dass ich sie nicht mehr sehen konnte. Zum Glück hatten wir den Ausgang erreicht, doch die Menge strömte mit hinaus auf die Straße. Ein schwarzer Van mit verdunkelten Scheiben stand bereit, in den die Band mit Unterstützung der Leibwächter flüchtete. Sobald Bruce die Schiebetür geschlossen hatte, fuhr der Wagen hupend im Schritttempo los. Als sich niemand mehr vor der Motorhaube aufhielt, schlitterten sie mit quietschenden Reifen davon.

Ein weiterer Van kam zum Stehen und weckte nun die Aufmerksamkeit der Leute. Bruce war plötzlich an meiner Seite, fasste mich am Arm und drängte mich nach Olivia in den Wagen. Drei seiner Kollegen nahmen auf den Sitzen ihr und mir gegenüber Platz und Bruce schob die Autotür von außen zu.

»Wieso bist du nicht bei Ryle?«, stieß Olivia aus, als er schließlich auf den Beifahrersitz zustieg.

»Er hat mich angewiesen, bei Lynn zu bleiben«, rief er nach hinten. »Paul fährt bei ihnen mit.«

Olivia schnaufte. »Das wird ja immer schöner.« Sie warf mir einen Seitenblick zu, der mir deutlich verriet, was sie von mir hielt.

Der Wagen fuhr los, weshalb ich nach dem Gurt suchte und mich anschnallte.

»Wir sind gleich an euch dran«, sprach Bruce in sein Handy. »Wie es aussieht, haben wir zusätzlich zwei Privatfahrzeuge und ein Taxi mit Fans am Hals.«

Ich hielt nach vorn Ausschau. Ein weißes Auto fuhr direkt neben dem Van, in dem die Band saß. Die Insassen streckten die Arme aus dem Fenster und winkten. Dabei konnten sie die Jungs durch die abgedunkelten Scheiben unmöglich sehen.

»Wahnsinn, was hier los ist«, murmelte ich vor mich hin.

Olivia atmete tief durch. »Ich glaube, wir müssen hier mal etwas klarstellen. Es ist nicht förderlich, wenn du in der Nähe eines Bandmitgliedes gesichtet wirst. Bruce wird dafür bezahlt, auf Ryle aufzupassen und nicht auf dich. Halte dich im Hintergrund und mach deine Arbeit. In ein paar Tagen ist das Abenteuer für dich vorbei, und bis dahin werde ich zu verhindern wissen, dass du Unruhe in unseren Ablauf bringst.«

8

Um Olivia klarzumachen, dass ich diesen Job durchaus ernst nahm, arbeitete ich während der halbstündigen Autofahrt an meinem Tablet. Ich war mehrmals kurz davor, sie auf die schlechte Stimmung zwischen uns anzusprechen, wollte die Situation aber nicht noch schlimmer machen. Ihr passte es anscheinend nicht, dass ich mit den Jungs auch ins Gespräch kam. Doch wie sollte ich ihren Alltag begleiten und dabei die ganze Zeit schweigen?

Chicago hatte etliche Wolkenkratzer zu bieten und glich in manchen Stadtteilen New York. Wir erreichten das Stadion, in dem die Band am Abend auftrat. Vor dem Eingang stand bereits eine Menschenschlange, dabei war es noch nicht mal zehn Uhr. Viele hatten es sich auf Decken halbwegs bequem gemacht. Offenbar hatten sie hier übernachtet.

Als sie die Wagen erblickten, ging das mir inzwischen bekannte Geschrei los. Wir durften abseits der Fans durch ein hohes Eisentor ins Gelände fahren, bevor uns die ersten von ihnen erreichten. Hinter einem extra aufgestellten Sichtschutzzaun kamen die Autos zum Stehen. Die Jungs waren schon in einem Nebeneingang des Stadions verschwunden, ehe ich ausgestiegen war.

Olivia schien mich nicht mehr wahrzunehmen, woran ich mich nicht im Geringsten störte. Bruce hingegen wartete auf mich und ging neben mir.

»Die Jungs stehen jetzt ein paar Leuten von der Presse für

Interviews zur Verfügung«, informierte er mich. »Catering gibt es vor Ort. Nach dem Mittagessen machen sie sich mit der Location vertraut und gehen die Setlist durch. Danach kommt der Soundcheck und dann werden sie sich backstage noch etwas ausruhen.« Er hielt mir die Tür auf.

»Vielen Dank. Es ist nett, dass Sie mich auf dem Laufenden halten.« Ich betrat vor ihm einen langen Gang.

»Sagen Sie mir, wenn ich etwas für Sie tun kann«, erwiderte er.

Ich sah instinktiv zu Olivia, die uns eilig vorauslief.

»Lassen Sie sich nicht von ihr einschüchtern«, flüsterte er, als er meinem Blick folgte. »Sie organisiert viel, aber auch wenn sie sich so aufspielt, sie ist nicht die Chefin.«

»Was tust du noch hier?«, rief sie prompt, woraufhin ich Ryle am Ende des Ganges bemerkte.

»Ich komme gleich nach«, erwiderte er, ohne sie anzusehen. Sein Blick fiel auf mich. Mir wurde augenblicklich warm.

»Die Reporter warten.« Sie blieb vor ihm stehen. »Also setz dich in Bewegung.«

Er machte einen Schritt auf sie zu und sah ihr in die Augen. »Ich sagte, ich komme gleich nach«, entgegnete er ruhig.

Sie warf ihr Haar zurück, wandte sich ruckartig von ihm ab und verschwand durch die Schwingtür.

»Danke, Bruce.« Er nickte seinem Leibwächter zu, wonach dieser Olivia folgte. »Alles okay bei dir?«, fragte er mich und lehnte sich gegen die Wand.

Ich streifte meinen Rucksack ab und stellte mich ihm gegenüber auf die andere Seite des Ganges. »Ich komme klar.«

Er verengte die Augen. »Tut mir leid, falls dich die ganzen Leute am Flughafen verängstigt haben.«

»Ich war nicht diejenige, die bedrängt wurde. Es ist mir ein Rätsel, wie ihr das auf Dauer aushaltet.«

»Man gewöhnt sich daran.« Er stieß sich von der Wand ab und kam auf mich zu. Ich hatte plötzlich vergessen, wie man atmete.

»Warum bin ich hier, Ryle?«

Er blieb stehen, war nur einen Schritt von mir entfernt. »Ich weiß es nicht genau. Das versuche ich noch herauszufinden.«

Ich runzelte die Stirn. »Was meinst du damit?«

Ryle lächelte. »Die Leute, die ich in den letzten vier Jahren kennengelernt habe, wurden mir allesamt vorgestellt. Sie hatten immer mit der Branche zu tun, dienten also entweder dem Geschäft oder der Publicity. Und dann sind wir ungeplant ins Café deiner Schwester geplatzt und dort warst du.« Er sah mir direkt in die Augen und machte eine derart lange Pause, dass ich dachte, er würde nicht weiterreden. »Du hast uns nicht bedrängt und auch nicht versucht, dich bei uns einzuschleimen. Im Gegenteil: Es kam mir vor, als hättest du dich am liebsten für uns in Luft aufgelöst.«

Ich schaffte es nicht, seinem intensiven Blick länger standzuhalten, und sah zu Boden. Seine Nähe brachte mein Herz zum Rasen. Ich nahm wieder seinen frischen, minzigen Duft wahr. Sein verschmitztes Lächeln, sein Selbstbewusstsein, seine tiefe Stimme – alles an ihm zog mich an.

»Ich erkenne meistens schon an den Augen, was für ein Mensch mir gegenübersteht. Dich musste ich erst einmal dazu bringen, mich anzusehen.« Er berührte mich sanft am Kinn, damit ich vom Boden aufsah.

»Und was siehst du in mir?«, flüsterte ich, froh darüber, dass ich überhaupt etwas über die Lippen brachte.

»Ehrlichkeit. Ich glaube, du bist niemand, der sich verstellt, nur um anderen zu gefallen. Du hast kein einziges unserer Bilder öffentlich gepostet, um dich damit zu brüsten. Du bist zu spät zum Konzert gekommen, weil du schlicht und einfach etwas Wichtigeres zu tun hattest. Und dann hast du mir das Bild geschickt, dich aber gleichzeitig in einer Nachricht von mir verabschiedet.« Er strich sich das Haar aus der Stirn. »Du bist hier, weil ich diesen Abschied nicht hinnehmen wollte. Ich bin neugierig auf dich.«

Er biss sich auf die Unterlippe, was meine Aufmerksamkeit auf seinen Mund lenkte. Ich fragte mich, wie es sich anfühlen würde, ihn zu küssen. »Vielleicht bist du enttäuscht, wenn du mich näher kennenlernst.«

Ryle lachte und offenbarte dadurch seine makellosen Zähne. »Um ehrlich zu sein, hoffe ich das. Dann könnte ich dich leichter vergessen.« Das Strahlen verschwand aus seinem Gesicht. »Sonst wird es echt kompliziert.«

Die Tür schwang auf und sein Manager tauchte neben uns auf. »Ryle, wo bleibst du?«

Wir standen dicht beieinander. Keine Ahnung, was Mr Stinger jetzt dachte.

Ryle sah mich an und zögerte, ehe er vor mir zurücktrat. »Wir sehen uns später«, sagte er. »Falls du etwas brauchst, wende dich an Bruce.« Und dann ging er mit seinem Manager davon.

Ich lehnte nach wie vor Halt suchend an der Wand und hatte nicht vor, mich in den nächsten Minuten von der Stelle zu bewegen. Was war ich für Ryle? Ein Experiment? Er hatte gerade zugegeben, dass meine Arbeit im Grunde nur ein Vorwand war, um mich hier einzuschleusen. Ich wusste nicht, ob ich gekränkt oder geschmeichelt sein sollte.

Hektisch suchte ich im Rucksack nach meiner Ausfertigung des Vertrages und las ihn abermals durch. Hier stand schwarz auf weiß, dass sie mich für die Coverfotos angestellt hatten. Der Auftrag war kein Witz. Wenn es Ryle gelungen war, seinen

Manager davon zu überzeugen, mich zu engagieren, mussten sie meine Arbeit gut finden. Oder?

Die Tür schwang auf und Mr Stinger stand wieder vor mir. »Lynn, lassen Sie uns kurz reden.« Er zog sein Sakko aus, warf es sich über die Schulter und deutete mit dem Kinn in den Gang. »Gehen wir ein Stück.«

Mir wurde mulmig. Was hatte das jetzt zu bedeuten? Wurde ich gefeuert, ehe ich angefangen hatte?

»Ich befinde mich derzeit im Zwiespalt. Deshalb sollte ich Ihnen erklären, wie ich mir Ihren Aufenthalt bei uns vorstelle.«

Der Gang führte in einen nächsten, von dem auf der rechten Seite mehrere Zimmer abgingen. Ich fragte mich, worauf Mr Stinger hinauswollte, und hoffte, dass er schnell auf den Punkt kam. Stattdessen musterte er mich und wirkte nachdenklich. Es kam mir ewig vor, bis er endlich weitersprach.

»Ryle ist fleißig und zuverlässig. Er gibt jeden Tag sein Bestes und hält die Band wie ein Magnet zusammen.« Mr Stinger blieb stehen und wandte sich mir zu. »Stellen Sie sich vor, Sie werden im Alter von sechzehn Jahren von heute auf morgen ins Rampenlicht geworfen. Immer im Fokus der Öffentlichkeit, ständig sind Menschen um Sie herum. Da die Nerven zu behalten und sich die Freude an den Auftritten zu bewahren, ist eine enorme Herausforderung. Doch Ryle ist ihr gewachsen, und er tut alles dafür, dass es die Jungs ebenfalls sind.«

Ich grub die Nägel in meine Handballen. »Was wollen Sie mir damit sagen?«, fragte ich freiheraus.

Er strich sich über den kurz rasierten Kopf. »Wir versuchen die Band in vielen Belangen mitentscheiden zu lassen. Ryle hatte die Jungs bereits von Ihrem Bild überzeugt und sich gemeinsam mit ihnen für die Verwendung des Covers ausgesprochen, bevor er damit an mich herangetreten ist. Dazu kam, dass er mich bisher noch nie um etwas gebeten hat und ich ihm seinen Wunsch, Sie mit weiteren Bildern zu beauftragen und mit auf Tour zu nehmen, nicht abschlagen wollte.« Er zog sich das Sakko wieder an. »Verstehen Sie mich nicht falsch, Lynn. Ich finde Ihren Stil gut.«

»Aber?«, platzte es aus mir heraus. Meine Beine fühlten sich an wie Gummi. Ich konnte nicht sagen, ob mir die Situation so sehr zusetzte oder ob ich durch das ausgefallene Frühstück einfach unterzuckert war.

Er seufzte. »Aber … Ryles Arbeit darf nicht unter Ihrer Anwesenheit leiden. Wenn ein Pressetermin ansteht, ist es nicht in Ordnung, die Jungs und Journalisten ihretwegen warten zu lassen.«

Ich straffte die Schultern. »Es war nicht meine Absicht, Ryle aufzuhalten. Ich bin Ihnen für diese Chance dankbar und werde mein Bestes geben, um die geforderten Bilder zu liefern. Aber … Sollte ich ein Störfaktor sein, ziehe ich es vor, zu gehen.«

Mr Stinger verschränkte die Arme vor der Brust, doch auf seinen Lippen lag ein Lächeln. »Sie sind kein Störfaktor, Lynn. Ich glaube, für Ryle sind Sie im Moment eine Art Rettungsanker. Schießen Sie uns ein paar tolle Fotos und sorgen Sie dafür, dass er trotz Ihrer Nähe seine Pflichten nicht vernachlässigt. Dann freue ich mich darüber, Sie hierzuhaben. Ryle hat nach dem ganzen Mist, den er durchmachen musste, jegliche Aufmunterung verdient. Aus irgendeinem Grund sind Sie ihm wichtig, deshalb werde ich ihm den Kontakt zu Ihnen bestimmt nicht verbieten.« Er legte mir eine Hand auf die Schulter. »Und nun wünsche ich Ihnen frohes Schaffen.« Er zwinkerte mir zu und ging davon.

Ich sah ihm nach, bis er durch eine weitere Schwingtür in den nächsten Gang verschwunden war. Unter diesem Stadion musste sich ein richtiges Labyrinth befinden.

Statt mich zu beruhigen, hatte mich das Gespräch weiter

aufgewühlt. Ryles Rettungsanker? Was hatte das zu bedeuten? Und was meinte Mr Stinger, als er sagte, dass er eine Menge Mist durchgemacht hatte?

Während ich mich in den Gängen verirrte, googelte ich mit meinem Smartphone nach Hinweisen. Allerdings fand ich auf die Schnelle keine negativen Schlagzeilen. Die Jungs stammten alle aus Los Angeles, wo sie vor vier Jahren einzeln in einem geschlossenen Casting entdeckt und zu einer Band aufgebaut wurden. Sie zogen in eine gemeinsame Wohnung. Noch vor dem Erscheinen des ersten Albums veröffentlichten sie auf YouTube Videos von ihrem WG-Alltag und ließen ihre Follower an allen Vorbereitungen teilhaben. Dadurch hatten sie schon treue Anhänger, bevor sie zum ersten Mal gemeinsam auf einer Bühne standen.

Im gefühlt zehnten Gang traf ich auf Bruce, der mit seinen Kollegen zusammenstand und quatschte.

»Wie komme ich von hier ins Stadion?«, erkundigte ich mich.

Er strich sich über die Glatze. »Ich bringe Sie raus.«

»Sie brauchen mich nicht zu siezen«, sagte ich und versuchte mit seinen langen Schritten mitzuhalten.

»In Ordnung«, entgegnete er. »Dann möchte ich von dir aber auch geduzt werden.«

Ich lächelte. »Danke. Diese Förmlichkeiten sind nichts für mich.«

Bruce führte mich durch zwei weitere Gänge. Schließlich stiegen wir eine Treppe hinauf und traten durch eine gläserne Schiebetür nach draußen ins Stadion. Wir befanden uns an einem Ausgang bei den unteren Rängen. An der gegenüberliegenden Seite des Stadions war eine Vielzahl von Männern mit den letzten Vorbereitungen der riesigen Bühne beschäftigt. Sie bestand aus zwei Etagen, die die Jungs über eine Showtreppe in der Mitte überwinden konnten. Links und rechts von der Bühne schwebten Leinwände, um den entferntesten Zuschauern einen näheren Blick auf die Band zu ermöglichen. Zwischen den Rängen waren große Lautsprecher und unterschiedliche Schweinwerfer angebracht. Die obersten Sitzreihen des Stadions befanden sich in enormer Höhe. Es war eine mächtige, beeindruckende Kulisse. Was musste das für ein Gefühl sein, hier im Mittelpunkt zu stehen, umgeben von sechzigtausend Menschen?

Ich entdeckte die Jungs, die umringt von Journalisten auf der gegenüberliegenden Tribüne saßen und Interviews gaben. Olivia stand seitlich neben ihnen, hielt ihr Klemmbrett in der Hand und machte sich emsig Notizen.

Bruce blieb an meiner Seite und ließ seinen Blick ebenfalls umherschweifen. Vielleicht konnte ich durch ihn mehr über Ryle herausfinden?

»Du sagtest, du kennst die Jungs seit der Gründung der Band. Warst du damals bei dem Casting dabei, bei dem sie ausgewählt wurden?«

»Nein. Ich bin erst eingestellt worden, als sie in die WG gezogen sind. Sie kannten sich nicht und sollten zu Freunden werden, bevor sie Kollegen wurden. Ich war ihre Aufsichtsperson und gleichzeitig ihr Fahrer.«

Wir gingen Richtung Bühne. Techniker wuselten um ein Podest in der Mitte des Stehplatzbereiches, auf dem ein großes Mischpult stand.

»Eine Freundschaft kann man doch nicht erzwingen. Was wäre geschehen, wenn sie sich nicht verstanden hätten?«

»Ihre Karriere funktioniert, solange sie sich mögen, dasselbe Ziel anstreben und füreinander da sind. Ryle ist der Kern der Gruppe. Wäre er mit den Jungs nicht klargekommen, hätte man andere gefunden.«

Ich blieb stehen. »Im Ernst?«

Er stoppte ebenfalls und nickte.

»Wieso ist Ryle so wichtig?«

»Er ist ein Ausnahmetalent. Mark, also Mr Stinger, erzählte mir, dass er innerhalb von Sekunden wusste, dass er einen zukünftigen Star vor sich hatte. Er war fasziniert von Ryles Stimmumfang und den Gefühlen, die er vermittelte. Und es begeisterte ihn zu sehen, wie vielseitig musikalisch ein so junger Mann schon entwickelt sein konnte.«

Ich ging weiter. »Er war damals sechzehn, richtig?«

»Ja, er und Tom waren sechzehn, Dan siebzehn und Simon und David fünfzehn.« Er lachte brummig. »Manchmal habe ich mich gefühlt wie in einer Tüte voller Mücken. Sie waren überdreht, kindisch und teilweise echt nervig. Aber ich habe sie dennoch sofort ins Herz geschlossen.«

»Klingt so, als hättest du sie nicht davon abhalten können, auch mal Mist zu bauen?« Ich lachte ebenfalls, damit ihm nicht auffiel, wie ernst mir die Frage war. Bruce wusste mit Sicherheit, was bei Ryle schiefgelaufen war.

»Ach, da brauchte ich mir nie Sorgen zu machen. Ryles Ausnahmezustand schweißte sie sofort zusammen. Sie hätten nicht riskiert, ihm durch irgendwelchen Blödsinn weitere Probleme zu bereiten. Es ist nicht nur Freundschaft, was sie verbindet. Durch Ryles Schicksal wurden sie eine Familie.«

Ich blieb abermals stehen. »Welcher Ausnahmezustand?«

Bruce rieb sich den Nacken. Er schien hin- und hergerissen, bewegte stumm die Lippen, als wollte er mir eine Antwort geben und sie mir gleichzeitig verweigern.

»Ich geh wieder zu meinen Kollegen«, sagte er schließlich. »Wir müssen unsere Aufstellung für das Konzert planen.«

Bevor ich etwas erwidern konnte, lief er davon. Ich sah ihm verwirrt nach, ehe mein Blick zu den Jungs glitt, die noch immer mit den Reportern auf der Tribüne zusammensaßen. Ryle wirkte konzentriert. Ihn umgab eine Aura, die ich bisher als geheimnisvoll und gleichzeitig verwegen empfunden hatte. Doch anscheinend hatte ich diese unergründliche Fassade falsch gedeutet und er versteckte dahinter reine Verletzlichkeit. Ich war schon vorher neugierig auf ihn. Jetzt konnte ich es nicht mehr erwarten, ihn richtig kennenzulernen.

9

Als die Jungs auf der Bühne gewesen waren und den Ablauf des Konzerts besprachen, hatte ich sie aus sämtlichen Blickwinkeln des Stadions fotografiert. Nun saß ich mit Bruce und zwei seiner Kollegen in einem Raum, in dem das Buffet aufgebaut war. Wir aßen an einer langen Tafel, die fast das ganze Zimmer einnahm. Von einer Seite aus konnte man durch eine breite Fensterfront ins Stadion und von der anderen auf die Straße blicken. Bis zum Konzert dauerte es noch Stunden, doch es warteten schon Tausende Fans auf ihren Einlass. Sie stimmten immer wieder Sprechchöre an und sangen Lieder der Band. Dabei wirkten sie, als wären sie alle miteinander befreundet.

»Die Scheiben sind verspiegelt«, ließ Bruce mich wissen, als ich mit eingezogenem Kopf hinausspähte. »Sie können uns von draußen nicht sehen.«

»Ah, die Security ist schon da«, rief ein schlaksiger Mann mit Pferdeschwanz, der soeben den Raum betrat. »Ich frage mich, warum ihr immer dort seid, wo es Essen gibt. So, wie ihr ausseht, ernährt ihr euch doch nur von Eiweißshakes.« Er trat zum Buffet und lud sich den Teller voll.

»Und ich frage mich, warum du wie ein Spargeltarzan aussiehst, bei den Unmengen, die du ständig in dich reinschaufelst«, erwiderte Bruce.

»Wollt ihr mir nicht mal eure hübsche Tischdame vorstellen?« Der Zopfträger zwinkerte mir zu und setzte sich.

»Hat Mark euch noch nicht miteinander bekannt gemacht?«, fragte Bruce.

Wir schüttelten gleichzeitig den Kopf.

Er seufzte. »Dann wird er das wohl später tun«, sagte er, statt es einfach selbst zu übernehmen.

Was hatte er für ein Problem?

»Ich bin Lynn. Mr Stinger hat mich engagiert, um die Band zu fotografieren.«

Der Typ führte gerade die Gabel zum Mund, hielt mitten in der Bewegung inne und starrte mich an.

Die Männer hörten auf zu essen und beobachteten uns.

Bruce räusperte sich. »Bleib ruhig, Jeff. Mark wird es dir erklären.«

Jeff warf die Gabel auf den Teller und stand ruckartig auf. »Wo ist Stinger? Ich will sofort mit ihm sprechen.« Ohne eine Antwort abzuwarten, verließ er den Raum.

»Hab ich was falsch gemacht?« Ich hob die Augenbrauen.

Bruce blies die Backen auf, die anderen grinsten. »Das war Jeff«, entgegnete er. »Der Tourfotograf.«

Ich zuckte zusammen. »Nicht dein Ernst?«

Er verzog mitfühlend den Mund.

Es reichte schon aus, dass Olivia mich hier nicht haben wollte. Nun kam Jeffs Missfallen dazu und das konnte ich sogar nachvollziehen. »Kann mich bitte jemand nach Hause beamen?«, fragte ich in dem Moment, als die Band den Raum betrat. Ryle blieb im Türrahmen stehen.

»Ich hasse es, wenn außer mir nichts Süßes vorhanden ist«, sagte Tom und begutachtete das Essen. »Kommt schon, Leute. Ich brauche Zucker. Besorgt mir einen Riegel.«

Ryle sah mich mit gerunzelter Stirn an, ehe er den Blick senkte und zum Buffet ging. Er wählte ein Steak und lud sich eine große Portion Salat auf den Teller. Im Vergleich zu den

Jungs, die sich reichlich mit Pommes eindeckten, legte er offenbar Wert auf eine gesunde Ernährung. Obwohl neben mir ein freier Platz war, setzte er sich ans andere Ende des Tisches. Spätestens jetzt war ich mir sicher, dass er gehört hatte, wie gern ich nach Hause wollte.

»Ist der Platz noch frei?«, fragte Tom und ließ sich zugleich neben mir nieder. »Oder hast du ihn für Dan besetzt?« Er wackelte mit den Augenbrauen.

»Da Dan vergeben ist, werde ich mich zurückhalten.« Dieser saß inzwischen bei Ryle. Ich lächelte ihn über den Tisch hinweg an, was er schüchtern erwiderte.

»Das ist auch besser so«, sagte Tom. »Morgen geht's nach L.A. und wir sehen endlich unsere Familien wieder. Dans Freundin ist echt nett. Aber wenn Kate mitbekommen sollte, dass du ihm schöne Augen machst, kann sie kratzbürstig werden.«

Meine Neugierde auf Ryles Familie war sofort geweckt. Ich blickte zu ihm, doch er widmete sich seinem Essen, ohne ein einziges Mal aufzuschauen. Von einem vertrauten Gespräch waren wir gerade meilenweit entfernt.

»Dann gebe ich meine Schwärmerei für Dan schweren Herzens auf und versuche mein Glück bei Ryle«, sagte ich, um ihn aus der Reserve zu locken.

Er schaute tatsächlich auf.

»Ach, nö.« Tom seufzte theatralisch. »Der ist schon bei den Fans der absolute Liebling. Den hast du nie für dich allein. Nimm lieber mich. Ich stehe dir voll und ganz zur Verfügung.« Er legte einen Arm um meine Stuhllehne, schmunzelte und sah Ryle herausfordernd an. Dieser war augenscheinlich nicht zum Spaßen aufgelegt und erwiderte seinen Blick mit ernster Miene.

»Ich habe den Tourfotografen kennengelernt«, ließ ich sie

wissen. »Er scheint mich aus einem unerfindlichen Grund nicht zu mögen.«

Ryle stand auf. »Es tut mir leid, dass du dich hier unwohl fühlst. Niemand zwingt dich zu bleiben. Wenn du nach Hause willst, buchen wir dir einen Rückflug.« Er gab mir keine Chance auf eine Antwort. Mit einem Nicken in Bruces Richtung ging er davon.

»Falls du es wünschst, schau ich mal nach freien Flügen«, sagte dieser an mich gewandt. »Aber ich mache es äußerst ungern und hoffe, du gibst nicht so schnell auf, wie er es tut.«

Alle Blicke waren auf mich gerichtet.

»Ach, jetzt versteh ich, was hier läuft«, meldete sich Simon zu Wort. »Ryle will die Kleine klarmachen.«

Ich spürte einen Klumpen im Magen. War ihm klar, dass ich noch am Tisch saß?

Tom schüttelte den Kopf. »Manchmal frag ich mich, warum ausgerechnet dein Spermium es bis ans Ziel geschafft hat.«

Die Männer prusteten los.

Ich stand wortlos auf. Zum einen, um dieser blöden Situation zu entkommen, und zum anderen wollte ich Ryle suchen.

»Soll ich nach Flügen schauen?«, rief Bruce mir nach.

»Das entscheide ich gleich«, erwiderte ich und verließ den Raum.

Der Weg gabelte sich. Ich hatte keine Ahnung, wohin Ryle gelaufen war. Jedoch kamen mir links Mr Stinger und der Fotograf entgegen, weshalb ich fluchtartig den rechten Gang einschlug. Die beiden waren in eine heftige Diskussion verstrickt. Falls sie mich bemerkt hatten, riefen sie mich glücklicherweise nicht zurück.

Durch die nächstfolgende Tür gelangte ich ins Innere des Stadions und fand mich auf den hoch gelegenen Rängen wieder. Ich entdeckte Ryle in der obersten Sitzreihe. Er saß dort allein. Während ich die Stufen zu ihm hinaufstieg, spürte ich ein Flattern im Brustkorb. Der unregelmäßige Schlag meines Herzens hatte rein gar nichts mit der Anstrengung zu tun.

Da er auf dem äußersten Sitz saß und ich mich nicht an ihm vorbeiquetschen oder mich in die Reihe vor ihm setzen wollte, ließ ich mich neben ihm auf einer Stufe nieder.

»Ich bin gerade keine gute Gesellschaft«, sagte er. »Ab und zu muss ich einfach mal für mich allein sein.«

Ich legte die Unterarme auf meine angezogenen Beine. »Ist das eine höfliche Aufforderung, dass ich gehen soll?«

Ryle atmete tief durch. »Du bist diejenige, die gehen will.«

Okay, jetzt sprachen wir offenbar nicht mehr von der jetzigen Situation, sondern von meiner Abreise.

»Was ist los, Lynn?« Er wandte sich mir zu. »Warum bist du mitgekommen, wenn du eigentlich nicht hier sein willst?«

»Ich ... Es war eine einmalige Chance ... Außerdem ... Na ja, der Job wird gut bezahlt und ...« Ich stockte.

»Und?«, hakte er nach.

»Was willst du denn von mir hören?«

»Die Wahrheit. Sei ehrlich zu mir.«

»Du möchtest wissen, ob ich auch deinetwegen mitgekommen bin?«

Er nickte.

»Die Wahrheit ist, dass ich dich wiedersehen wollte. Und die Wahrheit ist auch, dass ich genau deswegen über eine Absage nachgedacht habe.«

Ryle verengte die Augen. »Das verstehe ich nicht.«

Ich strich mir eine Haarsträhne hinters Ohr. »Wahrscheinlich bin ich so, wie du mich schon im Flugzeug eingeschätzt hast. Ein Mädchen, das gern die Kontrolle über ihr Leben behält. Durch dich habe ich allerdings das Gefühl, sie mehr und mehr zu verlieren.«

Sein Blick versengte mich. Statt ihn zu erwidern, schaute ich weg.

»Sei nicht so streng mit dir, Lynn. Genieße den Moment.«

Jetzt sah ich ihn an. Ich verlor mich in der Tiefe seiner dunkelblauen Augen und hoffte, dass er in meinen lesen konnte, wie sehr ich mit mir rang. »Das ist das Problem, Ryle. Ich glaube nicht, dass mir ein Moment reichen würde.«

Er war völlig regungslos, nur sein Brustkorb begann sich unter seinen Atemzügen auffälliger zu heben und zu senken.

»Diese Woche wird schnell vorbei sein«, flüsterte ich. »Dann kehre ich in meine Welt zurück und die hat mit deiner nichts zu tun.«

Ryles Blick glitt von meinen Augen zu Boden. Er nickte kaum merklich.

»Was denkst du?«, fragte ich.

Er lehnte sich zurück, legte die Hände in den Nacken und blickte in den Himmel. »Ich verstehe, was du meinst. Vermutlich hast du recht.« Ryle wandte sich mir wieder zu. »Ich bin raus, Lynn. Es ist dein Leben und du behältst die Kontrolle. Es liegt allein an dir, wann du die Heimreise antrittst. Entweder cancelst du den Auftrag und kehrst heute nach New York zurück oder du ziehst den Job durch und fliegst in einer Woche.«

Er stand auf, stieg über mich hinweg und ging die Treppe hinab. Kurz bevor er die Tür erreichte, blieb er stehen, drehte sich aber nicht zu mir um. »Deine Bilder sind wirklich gut, und ich würde es schade finden, wenn unser CD-Booklet ohne sie auskommen muss.«

Die Tür schloss sich hinter ihm, und ich musste an mich halten, ihm nicht nachzugehen. Unser Gespräch hatte mir keine Klarheit verschafft, im Gegenteil. Natürlich wollte ich diesen Job und normalerweise würde ich mir das von einer Olivia und einem Tourfotografen auch nicht madig machen lassen. Aber Ryle verunsicherte mich derart, dass ich nicht mehr wusste, wo mir der Kopf stand. Ich wünschte mir gerade nichts mehr, als die Momente mit ihm und der Band genießen zu können. Das war jedoch nicht möglich, weil ich eine Scheißangst davor hatte, mich auf dieses Abenteuer einzulassen.

10

»Hier steckst du«, sagte Bruce und kam die Treppe herauf. Um mir nicht die Sicht auf die Band zu verdecken, setzte er sich zwei Stühle weiter in die Reihe vor mir. Die Jungs waren seit einer halben Stunde mit dem Soundcheck beschäftigt. Ich wurde nicht müde, sie dabei zu beobachten, und konnte meinen Blick kaum von Ryle abwenden.

Bruce reichte mir meinen Rucksack. »Du solltest deine Sachen nicht unbeobachtet liegen lassen.«

»Danke. Das ist eigentlich auch nicht meine Art.«

»Hast du eine Entscheidung getroffen?«, erkundigte er sich.

Ich nestelte mit den Fingern am Saum meines Shirts. »Du bist für Ryle wie ein Freund. Darf ich dich trotzdem etwas fragen und dich darum bitten, dass du ihm nichts davon erzählst?«

Er legte die Stirn in Falten. »Kommt darauf an, worum es geht.«

Ich verschränkte meine Finger ineinander. »Du hast vorhin von einem Ausnahmezustand gesprochen. Mir ist klar, dass du mir nichts darüber erzählen darfst. Sag mir bitte zumindest, ob es besser für mich wäre, aufgrund seiner Probleme lieber etwas auf Distanz zu gehen.«

Bruce sah zur Bühne. »Er ist ein anständiger Kerl. Wer ihn wegen seiner Vergangenheit verurteilt, hat keine Ahnung, wie er wirklich ist.«

Einen Moment lang hoffte ich, dass er weitersprach. Doch er hatte nicht vor, mehr preiszugeben, und verstummte.

»Wenn dem so ist, bleibe ich.«

Bruce drehte sich zu mir um und lächelte. »Dann frage ich mich, warum du hier herumsitzt. Ab an die Arbeit.«

»Ich habe schon einige Bilder geschossen. Außerdem möchte ich Jeff für heute besser aus dem Weg gehen.« Mein Blick fiel zu dem Fotografen, der sich ebenfalls auf der Bühne aufhielt und die Jungs emsig fotografierte. Ich hatte noch nie jemanden gesehen, der sich dabei derart verrenkte.

»Zieh einfach dein Ding durch«, sagte Bruce. »Jeffs Job ist durch dich nicht gefährdet. Er versorgt die Social-Media-Kanäle der Band mit Fotos und ist für Poster, Autogrammkarten und Pressebilder zuständig. Da wird er es wohl verkraften, wenn das Album-Cover von dir gestaltet wird.«

»Das machte vorhin aber nicht den Anschein.«

»Inzwischen hat Mark mit ihm gesprochen. Er kriegt sich schon wieder ein.«

Ich stand auf und schulterte meinen Rucksack. Bruce folgte mir zurück in den Aufenthaltsraum, wo Mr Stinger am Laptop saß und Olivia neben ihm telefonierte.

»In einer halben Stunde ist Einlass«, sagte sie mit Blick auf die Uhr. »Schickt die Jungs von der Bühne. Von jetzt an haben sich alle nur noch im Backstage-Bereich aufzuhalten.« Sie legte auf und wandte sich an Bruce. »Neben der Bühne findet ihr Wasserflaschen, die ihr während des Konzerts an die Fans ausgeben könnt. Sanitäter stehen an beiden Seiten bereit. Seht zu, dass ihr geschwächte Mädchen wahrnehmt und sie aus der Menge zieht, bevor sie ohnmächtig werden.«

Bruce nickte. »Geht klar.« Er griff zum Handy und gab die Anweisung weiter. »Prüft auch noch mal die Funkgeräte«, forderte er seinen Gesprächspartner auf.

»Lynn, Sie bleiben heute Abend an Jeffs Seite«, sagte Mr Stinger. »Ich habe ihn damit beauftragt, Sie zu leiten.«

War das sein Ernst? Da ich nichts erwiderte, sah er vom Laptop auf. Ich bemühte mich um ein zustimmendes Nicken.

»Olivia wird Sie zu ihm bringen.«

»Danke, das ist nicht nötig. Ich habe ihn auf der Bühne gesehen und finde ihn allein.«

Sie stand ruckartig auf. »Du kannst jetzt nicht mehr durchs Stadion laufen.« Sie ging an mir vorbei. »Folge mir.«

Dagegen konnte ich nichts vorbringen. Ich heftete mich widerwillig an ihre Fersen.

»Hey, Lynn«, rief Bruce.

Ich schaute zurück. Da er mir nachkam, blieb ich stehen.

»Lass Ryle sehen, dass du noch da bist. Er wird sich besser konzentrieren können, wenn er es weiß. Ich muss jetzt auf meinen Posten und habe keine Zeit, ihm Bescheid zu sagen.« Er zwinkerte mir zu und ging in die entgegengesetzte Richtung davon.

Ich lächelte. Doch als ich mich umdrehte und Olivias kühlem Blick begegnete, wurde ich wieder ernst. Sie war ebenfalls stehen geblieben und hatte Bruces Worte vermutlich mitbekommen.

»Wärst du dann so weit?«, zischte sie und lief weiter. »Ich habe Wichtigeres zu tun.«

»Du brauchst mich nicht zu dem Fotografen zu bringen. Ich finde Jeff schon.«

Sie blieb abrupt stehen. »Na schön. Komm aber nicht auf die Idee, einen Abstecher zu den Jungs zu machen. Sie brauchen Ruhe.«

Bevor ich ihr antwortete, atmete ich tief durch. »Das hatte ich nicht vor. Ich weiß nicht einmal, wo ihr Backstage-Bereich ist.«

Olivia kam einen Schritt auf mich zu. »Ryle hat keine Zeit für eine Freundin. Und für alles andere, was er braucht, hat er mich.« Sie trat noch näher. »Ich hoffe, ich habe mich klar genug ausgedrückt.«

Ich biss kurz die Zähne zusammen. »Es ist bewundernswert, was du hier leistest. Aber du hast keine Befehlsgewalt – über mich schon gar nicht. Daher schlage ich vor, wir gehen beide unserer Arbeit nach und versuchen uns dabei so wenig wie möglich über den Weg zu laufen.«

Sie schnappte nach Luft. Ehe es kritisch wurde, ließ ich sie stehen und ging davon. Erst dachte ich, dass sie mir folgte. Doch als ich um die Ecke bog, sah ich sie in die andere Richtung verschwinden.

Sie kümmerte sich um alles, was er brauchte? Sie hatte sich absichtlich zweideutig ausgedrückt, weil sie mich verunsichern wollte, und ich ärgerte mich darüber, dass sie es geschafft hatte. Vermutlich erledigte sie nur Besorgungen für ihn. Obwohl, das war schon Bruces Job. Scheiße. Wollte sie damit etwa sagen, dass sie mit Ryle schlief?

Ich war komplett neben der Spur. Den Ausgang zur Bühne fand ich, ohne zu wissen, wie ich da hingekommen war. Das Zusammentreffen mit Jeff empfand ich plötzlich gar nicht mehr so beängstigend. Wenn er mich anfeindete, würde mich das wenigstens vom Gedanken an Ryle und Olivia in trauter Zweisamkeit ablenken.

In dem Moment, in dem ich den Fotografen hinter der Absperrung der Bühne entdeckte, hörte ich es. Anfangs waren es vereinzelte Stimmen, denen immer mehr folgten. Sie schwollen an – laut, schrill, hoch und überdreht. In Scharen drängten die Fans ins Stadion. Es war ein Kopf-an-Kopf-Rennen um die Plätze in den ersten Reihen. Ein Mädchen stürzte, rappelte sich auf und rannte weiter.

»Wie mir dieses Gekreische auf die Nerven geht«, sagte Jeff beim Näherkommen.

»Mir auch«, entgegnete ich, obgleich ich den Eindruck hatte, dass er es nur vor sich hin gesagt hatte.

Er würdigte mich eines kurzen Blickes, griff nach einem kleinen Metallkoffer und wandte sich wieder von mir ab.

»Mr Stinger meinte, ich soll Ihnen heute Abend Gesellschaft leisten.« Ich ging ihm hinterher, doch er tat, als wäre ich nicht anwesend. »Es tut mir leid, wenn Sie das Gefühl haben, ich würde Ihnen hier in die Arbeit pfuschen. Ich war von unserem Kennenlernen genauso überrascht wie Sie.«

Er legte den Metallkoffer vor der Bühne ab. Hinter uns drängten sich die ersten Mädchen gegen die Absperrung, an der zusätzlich Wachmänner standen. Als er den Koffer öffnete, staunte ich beim Anblick seiner Ausrüstung.

»Wow. Das ist ein beeindruckendes Equipment.«

»Womit arbeitest du denn?«, fragte er nach einem Zögern und stellte ein Stativ auf.

Ich hatte nicht erwartet, dass er mir antwortete. Es war mir unangenehm, ihm meine Kamera zu zeigen. Doch gleichzeitig begriff er dadurch vielleicht, dass ich für ihn keine Konkurrenz darstellte. Daher streifte ich den Rucksack von den Schultern und holte die alte Spiegelreflex heraus.

»Ernsthaft?« Er nahm sie mir aus der Hand und betrachtete sie wie einen hässlichen Kaktus.

»Für mich reicht sie aus. Ich kann mir keine neue leisten.«

Er zog die Augenbrauen zusammen. »Dann scheinst du diesen Job ja dringend zu brauchen.«

Ich nickte.

Mit einem tiefen Seufzen gab er sie mir zurück. »Hast du dich mit Fotos beworben, die du mit der geschossen hast?«

»Nein. Im Grunde hab ich mich auch nicht beworben. Ich

habe Ryle ein Bild geschenkt, das ihm gefallen hat. Und das hatte ich nur mit dem Handy fotografiert.«

Er schnaubte und befestigte ein Weitwinkelobjektiv an seiner Kamera. »Na, das würde ich gern mal sehen.«

Ich fischte mein Smartphone aus der Hosentasche, suchte das Bild in der Cloud und reichte es ihm. Während er die Aufnahme eingehend betrachtete, hielt ich die Luft an. Es kam mir ewig vor, bis er mir das Handy zurückgab.

»Das ist gut bearbeitet«, sagte er.

»Danke.« Ich strahlte ihn an.

Er verzog den Mund und reichte mir die Hand. »Lass uns noch mal von vorn anfangen. Ich bin Jeff.«

»Heißt das, du gibst mir eine Chance?« Da er mich duzte, tat ich es auch.

Sein Mundwinkel zuckte. »Mal sehen, wie du dich machst.«

»Ich bin Lynn«, erwiderte ich und lächelte.

Das Stadion füllte sich rasant. Ich würde einen Platz auf den Rängen vorziehen, statt auf der Freifläche dicht gedrängt mit anderen stehen zu müssen. Schon vor Konzertbeginn herrschte Partystimmung. Jedes Mal, wenn auf den Leinwänden Werbefilme der Band und eigens von den Jungs eingesprochene Sicherheitsinstruktionen eingespielt wurden, flippte die Menge aus. Wie laut musste es erst werden, sobald sie leibhaftig auf der Bühne standen!

»Mach deine Ohrstöpsel rein, bevor dir das Trommelfell platzt«, rief Jeff.

»Ich hab keine«, schrie ich zurück.

Er deutete seitlich neben die Bühne. »Dann besorg dir welche.«

Das musste ich wirklich, sonst würde ich das Konzert nicht durchhalten. Der Gang zwischen dem Bühnenpodest und der Absperrung, hinter der die Fans standen, war keine zwei Meter breit. Trotz der Security hatte ich das Gefühl, man würde mich jeden Moment packen und mich in die Meute zerren. Ich war froh, außer Reichweite zu kommen.

»Habt ihr eine Ahnung, wo ich Ohrstöpsel finde?«, fragte ich zwei Typen, die mir im Backstage-Bereich als Erste entgegenkamen.

»Na, vielen Dank. So schlecht sind wir auch wieder nicht«, entgegnete einer und griff zur Gitarre.

Der andere lachte. »Schau mal dort.« Er zeigte auf eine kleine Kiste, die auf dem seitlichen Treppenaufgang zur Bühne stand. »Da ist eine Box drin und in der müssten welche sein.«

»Alles klar. Danke.« Ich wandte mich ab und nahm mir die Kiste vor.

»Soll ich dir suchen helfen?« Der Typ mit der Gitarre tauchte neben mir auf und lächelte verschmitzt.

»Danke, ich hab sie schon gefunden.« Ich stopfte mir einen ins Ohr.

Er fuhr sich mit der Hand durch sein schulterlanges Haar. »Wer bist du? Ich hab dich noch nie gesehen?«

»Jeffs neue Assistentin«, erwiderte ich knapp. Ich wollte mir nicht wieder nachsagen lassen, dass ich jemanden von seiner Arbeit abhielt. Und außerdem musste ich aufs Klo.

»Hat Jeffs Assistentin auch einen Namen?«

»Lynn.«

»Ich bin Joe.«

»Hallo, Joe. Kannst du mir sagen, wo ich die nächstgelegene Toilette finde?«

Sein Lächeln wurde breiter. »Mich haben Mädchen schon viel gefragt. Aber eine Toilette war bisher kein Thema.«

»Wenn das die einzige Antwort ist, die ich von dir bekomme, hätte ich mir das auch sparen können.« Ich ging auf die erstbeste Tür zu.

»Das ist der falsche Weg«, rief er.

Ich drehte mich zu ihm um und streckte unwissend die Arme zur Seite.

»Da geht's lang. Es ist die zweite Tür rechts.«

Mit dem Blick folgte ich seinem Fingerzeig, nickte ihm dankend zu und machte mich davon. Beim Gehen schrieb ich Emily, dass das Konzert bald losging und ich ihr danach Bilder schicken würde. Dabei bemerkte ich die eingegangene Instagram-Nachricht von Ryle.

Sitzt du schon im Flieger?

Mit einem Lächeln im Gesicht tippte ich eine Antwort.

Ich habe Olivia widersprochen und mit Jeff das Kriegsbeil begraben. Allerdings bin ich fast bei den Ohrstöpseln gescheitert und habe mir vorgenommen, in L.A. besser vorbereitet zu sein. ☺

Nachdem ich auf der Toilette war, kehrte ich ins Getöse zurück. Inzwischen spielte die Vorband, zu der die zwei Typen gehörten, denen ich vorhin begegnet war.

Jeff fotografierte schon jetzt wie ein Besessener. Als die Vorband die Bühne verließ, spürte ich die Aufregung der Fans am eigenen Leib. Nun würde es nicht mehr lange dauern, bis *Reanimation* auftrat.

Ich prüfte die Einstellungen meiner Kamera und wartete wie die Fans gespannt auf den Beginn des Konzerts. Als fast eine halbe Stunde vergangen war und die Scheinwerfer im Takt der einsetzenden Musik aufleuchteten, bekam ich Gänsehaut. Auf den Leinwänden war ein Countdown zu sehen, den die Masse im Chor herunterzählte. Und dann tauchten die Jungs auf einer Plattform, vom Nebel umgeben, aus dem

Boden der Bühne auf. Die Fans schrien sich die Seelen aus dem Leib. Einige Mädchen weinten.

Ryle begann eine Ballade zu singen. Seine Stimme klang weich und tief und versetzte mich in eine Art Trance. Ein Zittern durchfuhr meinen Körper. Während der Rest der Band, einer nach dem anderen, in das Lied einstimmte, fühlte ich mich wie im Rausch.

Die Jungs waren alle in Schwarz-Weiß gekleidet. Sie hatten die Bühne gerade erst betreten, doch es wurde bereits ein benommen wirkendes Mädchen über die Absperrung gehoben und von Sanitätern entgegengenommen.

Das war der Moment, in dem ich wieder zu mir kam. Ich war nicht hier, um die Jungs anzuhimmeln, sondern um meinen Job zu machen. Sofort begann ich mit dem Fotografieren. Ich ärgerte mich, dass ich es vor lauter Euphorie verpasst hatte, das Erscheinen der Band festzuhalten. Das musste ich in L.A. unbedingt nachholen. Bestrahlt von Scheinwerfern und umgeben von Nebel konnte ich sie fantastisch in Szene setzen.

Sie richteten sich nicht nach einer einstudierten Choreografie, sondern hatten einfach ihren Spaß. Gerade diese Lockerheit machte sie authentisch. Die Musik, die Begeisterung, der Rauch, die Scheinwerfer, die Flammen und mittendrin fünf gut aussehende Jungs. Das Stadion bebte.

Nachdem Ryle mich bemerkt hatte, suchte er während des Konzerts immer mal wieder meinen Blick und löste damit ein prickelndes Gefühl in meiner Brust aus. Ich war nicht die Einzige, die er an diesem Abend süß anlächelte und deren Herz er zum Lodern brachte. Doch ich hatte mich dazu entschieden, zu bleiben. Jetzt gab es kein Zurück mehr.

11

Am nächsten Morgen riss mich ein Klopfen an der Zimmertür aus dem Schlaf. Ich tastete nach meinem Handy und sah benommen auf die Zeitanzeige. Kurz vor fünf. Ich hatte gerade mal vier Stunden geschlafen.

Es war mein erster Aufenthalt in einem Hotel. Ich lag in einem mit weißen Laken bezogenen Doppelbett. An der gegenüberliegenden Wand hing ein Fernseher, versetzt daneben befand sich ein Schreibtisch, neben mir ein großes Fenster mit Blick auf einen anderen Wolkenkratzer. Das hier war der 17. Stock.

Da es abermals klopfte, raffte ich mich auf und ging zur Tür, um sie einen Spaltbreit zu öffnen.

»Guten Morgen, Lynn«, begrüßte mich Bruce.

Ich lehnte meinen Kopf gegen den Türrahmen. »Guten Morgen. Hast du mal auf die Uhr geschaut? Wie kannst du mit so wenig Schlaf auskommen und schon wieder putzmunter sein?«, hakte ich nach.

»Reine Gewohnheitssache«, erwiderte er. »Du musst dich fertig machen. In einer halben Stunde hole ich dich ab. Es geht gleich zum Flughafen, und gefrühstückt wird, sobald wir in der Luft sind.«

Ich war mit einem Schlag hellwach. In der Nacht war ich, ohne zu duschen und komplett angezogen, ins Bett gefallen. Wenn ich in einer halben Stunde fertig sein sollte, musste ich mich beeilen.

»Geht klar«, sagte ich, schlug Bruce die Tür vor der Nase zu und hastete ins Bad.

Keine Ahnung wie, aber das bunte Konfetti, das bei der Zugabe in großen Mengen in die Luft geschossen worden war, hatte es sogar bis in meinen BH geschafft. Ich duschte in Rekordzeit, rubbelte meine Haare notdürftig mit dem Handtuch trocken und bürstete sie durch.

Nach dem Konzert waren die Jungs umgehend ins Auto gestiegen. Sie hatten das Stadion verlassen, bevor die ersten Fans einen Fuß auf die Straße setzen konnten. Die Crew hatte sofort mit dem Abbau begonnen und das ganze Equipment inklusive der Instrumente zur nächsten Konzertlocation auf den Weg gebracht.

Ich hatte noch auf Jeff gewartet. Er hatte eine Weile gebraucht, um seine Ausrüstung sicher zu verstauen. Daher waren wir gemeinsam mit der Stylistin, dem Backliner und zwei Lichttechnikern im Strom der Abreisenden in einen Stau geraten. Im Hotel angekommen, hatte Bruce in der Empfangshalle gewartet und mich aufs Zimmer gebracht.

Ich tuschte mir gerade die Wimpern, da klopfte es auch schon wieder an die Tür. Bruce war fünf Minuten zu früh. Ich war noch nicht dazu gekommen, mich anzuziehen. Wenn diese Tournee weiterhin ein einziger Dauerlauf war, wusste ich nicht, wie ich das bis zum Ende durchstehen sollte. Die Jungs mussten trotz des immensen Termindrucks locker bleiben und gute Laune verbreiten. Ich bekam langsam einen Eindruck davon, was für ein harter Job das war. Dass sie das auf Dauer unbeschadet durchhielten, war zu bezweifeln.

Nur mit dem Handtuch bekleidet, ging ich zur Tür. »Gib mir noch eine Minute«, sagte ich, während ich sie aufriss. Doch vor mir stand nicht Bruce, sondern Ryle. Bei seinem unerwarteten Anblick hätte ich sie fast wieder zugeschlagen.

»Solange ich hier nicht auf dem Hotelflur warten muss, gebe ich dir auch zwei«, erwiderte er schmunzelnd.

Ich hielt das Handtuch oberhalb meiner Brust zusammen und sah an mir hinab, um zu überprüfen, ob es mich ausreichend verhüllte. Ein paar Zentimeter mehr Stoff hätte meinen Oberschenkeln nicht geschadet.

Am Ende des Hotelflurs öffnete sich hörbar die Fahrstuhltür. Stimmen näherten sich und Ryle zog sich hastig die Kapuze seines Pullovers über den Kopf. »Lynn?«

»Ähm … Klar, komm rein.« Ich trat beiseite, woraufhin er sich an mir vorbeizwängte. Sein schiefes Lächeln machte mich noch nervöser. »Sollte Bruce mich nicht eigentlich abholen?«

Ryle setzte sich aufs Bett. »Er wird bestimmt gleich hier sein. Also zieh dir schnell was an, sonst weiß ich nicht, ob ich ihn reinlasse.«

Ich sah ihn mit großen Augen an.

Sein Blick glitt meinen Hals hinab, über die Schulter, das Handtuch bis zu meinen Beinen. Ich hatte die Befürchtung, er konnte durch den Stoff hindurchsehen. Doch ich fühlte mich nicht unwohl. Im Gegenteil: Sein Blick war zärtlich, ein unausgesprochenes Kompliment. Mir wurde heiß und kalt zugleich.

Dummerweise lag mein Koffer auf dem Boden und das Handtuch gab mir nicht ausreichend Bewegungsfreiheit. Ich konnte mich nicht bücken, ohne dass es hochrutschte.

Ryle bemerkte mein Zögern. Er stand auf und hob den Koffer aufs Bett.

»Hör auf zu grinsen«, rügte ich ihn und trat neben ihn.

»Ich grinse nicht.« Er presste die Lippen aufeinander und versuchte es erfolglos zu unterdrücken.

Ich stieß ihn sanft mit dem Ellenbogen in die Seite. Wir lachten gleichzeitig los.

Es klopfte erneut und Ryle lief zur Tür. »Brauchst du deinen Koffer noch? Ansonsten kann Bruce ihn gleich mitneh…« Er verstummte mitten im Wort.

Ich sah an ihm vorbei durch die von ihm geöffnete Tür. Dort stand Olivia, die erst ihn und dann mich abfällig von oben bis unten musterte. Wenn Blicke töten könnten, wäre ich auf der Stelle umgefallen.

»Was willst du denn hier?«, fragte er und verstellte ihr die Sicht auf mich.

»Dasselbe könnte ich dich fragen«, zischte sie.

»Na so was«, hörte ich nun auch Bruces Stimme. »Gibt es hier eine Versammlung?«

Ryle sah über seine Schulter zurück. »Wir warten draußen«, ließ er mich wissen. Dann schloss er hinter sich die Tür. Ich hörte ihre Stimmen, verstand aber nicht, was sie sagten.

Toll. Obwohl ich nichts verbrochen hatte, fühlte es sich genauso an. Olivias schlechte Laune war für den Rest des Tages vorprogrammiert. Dabei hatte er mit Ryles unverhofftem Auftauchen so vielversprechend angefangen.

In Windeseile zog ich mich an und überprüfte, ob ich alles eingepackt hatte. Kurz blieb ich vor der Tür stehen, um mich für die Konfrontation mit Olivia zu wappnen. Doch als ich nach draußen trat, waren Ryle und sie verschwunden.

»Bist du fertig?«, fragte Bruce und nahm meinen Koffer.

Ich nickte und bemühte mich, mir meine Enttäuschung nicht anmerken zu lassen.

»Du solltest Olivia heute besser meiden«, sagte er auf dem Weg zum Fahrstuhl.

Ich seufzte. »Wie soll ich das denn anstellen? Bekommt Ryle jetzt meinetwegen Stress? Was läuft da eigentlich zwischen ihr und ihm?« Die Fragen platzten regelrecht aus mir heraus.

Die Lifttür öffnete sich und zwei Männer betraten mit uns

die Kabine, weshalb Bruce nicht dazu kam, mir zu antworten. Ich wartete ungeduldig, dass die Fahrt ein Ende nahm. Hier drinnen fühlte ich mich ähnlich wie im Flugzeug, nämlich dem Schicksal ausgeliefert.

Als die Männer den Fahrstuhl verließen und ich ihnen in die Empfangshalle folgen wollte, hielt Bruce mich zurück. »Wir fahren in die Tiefgarage«, ließ er mich wissen und wandte sich mir zu. »Um auf deine Frage zurückzukommen: Zwischen den beiden lief mal was, aber das ist lange vorbei.«

Ich spürte einen Knoten in der Magengrube. »Für Olivia anscheinend nicht«, erwiderte ich.

In der Tiefgarage stießen wir zu den Jungs, Mr Stinger, ein paar Bodyguards – und Olivia. Zwei Kleinbusse standen mit geöffneten Türen für die Abfahrt bereit.

»Guten Morgen«, grüßte uns Mr Stinger beim Näherkommen. »Dann sind wir jetzt vollzählig und können aufbrechen.«

»Vor dem Hotel haben es sich einige Fans gemütlich gemacht«, informierte Bruce mich. »Wir starten ein Ablenkungsmanöver und lassen vorm Eingang einen Van vorfahren, während wir von hier ausrücken.«

»Klingt wie in einem Actionfilm.« Mein Blick fiel auf seine Armbanduhr. »Haben die Fans um diese Zeit nichts anderes zu tun? Schlafen zum Beispiel?«

»Sie wollen die Band nicht verpassen und nehmen dafür einiges auf sich.«

Er hatte noch nicht ausgesprochen, da wurde es plötzlich unruhig. Vom Fahrstuhl her kamen mehrere Fotografen auf unsere Gruppe zu und schossen Fotos. Sie riefen die Namen der Jungs. Ihre Stimmen schallten durch die Halle.

»Scheiß-Paparazzi«, schimpfte Bruce neben mir. Er eilte zu den Jungs und schirmte sie mit Kollegen ab. Sie drängten die fünf zu einem Van.

Ryle sah sich nach mir um. Irgendjemand stieß beim Vorbeirennen grob gegen mich, weshalb ich das Gleichgewicht verlor und nach vorn kippte. Ich landete schmerzhaft auf meinen Knien.

»Pass doch auf«, hörte ich Ryle schimpfen.

Ich blickte auf, sah, wie er auf den Fotografen, der mich in der Hektik umgestoßen hatte, zulief.

»Bleib ruhig«, rief Bruce. Er hielt Ryle zurück.

»Ich soll ruhig bleiben, aber dieser Typ darf sich wie ein Idiot aufführen?«, stieß er aus. Er baute sich vor dem Mann auf und schubste ihn. »Entschuldige dich gefälligst!«

»Tut ... mir leid«, blaffte dieser, während ich mich aufrappelte.

Die anderen Paparazzi hielten die Situation mit ihren Kameras fest.

»Lasst uns in Ruhe«, presste Ryle zwischen zusammengebissenen Zähnen hervor. Mit nur einem Schritt war er bei mir, ergriff meine Hand und führte mich zu dem anderen Van als dem, in dem seine Bandkollegen und Olivia inzwischen saßen. Er nahm mir gegenüber Platz.

Mr Stinger stieg nach uns ein und setzte sich neben mich, gefolgt von Bruce, der die Tür zuschob.

»Hast du etwas dazu zu sagen?«, fragte Mr Stinger, dessen strenger Blick Ryle rügte.

»Nein.«

»Du solltest dich besser im Griff haben.«

»Der Fotograf auch.«

»Du kannst davon ausgehen, dass dein Verhalten spätestens morgen in den Medien die Runde macht. Damit schadest du nicht nur deinem Ruf, sondern der ganzen Band.«

Ich rutschte immer tiefer in meinen Sitz. Wäre ich nicht gestürzt, wäre das alles nicht passiert. Obwohl ich nicht freiwillig zu Boden gegangen war, fühlte ich mich schuldig. Ryle bekam Ärger, weil er sich für mich eingesetzt hatte.

Er verschränkte die Arme vor der Brust und starrte aus dem Fenster. Wir fuhren an zweiter Stelle durch die Schranke nach draußen. Das Ablenkungsmanöver war anscheinend fehlgeschlagen, da einige Fans den vorausfahrenden Van, in dem die Band und Olivia saßen, sofort belagerten. Als wir zu ihnen auffuhren, war auch unser Wagen sofort umstellt.

»Ich weiß nicht, wie lange ich das noch aushalte«, sagte Ryle. »Es gibt momentan nichts, über das ich selbst bestimmen kann. Nicht einmal gegen plumpes Verhalten darf ich was sagen.«

»Erfolg hat nun mal seinen Preis«, entgegnete Mr Stinger. »Du solltest dich allmählich an den Druck und die Verantwortung gewöhnt haben.«

Ryle schüttelte den Kopf. »Wenn ich nur noch nach Vorschriften lebe und der Öffentlichkeit vorspiele, frei von Fehlern zu sein, werde ich bald nicht mehr wissen, wer ich eigentlich bin.«

»Du brauchst dich nicht zu verstellen, Ryle.« Bruce stieß ihn sanft mit der Schulter an. »Aber als öffentliche Person musst du aufpassen, dass du dich nicht im Ton vergreifst.«

»Solange sie nach dir schreien, wirst du Platten verkaufen«, sagte Mr Stinger. »Vergiss nicht, wo du heute ohne all das wärst.«

Bei seinen letzten Worten fragte ich mich wieder, was es mit Ryles Vergangenheit auf sich hatte. Ich nahm mir vor, ihn bei Gelegenheit darauf anzusprechen.

Wir kamen nur im Schritttempo vorwärts. Die Fans pressten ihre Gesichter an die Fenster und versuchten durch die dunklen Scheiben ins Wageninnere zu schauen. Auf den Fotos, die sie mit den Handys schossen, konnte unmöglich etwas zu erkennen sein.

Sie klopften mit den Händen gegen den Van und brachten ihn tatsächlich zum Schwanken. Panik stieg in mir auf. Ich rutschte instinktiv von der Tür weg, kam aber nicht weit, weil ich an Mr Stinger stieß. Mit einem entschuldigenden Blick rückte ich wieder von ihm ab, verkeilte die Hände unter meinen Beinen und schloss die Augen, als könnte ich die tobende Menge dadurch ausblenden.

»Es tut mir leid, Lynn.« Ryle lehnte wie im Flugzeug sein Bein gegen meines und schaffte es durch diese simple Berührung, mich ein wenig zu beruhigen. »Ich möchte, dass du dich wohlfühlst. Stattdessen kommst du durch mich ständig in Situationen, die das Gegenteil bewirken.«

Mithilfe der Securitys, die die Fans draußen vom Wagen wegscheuchten, schaffte es der Fahrer endlich, aus dem Pulk herauszukommen, und gab Gas.

»Du kannst nichts dafür«, erwiderte ich. »Ihr seid nun mal keine normalen Jungs und somit ist es euer Alltag auch nicht.«

Er verengte die Augen, beugte sich zu mir vor und stemmte die Unterarme auf seine Knie. »Wir sind normale Jungs – nur unser Job ist es nicht.«

Ich nickte. »Stimmt. Ich habe mich blöd ausgedrückt. Ihr seid eben berühmt.«

Ryle legte den Kopf schräg. »Ich mag das Wort *berühmt* nicht, denn es beschreibt in keiner Weise, was mich ausmacht.« Er lehnte sich zurück und sah aus dem Fenster.

Ich erinnerte mich an die erste Begegnung mit ihm und musste mir eingestehen, dass ich beim Anblick der Band auch zuerst an ihren Promi-Status gedacht hatte. Doch als ich mit Ryle im Hinterzimmer vom Eagle Rock ins Gespräch gekommen war, hatte sich das geändert. »Du bist ein sympathischer, charmanter und, wie es scheint, bodenständiger Typ, der durch sein musikalisches Talent Berühmtheit erlangt hat«, sagte ich.

Er sah mich an. »Du findest mich sympathisch und charmant?«

Ich lächelte und nickte. »Mehr kann ich nicht beurteilen. Dafür kenne ich dich zu wenig.«

»Er ist hin und wieder zu impulsiv«, mischte sich Mr Stinger ein und warf Ryle einen vielsagenden Blick zu. Ihn und Bruce hatte ich völlig ausgeblendet.

»Komplizierter Charakter«, verkündete Bruce mit einer wegwerfenden Handbewegung. Er zwinkerte mir zu und schmunzelte.

»Hör nicht auf die beiden.« Ryle beugte sich wieder vor und stützte seine Arme dieses Mal auf meine Beine. »Du hast die Kontrolle, Lynn. Wenn du mich näher kennenlernen möchtest, soll es an mir nicht scheitern.«

Ich lehnte mich ebenfalls nach vorn und kam ihm dadurch aufregend nah. Sein Haar kitzelte an meiner Stirn, während ich ihm ins Ohr flüsterte. »Wie sollen wir uns hier richtig kennenlernen? Du bist ständig von Menschen umgeben.«

Seine Wange berührte die meine und hinterließ eine wohlige Wärme auf meiner Haut. Ich konnte mich nur schwer auf seine Worte konzentrieren, weil seine Lippen beim Sprechen mein Ohr streiften. In meinem Bauch schien ein ganzer Schmetterlingsschwarm unterwegs zu sein, dessen Flügelschläge mich kitzelten.

»Wenn du es zulässt, werde ich einen Weg für uns finden«, flüsterte er.

12

Immer wieder tauschten Ryle und ich intensive Blicke, die mich in eine solche Hochstimmung versetzten, dass mir sogar Olivias unterkühltes Auftreten egal war. Selbst der Flug verlangte mir heute nichts ab. Ich konzentrierte mich ganz auf meinen Job. Ryle schaute mir wieder beim Bearbeiten eines Bildes zu, wobei seine Beine in vertrauter Geste an meinen lehnten.

»Zeig mir bitte noch mal deinen Entwurf mit der Gitarre und der Weltkarte«, bat er mich.

Ich nahm das Handy. Inzwischen hatte ich es fertiggestellt und als Datei in meine Dropbox gelegt. »Hier ...« Ich schob das Smartphone zu ihm hinüber.

Ryle betrachtete es mit unverhohlenem Interesse. »Das ist echt gut geworden. Weißt du, ich hab schon seit Ewigkeiten vor, mir ein Tattoo stechen zu lassen, hab mich bisher allerdings für kein Motiv entscheiden können.« Er sah mich an. »Hättest du etwas dagegen, wenn ich dein Bild als Vorlage nehme?«

Mein Herzschlag kam kurzzeitig aus dem Rhythmus. »Ähm ... Nein. Aber du solltest dir gut überlegen, ob du das wirklich willst.«

Er zog die Stirn in Falten. »Die Gitarre ist mein Lieblingsinstrument, und die Weltkarte steht dafür, dass Musik eine universale Sprache ist. Das finde ich richtig cool. Und außerdem ist das Motiv zeitlos. Warum sollte ich es also bereuen?«

Ich biss mir auf die Lippe und lächelte verlegen. »Na ja, da es von mir ist, würde dich das Tattoo immer an mich erinnern.«

Seine langen Wimpern kamen mir heute noch schwärzer und dichter vor. Oder waren es seine blauen Augen, die sich verdunkelten? In seinem Blick lag ein Ausdruck, der mich wie eine zärtliche Berührung streichelte. Obwohl wir uns noch nicht lange kannten, lag eindeutig eine Vertrautheit zwischen uns. Die Umstände waren nicht einfach und doch fühlte ich mich in seiner Gegenwart unglaublich wohl. In diesem Moment musste ich an mich halten, um nicht die Hand nach ihm auszustrecken, sie in seinem dichten Haar zu vergraben und …

»Damit könnte ich leben«, erwiderte er und brachte mich ins Hier und Jetzt zurück.

Gott, allein seine Stimme jagte mir einen Schauer über den Rücken.

»Darf ich mir das Bild schicken?«, fragte er.

Ich nickte.

Ryle tippte auf meinem Smartphone und gab es mir schließlich zurück. Dann lehnte er sich mit den Unterarmen auf den Tisch und beobachtete, wie ich mit dem Touchpen den Hintergrund eines Bildes umgestaltete, das ich gestern während des Konzerts von der Band geschossen hatte.

»Willst du es mal versuchen?« Ich reichte ihm das Tablet über den Tisch.

Er sah mich mit hochgezogenen Augenbrauen an. »Was, wenn ich es ruiniere?«

Ich lachte. »Das ist kein Papier. Wir müssen es ja nicht abspeichern.«

Ryle rieb die Handflächen aneinander. »Okay, was muss ich tun?«

»Was würdest du denn gern an dem Bild verändern?«

»Du könntest Toms große Nase kaschieren«, mischte sich Simon ein. Er saß wieder mit den anderen Jungs auf der gegenüberliegenden Gangseite am Vierertisch.

Tom verdrehte die Augen. »Alter, du gehst mir am frühen Morgen schon auf den Sack.«

»Mir ist eben langweilig.«

»Bei eurem Terminplan könnt ihr doch froh sein, wenn ihr mal zum Verschnaufen kommt«, sagte ich.

»Stress und öde Wartezeiten wechseln sich ab«, erwiderte Simon. »Nur Freizeit haben wir keine.«

Tom seufzte. »Ich freu mich echt auf meine Familie und die nächsten Tage zu Hause.«

Ich stellte Ryle gerade einen Filter ein, mit dem er die Farben verstellen konnte, da klingelte sein Handy. Hier schien es wirklich niemanden zu interessieren, dass wir in einem Flugzeug saßen. Meine Hände glitten automatisch zur Armlehne und umklammerten diese krampfhaft.

»Hey«, meldete er sich mit sanftem Ton und lauschte dann dem Anrufer, während er unwillkürlich mit dem Touchpen über das Tablet fuhr. Schließlich schob er es mir wieder zu. Das Bild hatte nun einen Blaustich und war unscharf. »Ich dachte, du wolltest nicht zum Konzert kommen?« Er wechselte das Handy von einem Ohr zum anderen. »Klar freue ich mich.«

Ich kehrte zu meinem zuletzt gespeicherten Entwurf zurück. Mit wem er wohl telefonierte?

»Okay, bis später dann«, sagte er, legte auf und drehte sich zu Olivia um. »Setze Irina plus eine Freundin bitte auf die Gästeliste.«

Sie presste die Lippen aufeinander und zögerte, ehe sie seine Anweisung notierte.

Mr Stinger erhob sich, zückte sein Smartphone und rief

mit einem Sprachbefehl seinen Terminkalender auf. »Nächste Woche steht der obligatorische Arzttermin an. Euer Hörvermögen und die Stimmbänder müssen kontrolliert werden.«

Die Jungs stöhnten gemeinschaftlich auf.

»Ich habe diesmal zusätzlich einen Augenarzt angefordert«, ließ Mr Stinger sie wissen, ohne auf ihre Unmutsbekundungen einzugehen. »Olivia, gehe bitte mit den Jungs alle anstehenden Termine durch.«

Sie nahm das Klemmbrett zur Hand. Es folgte eine nicht enden wollende Aufzählung von Konzerten, Auftritten, Interviewanfragen, einem Videodreh, neuen Werbedeals und Talkshow-Besuchen.

Ryle verhielt sich plötzlich seltsam. Er wirkte nachdenklich, und wenn sich unsere Blicke trafen, sah er weg. Den restlichen Flug war er schweigsam. Daher vertiefte ich mich wieder in meine Arbeit, bis wir zur Landung ansetzten.

Auf dem Los Angeles Airport kamen zwei Vans bis zum Privatjet gefahren, um uns abzuholen. Wir fuhren direkt ins Staples Center, in dem am Abend das Konzert stattfand. Dort belagerten bereits wieder zahlreiche Fans die Eingänge und verfielen in Hysterie, sobald sie die Autos entdeckten. Zum Glück gelangten wir zügig in den abgesperrten Bereich. Die Jungs waren spürbar nervös, weil ihre Familien den heutigen Auftritt miterleben würden. Ich war schon auf Ryles Eltern gespannt. Ob er Geschwister hatte? Und wer war Irina?

Eine Frau im cremefarbenen Hosenanzug, deren Namen ich nicht mitbekommen hatte, begrüßte uns herzlich und lief dann voraus, um uns eine Führung durch die Arena zu geben.

Das Staples Center wurde vor allem für Heimspiele der hiesigen Eishockey- und Basketballmannschaften genutzt. Auch Boxen, Wrestling und andere Veranstaltungen fanden hier statt. Und natürlich Konzerte.

Unzählige Sitze umrahmten die Freifläche, auf der heute Abend wieder dicht an dicht gedrängte Menschen das Spektakel miterleben würden. Durch die immer gleiche Bühnenkulisse von *Reanimation* war das Setting, trotz verschiedener Locations, sehr ähnlich. Der Aufbau war schon in vollem Gang. Ich fragte mich, wie sie es geschafft hatten, das gesamte Equipment so schnell hierherzubringen. Zwar wurde die Bühne am Tag zuvor sofort nach dem Konzert abgebaut, bei der Größe und der ganzen Technik musste es aber Stunden gedauert haben – und dennoch war die gesamte Konstruktion vor uns angekommen. Hatten die Verantwortlichen überhaupt mal geschlafen?

Nach dem Rundgang führte uns die Frau zu einem Konferenzraum, in dem bereits Journalisten auf die Band warteten. Ich hatte vor, die Jungs während der Interviews zu fotografieren, aber Olivia ließ mich erst gar nicht hinein. Sie drängte mich wortlos zurück und schloss vor mir die Tür.

Mr Stinger war ebenfalls im Vorraum zurückgeblieben und telefonierte.

Bruce stand mit ein paar seiner Kollegen zusammen und ging den Ablaufplan durch. Ich wollte mich gerade auf den Weg machen, um Jeff zu suchen, da bedeutete mir Mr Stinger mit einem Fingerzeig, dass ich warten sollte.

»Wie sieht es aus, Lynn, kommen Sie mit den Fotos voran?«, fragte er, nachdem er das Telefonat beendet hatte.

»Ich habe vom letzten Konzert vier Bilder in der engeren Auswahl. Davon konnte ich allerdings erst eins fertig bearbeiten.«

Er strich sich über das kurz rasierte Haar. »Zeigen Sie mal her.«

Ich konnte nicht sagen, ob er nur neugierig war oder ob ich damit in gewisser Weise meine Anwesenheit rechtfertigen musste. Um mir meine Verunsicherung nicht anmerken zu lassen, holte ich umgehend das Grafiktablet aus dem Rucksack, öffnete die Dateien und reichte es ihm. Während er die Bilder in Augenschein nahm, versuchte ich seine Mimik zu deuten. Sein Lächeln war wie ein Befreiungsschlag.

»Das sieht doch schon vielversprechend aus.« Er gab mir das Tablet zurück, ergriff sanft meinen Arm und führte mich entlang des Ganges bis zur nächstgelegenen Tür. »Die Crew hat ab morgen drei Tage frei. Die meisten verbringen die Auszeit bei ihren Familien. Diejenigen, für die sich eine weite Heimreise nicht lohnt und zu denen auch Sie gehören, bleiben im Hotel. Dort werden Sie genügend Freiraum finden, um in Ruhe zu arbeiten.«

Ich nickte. »Alles klar.«

Die Aussicht, Ryle drei Tage lang nicht zu sehen, machte mich jetzt schon traurig. Wie würde ich mich erst fühlen, wenn ich nach dieser Woche von ihm Abschied nehmen musste?

Mr Stingers Handy klingelte abermals. Er nahm den Anruf mit einem entschuldigenden Blick entgegen und ging davon, woraufhin ich zurück in die Arena lief. Nebenbei wählte ich Emilys Nummer. Ich vermisste sie.

»Hey, Süße. Ich hab mich nicht getraut, dich anzurufen, weil ich nicht in einen ungünstigen Moment platzen wollte. Den ganzen Morgen habe ich darauf gewartet, dass du dich meldest! Jetzt bin ich im Eagle Rock. Du machst dir kein Bild, was hier los ist. Der Raum ist viel zu klein. Seit die Band im Café war, steppt hier der Bär ... Hallo? Bist du noch dran?«

Ich lachte. »Hast du gerade mal Luft geholt oder brauchst du jetzt eine Sauerstoffmaske?«

»An erster Stelle brauche ich hier dringend Unterstützung. Ich habe nur zwei Hände.«

Im Hintergrund hörte ich Stimmen. Die Kassenschublade

wurde geräuschvoll zugeschoben und Emily wünschte einen schönen Tag. Ich konnte mir vorstellen, wie sie das Telefon zwischen Ohr und Schulter eingeklemmt hatte und hinter dem Tresen hantierte. »Was wollt ihr?«, fragte sie.

»Ich ruf dich später wieder an, okay?«

»Nein, warte«, rief sie so laut, dass ich das Handy ein Stück weghielt. »Ich will einen kurzen Lagebericht. Was hast du bisher erlebt und was geht mit Ryle? ... Das macht neun Dollar. Euer Kaffee kommt gleich. Wer ist der Nächste?«

»Emily, ich melde mich heute Abend und dann quatschen wir in Ruhe.«

»Wage es nicht, aufzulegen. Erzähl mir alles. Ich hör dir zu und erledige nebenbei meinen Kram.«

Ich seufzte. »Wenn ich zurück bin, kann ich dir wieder helfen.«

»So geht es jedenfalls nicht weiter ... Zwei Donuts, zwei Latte und eine Packung Blaubeer-Cookies. Das macht 15,80 Dollar, bitte.«

»Emily, ich komme bei deinem Zwischengequatsche ganz durcheinander und deine Kundschaft bestimmt auch.«

Dessen ungeachtet sprach sie weiter und berichtete mir, dass sie überlegte, eine studentische Aushilfskraft einzustellen. Ich kam am Samstag zurück und war am Mittwoch für die Probearbeit in die Bar bestellt. Falls es mit dem Job klappte, arbeitete ich dort erst gegen Abend und konnte sie tagsüber unterstützen. Den Vorschlag fand sie super, wollte mich allerdings bezahlen. Da sie von mir keinen Dollar Miete bekam, würde ich kein Geld von ihr nehmen, worauf sie aber bestand, weil sie jemand anderen auch bezahlen müsste.

»Was, wenn der Ansturm im Eagle Rock bald wieder nachlässt?«, gab ich zu bedenken.

»Ich will nicht, dass sich der Trubel wieder legt. Du hast

doch jetzt Connections zur Band und könntest die Jungs bei Bedarf noch mal vorbeischicken.«

Ich seufzte abermals. »Wenn diese Woche vorbei ist, werde ich sie wahrscheinlich niemals wiedersehen.«

»Oh, das hört sich nicht so an, als würde es mit Ryle gut laufen.«

»Es läuft gut mit Ryle. Warte, das klingt jetzt anders, als es ist. Eigentlich läuft nichts und gleichzeitig irgendwie doch. Da ist etwas zwischen uns, aber ich kann nicht genau sagen, was. Er möchte mich besser kennenlernen und ich ihn auch. Allerdings ist das echt kompliziert, und ich glaube nicht, dass wir das auf die Reihe kriegen.«

Emily lachte. »Reg du dich noch mal auf, dass ich beim Sprechen keine Luft hole. Hör einfach auf dein Herz.« Sie legte auf.

Von wegen einfach. Mein Herz sagte das eine und mein Verstand etwas völlig anderes. Und ich stand gerade irgendwo dazwischen.

13

Da ich Jeff im Stadion nicht finden konnte, ging ich zurück zum Presseraum. Ich sollte die Jungs in alltäglichen Situationen fotografieren und wollte sie deshalb im Auge behalten. Auf dem Weg dorthin kamen mir zwei junge Frauen entgegen, die sich an den Händen hielten und lachten. Sie waren top gestylt und mit allerlei Accessoires behangen. Eine trug das Haar hochgesteckt, die andere machte Rapunzel Konkurrenz, denn ihre blonde Mähne fiel ihr glänzend bis zur Hüfte. Für ihre endlosen schlanken Beine, die sie in einer kurzen Jeanshose gekonnt in Szene setzte, würden manche Mädchen töten. Ich grübelte, woher ich sie kannte, bis es mir wie Schuppen von den Augen fiel. Erst kürzlich war ich mit Emily im Kino gewesen, wo ein Blockbuster lief, in dem sie mitgespielt hatte. Das war Irina Lewis.

Ich nickte den beiden beim Vorbeilaufen zu, doch sie würdigten mich keines Blickes. Die andere erkannte ich als ein erfolgreiches Model wieder. Irina stammte ursprünglich auch aus dieser Branche. Der Actionstreifen war ihr erster Versuch, im Filmbusiness Fuß zu fassen, und wie ich ihr schauspielerisches Talent einschätzte, war ihr das gelungen.

Verrückt, wem man hier alles begegnete. Ich ging einen Schritt langsamer. Moment mal ... War sie es etwa gewesen, mit der Ryle im Flugzeug telefoniert hatte?

Als ich beim Presseraum ankam, strömten die Journalisten gerade nach draußen. Olivia stand neben der Tür und schien jeden Einzelnen mit persönlichen Worten zu verabschieden. Die Jungs schoben sich im Pulk der anderen an ihr vorbei, wobei sie Ryle am Arm zu fassen bekam und ihn zur Seite zog. Im allgemeinen Gemurmel konnte ich nicht verstehen, was sie zu ihm sagte.

Er löste sich sanft und dennoch mit Nachdruck aus ihrem Griff. Wortlos wandte er sich von ihr ab und lief weiter. In dem Moment erblickte er mich, blieb stehen und legte die Stirn in Falten. Als ich mich nach kurzem Zögern in Bewegung setzte und auf ihn zuging, sagte er etwas zu Tom, der auf ihn gewartet hatte. Dieser sah daraufhin ebenfalls zu mir, nickte und kam dann auf mich zu. Was hatte das denn zu bedeuten?

»Na du.« Tom legte wie selbstverständlich den Arm um meine Schultern und führte mich in die entgegengesetzte Richtung. »Wir hängen bis zum Soundcheck in unserer Kabine ab. Du solltest uns auch mal beim Chillen fotografieren.«

»Kann ich machen«, erwiderte ich knapp.

Er strich sich durch sein zerzaustes blondes Haar. »Und? Wie findest du es bisher bei uns?«

»Toll.«

»Kommst du inzwischen mit Jeff klar?«

»Ja.«

»O Mann. Unsere Kommunikation klappt heute super. So detailreich, wie du das beschreibst, kann ich mir das genau vorstellen.« Tom blieb vor einer Zimmertür stehen und seufzte.

»Ist das eure Kabine?«, fragte ich und trat nach seinem Nicken unaufgefordert ein.

»Hey, wenn ich professionell strippen wollte, würde ich Eintritt verlangen«, schimpfte David. »Anklopfen kann Leben retten.« Er stand nur in Unterhose bekleidet vor mir und zog sich hastig einen Pullover über.

Mir war die Situation unangenehmer als ihm. »Tut mir leid.«

Ich war im Begriff, auf dem Absatz kehrtzumachen. Dummerweise verstellte Tom mir den Ausgang und schloss die Tür.

»Ich habe Lynn mitgebracht, damit sie hier ein paar Fotos von uns machen kann«, erklärte er.

»Vergiss es«, sagte Simon. Er lag auf einem riesigen Ledersofa und hielt den Arm über die Augen. »Ich will jetzt einfach mal meine Ruhe.«

»Hat jemand Lust auf ein Spiel?« Tom trat zu einem Billardtisch, neben dem ein Tischkicker und ein Flipperautomat standen.

»Ich zocke lieber«, entgegnete David, der sich inzwischen auch eine Jogginghose angezogen hatte. Er schaltete den Fernseher ein, nahm eine Konsole und lümmelte sich in den Sessel.

Tom schaute zu Simon, der sich auf dem Sofa eingerollt hatte und offensichtlich schlafen wollte. »Spielst du mit mir?«, fragte er mich schließlich und sah mich mit einem Welpenblick an. »Biiitte.«

»Ich bin fürs Fotografieren zuständig.«

»Nur eine Runde.« Er klimperte mit den Wimpern.

Dan kam ins Zimmer, setzte sich in den freien Sessel und tippte auf seinem Smartphone. Irgendwann würde auch Ryle hier aufkreuzen. Mir wurde klar, dass ich insgeheim auf ihn wartete.

»Na schön.« Ich ging zu Tom und schnappte mir einen Queue.

»Bei uns wird immer um einen Einsatz gespielt«, warf David ein, ohne von seinem Videospiel abzulassen. »Da gibt es bei Lynn keine Ausnahme.«

Ich sah Tom an. »Was meint er damit?«

»Der Verlierer muss das tun, was der Sieger ihm aufträgt. Was das ist, wird vor Spielbeginn festgelegt.«

Ich verzog den Mund. »Und was soll das sein?«

»Hm, lass mich mal überlegen.« Tom tippte mit dem Zeigefinger gegen sein Kinn. »Wenn du verlierst, musst du nach dem Konzert meine verschwitzten Füße massieren.« Er wackelte übertrieben mit den Augenbrauen.

»Laaangweilig«, tönte David. Er ließ von seinem Spiel ab, kam zu uns und trat dicht zu mir. »Falls du verlierst, bist du einen Tag lang meine persönliche Assistentin und wirst mir praktisch nicht von der Seite weichen.«

»Muss Lynn dann auch mit dir aufs Klo gehen?«, fragte Tom und verdrehte die Augen.

»Das werde ich nicht, weil ich unter der Voraussetzung nämlich gar nicht erst mitspiele.«

Alle sahen mich an. Sogar Simon hatte sich auf die Seite gedreht, den Kopf in die Hand gestützt und blickte zu mir.

»Och, nun sei doch keine Spielverderberin.« David stieß sachte mit der Faust gegen meinen Arm. »Du müsstest doch bloß meine Tasche tragen, Kaffee holen, über meine plumpen Witze lachen und Zeit mit mir verbringen.«

Ich schüttelte den Kopf.

»Komm schon, Lynn«, sagte Simon, rappelte sich auf und kam ebenfalls zu uns. »Nimm nicht alles so ernst und mach mit. Das macht Spaß.«

Ich atmete tief durch.

»Zögerst du wegen Ryle?«, fragte Dan. »Du solltest dich nicht zu sehr auf ihn konzentrieren, denn du wärst nicht die Erste, der er das Herz bricht. Gerade ist er bei Irina und ...«

»Warum hältst du nicht einfach die Klappe?«, ging Tom ihn an, während ich die Hände fest um den Queue krallte. In meinem Magen bildete sich ein Knoten.

Dan zuckte nur mit den Schultern und widmete sich wieder seinem Handy.

»Ryle kennt unsere Spielregeln und nimmt die Einsätze genauso locker wie wir«, sagte David.

Tom rieb sich die Stirn. »Wenn es um Lynn geht, bin ich mir nicht so sicher.«

In meinem Kopf wirbelten die Gedanken durcheinander. »Er hat etwas mit Irina Lewis?«, platzte es aus mir heraus. Ich sah das Model in Gedanken vor mir und ließ die Schultern hängen.

»Ja, hat er«, erwiderte Dan. »Zumindest, wenn sie sich sehen.«

»Wieso sagst du das?« Tom hob die Arme zur Seite und sah Dan verständnislos an.

»Ich mag Lynn. Sie sollte wissen, worauf sie sich einlässt.«

O Gott. Dieses Supermodel war tatsächlich seine Freundin. Ich hatte das Gefühl, nicht ausreichend Luft zu bekommen, öffnete leicht den Mund und atmete so unauffällig wie möglich durch. Tom schien meine Verfassung dennoch zu bemerken.

»Lynn, hör zu ...«

»Also gut, lasst uns spielen«, stieß ich aus. »Falls ich gewinne, werdet ihr persönlich dafür sorgen, dass Ryle mir nicht mehr zu nahe kommt.«

Entschlossen lehnte ich mich über den Tisch und stieß das Spiel an, woraufhin die Kugeln auseinanderstoben und eine im Fangnetz landete. Ryle hatte mich getäuscht. Er hatte mir das Gefühl gegeben, an mir interessiert zu sein. Dabei war ich offenbar nichts weiter als ein Zeitvertreib. Olivia, Irina ... Welche Mädchen standen eigentlich noch auf seiner Liste? Ich war wütend. Wenn er glaubte, ich würde mich als eine von vielen einreihen, hatte er sich getäuscht.

»Ich habe die vollen«, sagte ich, stieß erneut gegen die weiße Kugel und versenkte eine weitere.

»Scheiße, wieso kannst du das so gut?« David nahm Tom

den Queue ab. »Lass mich das machen. Ich bin der beste Spieler von uns.«

»Du hast keine Chance«, sagte ich, als die nächste Kugel ins Netz rollte. »Meine Eltern betreiben ein Diner. Ich habe dort jeden Tag gespielt.«

»Vermassle es nicht«, wies Tom David an. »Ich will Ryle nicht in den Rücken fallen.«

»Um es nicht zu vermasseln, müsste ich erst mal zum Zug kommen«, erwiderte er, nachdem ich abermals einlochte.

»Das hat uns Dan eingebrockt«, murmelte Simon.

Dieser stand auf und kam zu uns, um das Spiel mitzuverfolgen. »Es war richtig, es ihr zu sagen. Ich würde es jederzeit wieder …«

In diesem Moment kam Ryle zur Tür herein und das Gespräch verstummte.

»Was geht denn hier ab?« Er kam näher. »Das muss ja ein spannendes Spiel sein, wenn ihr alle am Tisch steht.«

Stille breitete sich aus. Die Jungs konnten ihm nicht in die Augen sehen. Es musste für Ryle offensichtlich sein, dass etwas faul war.

»Lynn entpuppt sich als wahrer Profi und lässt David verdammt alt aussehen«, entgegnete Tom nach einer Pause und räusperte sich unbehaglich.

Um seine Behauptung zu unterstreichen, stieß ich eine weitere Kugel ins Loch.

»Mensch, Lynn. Lass mich wenigstens mal mitspielen«, bettelte David.

Ich traf wieder. »Tut mir leid. Der Einsatz ist einfach zu hoch.«

Erneut wurde es still. Atmeten sie noch?

»Um welchen Einsatz spielt ihr?«, erkundigte sich Ryle und sah uns alle abschätzend an.

Er bekam keine Antwort.

Ich ging um den Tisch, um die weiße Kugel besser zu erreichen, und blieb unmittelbar neben ihm stehen. »Kannst du mal etwas zur Seite gehen«, forderte ich ihn unfreundlich auf. Ich war so dermaßen enttäuscht von ihm, dass ich an mich halten musste, ihn nicht wegzuschubsen.

Er verengte die Augen. Sein Blick durchbohrte mich, bevor er minimal zurückwich.

Während ich mich über den Tisch beugte, spürte ich seine Präsenz am ganzen Körper. Obwohl er mich nicht berührte, war er mir eindeutig zu nah. Innerlich fluchte ich über meine zittrigen Finger – ihnen hatte ich zu verdanken, dass ich dieses Mal nicht traf.

»Jetzt pass mal auf.« David grinste und begann seine Aufholjagd. Als er die dritte Kugel einlochte, wurde ich langsam nervös. Ich wollte das Spiel unbedingt gewinnen.

Ryle ließ mich keine Sekunde aus den Augen. Vielleicht fragte er sich, warum ich ihm plötzlich die kalte Schulter zeigte. Dass die Jungs wieder schwiegen, sorgte zusätzlich für schlechte Stimmung.

»Was läuft hier eigentlich?«, brach es aus ihm heraus. David schoss augenblicklich daneben.

»Die Kugeln scheinen nicht so leicht ins Netz zu gehen wie die Mädels«, sagte ich und ignorierte seine Frage – ebenso wie die anderen. Zu meiner Genugtuung landete ich einen Treffer.

Ryle wandte sich an Tom. »Mach endlich den Mund auf.«

Er hob ergeben die Hände. »Scheiße. Frag Dan.«

»Schwarze Kugel ins rechte Außenloch«, sagte ich und machte sie somit darauf aufmerksam, dass ich zum entscheidenden Stoß ausholte.

»Lynn ...« Ryles Stimme war nur ein Flüstern. Er legte seine

Hand auf den Tisch, um mich aufzuhalten, und sah mich eindringlich an. »Was ist der Einsatz?«

Ich hob das Kinn. »Hm ... Wärst du nicht anderweitig beschäftigt gewesen, hättest du unsere Vereinbarung mitbekommen«, platzte es aus mir heraus und ich bereute es augenblicklich. Wenn ich ihm meine Wut zeigte, wusste er, dass es mir etwas ausmachte. Dabei wäre mir lieber, er würde glauben, es sei mir egal.

Er nahm die Hand vom Tisch und richtete sich langsam auf. Sein Blick fiel auf Tom, der vehement den Kopf schüttelte und seine Unschuld beteuern wollte. Ihr stummes Gespräch brachte mein Blut zum Kochen. Es war nicht zu fassen, dass Ryle ihm jetzt einen Vorwurf machte. Er hatte mir Irina verheimlichen wollen – er spielte hier ein falsches Spiel. Nicht Tom. Und Dan schon gar nicht.

In meiner Rage übte ich zu viel Kraft aus. Zwar versenkte ich die schwarze Kugel ins richtige Loch, doch die weiße rollte hinterher. Ich hatte das Spiel verloren und warf den Queue enttäuscht auf den Tisch.

»Dann soll es also so sein«, sagte ich zu David. »Gib mir Bescheid, ab wann ich dir zur Verfügung stehen soll. Aber versprich dir nicht zu viel von meiner Gesellschaft.«

Ryle zuckte sichtlich zusammen. Bevor ich mir einredete, es würde ihm auch nur das Geringste ausmachen, verließ ich fluchtartig den Raum und kämpfte damit, meine Tränen zurückzuhalten.

14

Wohin konnte ich mich bloß verkriechen? Aufgewühlt, wie ich war, wollte ich niemandem vor die Füße laufen. Die Tür mit dem Toilettenschild erschien mir wie eine Erlösung. Ich stürmte hinein und stieß mit einem Mädchen zusammen, bei dem es sich zu allem Übel um Irinas Freundin handelte.

»Geht's noch?«, blaffte sie mich an.

»Tut mir leid.«

Irina stand vor dem Waschbecken und zog sich den Lippenstift nach. Sie bedachte mich über den Spiegel mit einem undefinierbaren Blick, bevor ich mich hastig abwandte und in einer Toilettenkabine verschwand.

Die Mädchen unterhielten sich über irgendein Shooting. Als sie kurz darauf den Raum verließen, atmete ich tief durch und versuchte mich zu sammeln.

Meine Laune war derart im Keller, dass ich mich gerade selbst nicht leiden konnte. Ich war enttäuscht und traurig. Je länger ich über die Situation nachdachte, desto wütender wurde ich. Warum musste ich mich ausgerechnet von Ryle Cooper so angezogen fühlen, dass es mir in seiner Nähe sprichwörtlich den Boden unter den Füßen wegzog? Ihm, dem wahr gewordenen Mädchentraum, dem Tausende Herzen zuflogen. Wie konnte ich so naiv sein und mir einbilden, er würde an mir interessiert sein? Er hatte mir keine Versprechungen gemacht. Trotzdem hatte ich geglaubt, ihm wichtig zu sein.

Als ich mich nach ein paar Minuten einigermaßen beruhigt hatte, verließ ich die Kabine, benetzte meine Wangen mit kaltem Wasser und sah in den Spiegel. So gern ich es wollte, ich konnte Ryle nicht von jetzt auf gleich vergessen. Aber ich würde von nun an besser auf mich aufpassen und ihm, so gut es ging, aus dem Weg gehen. In den nächsten drei Tagen bekam ich ihn sowieso nicht zu Gesicht, und ich hoffte, dass es mir das einfacher machte.

Dummerweise hatte ich meinen Rucksack im Aufenthaltsraum der Jungs gelassen. Ich brauchte meine Kamera, und mir blieb nichts anderes übrig, als zurückzugehen.

Nachdem ich angeklopft hatte, öffnete ausgerechnet Irina die Tür. Für einen kurzen Moment rutschte mir das Herz in die Hose, dann gewann ich meine Fassung zurück und setzte eine gespielt gleichmütige Miene auf.

»Ja?«, fragte sie.

»Ich habe meinen Rucksack vergessen«, erklärte ich.

Sie hob die Augenbrauen, öffnete die Tür etwas weiter und ermöglichte mir somit einen Blick auf die Jungs. Ryle saß im Sessel und spielte gedankenverloren Gitarre.

»Lynn.« Tom sprang vom Sofa auf. Durch ihn wurde auch Ryle auf mich aufmerksam und ließ abrupt von der Gitarre ab.

Ich sah zu Boden, ging wortlos an Tom vorbei und schnappte mir den Rucksack, den ich neben dem Billardtisch abgestellt hatte.

»Wir haben jetzt Soundcheck«, sagte Tom und begleitete mich nach draußen.

»Ich schau mal, wo Jeff steckt«, erwiderte ich. Am besten, tat ich, als wäre nichts passiert. Das machte es für alle Beteiligten leichter.

»Machst du weiter Fotos von uns?«, erkundigte er sich kleinlaut.

»Klar. Das ist schließlich mein Job.«

»Wer ist sie?«, hörte ich Irina hinter uns fragen, drehte mich um und merkte, dass die anderen uns folgten. Sie lief neben Ryle. Als mein Blick dem seinen begegnete, schaute er weg und ich wandte mich hastig wieder um.

»Das ist Lynn«, antwortete David an seiner statt. »Sie fotografiert uns während der Tour.«

Sobald wir nach draußen ins Stadion traten und ich Jeff neben der Bühne erspähte, lief ich schneller. Ich wollte Abstand gewinnen. Ryle und sie zusammen zu sehen schmerzte mehr, als mir lieb war. Hielt er ihre Hand? Ich war versucht, mich abermals umzudrehen, da jubelte Tom plötzlich neben mir.

»Da sind sie«, rief er und rannte los.

Auch die anderen Jungs inklusive Ryle überholten mich. Vor der Bühne stand eine Gruppe von Leuten, die ihnen genauso freudig entgegeneilten. Da sie sich allesamt in die Arme fielen, handelte es sich zweifelsfrei um ihre Familien. Auf den ersten Blick konnte ich nur Dans Freundin zuordnen, weil er sie leidenschaftlich küsste.

Ich nahm jeden, den Ryle begrüßte, in Augenschein. Eine mollige Frau sah zu ihm auf und tätschelte ihm wie einem kleinen Jungen die Wange, woraufhin er sich zu ihr hinabbeugte und sie auf den Scheitel küsste. Ich dachte, sie als seine Mutter erkannt zu haben. Da wandte sie sich Tom zu und begrüßte ihn auf ebenso herzliche Weise. Ryle schloss derweilen eine andere Frau in die Arme und klopfte anschließend einem Mann auf die Schulter, der die Geste erwiderte. Sie schienen wie eine große Familie.

Irina war wie ich stehen geblieben und beobachtete die Szene. Da ich mir ihr wieder bewusst wurde, wandte ich mich ab und ging zu Jeff.

»Hast du etwas dagegen, wenn ich dir Gesellschaft leiste?«, fragte ich, als ich bei ihm ankam.

Er löste seinen Zopf, um ihn straffer zu binden. »Ich habe mich schon gefragt, wo du steckst«, erwiderte er, setzte sich auf die seitliche Zugangstreppe zur Bühne und klopfte einladend auf die Stufe neben sich. »Ich hab etwas für dich.«

Sein freundliches Lächeln war genau das, was ich jetzt brauchte.

»Hier.« Er reichte mir eine Spiegelreflexkamera, die ich entgegennahm und eingehend betrachtete. »Sie ist nicht nagelneu, aber tausendmal besser als dein altes Ding.«

Ich riss die Augen auf und sah ihn verwirrt an.

»Du kannst sie haben. Ich benutze sie sowieso nicht mehr.«

Mir klappte die Kinnlade herunter. Ich wollte etwas sagen, brachte jedoch keinen einzigen Ton heraus.

»Durch den Megapixel-Sensor bekommst du eine hoch aufgelöste Bildqualität, auch in extrem hellen und dunklen Umgebungen«, erklärte er.

»Ich ... Das ist ... Auf keinen Fall kann ich das annehmen.«

»Wie ich schon sagte, bei mir liegt sie nur ungebraucht im Koffer. Also nimm sie und hole das Beste aus deinen Bildern heraus.«

Ich fiel ihm um den Hals und zog mich im nächsten Moment verlegen zurück.

Er lachte. »Du bist jung und hast Talent. Es wäre sträflich, das nicht zu unterstützen.«

»Danke, Jeff. Das bedeutet mir wirklich viel. Tausend Dank.«

»Gern geschehen.« Er reichte mir als zusätzliches Geschenk eine Packung Ohrstöpsel, zwinkerte mir zu und stand auf. »Dann ran an die Arbeit.« Mit dem Kinn deutete er auf die Jungs, die soeben für den Soundcheck auf der anderen Seite die Bühne betraten.

Ich sah mich nach ihren Familien um, die sich auf einem Rang in der vordersten Sitzreihe niedergelassen hatten. Irina und deren Freundin saßen auch dort.

Tom und Simon stimmten ihre Gitarren. David begann auf dem Keyboard zu spielen. Und Ryle nahm ein Mikro und sprach sich mit dem Tontechniker ab. Dan stand noch schmusend mit seiner Freundin vor der Bühne und ertappte mich dabei, wie ich sie beobachtete. Ich sah schnell weg, bemerkte aber aus den Augenwinkeln, dass sich die beiden mir näherten.

»Hey, Lynn.« Sie blieben direkt vor mir stehen. »Das ist meine Freundin Kate. Kate, das ist Lynn.«

»Hallo.« Ich stand auf, bevor wir uns lächelnd die Hand reichten.

»Tut mir leid, wie das vorhin gelaufen ist«, entschuldigte er sich. »Ich fand es bloß fair, dass du Bescheid weißt.«

»Ich werde dir ewig für deinen Hinweis dankbar sein«, erwiderte ich und spürte trotzdem wieder diese Stiche in der Brust.

»Worüber sprecht ihr?«, erkundigte sich Kate und drehte sich eine Strähne ihrer schulterlangen Kräusellocken um den Zeigefinger. Sie sprach zurückhaltend und leise. Ihr Lächeln wirkte aufrichtig. Sie war mir auf Anhieb sympathisch.

»Über Ryle«, antwortete Dan. »Ich muss zum Soundcheck.« Er gab ihr einen Kuss und ging auf die Bühne.

»Hat Ryle was ausgefressen?«, fragte sie.

»Ja und nein«, entgegnete ich. »Ich habe mich einfach in ihm getäuscht.« Darüber zu reden machte es nicht besser. »Dan hat sich sehr auf dich gefreut«, ließ ich sie wissen und hoffte, somit vom Thema abzulenken.

Kate spielte wieder mit ihren Locken und beobachtete ihn. »Es ist nicht immer leicht. Wir sind mehr voneinander getrennt, als dass wir uns sehen.«

Ich hatte keine Ahnung, was ich darauf erwidern sollte. Deshalb strich ich ihr einfach mitfühlend über den Arm.

»Immerhin telefonieren wir jeden Tag, das hilft ein bisschen.« Sie sah zur Bühne und zu mir. »Magst du mir von Ryle und dir erzählen? Er schaut die ganze Zeit zu dir rüber.«

Ich spannte mich augenblicklich an, mied es aber strikt, einen Blick zu riskieren. »Es war nichts weiter. Ich dachte, er mag mich mehr als andere Mädchen. Allerdings habe ich mich geirrt.«

Sie lächelte. »Bist du da sicher?« Ihre Miene machte deutlich, dass sie anderer Meinung war. »Ich setze mich zu Dans Eltern. Kommst du mit?«

»Nein, ich muss Fotos machen.«

»Okay, dann sehen wir uns vielleicht später wieder.«

»Ja, bis dann.«

Kurz sah ich Kate nach, bevor ich mich erneut auf die seitliche Treppe setzte und das Objektiv meiner neuen Kamera mit einem Mikrofasertuch säuberte. Ich konnte nicht glauben, dass sie jetzt mir gehörte.

Ryle sang eine Zeile, wobei das Mikrofon mit einem lauten Signalton übersteuerte. Die hohe Frequenz schmerzte in den Ohren.

»Gibt es hier irgendwo Ohrstöpsel?«, fragte der Typ, der zur Vorband gehörte. Er kam auf mich zu.

»Ich habe welche von Jeff bekommen«, erwiderte ich und versuchte mich krampfhaft an seinen Namen zu erinnern.

Er setzte sich zu mir auf die Stufe.

»Du hast mir beim letzten Mal gar nicht erzählt, dass du auch auf der Bühne stehst.«

»Hätte dich das davon abgehalten, mich nach dem Weg zur Toilette zu fragen?« Er rückte zu mir auf und stieß sanft mit dem Ellenbogen gegen meinen Arm.

Ich hob schmunzelnd die Augenbrauen. »Nein, wieso? Sollte es das?«

Er war im Begriff, mir etwas zu erwidern, verstummte aber nach der ersten Silbe und sah mit gerunzelter Stirn seitlich über meine Schulter hinweg. Ich wandte mich um und folgte seinem Blick.

Ryle kam direkt auf uns zu. Seine Gesichtszüge waren ernst, wirkten durch die zuckenden Wangenmuskeln fast feindselig.

»Joe.« Er blieb bei uns stehen und nickte grüßend.

»Ryle«, antwortete dieser und erwiderte die Geste.

Ihre Blicke waren eisig.

»Können wir reden?«, fragte er und streckte die Hand nach mir aus.

Es war nicht leicht, in seiner Nähe gegen das Bauchkribbeln anzukommen. Daher fiel mein Kopfschütteln eher spärlich aus.

»Bitte.« Ryle beugte sich zu mir herab und ergriff meine Hand. Eigentlich wollte ich sie ihm entziehen, doch stattdessen ließ ich mir von ihm auf die Beine helfen. Ich fühlte seine Berührung bis ins Mark.

Joe stand ebenfalls auf, verschränkte die Arme vor der Brust und schnalzte mit der Zunge. »Wie es scheint, ist mir hier etwas entgangen. Ich hatte keine Ahnung, dass ihr euch so gut kennt.«

Ryles Griff um meine Hand verstärkte sich. »Umso besser, dass du es nun weißt.« Er bedachte Joe mit einem letzten strengen Blick und führte mich von ihm fort.

Ich versuchte mich loszumachen, aber er hielt meine Hand weiterhin fest und überquerte mit mir die Bühne, um sie auf der anderen Seite zu verlassen. Die Jungs sahen uns an, und im selben Moment wurde mir klar, dass auch ihre Familien die Szene mitbekamen – inklusive Irina.

»Ryle?«, flüsterte ich.

»Hm …«

»Was tust du hier gerade?«

Wir brachten die letzten Stufen der Treppe hinter uns und er blieb stehen. »Was glaubst du denn, was ich gerade tue?«

Ich zuckte mit den Schultern.

»Du solltest keine Zeit an Joe verschwenden«, brach es aus ihm heraus.

»Tatsächlich?« Ich hob vielsagend die Augenbrauen.

Er ließ mich los und strich sich das Haar aus der Stirn. »Ich habe dir versprochen, dass ich für uns einen Weg und Zeit finden werde, damit wir uns besser kennenlernen können.«

Ich stieß die Luft aus. »Da haben Olivia und Irina sicherlich etwas dagegen. Oder gibt es vielleicht noch mehr, von denen ich …«

Er fiel mir ins Wort. »Bitte, gib mir eine Chance. Lass uns nach dem Konzert darüber reden. Ich bin nach der Show immer total aufgekratzt und kann sowieso nicht gleich schlafen.«

»Ich dachte, ihr fahrt im Anschluss mit euren Familien nach Hause«, entgegnete ich.

Ryle presste die Lippen zusammen und schloss kurz die Augen. »Ich habe keine Familie.« Er wandte sich um und ging davon.

15

Ryle lief an der Tribüne vorbei, auf der die Familien der Jungs saßen – von denen, wie ich soeben erfahren hatte, niemand zu ihm gehörte. Irina sah zwischen ihm und mir hin und her. Sie stürmte ihm nach, als er durch eine Tür aus meinem Sichtfeld verschwand.

Eine Weile war ich wie erstarrt. Ich hatte nicht den Hauch einer Ahnung, was ich nun glauben geschweige denn fühlen sollte. Ryle musste vergessen haben, dass Irina uns auf der Bühne hatte sehen können. Ansonsten hätte er doch nicht meine Hand gehalten, oder? Vielleicht war es ihm auch egal? Auf jeden Fall schienen Joe und er sich nicht besonders leiden zu können. Wir hatten uns nur unterhalten und dennoch hatte Ryle sich daran gestört. Ich wusste nicht, was ich davon halten sollte.

Die folgenden Stunden stand ich völlig neben mir. Beim Essen war ich Jeff keine gute Gesellschaft. Ich hörte Bruce und seinen Kollegen teilnahmslos bei ihrer Besprechung zu und ignorierte Olivias Blicke. Immerzu hielt ich ergebnislos nach Ryle und Irina Ausschau. Und dann strömten die Fans irgendwann ins Stadion.

Jeff und ich befanden uns wieder direkt vor der Bühne. Werbefilme liefen und die Vorband trat auf, wobei Joe mich auffällig oft mit seinem Blick fixierte. Ryle bekam ich erst wieder zu Gesicht, als *Reanimation* die Bühne betrat und die Menschenmenge ausflippte. Dieses Mal hielt ich das Erscheinen der Jungs im Nebel fest und wusste im selben Moment, dass es ein

Foto davon auf das CD-Cover schaffen würde. Ich war von der Detailschärfe der neuen Kamera begeistert und verfiel wie Jeff in einen wahren Bilderrausch.

Im Gegensatz zu Joe schaute Ryle den ganzen Abend kein einziges Mal in meine Richtung. Niemals zuvor hatte jemand so widersprüchliche Gefühle in mir ausgelöst. Ich wollte ihn nicht mögen, aber ich tat es trotzdem. Sein Lächeln verzauberte mich und ein einziger Blick aus seinen tiefblauen Augen verwandelte meine Knie in Wackelpudding. Wie sollte ich es da schaffen, auf Abstand zu gehen?

Bis zum Konzertende versuchte ich mich auf meine Arbeit zu konzentrieren. Die Fans forderten mehrfach eine Zugabe, und als die Jungs die Bühne endgültig verließen, flossen wieder bei manchen Mädchen Tränen. Ich half Jeff dabei, sein Equipment zu verstauen, und bedankte mich noch einmal für die überragende Kamera, bevor wir uns für die nächsten Tage voneinander verabschiedeten. Anschließend ging ich in den Backstage-Bereich, um dort nach Ryle Ausschau zu halten. Es wäre hilfreich gewesen, wenn er mir gesagt hätte, wo er mich treffen wollte.

»Hey, Lynn, kommst du?«, rief Bruce. Er kam auf mich zu.

»Hast du Ryle gesehen?«, fragte ich, sobald er bei mir war.

»Die Jungs sind schon mit ihren Familien aufgebrochen. Ryle verbringt die freien Tage immer bei Tom.«

»Oh.« Da war es wieder, das Gefühl der Enttäuschung. Als hätte ich länger nichts gegessen, fühlte sich mein Magen hohl und leer an.

»Ich fahre dich ins Hotel und mache mich dann auf den Weg zu meiner Schwester«, erklärte er und lief los. »Sie wohnt mit ihrem fünfjährigen Sohn außerhalb der Stadt. Ich freue mich riesig, die beiden wiederzusehen.«

»Dann solltest du gleich zu ihnen aufbrechen. Einige Crewmitglieder fahren auch ins Hotel. Von denen kann mich bestimmt jemand mitnehmen.«

»Du wirst nicht im selben Hotel untergebracht«, informierte er mich.

Ich ging langsamer. »Wieso das denn?«

Er hob die Schultern. »Das hat Ryle veranlasst. Er wollte, dass du es komfortabler hast.«

Ich schloss wieder zu ihm auf. »Das brauche ich nicht.«

Wir waren draußen angelangt. Bruce öffnete mir die Beifahrertür eines Vans, woraufhin ich einstieg.

»Ist nun mal so gebucht«, erwiderte er. »Dein Koffer ist schon im Hotel.«

Na prima. Gab es irgendetwas, was ich dagegen tun konnte?

»Ich möchte nicht bevorzugt behandelt werden«, sagte ich, nachdem er auch eingestiegen war.

Er fuhr los. »Das musst du mit Ryle klären.«

Ich seufzte, sah aus dem Seitenfenster und beobachtete die Tausenden Fans, die aus dem Stadion ins Freie strömten. Vom Parkplatz her bildete sich ein Stau, in den wir uns eingliederten. »Wie soll ich das klären, wenn ich ihn erst in drei Tagen wiedersehe?«

»Genieß einfach deinen Aufenthalt«, entgegnete Bruce und stellte im Radio die Nachrichten lauter.

Ich hörte dem Moderator nur beiläufig zu. Im Auto neben uns lief *Reanimation*, wozu die Insassen bei offenem Fenster lautstark mitsangen. Vor uns hielt ein Mädchen ein Poster der Band aus dem Wagen. Die anderen grölten. Es herrschte noch immer Partystimmung.

Krampfhaft darum bemüht, an etwas anderes als an Ryle zu denken, schloss ich die Augen. Irgendwann schlief ich vor Erschöpfung ein.

Bruce weckte mich, als wir beim Hotel ankamen. Er parkte direkt vorm Eingang und stieg aus.

»Du brauchst nicht mit reinzukommen«, sagte ich. »Glaub mir, ich schaffe das allein.«

»Ryle hat mir aufgetragen, dich bis aufs Zimmer zu bringen. Also werde ich das auch tun.« Er lächelte, deutete mit dem Kopf zum Eingang und ging voraus.

»Deine Schwester und dein Neffe warten«, versuchte ich, ihn ein letztes Mal umzustimmen.

»Hast du mal auf die Uhr geschaut? Die schlafen längst.«

Ein Blick auf mein Handy verriet mir, dass es gleich ein Uhr war. Ich legte den Kopf in den Nacken und schaute an dem teils historisch, teils modern wirkenden Hotel hinauf, dessen kolossale Erscheinung mich staunen ließ. Anschließend folgte ich Bruce durch die mittlere der drei großzügigen Drehtüren in die Lobby, von der aus eine geschwungene Treppe in die zweite Etage führte. Die hohe Decke bestand aus kleinen Lämpchen, die den nächtlichen Sternenhimmel imitierten.

»Wow.« Für einen kurzen Moment blieb ich stehen und bewunderte den Anblick. Da Bruce keine Anstalten machte, auf mich zu warten, schloss ich hastig zu ihm auf.

»Muss ich nicht einchecken?«, fragte ich, da er an der Rezeption vorbeilief.

Ohne sich nach mir umzudrehen, hob er die Hand zur Seite und hielt zwischen zwei Fingern eine Schlüsselkarte. »Darum wurde sich schon gekümmert.«

Wir betraten einen Lift. Während der nicht enden wollenden Fahrt starrte ich auf die Anzeige, die die Etagen zählte. Als wir im zweiundvierzigsten und somit obersten Stockwerk ankamen, hätte ich am liebsten durch das Treppenhaus den Fluchtweg angetreten. Wenn es hier zu einem Brand kam, standen meine Chancen schlecht.

»Da wären wir«, sagte Bruce und führte mich durch den Vorraum zu einer zweiflügeligen Tür. Um sie zu öffnen, zog er die Karte durch die Vorrichtung neben dem Schloss und reichte sie mir dann. »Dein Koffer ist schon drin. Mach dir eine schöne Zeit. Wir sehen uns in drei Tagen.«

Wir reichten uns die Hand und schlossen uns in eine halbe Umarmung. Dabei wurde mir wieder bewusst, wie riesig Bruce war. Ich bedankte mich fürs Bringen und wünschte ihm bei seiner Schwester viel Spaß, ehe sich die Fahrstuhltür hinter ihm schloss. Als ich anschließend das Zimmer betrat, schaltete sich automatisch das Licht ein. Bei dem Anblick, der sich mir bot, hätte ich Bruce beinahe zurückgerufen. War ich hier wirklich richtig?

Zögernd ging ich den Flur entlang, dessen Wände mit bunt karierten Hochglanzfliesen versehen waren. Das hier war kein Zimmer, sondern eine Suite. Vier Stufen führten hinab in einen großen, hellgrau gestrichenen Raum, der mit schwarzen Möbeln und weißen Ledersesseln modern eingerichtet war. Gleichzeitig gaben kleine Skulpturen und aufwendig bemalte Vasen dem Ganzen einen antiken Touch. Zwei Wände bestanden komplett aus einer Fensterfront, in der ich mich einerseits spiegelte und andererseits die Lichter der Stadt durchscheinen sah. Ich näherte mich meinem Spiegelbild, schob die Terrassentür auf und trat ins Freie. Allerdings traute ich mich nur einen Schritt hinaus. Ich befand mich auf dem Dach des Hotels. Über mir war nichts als schwarzer Himmel, unter mir lag Los Angeles, und in der Ferne sah ich das Meer. Diese Terrasse war größer als Emilys Wohnung und schien um die komplette Suite zu führen. Die Aussicht raubte mir schon in der Nacht den Atem, wie musste es da erst bei Tageslicht sein?

Ich ging wieder hinein, ließ meinen Blick über die Küchenzeile mit Kochinsel, einen runden Tisch mit sechs hochlehnigen Stühlen und die Bar schweifen. Außerdem entdeckte ich einen Billardtisch, der ungewollte Erinnerungen weckte.

Wenn ich mir vorstellte, was diese Unterkunft pro Nacht kostete, wurde mir flau im Magen. Eine Weile stand ich unschlüssig da, schaute abwechselnd auf die Treppe, die in die zweite Etage führte, und zum Ausgang.

Weshalb wollte Ryle, dass ich hier abseits der Crew untergebracht wurde? Wenn er mich mit dieser Luxusbude in Verlegenheit bringen wollte, hatte er es geschafft. Gott, vielleicht lag hier wirklich ein Fehler vor? Doch Bruce hatte mich schließlich bis in die oberste Etage begleitet und dabei keinen irritierten Eindruck gemacht. Daher entschied ich mich, das Obergeschoss zu erkunden.

Es gab zwei Schlafzimmer mit Himmelbetten und ein luxuriöses Bad, in dem sich ein Whirlpool befand. Direkt dahinter sah man durch ein rundes Fenster die Stadt. Ich kaute auf meiner Lippe und betrachtete die Badeöl-Fläschchen, die auf dem Fliesensockel standen. Nach einem kurzen Zögern konnte ich der Versuchung nicht widerstehen. Ich drehte das Wasser auf, zog mich aus und wählte das Öl mit dem Zitrusduft. Als die Wanne vollgelaufen war, band ich meine Haare zu einem Dutt zusammen, glitt in das wohltuende heiße Wasser und schaltete den Whirlpool ein. Mein Blick fiel aus dem seitlichen Fenster, auf das Lichtermeer der Stadt. Das hier musste ein Traum sein.

Erst nachdem sich das Wasser merklich abkühlte und meine Haut schrumpelig war, konnte ich mich dazu aufraffen, den Whirlpool zu verlassen. Meinen Koffer hatte ich im Flur stehen sehen. Daher schlang ich ein Badetuch um meinen Körper und tapste barfuß nach unten.

Ich hatte vergessen, Emily Fotos von dem Konzert zu schicken, und fischte im Rucksack nach meinem Handy. Der Akku war leer, deshalb suchte ich nach einer Steckdose und steckte es bei der Küchenzeile ans Ladekabel. Ich schaltete es ein, woraufhin mir auf dem Startbildschirm zwei verpasste Anrufe einer unbekannten Nummer angezeigt wurden. Für einen Rückruf war es zu spät, daher würde ich erst morgen erfahren, wer sich dahinter verbarg. Doch dann bemerkte ich, dass die WhatsApp-Nachrichten von derselben Nummer stammten. Ich starrte auf den Chatverlauf. Ryle hatte sich vom Flugzeug aus mein Gitarrenbild auf sein Smartphone geschickt und dieses war zugestellt worden, kurz nachdem ich den Flugmodus ausgeschaltet hatte. Dadurch besaß ich nun seine Telefonnummer und speicherte sie sogleich ein. Vor einer Stunde hatte er mir eine neue Nachricht geschrieben.

Ryle: Magst du noch reden oder bist du sehr müde?

Ich: Ich bin in einer Suite gelandet, in der ich unmöglich schlafen kann vor lauter Angst, die Laken zu zerknittern. Was ist hier los? Das muss eine falsche Buchung sein.

Da ich davon ausging, dass er inzwischen schlief, wollte ich das Handy schon beiseitelegen. Aber er antwortete sofort.

Ryle: Das kann ich dir erklären. Darf ich zu dir kommen?

Jetzt noch? Mein Herz kam ins Stolpern. Da ich weitere Tage für die Band arbeitete, war es jedoch wichtig, dass wir das zwischen uns klärten.

Ich: Okay.

Ryle: Bin in einer halben Stunde da.

16

Im vorderen der beiden Schlafzimmer kippte ich den Koffer vor mir aus, kniete mich hin und wühlte in den Sachen. Ich konnte mich nicht entscheiden, was ich anziehen sollte, und schloss kurz die Augen. Was machte ich hier eigentlich? Wieso wollte ich ihm nach allem, was passiert war, gefallen? Ich stand auf, griff nach meiner schwarzen Leggings sowie dem unscheinbarsten T-Shirt, das ich finden konnte, und zog mich hastig an. Die Haare ließ ich in dem wilden Dutt, in dem sie waren. Dann atmete ich ein letztes Mal tief durch und kehrte in den Wohnraum zurück.

Bis es endlich an der Tür klopfte, war ich gefühlte zehn Kilometer hin und her gelaufen. Ich öffnete Ryle mit wild klopfendem Herzen, das sich bei seinem Anblick regelrecht überschlug.

»Hey.« Er lächelte müde, trat ein, ging voraus und setzte sich auf die Couch. Dann sah er mich an. Die Umgebung schien ihn nicht zu interessieren.

Ich setzte mich ihm gegenüber in einen Sessel. »Ich befinde mich hier in einer Royal Suite im Dachgeschoss eines Luxushotels«, sagte ich und breitete die Arme aus, damit er davon Notiz nahm. »Vermutlich werde ich mein Honorar opfern und einen zusätzlichen Kredit aufnehmen müssen, um diese Übernachtung nachträglich bezahlen zu können.«

»Mach dir darüber keine Gedanken. Es gibt nicht viel, wofür ich sonst mein Geld ausgebe.«

Mir klappte der Mund auf. »Heißt das, du bezahlst meine Unterkunft von deinem Geld?«

»Na ja, ich dachte …« Er strich sich das Haar aus der Stirn. »Ich komme gerade von Tom, bei dem ich normalerweise meine freien Tage verbringe. Aber wenn du einverstanden bist, könnte ich hier in das zweite Schlafzimmer einziehen, und wir hätten die Gelegenheit, uns besser kennenzulernen.«

Ich schluckte.

»Wenn du das nicht möchtest, bleibe ich bei Tom«, sagte er hastig, da ich nichts erwiderte.

Ich straffte die Schultern. »Wissen Olivia und Irina davon, dass du dir eine Suite mit mir teilen willst?«

Ryle stand auf und trat auf mich zu. »Nein, tun sie nicht.«

Mir entwich ein Seufzen. »Du kannst die Spielchen nicht lassen, aber wenigstens bist du ehrlich.«

»Ich spiele nicht, Lynn. Das tue ich nie.«

Nun stand ich ebenfalls auf. »Da habe ich leider einen anderen Eindruck.«

Ryle kam noch näher, war nicht einmal mehr einen Schritt von mir entfernt. Durch die dichten schwarzen Wimpern und das dunkle Blau wirkten seine Augen derart tiefgründig, dass ich das Gefühl hatte, in ihnen zu ertrinken.

»Was kann ich tun, um diesen Eindruck wettzumachen?«, fragte er.

»Du könntest meine Fragen beantworten.«

»Okay.«

»Erzähl mir von Olivia und Irina.«

Er zuckte nicht mal mit der Wimper. »Das ist keine Frage.«

Ich warf ihm einen gefrusteten Blick zu, den er unnachgiebig erwiderte. »Zwischen Olivia und dir war oder ist etwas. Habe ich recht?«

»Hat sie das behauptet?«

»Eher angedeutet.«

Er atmete tief durch. »Wir hatten mal was miteinander. Aber das war in einer einzigen Nacht, in der wir beide nach einer Party betrunken waren. Ich wusste nicht, dass sie sich damals ab und zu mit Joe verabredet hatte und er in sie verliebt war. Außerdem dachte ich, sie wäre wie ich nur auf den Moment aus. Wenn ich geahnt hätte …« Er stockte.

»… dass sie Gefühle für dich hat?«, beendete ich seinen Satz.

Er presste die Lippen zusammen und nickte.

»Jetzt ist mir auch klar, warum du und Joe euch nicht leiden könnt. Allerdings verstehe ich nicht, weshalb ich keine Zeit an ihn verschwenden soll, wenn du derjenige bist, der Mist gebaut hat.«

»Joe hat sich verändert«, erwiderte er. »Vielleicht, um Olivia zu beweisen, was sie mit ihm verpasst. Angeblich sammelt er neuerdings BHs von Mädchen, die er erobert hat.«

Ich zog die Stirn in Falten. »Schätzt du mich so ein, dass ich mich mit jedem Typen einlasse, der mir über den Weg läuft?«

»Nein. Aber es war mir trotzdem wichtig, dich vor ihm zu warnen.«

»Was ist mit dir, Ryle? Sollte ich mich auch vor dir in Acht nehmen?«

Er zögerte einen Moment, ehe er antwortete. »Ich habe nicht vor, dir wehzutun, falls es das ist, was du meinst.«

»Ist Irina deine Freundin?« Allein wenn ich es aussprach, bildete sich in meiner Brust ein Klumpen.

»Ich kann nicht sagen, ob ich jemals richtig mit ihr zusammen war, weil unsere Termine gar keine Beziehung zuließen. Ja, wir haben versucht uns abzusprechen und uns hin und wieder einen gemeinsamen Tag frei zu halten, um uns treffen zu können. Das hat allerdings selten geklappt. Die meiste Zeit über haben wir nur telefoniert oder gechattet.«

»Sie war heute bei dir.« Ich sah zu Boden. »Auch wenn es schwierig für euch ist, hört es sich für mich trotzdem nach einer Beziehung an.«

Er legte seine Finger unter mein Kinn und hob meinen Kopf, damit ich ihn ansah. »Etwa einen Monat bevor wir im Café deiner Schwester gestrandet sind, haben Irina und ich uns am Telefon gestritten. Sie wollte eine pompöse Geburtstagsparty für mich planen, auf die ich keine Lust hatte. Und dann war sie beleidigt und hat gesagt, dass sie nicht zum Konzert kommt.« Seine Finger strichen zärtlich meinen Hals hinab und hinterließen auf meiner Haut ein Prickeln. »Nachdem Irina unser Telefonat abgebrochen hatte, war ich davon ausgegangen, dass das, was auch immer wir hatten, damit beendet war.«

»Wie es scheint, hast du dich geirrt.« Mehr als ein Flüstern brachte ich nicht zustande.

»Irina und ich, wir waren nicht echt. Wir haben nie ausgesprochen, zusammen zu sein. Und jetzt spielt das alles sowieso keine Rolle mehr – weil ich dich getroffen habe.«

Ich konnte nicht sagen, wie lange wir einfach nur dastanden und uns in die Augen sahen. Es war mir klar, dass Ryle auf eine Reaktion von mir wartete, doch ich war viel zu durcheinander, um jetzt die richtigen Worte zu finden. Sein letzter Satz hallte immerzu in meinem Kopf wider. Unsere erste Begegnung war durch reinen Zufall zustande gekommen und dennoch erschien es mir wie vom Schicksal bestimmt. Hätte Emily keine Zahnschmerzen gehabt, wäre ich an diesem Morgen nicht im Eagle Rock gewesen. Hätten die Fans die Band nicht verfolgt, wäre Ryle nicht im Café meiner Schwester gelandet. Hätten sie eine Straßenkreuzung weiter gehalten, hätten sie woanders Unterschlupf gesucht.

»Bitte sag etwas«, bat er mich. »Was geht in deinem Kopf vor?« Er ergriff meine Hände und streichelte mit seinen Daumen über meine Handballen. Es war eine sanfte, simple Berührung, die ich dennoch als intensiv empfand.

»Ihr seid ständig unterwegs, und wie ich mitbekommen habe, stehen sogar bald Europa, Asien und Australien auf eurem Programm. Dein Terminplan wird nur noch voller.«

Er dachte eine Weile nach, ehe er mir antwortete. »Ich behaupte nicht, dass es einfach wird. Aber ich denke, wenn wir nicht einmal versuchen, uns zu sehen und besser kennenzulernen, werden wir uns immer fragen, ob es vielleicht doch irgendwie funktioniert hätte.«

»Ich bin ein ganz normales Mädchen, Ryle. Deine Welt ist voller Partys, roter Teppiche und Konfetti. Da passe ich nicht besonders gut rein.«

Er ließ mich los und wich zurück. Sein Blick und seine Miene verrieten mir seine Enttäuschung. »Mein Job ist gespickt mit Konfetti«, sagte er so leise, dass ich ihn kaum verstand. »Das Rockstar-Image ist eine Rolle. Meine richtige Welt ist eine völlig andere.« Er lief zur Tür. »Ich muss mal raus an die frische Luft. Gehst du ein Stück mit mir spazieren?«

Eine Abkühlung konnte ich jetzt auch gut gebrauchen. Ich zog meine Sneakers an, verließ mit ihm die Suite und folgte ihm zum Fahrstuhl. »Und was ist mit deinen Groupies und den Fotografen?«

»Niemand weiß, dass ich in diesem Hotel bin. Die Suite wurde auf einen falschen Namen gebucht.«

Während wir nach unten fuhren, beobachtete ich die Etagenanzeige und war über jedes Stockwerk, das wir geschafft hatten und in dem wir nicht mit dem Fahrstuhl stecken blieben, froh. Wir erreichten das Erdgeschoss und betraten die Lobby. Ich ging an seiner Seite und sah zu dem Rezeptionisten, der mich mit einem skeptischen Blick bedachte. Von Ryle, der sich die Kapuze seines Pullovers über den Kopf gezogen hatte, nahm er keine Notiz. Meine Aufmachung in Leggings und grauem Shirt war anscheinend eine gute Ablenkung.

»Entspann dich«, sagte Ryle, da ihm meine Nervosität nicht entging.

»Ich hätte mir etwas anderes anziehen sollen«, flüsterte ich mehr zu mir selbst.

»Wozu? Wir gehen nur ein Stück.« Er ließ mir bei der Drehtür den Vortritt.

Draußen sah ich mich um und befürchtete hinter jeder Palme, jedem Strauch und jedem parkenden Auto irgendjemanden, der uns beschattete. »Was machen wir, wenn du erkannt wirst?«

»Es ist drei Uhr nachts. Außerdem sind die Jungs nicht dabei. Ohne sie habe ich gute Chancen, unerkannt zu bleiben.«

Obwohl er gebeugt ging und sein Blick abwesend war, hatte ich Mühe, mit ihm Schritt zu halten.

»Für einen Spaziergang gibst du ein ziemlich hohes Tempo vor«, bemerkte ich.

Er ging langsamer. »Es ist nicht leicht für mich, in L.A. zu sein.«

»Warum?«, erkundigte ich mich.

»Du wirst es gleich verstehen. Ich werde dir zeigen, wer ich wirklich bin.«

17

Schweigend folgte ich Ryle entlang der von Laternen gesäumten Straße. Hier gab es hauptsächlich Nobelboutiquen, die um diese Uhrzeit geschlossen waren. Nur wenige Leute waren unterwegs. Wenn uns jemand entgegenkam, zog Ryle sich die Kapuze tief ins Gesicht und sah zu Boden. Wir blieben unbeachtet.

Etliche Kreuzungen weiter nahm er meine Hand und bog in eine Seitenstraße. Sein Griff wurde stetig fester, bis er mit einem Mal stehen blieb und mich losließ. Er starrte auf ein dreistöckiges Haus, an dem der Putz von der Fassade bröckelte. Obwohl es seine besten Zeiten hinter sich hatte, bekam es durch die Blumenkästen einen eigenen Charme. Ein Kinderfahrrad lehnte an der Wand neben dem Eingang und der Gehweg davor war mit Kreide bemalt.

»Hier habe ich mit meiner Mutter gewohnt, bis ich fünfzehn war«, sagte Ryle. Seine sonst so feste Stimme war nur ein Hauch.

Ich habe keine Familie, schossen mir seine Worte durch den Kopf. Abwartend sah ich ihn an, während er weiterhin zu dem Haus hinüberschaute. Ich durfte ihn nicht bedrängen, musste ihm Zeit geben, bis er bereit war, darüber zu sprechen.

»Meine Mom hatte Krebs«, sagte er nach langem Zögern. Er atmete tief durch. In seinen Augen glänzten Tränen. »Ich habe meinen Vater nie kennengelernt. Es gab nur ein einziges Foto von ihm. Er hatte Mom verschwiegen, dass er verheiratet war und bereits zwei Kinder hatte. Erst als sie schwanger wurde, hat er sein Doppelleben vor ihr zugegeben, um sie zu einer Abtreibung zu bewegen.«

Ich schluckte, konnte Ryles Wut und Enttäuschung förmlich spüren.

»Mom hat ihn zur Hölle gejagt und nie wieder etwas von ihm gehört«, berichtete er weiter. »Es gab danach keinen Mann mehr in ihrem Leben. Nur mich.«

»Was ist mit Tanten und Onkeln oder deinen Großeltern?«, fragte ich.

»Meine Mutter war ein Einzelkind. Ihre Mom starb ein paar Jahre vor ihr ebenfalls an Krebs. Großvater war als Offizier in Afghanistan. Er kam dort bei einem Einsatz ums Leben.« Ryle sah mich an. »Es gibt niemanden mehr. Nur ich bin übrig.«

Meine Hand lag plötzlich wieder in seiner, ohne dass ich sagen konnte, ob ich seine ergriffen oder er meine genommen hatte.

»Der Verlust meiner Großeltern muss für Mom schwer zu verkraften gewesen sein, aber sie war eine starke Frau und hat sich mir gegenüber niemals etwas anmerken lassen. Damit wir finanziell über die Runden kamen, hat sie neben ihrem Job als Sekretärin zusätzlich als Putzfrau gearbeitet. Was sie dabei geleistet hat, wurde mir allerdings erst klar, nachdem sie krank wurde.« Er rieb sich eine Träne aus dem Auge. »Als sie die Diagnose erhielt, hatte der Tumor bereits gestreut. Sie konnte nicht mehr arbeiten. Die Ärzte gaben ihr nur noch wenige Wochen.«

»Es tut mir so unsagbar leid«, sagte ich. In meinem Bauch formte sich ein harter Knoten.

»Ich will kein Mitleid, Lynn. Ich will dir nur zeigen, dass du ein falsches Bild von mir hast.« Er ergriff auch meine andere Hand, senkte den Kopf und lehnte seine Wange gegen meine Schläfe. Ich schwankte und hielt mich an seinem Pullover fest.

»Mom hatte uns mit ihren beiden Jobs Monat für Monat über Wasser gehalten. In der Zeit, in der sie im Krankenhaus lag, wuchsen uns die Schulden über den Kopf.« Er streichelte mit seiner Wange über meine Stirn und wich dann wieder vor mir zurück. »Ich begann die Schule zu schwänzen und habe stattdessen mit meiner Gitarre auf der Straße gespielt. Meine Einnahmen reichten jedoch bei Weitem nicht aus. Ich konnte die Miete nicht zahlen und daraufhin wurde uns die Wohnung gekündigt.«

»Was? Wusste der Vermieter denn nichts von eurer Situation?«

Ryle zuckte mit den Achseln. »Da Mom im Sterben lag, drohte mir sowieso das Heim. Er hat mir großzügig angeboten, mir beim Verkauf unserer Möbel zu helfen, und ich bin sogar darauf eingegangen, weil ich nicht mehr wusste, wie ich die Krankenhausrechnungen und die Medikamente bezahlen sollte. Mom habe ich nichts von alldem erzählt. Im Gegenteil: Ich habe sie in dem Glauben gelassen, dass sich der Vermieter um mich kümmerte und bei sich aufnahm. Zu diesem Zeitpunkt war sie schon vom Morphium benebelt und kaum noch ansprechbar.«

Ich wollte es sein, die ihn umarmte und tröstete. Stattdessen zog Ryle mich an sich und hielt mich fest – weil mir Tränen über die Wangen liefen.

»Was du über mich wissen solltest, ist, dass ich damals ziemlich viel Mist gebaut habe«, fuhr er fort. »Ich weigerte mich, ins Heim zu gehen, und bin auf der Straße gelandet. Um zu überleben, fing ich an zu klauen. Dann bin ich an die falschen Typen geraten und habe mit ihnen Drogen vertickt. Ich glaube, ich war kurz davor, selbst abhängig zu werden. Doch an dem Tag, an dem meine Mom schließlich starb, hat sich das Schicksal meiner angenommen.«

Ich brachte kein Wort heraus, schaffte es nicht einmal, ihn anzusehen. Mein Kopf ruhte auf seiner Brust. Ich hielt ihn, so fest ich konnte.

»Es passierte auf dem Weg zum Pfandhaus«, erzählte er weiter. »Ich kam aus dem Krankenhaus, hatte nicht nur Mom, sondern mein ganzes Leben verloren. Meine Gitarre war das Einzige, was mir geblieben war. Aber ich wollte sie nicht mehr. Ich gab auf.«

Als Ryle nicht weitersprach, lehnte ich mich etwas zurück, um zu ihm aufsehen zu können. »Das Casting?«, fragte ich.

Er nickte. »Das Pfandhaus befindet sich direkt neben dem Theater. Ich sah das Plakat und ging kurz entschlossen hinein. Als Adresse gab ich den Verein an, bei dem ich mit anderen Obdachlosen hin und wieder etwas Warmes zu essen bekam. Und dann nahm alles seinen Lauf. Mark hat mich von der Straße geholt und die Band wurde für mich zu einer neuen Familie. Sie haben mich gerettet.«

»Du hast dich selbst gerettet«, erwiderte ich. »Mit deinem Talent hast du alle überzeugt.«

»Mark hat sich um mich gekümmert – auch um die Beerdigung meiner Mutter. Ich war heute nach dem Konzert an ihrem Grab.«

»Du musstest so viel durchmachen«, flüsterte ich.

»Jetzt ist ja alles gut«, erwiderte Ryle. Da ein Pärchen den Gehweg entlangkam, zog er mich weiter.

Ich grübelte, was ich sagen konnte, um ihn wieder auf andere Gedanken zu bringen. »Wann hast du eigentlich Geburtstag?«, erkundigte ich mich, als sein früheres Zuhause nicht mehr in unserer Sichtweite war.

Ryle legte mir beim Gehen einen Arm um die Schultern. »Warum fragst du? Willst du auch eine Party für mich schmeißen?«

Ich stieß ihm sanft den Ellenbogen in die Seite und brachte ihn damit sogar zum Schmunzeln. Es fühlte sich unbeschwert an, mit ihm allein zu sein. Mir kam es vor, als würden wir uns schon ewig kennen.

»In drei Tagen«, ließ er mich wissen. »Da sind wir in Seattle.«

»Hey, dann kann ich ihn sogar noch mit dir feiern, bevor ich nach New York zurückkehre.«

Wir schwiegen eine Weile. Meine Lider wurden zunehmend schwerer. Am Tag zuvor hatte ich kaum geschlafen und diese Nacht hatte ich mit Ryle durchgemacht. Ich war dermaßen übermüdet, dass ich trotz der milden Temperatur fröstelte und mir über die Arme rieb. Als Ryle es bemerkte, zog er seinen Pullover, den er über einem T-Shirt trug, aus und reichte ihn mir.

»Danke.« Ich zog ihn über den Kopf, roch augenblicklich seinen frischen Duft und nahm einen tiefen Atemzug, ehe ich mir bewusst wurde, dass ihm das nicht entging.

»Du kannst ihn gern behalten«, sagte er und lächelte.

Ich schmunzelte und fuhr in die Ärmel, die mir wie der gesamte Pullover viel zu lang waren. Ich könnte ihn mit einem Gürtel als Kleid tragen.

Ryle strich sich durchs Haar. »Warum bleibst du nicht einfach länger bei mir? New York läuft dir doch nicht davon.«

»Ich muss die Bewerbung für die Uni fertigbekommen. Dank dir, weil du mir diesen Job besorgt hast, kann ich auf ein Empfehlungsschreiben von Mr Stinger hoffen, was mir vielleicht sogar ein Stipendium in Aussicht stellt.«

»Falls es nicht klappt, kann ich dich gern bei den Kosten unterstützen.«

Ich blieb stehen. »Du kennst mich seit einer Woche und willst mir Geld für mein Studium leihen?«

»Klar, warum nicht? Lass mich dir helfen.«

»Das geht nicht.« Ich schüttelte den Kopf.

Er legte den Kopf schräg. »Wieso nicht? Du musst es nur zulassen.«

Ich ging weiter. »Weil ich es allein schaffen möchte. Es ist mein Leben und ich übernehme die Verantwortung dafür.«

Darauf wusste er keine Antwort. Er kommentierte meine Worte nur mit einem Seufzen.

»Die Sonne wird bald aufgehen«, sagte er schließlich. »Es ist besser, wenn wir zum Hotel zurückkehren.« Er bot mir seine Hand, die ich nur allzu gern ergriff.

Ob ich es wahrhaben wollte oder nicht – Ryle war drauf und dran, sich einen Platz in meinem Herzen zu erobern. Ich wollte gerade nicht darüber nachdenken, wie es sein würde, in ein paar Tagen in mein altes Leben zurückkehren zu müssen. Er und ich, das fühlte sich einfach zu gut an.

Im Hotel angekommen, durchquerten wir schnell die Lobby. Ryle ließ sich das Haar in die Stirn fallen und hielt den Kopf gesenkt, bis sich die Fahrstuhltür schloss. Glücklicherweise waren am frühen Morgen noch keine Hotelgäste auf den Beinen und wir konnten bis ins Dachgeschoss durchfahren.

In der Suite gingen wir auf die Terrasse, um uns vor dem Schlafengehen den Sonnenaufgang anzusehen. Wir verstellten die Lehnen der Liegen, sodass wir es uns halb liegend, halb sitzend darauf bequem machen konnten. Ryle zog meine Liege an seine und legte seinen Arm in meinen Nacken. Ich schmiegte mich wie selbstverständlich an ihn und blickte gemeinsam mit ihm in die Ferne. Vom Sonnenaufgang bekam ich nichts mehr mit, weil ich sofort einschlief.

18

Als ich erwachte, traute ich mich nicht, die Augen zu öffnen. Ich atmete tief ein, roch den angenehmen Duft von Ryles Parfüm. Doch ich spürte ihn nicht mehr neben mir. Straßenlärm umfing mich, über mir hörte ich die Rotorblätter eines Hubschraubers. Der Wind spielte mit einer Haarsträhne, die mir immerzu ins Gesicht wehte und mich kitzelte. Fest entschlossen, wieder einzuschlafen, drehte ich mich auf die andere Seite und löste nebenbei meinen Dutt. Da erklang direkt neben mir ein Metal-Song.

Ich blinzelte und streckte mich. Die Akkorde der E-Gitarre wurden aggressiver und lauter. Schließlich öffnete ich die Augen und drehte mich nach dem Störenfried um. Er entpuppte sich als Ryles Handy, das auf der Liege neben mir lag. Ein Bild von Irina wurde zusammen mit ihrem Namen angezeigt. Ich war mit einem Schlag hellwach, setzte mich auf und schaute auf meine Armbanduhr. Es war neun Uhr. Wir hatten kaum mehr als vier Stunden geschlafen. Ryle war nirgends zu sehen.

Erleichtert darüber, dass das Smartphone verstummte, stand ich auf, um ihn drinnen zu suchen. Allerdings kam ich keine drei Schritte weit, da hörte ich den Klingelton erneut. Ich erstarrte mitten in der Bewegung, sah zu dem Handy zurück und nestelte am Saum von Ryles Pullover, den ich noch immer trug.

Im Obergeschoss fiel eine Tür ins Schloss und Ryle kam nur

mit seiner Jeans bekleidet die Treppe herab. Er rubbelte mit einem Handtuch seine Haare trocken.

»Guten Morgen«, sagte er.

Es fiel mir schwer, seinen durchtrainierten Oberkörper nicht anzustarren. Ich zwang mich, ihm ins Gesicht zu sehen. Sein langsames Näherkommen ließ meine Knie weich werden. Allerdings landete ich wieder auf dem Boden der Tatsachen, als sich sein Handy zum dritten Mal bemerkbar machte.

»Dein Telefon klingelt«, sagte ich, als würde er das nicht selbst bemerken. Er hatte mich erreicht, doch ich trat zur Seite und deutete hinaus auf die Terrasse.

Ryle runzelte die Stirn und ging nach draußen. Bis er bei der Liege ankam, war das Handy jedoch verstummt. Er nahm es, sah auf das Display und schob es schließlich in seine Gesäßtasche. Da er seitlich zu mir stand, lenkte das meine Aufmerksamkeit ungewollt auf seinen Hintern – seine tief sitzende Jeans gab den Blick auf den Bund seiner schwarzen Boxershorts preis.

»Was möchtest du zum Frühstück?«, fragte er und kam wieder auf mich zu. Er hatte noch nicht ausgesprochen, da meldete sich sein Smartphone erneut.

Seufzend zog er es aus der Tasche. Er schien unschlüssig, ob er das Gespräch annehmen sollte.

Ich lief zur Küchenzeile und goss mir ein Glas Wasser ein. Mein eigenes Handy, das auf der Anrichte lag, vibrierte. Tom hatte mir auf Instagram eine Nachrichtenanfrage geschickt, die ich bestätigte und las.

Hey, Lynn. Ryle geht nicht an sein Handy. Er soll mich bitte dringend anrufen. Danke.

Ryle hatte den Anruf weggedrückt und war mir gefolgt. Ich hielt ihm mein Smartphone vor die Nase, damit er Toms Nachricht lesen konnte. Dann wandte ich mich ab und lief zur Treppe, um ihm etwas Privatsphäre zu gönnen.

»Ich gehe duschen«, ließ ich ihn wissen.

»Was gibt's?«, fragte er.

Ich fühlte mich angesprochen und drehte mich auf halber Treppe zu ihm um. Er hielt das Telefon ans Ohr und unterhielt sich offenbar schon mit Tom.

»Ja, sie hat mehrfach angerufen ... Du hast was? ... Wieso sagst du ihr, wo ich bin?« Ryle schaute zur Tür. »Wann ist sie bei dir los? ... Mist, dann wird sie jeden Moment hier sein.«

Er hatte kaum ausgesprochen, da klopfte es energisch. Sein Blick fiel zu mir.

Ich hob ergebend die Hände. »Tut mir leid, ich kann mich nicht in Luft auflösen und im zweiundvierzigsten Stock auch nicht aus dem Fenster springen. Wie es aussieht, musst du mich im Schrank verstecken.«

Es war mir unmöglich, seine Miene zu deuten. Während Irina – zumindest ging ich davon aus, dass es sich bei unserem Besucher um sie handelte – die Tür malträtierte, eilte Ryle an mir vorbei die Treppe hinauf. Mit seinem T-Shirt in der Hand kam er zurück und zog es sich auf dem Weg durch den Flur über den Kopf. Das Klopfen endete abrupt, da er die Tür aufriss und diese dann umgehend hinter sich zuknallte.

Wie angewurzelt stand ich auf der Stufe und versuchte mit der plötzlichen Stille klarzukommen. Erst als das Handy in meiner Hand wieder vibrierte, erwachte ich aus der Starre.

> Tut mir leid, wenn ich euch den Tag versaut habe. Irina wollte Ryle bei mir besuchen. Sie kann hartnäckig sein, und ich hatte keine andere Möglichkeit, sie wieder loszuwerden. LG Tom

Ryle hätte sie hereinbitten können. Stattdessen ließ er mich zurück, damit sie nichts von mir mitbekam. Nach der vergangenen Nacht traf mich sein Verhalten umso härter. Er spielte nicht nur mit mir, sondern auch mit ihr. Zumindest sah es danach aus. Ich wollte mir einreden, dass ich mich irrte, dass Ryle der Junge war, der sich für mich geöffnet und das Geheimnis um seine Vergangenheit mit mir geteilt hatte. Doch sobald ich ihm vertraute, stieß er mich wieder vor den Kopf.

Da ich unschlüssig war, was ich Tom antworten sollte, ließ ich es einfach bleiben. Ich lief nach oben, schloss mich im Badezimmer ein und putzte mir die Zähne. In Gedanken ging ich meinen Plan für den Tag durch. Ganz oben auf meiner To-do-Liste stand das Bearbeiten der Bilder. Ich spülte meinen Mund, ging unter die Dusche und wusch meine Haare, die durch den Dutt verknotet waren. Gerade als ich mir das Shampoo ausspülte, klingelte mein Handy. Schnell wischte ich mir die Seife aus den Augen, drehte das Wasser ab und tapste triefend nass durch das halbe Badezimmer. Ich hatte das Smartphone auf dem Waschbecken liegen lassen. Es verstummte in dem Moment, in dem ich danach griff.

Der Anruf kam von Ryle. Sofort schoss mein Puls in die Höhe. Doch dann rief ich mir in Erinnerung, dass er mit Irina gegangen war und mich zurückgelassen hatte. Ich haderte mit mir, ob ich ihn zurückrufen sollte. Da schickte er mir eine Nachricht.

Ryle: Pack bitte deine Sachen. Das ganze Chaos tut mir leid.

Ich starrte auf die beiden Sätze – minutenlang. Gestern hatte er mein Herz erobert, jetzt hatte er es gebrochen. Die Enttäuschung war weitaus schlimmer als die Wut, die in mir aufstieg. Hastig trocknete ich mich ab und rubbelte dabei so kräftig über meine Haut, dass es schmerzte. Beim Bürsten der Haare ging ich nicht weniger grob vor, weil ich mich über meine eigene Naivität ärgerte.

Im Schlafzimmer angekommen, zog ich meine graue Jeans und ein weißes T-Shirt an. Hin- und hergerissen starrte ich auf Ryles Pullover. Schließlich warf ich ihn mit meinen übrigen Sachen in den Koffer. Zu allem Überfluss riss ich mir beim Verschließen den Fingernagel ein. Meine Laune war im Keller.

Ich eilte die Treppe hinunter und suchte meinen Rucksack, den ich neben der Couch fand. Nun konnte ich von hier verschwinden. Aber wohin sollte ich gehen?

Frustriert ließ ich mich in einen Sessel sinken und schaute zur Tür. Ich hatte keine Ahnung, was zu tun war, deshalb antwortete ich Ryle.

Ich: Erledigt. Und nun?

Seine Antwort folgte umgehend.

Ryle: Lass die Keycard im Zimmer und fahre in einer halben Stunde mit dem Lift ins Parkhaus.

Ich ging auf die Terrasse, setzte mich auf eine der Liegen und ließ meinen Blick über die Stadt hinweg zum Meer schweifen. Wenn ich die Möglichkeit bekam, würde ich noch heute abreisen. Nach dieser Nummer konnten wir uns sowieso nicht mehr unter die Augen treten.

Als die halbe Stunde um war, schulterte ich meinen Rucksack und lief dann mit meinem Koffer zur Tür. Auf der Fahrt nach unten stiegen einige Leute im Lift zu. Ich war erleichtert, als sie die Kabine im Erdgeschoss verließen und ich allein in die Tiefgarage fahren konnte.

Dort angekommen hielt ich nach einem schwarzen Van mit verdunkelten Scheiben Ausschau. Zwischen den parkenden Autos konnte ich jedoch keinen entdecken.

»Lynn«, rief Ryle.

Ich fuhr herum und sah ihn auf mich zukommen.

»Lass mich das nehmen.« Er lächelte und nahm mir den Koffer ab.

»Was tust du hier?«, brach es aus mir heraus.

»Dich abholen. Was sonst?« Ryle ging zu einem alten roten VW-Bus und öffnete die Heckklappe.

»Und wohin bringst du mich?«

Er lief zur Beifahrertür, um sie mir aufzuhalten. »Das verrate ich dir erst, wenn wir losgefahren sind.«

Ich war verwirrt, stieg aber dennoch ein. Meinen Rucksack schmiss ich auf die Rückbank. Als Ryle hinter dem Lenkrad Platz nahm, schnallte ich mich an.

»Hast du schon gefrühstückt?«, fragte er, setzte ein Basecap auf und zog sich die Kappe tief in die Stirn.

Ich schüttelte den Kopf.

»Gut, ich auch nicht. Wir halten unterwegs und besorgen uns was.« Er startete den Motor.

»Unterwegs? Was hast du vor?«

»Ich brenne mit dir durch.« Er hielt vor der Schranke.

»Jetzt verstehe ich gar nichts mehr. Ich dachte, du willst mich loswerden.«

»Wie kommst du denn darauf?«

»Ich sollte meine Sachen packen.«

Er fuhr aus der Tiefgarage und reihte sich im Straßenverkehr ein. »Richtig, es ergibt wenig Sinn, wenn wir unterwegs sind und dein Zeug im Hotel liegt.«

»Du bist mit Irina abgehauen. Was hätte ich sonst denken sollen?«

»Jetzt bin ich hier – bei dir. Nicht bei Irina.«

Ich zog die Beine an und umschlang sie mit meinen Armen. »Und wann tauschst du das nächste Mal?«

Ryle zuckte zusammen. Zumindest war ich ehrlich zu ihm.

Er fuhr rechts in eine Parknische, stellte den Motor ab, drehte sich mir zu und legte die Hand auf meine Sitzlehne. »Was kann ich tun, damit du mir vertraust? Wenn du es nicht tust, wird es nämlich schwierig.«

»Du machst es mir nicht gerade leicht, wenn du mich einfach so sitzen lässt«, erwiderte ich. Mir gelang es nicht, ihn anzusehen, und ich starrte stattdessen auf das parkende Auto vor uns.

»Ich hatte schon damit gerechnet, dass Irina aufgebracht ist«, sagte er. »Und ich bin mit ihr weggegangen, weil ich nicht wollte, dass die Situation eskaliert.«

Jetzt riskierte ich einen Seitenblick. »Sie hat von Tom und nicht von dir erfahren, dass du dir eine Suite mit mir teilst. So war es doch, oder?«

»Ja.«

Ich presste die Lippen aufeinander und schwieg.

Ryle nahm die Hand von meiner Lehne, setzte sich gerade und lehnte sich zurück. »Eigentlich hatte ich im Stadion alles mit Irina geklärt. Ich habe ihr noch mal gesagt, dass das mit ihr und mir nicht funktioniert. Es hat sie mehr mitgenommen, als ich gedacht hätte.« Er wandte sich mir wieder zu. »Ich habe ihr nicht erzählt, dass ich mit dir in ein Hotel ziehe, weil ich sie nicht zusätzlich verletzen wollte.«

Ich nahm die Füße vom Sitz und drehte mich ihm ebenfalls zu. »Wir sollten unbedingt an unserer Kommunikation arbeiten. Warum hast du mir das nicht schon bei unserem Spaziergang gesagt?«

»Da habe ich mehrere Antworten für dich. Weil ich nicht

geglaubt habe, dass Irina noch mal bei mir auftaucht. Weil ich dir unbedingt von meiner Vergangenheit erzählen wollte, von der, ganz nebenbei bemerkt, bisher nur die Jungs, Mark und Bruce wussten. Und weil ich keine Sekunde an Irina gedacht habe, als ich mit dir zusammen war.«

Ich spürte ein Kribbeln im Bauch, das sich in meinem ganzen Körper ausbreitete.

»Aber zu dem *Pack deine Sachen* wäre der Hinweis *Ich hole dich dann ab, um mit dir durchzubrennen* echt hilfreich gewesen«, sagte ich.

Ryle verzog den Mund zu einem verschmitzten Grinsen. »Du hast recht. Tut mir leid. Zu meiner Verteidigung solltest du wissen, dass ich total gestresst war. Immerhin musste ich innerhalb einer Stunde einen Leihwagen besorgen und meine Sachen bei Tom abholen.«

Ich konnte mir ein Schmunzeln nicht länger verkneifen und lehnte mich etwas zu ihm vor. Er kam mir mit dem Oberkörper ein Stück entgegen.

»Lass uns einen Deal schließen«, forderte er mich auf.

»Und der wäre?« Mein Gesicht war dem seinen inzwischen ganz nah.

»Ich arbeite an meiner Kommunikation und du versuchst mir zu vertrauen.«

Sein warmer Atem streifte meine Haut, als er beim Sprechen sanft mit den Lippen über meine Wange strich. Mir wurde heiß und kalt zugleich.

»Einverstanden«, flüsterte ich.

»Dann habe ich jetzt noch eine Frage«, sagte Ryle und zog sich zu meiner Enttäuschung zurück. »Sind Sie bereit, mit mir durchzubrennen, Miss Collins?«

Ich schenkte ihm mein schönstes Lächeln und nickte.

19

»Verrätst du mir jetzt, wohin wir fahren?«, fragte ich, als Ryle den Wagen auf den Highway lenkte.

»Ich habe in Beaverton ein Fotoshooting für einen Werbedeal. Ursprünglich wollte Mark übermorgen mit mir hinfliegen. Aber jetzt habe ich mich spontan dazu entschlossen, mit dem Auto zu fahren. So weiß niemand, wo wir stecken, und wir können in Ruhe Zeit miteinander verbringen.«

»Wie weit ist es denn bis dorthin?«

»Reine Fahrzeit circa fünfzehn Stunden.«

Ich starrte ihn an. »Wie soll ich da meine Bilder fertigbekommen?«

Er zuckte mit den Achseln. »Du kannst arbeiten, während ich fahre.«

»Da gibt es nur ein Problem. Mir wird im Auto allein vom Lesen schlecht.«

»Oh.« Er warf mir einen ratlosen Blick zu. »Das wusste ich nicht.«

Ich rieb mir die Stirn. »Na ja, ich kann es ja erst mal versuchen. Ich hab auch ein paar Reisetabletten im Gepäck.«

»Falls es nicht klappt, drehen wir um«, erwiderte Ryle.

»Weiß Mr Stinger denn, dass wir zusammen unterwegs sind?«, erkundigte ich mich.

»Ich bin noch nicht dazu gekommen, ihn anzurufen.«

Ich rümpfte die Nase. »Das habe ich geahnt. Du hast wirklich ein Kommunikationsproblem.«

Er lachte. »Hey, ich hatte bisher keine Zeit. Vor zwei Stunden habe ich selbst noch nicht gewusst, dass ich jetzt mit dir im Auto sitze.«

Der Highway verlief durch eine hügelige Landschaft, die von Sträuchern überzogen war. Ich genoss die Aussicht, wenn in freien Geländeabschnitten die Pazifikküste zum Vorschein kam. Im Radio lief ein Song von *AC/DC*. Ryle stellte lauter und trommelte mit den Händen im Takt auf das Lenkrad. Seine gute Laune war ansteckend. Es dauerte nicht lange, da sangen wir jedes Lied mit, das gespielt wurde. Wenn ich mir bei einem Text unsicher war, summte ich die Melodie. Ich genoss die Unbeschwertheit mit ihm. Die Zeit verging rasend schnell.

Irgendwann drehte Ryle das Radio wieder leiser. »Ein Roadtrip mit guter Musik«, sagte er. »So fühlt sich Freiheit an.« Er warf mir einen Seitenblick zu und schmunzelte. »Du hast übrigens unrecht. Ich finde, für die Dusche kann dein Gesang durchaus herhalten.«

Ich prustete los und er stimmte in mein Lachen ein. »Sei froh, dass das Radio laut war. Ich hatte Erbarmen mit dir und habe mich bei den hohen Stimmlagen zurückgehalten.«

Er strahlte mich an. »Ich danke dir für deine Rücksicht. Darf ich dein Erbarmen gleich noch mal in Anspruch nehmen? Es wäre toll, wenn du uns was zu essen besorgen würdest.« Er fuhr vom Highway. »Ich will das Risiko, dass ich erkannt werde, nicht eingehen und lasse mich daher ungern in einem Geschäft blicken.«

»Klar, was möchtest du?«, fragte ich, als er auf dem Parkplatz eines Drugstores hielt.

Er hob die Schultern und reichte mir einen Hundert-Dollar-Schein. »Überrasch mich.«

Ich nahm den Geldschein und stieg aus. »Beschwere dich

nicht, wenn ich dir Radieschen bringe.« Wir grinsten uns an. Dann schlug ich die Autotür zu und machte mich auf den Weg in den Store.

Da ich mitbekommen hatte, dass Ryle sich vor den Konzerten den Teller mit Salat beladen hatte, hielt ich nach etwas Gesundem Ausschau. Schließlich landeten Obst und fertig belegte Sandwiches mit Thunfisch und Pulled Chicken in meinem Einkaufskorb. Für alle Fälle nahm ich zusätzlich Cookies, Chips und Schokolade mit. Sollte ihm nicht der Sinn danach stehen, aß ich die Süßigkeiten eben allein.

Mit einer voll bepackten Tüte kehrte ich zum Auto zurück und übergab Ryle das Restgeld. Er nahm sich ein Sandwich, biss hinein und gab ein genussvolles Stöhnen von sich.

»Wenn du jetzt noch beim Essen die Augen verdrehst, ist dir der nächste Werbedeal für Pulled Sandwiches sicher«, ließ ich ihn wissen.

Er tat es und stöhnte abermals.

Ich lachte und biss in einen Apfel. »Soll ich dich beim Fahren ablösen?«

Ryle schüttelte den Kopf. »Ich bin so lange nicht mehr selbst gefahren«, erwiderte er kauend. »Ich hab es echt vermisst.«

»Okay.« Ich schluckte den Bissen hinunter. »Dann versuche ich, an den Bildern weiterzuarbeiten. Sollte mir schlecht werden, sag ich Bescheid.«

»Laut Navi brauchen wir noch vier Stunden bis San Francisco.«

»Wir fahren nach San Francisco?«, brach es aus mir heraus. »Da wollte ich schon immer mal hin.«

»Freu dich nicht zu früh. Das eigentliche Ziel liegt in einem Vorort. Mir wurde dort ein Tätowierer empfohlen, der schon mehrfach ausgezeichnet worden ist. Bruce hat ihn dazu gebracht, einen anderen Termin für mich zu verschieben, damit ich es endlich durchziehen und mir ein Tattoo stechen lassen kann. Er hat ihm sogar schon dein Gitarrenbild als Vorlage geschickt.«

»Du willst dir immer noch meine Collage tätowieren lassen? Ich hätte nicht gedacht, dass du es wirklich machst.«

Ryle nahm ebenfalls einen Apfel, biss hinein und startete den Motor. »Vielleicht ist es ja nicht das letzte Tattoo, das ich mir nach Vorlage von einem deiner Bilder machen lasse.«

Wir fuhren wieder auf den Highway. Ich tastete auf der Rückbank nach meinem Rucksack. Als ich ihn zu fassen bekam, zog ich ihn nach vorn auf meinen Schoß und nahm das Grafiktablet heraus.

Die nächste Stunde verbrachten wir vorwiegend schweigend. Ryle hörte Radio und genoss die Aussicht, während ich mich auf meine Bildbearbeitung konzentrierte. Solange es einigermaßen geradeaus ging, konnte ich mit dem flauen Gefühl im Magen umgehen. Wenn Ryle in eine Kurve fuhr, sah ich vom Tablet auf. Das offene Fenster und die frische Luft waren dann ziemlich hilfreich.

Unser stilles Beisammensein nahm ein Ende, indem der mir inzwischen bekannte Metal-Song von Ryles Smartphone einen Anruf verkündete. Es klemmte auf der Auto-Konsole in einer Halterung, weshalb ich das Display sehen konnte und erkannte, dass ein Videoanruf von Tom einging. Obwohl ich neben ihm saß, nahm Ryle ihn, ohne zu zögern, entgegen.

»Ich bin erst seit ein paar Stunden weg«, sagte er, als Tom auf dem Display erschien. »Vermisst du mich schon?«

»Das hättest du wohl gern. Ich bin froh, dass ich dich für eine Weile los bin.« Er grinste und winkte in die Kamera. »Hi, Lynn.«

»Hey.« Ich hob die Hand.

»Was gibt's denn Dringendes?«, fragte Ryle.

Toms Grinsen erstarb. »Hast du in der letzten Stunde mal Instagram gecheckt?«

»Ich fahre Auto. Da bin ich nicht im Social Media unterwegs.«

»Hm, du solltest es schnellstmöglich nachholen.«

»Wieso, was ist denn los?«

Tom schien unschlüssig, ob er ihm die Information in meinem Beisein geben sollte.

»Ich habe keine Geheimnisse vor Lynn«, sagte Ryle, der sein Zögern ebenfalls bemerkte.

»Es ist wahrscheinlich besser, wenn du vorher anhältst.«

»Alter, ich bin mitten auf dem Highway. Jetzt sag schon.«

Wieder zögerte er. »Irina hat ein gemeinsames Foto von dir und ihr hochgeladen.«

Ich zuckte zusammen, Ryle wirkte kurzzeitig wie erstarrt.

»Welches Foto?«

»Ich würde es mal als innig bezeichnen«, antwortete Tom.

Ryle schlug gegen das Lenkrad. »Wieso tut sie das?« Er fuhr sich hektisch durch sein dichtes Haar.

Schlagartig wurde mir richtig schlecht. Ich schob das Tablet vor mir ins Ablagefach, reckte mein Gesicht zum offenen Fenster und atmete tief ein.

Die Reifen quietschten, da Ryle an der nächsten Ausfahrt zügig vom Highway fuhr.

»Falls ich irgendetwas für dich tun kann, gib Bescheid«, sagte Tom, den ich schon ganz vergessen hatte.

»Ich melde mich«, erwiderte Ryle und beendete den Anruf.

Er steuerte die erstbeste Haltemöglichkeit an, brachte den Bulli auf einem breiten Randstreifen zum Stehen und nahm sein Smartphone aus der Halterung.

Ich beobachtete, wie er Instagram öffnete und Irinas Profil

aufrief. Dann starrte ich auf das Selfie, auf dem die beiden seitlich zu sehen waren. Sie schmiegte sich an Ryle, hielt den Arm für das Foto ausgestreckt und lächelte in die Kamera. Er hatte die Arme um sie gelegt und schaute über ihren Kopf hinweg in die Ferne.

Er fluchte und ich versuchte, den Stichen in meinem Herzen keine Beachtung zu schenken.

»Ich weiß nicht, was das soll«, stieß er aus und wandte sich mir zu. »Als Irina und ich anfingen, uns zu treffen, waren wir uns einig, das Ganze so lange wie möglich vor der Öffentlichkeit geheim zu halten«, sagte er. »Wir waren nie richtig zusammen und ausgerechnet jetzt bringt sie so was.«

»Wie es aussieht, ist sie nicht bereit, dich aufzugeben.«

»Ich habe ihr mehrfach erklärt, dass sie und ich nicht zusammenpassen. Das kann man eigentlich nicht missverstehen.« Er seufzte. »Und außerdem weiß sie von dir.«

Ich rieb mir die Stirn. »Vielleicht ist es eine Kampfansage an mich.«

»Das ist doch bescheuert.« Er strich sich erneut mit beiden Händen durchs Haar. Dann öffnete er die Fahrertür und stieg aus. »Irina muss sich darüber klar sein, wie das nach außen wirkt. Der Post hat schon fast zwanzigtausend Kommentare und wurde über eine Million Mal gelikt. Jetzt glauben alle, dass wir ein Paar sind.«

Er schlug die Tür zu und ging vor dem Auto auf und ab. Ich saß wie festgenagelt, wusste nicht, ob ich in Galgenhumor ausbrechen oder weinen sollte. Mir war nach beidem zumute.

Ryle starrte sein Handy an und hielt es sich schließlich ans Ohr. »Was soll das?«, fragte er. »Du hattest nie meine Erlaubnis, ein Foto von uns online zu stellen.«

Da mein Fenster offen stand, hörte ich jedes Wort, das er mit Irina sprach.

»Das interessiert mich nicht. Ich will, dass du den Beitrag sofort löschst … Du hattest kein Recht dazu …«

Er nahm das Handy vom Ohr und sah ungläubig auf das Display, bevor er wutentbrannt einen Kieselstein von der Straße kickte.

Meine Hände fühlten sich klitschnass an. Ich schob sie unter meine Beine und überlegte, ob ich ebenfalls aussteigen und zu ihm gehen sollte. Doch da kam Ryle bereits ins Auto zurück.

»Ich fasse es nicht. Sie hat einfach aufgelegt.« Er steckte das Smartphone in die Halterung, wählte Mr Stingers Nummer und stellte auf Lautsprecher.

»Du hast ein paar Tage frei und rufst mich freiwillig an?«, meldete sich dieser nach mehrmaligem Klingeln zu Wort.

»Ich hab ein Problem«, stieß Ryle aus.

»Hast du dich wieder mit einem Paparazzo angelegt?«

»Nein, habe ich nicht.«

»Wo brennt es dann?«

»Irina hat ein Bild von ihr und mir hochgeladen und lässt es vor der ganzen Welt so aussehen, als wäre ich mit ihr zusammen.«

»Himmel, im ersten Moment dachte ich, es wäre etwas Schlimmes.«

Ryle legte den Kopf gegen die Lehne und stieß die Luft aus. »Du findest das also in Ordnung?«

»Lass mich das kurz zusammenfassen. Irina ist ein angesagtes Model und sie steht derzeit wegen ihres aktuellen Kinofilms im Fokus der Presse. Angesichts unserer laufenden Konzerttour und der bevorstehenden Veröffentlichung des neuen Albums könnte ich mir weitaus schlechtere Publicity vorstellen. Die Presse wird sich nach euch reißen. Wenn wir es klug anstellen, könnt ihr beide davon profitieren.«

Trotz der sommerlichen Hitze war mir plötzlich kalt. Meine Muskeln schmerzten, weil ich völlig verkrampft dasaß.

»Ich kann nicht glauben, dass du das ernst meinst«, sagte Ryle.

»Warum ist es ein Problem für dich? Du hast dich doch gern mit Irina getroffen.«

»Inzwischen ist die Situation eine andere«, ließ Ryle ihn wissen.

»Inwieweit?«

»Ich bin mit Lynn durchgebrannt.«

Einen Moment lang herrschte Stille. »Könntest du mir das kurz genauer erklären?«

»Es hat sich herausgestellt, dass ich nicht einmal im Hotel meine Ruhe bekomme. Deshalb habe ich spontan beschlossen, mit Lynn einen Roadtrip nach Beaverton zu machen.«

»Hotel? Ich dachte, du verbringst die freie Zeit bei Tom. Sekunde, willst du mir damit sagen, dass du gerade allein mit Lynn in einem Auto unterwegs bist?«

»Ja, wir sind schon vor ein paar Stunden losgefahren. Ich hab dich übrigens auf Lautsprecher. Lynn kann dich hören.«

Falls das überhaupt möglich war, verkrampfte ich noch mehr. »Hallo, Mr Stinger.«

Er atmete hörbar durch. »Lynn, Sie sind ein kluges und rational denkendes Mädchen. Bringen Sie diesen Jungen bitte zur Vernunft.«

»Es war ein Fehler, dich anzurufen«, sagte Ryle. Man hörte die Enttäuschung in seiner Stimme deutlich heraus.

»Wie soll ich denn deiner Meinung nach reagieren? Du scheinst zu vergessen, wer du bist. Hast du eine Ahnung, was du lostrittst, wenn dich in der jetzigen Situation jemand mit Lynn statt mit Irina sieht?«

»Deshalb rufe ich dich an«, erwiderte Ryle. »Ich habe versucht, mit Irina zu reden. Sie hat nicht vor, das Bild zu löschen. Bitte, unternimm etwas.«

Mr Stinger seufzte. »Denk noch mal in Ruhe nach, Ryle. Ich schaue mir Irinas Post gerade an. Das Foto ist schon längst im Umlauf, und du kannst dir sicher sein, dass die Schlagzeile spätestens morgen in der Presse gehypt wird. Die Berichterstattung wird die Aufmerksamkeit auf dich und somit auch *Reanimation* weiter pushen. Sollten wir dagegen vorgehen und eine Gegendarstellung einleiten, wird Irina öffentlich von dir bloßgestellt. Ahnst du, auf welche Seite sich die Leute schlagen werden? Du wirst in einem schlechten Licht dastehen und das kann der Band schaden.«

Ich biss mir so fest auf die Unterlippe, dass ich Blut schmeckte. Das durfte alles nicht wahr sein. Ich spürte in meinem Magen einen tonnenschweren Klumpen. Unsere Chance, zusammenzufinden, stand schon immer schlecht. Jetzt war sie auf null gesunken.

»Ich hätte mir gewünscht, du würdest mir in dieser Situation nicht als Manager zur Seite stehen, sondern als Freund.«

Es entstand eine Pause. »Na schön. Ich werde mich mit Irinas Manager in Verbindung setzen und sehen, was sich tun lässt. Hauptsache, du und Lynn lasst euch nicht zusammen in der Öffentlichkeit sehen.«

20

Ryle fuhr kurz vor San Francisco vom Highway, wo uns ein Ortseingangsschild in Millbrae willkommen hieß.

»Was hältst du davon, wenn ich uns Schlafsäcke und Kissen besorge?«, fragte ich. »Wahrscheinlich ist es das Beste, wenn wir im Bulli übernachten.«

»Das wäre super.«

»Bist du dir sicher, dass wir nicht doch besser umkehren sollten?«

»Ganz sicher. Ich werde mich nicht von dir fernhalten, Lynn. Dann hätte Irina genau das erreicht, was sie will.«

Ryle parkte vor einem zweistöckigen Haus, dessen Fassade meisterhaft mit Graffiti besprüht war. Es waren fantastisch anmutende Figuren, die durch einen bunten Hintergrund miteinander verschmolzen. Jedes einzelne Motiv war ein Kunstwerk.

»Wow. Das muss ich unbedingt fotografieren.« Ich stieg aus und ging zu dem Schaufenster, in dem in einer Glasvitrine etliche Meisterschaftspokale standen und zudem Fotos von Arbeiten des Künstlers aushingen.

Nachdem ich die Bilder ausreichend bewundert hatte, drehte ich mich zu Ryle um und stellte fest, dass er noch im Bus saß. Ich ging zu ihm und öffnete die Fahrertür. »Hast du es dir anders überlegt?«

»Ich will nur die Leute vorbeilassen.« Er deutete mit dem

Kinn auf eine Gruppe, die sich auf dem Gehweg näherte, und schob sich das Basecap weiter in die Stirn.

»Okay«, sagte ich und nahm meinen Rucksack von der Rückbank. »Ich besorge alles und komme hierher zurück.«

»Alles klar. Bis dann.«

Meine App führte mich zielsicher zu einem Kaufhaus, das ich später mit einer großen Einkaufstasche, vollgepackt mit zwei kleinen Kopfkissen, zwei Schlafsäcken und Wasserflaschen, verließ. Auf dem Rückweg zum Tattoo-Studio kam ich an einem Geschäft vorbei, in dessen Schaufenster etliche Fernseher ausgestellt waren.

Auf allen Geräten waren unterschiedliche Sender eingestellt, wobei auf einem gerade Irina durchs Bild lief. Ich war schon fast an dem Fenster vorbei, blieb nun aber schlagartig stehen und trat an die Scheibe.

Neues Traumpaar stand im Untertitel. Ein Reporter sprach sie auf der Straße an und hielt ihr das Mikrofon entgegen. Ich wusste nicht, was er sie fragte, aber da das Foto von ihr und Ryle am oberen Bildschirmrand eingeblendet wurde, konnte ich mir denken, dass es um ihre angebliche Beziehung ging. Obwohl ich ihre Antwort nicht hören konnte, sprachen ihr Lächeln und ihr Nicken für sich. Was erhoffte Irina sich von diesem Spiel? Durch sie wurde ich in eine Sache verstrickt, bei der ich Gefahr lief, dass sie mich überrollte.

Als ich zehn Minuten später bei dem Tattoo-Studio ankam, war ich das ungute Gefühl noch nicht losgeworden. Die Tür war verschlossen, doch ehe ich klopfen konnte, wurde mir von einer jungen Frau mit einem knallroten Bob geöffnet. Vermutlich hatte sie mich durch die Fensterscheibe gesehen.

»Du bist bestimmt Lynn?« Sie lächelte und offenbarte mir dadurch ihr Lippenbändchenpiercing.

Ich nickte.

»Hi, ich bin Kelly. Immer mir nach. Sie brauchen noch eine Weile.«

Da sie wieder hinter mir abgeschlossen hatte, ließ ich die Tasche im Empfangsbereich neben dem schwarzen Tresen stehen und folgte ihr in einen engen Gang.

»Fürs erste Tattoo ist Ryle hart im Nehmen«, ließ sie mich wissen. »Ricardo hat zwei Sitzungen vorgeschlagen, aber er will es in einer durchziehen.«

»Sein Terminplan ist sehr voll«, sagte ich.

Sie drehte sich beim Gehen zu mir um. »Er ist echt zum Anbeißen. Irina Lewis ist zu beneiden.«

Da ich ihr darauf nichts zu erwidern wusste, versuchte ich mich an einem Lächeln, das sicherlich so krampfhaft aussah, wie es sich anfühlte. Wenn ich Irinas Namen heute auch nur noch ein einziges Mal hörte, würde ich laut schreien.

Ich betrat hinter Kelly ein Zimmer, in dem Ryle auf einer Liege mit angestellter Rückenlehne lag und seinen Arm in einer seitlichen Vorrichtung abstützte.

Ricardo war ein schlaksiger Kerl mit strubbeligen schwarzen Haaren. Außer seinem Gesicht waren alle sichtbaren Hautstellen mit bunten Tattoos bedeckt. An den Ohren trug er Tunnel und in seiner linken Augenbraue steckte ein Hufeisenring.

»Willkommen in meinen heiligen Hallen.« Er hob zum Gruß seine behandschuhte Hand.

»Vielen Dank.« Ich nickte ihm zu, streifte den Rucksack von den Schultern und setzte mich auf einen der beiden Stühle, die an der Wand standen.

»Hi«, sagte Ryle, als ich ihn ansah.

»Hi.«

»Ich hatte ernsthaft Bedenken, dass du mich bei dem ganzen Schlamassel sitzen lässt und davonläufst.«

»Na ja, ich habe es kurz in Erwägung gezogen«, neckte ich

ihn. Mein Blick fiel auf seinen Unterarm, auf dem sich seitlich die Abbildung der Gitarre befand. Ricardo hatte die Konturen hauchfein gezeichnet und war gerade dabei, die Weltkarte auf dem Korpus zu schraffieren. Ich stand auf, um besser sehen zu können. Mit hellen und dunklen Akzenten schaffte er es, mit geschickter Linienführung einen Tiefeneffekt zu erzielen. Durch die optische Täuschung hatte man den Eindruck, die Gitarre auf Ryles Arm greifen zu können. Der Tätowierer war wirklich gut.

»Das sieht mega aus«, sagte ich.

»Die Vorlage ist auch klasse«, erwiderte Ricardo.

»Lynn ist die Künstlerin«, informierte Ryle ihn.

Ricardo sah mich an. »Du hast die Collage gemacht?«

Ich nickte.

»Cool. Darf ich sie weiterverwenden?«

»Nein«, antwortete Ryle an meiner statt. »Es soll ein Unikat bleiben.«

»Du bist berühmt«, schaltete sich Kelly ein. »Wenn die Leute das Tattoo an dir sehen, wird es nicht lange dauern, bis sie es kopieren.« Sie saß auf dem Stuhl neben mir.

»Aber ich trage das Original«, erwiderte Ryle und lächelte mich an.

»Was habt ihr eigentlich miteinander zu tun?«, erkundigte sie sich.

»Ich bin die Tour-Fotografin«, erwiderte ich hastig, ehe Ryle etwas sagen konnte. Hier drinnen hatte er wahrscheinlich noch nichts von Irinas Fernsehauftritt mitbekommen.

Er verengte die Augen und musterte mich.

»Und gelegentlich fungiere ich als Assistentin«, ergänzte ich.

Ryle verzog schmerzerfüllt das Gesicht und bedachte Ricardo mit einem vorwurfsvollen Blick.

Dieser lachte. »Du wolltest nur eine Sitzung. Also musst du jetzt noch eine Weile durchhalten.«

Ich beschloss, die restliche Zeit an dem aktuellen Bild weiterzuarbeiten. Daher nahm ich das Grafiktablet aus dem Rucksack und machte mich an die Gestaltung.

Ryle beobachtete mich, wobei sein Blick nicht auf das Tablet, sondern auf mein Gesicht gerichtet war. Ich hatte alle Mühe, mich zu konzentrieren. Nach der Hitze meiner Wangen zu urteilen, musste meine Haut gerötet sein. Er konnte mir meine Nervosität zweifellos anmerken.

Als Ricardo schließlich fertig war, bewunderten wir alle das Endergebnis. Ryles strahlendes Lächeln verriet, wie sehr ihm sein Tattoo gefiel. Auch ich konnte mich gar nicht daran sattsehen.

»Hast du noch weitere Motive, die sich als Vorlage eignen?«, fragte mich Ricardo, nachdem er das Tattoo mit Folie abgeklebt hatte und Ryle bei Kelly am Tresen bezahlte.

»Da müsste ich mein Archiv mal durchsehen«, antwortete ich.

»Momentan bereite ich mich mit zwei Kollegen auf einen Wettbewerb vor und wir sind immer auf der Suche nach guten Ideen. Vielleicht ergibt sich eine Zusammenarbeit?« Er überreichte mir seine Visitenkarte. »Falls du was für uns hast, melde dich bei mir.«

Ich sah auf die Karte, dann zur Vitrine mit den Pokalen und wieder zu ihm. »Klar, warum nicht.« Meine Stimme klang nicht so gelassen, wie ich es vorzutäuschen versuchte.

»Prima, also hören wir bald voneinander.« Er reichte mir die Hand.

Nachdem Ryle sich noch mit den beiden fotografieren lassen hatte, brachen wir auf. Draußen war es inzwischen dunkel geworden und wir erreichten unerkannt den Bus.

»Darf ich fahren?«, fragte ich, bevor er einstieg.

»Wenn du willst.« Er wartete, bis ich die Einkaufstasche und den Rucksack im Kofferraum verstaut hatte, und hielt mir die Fahrertür auf.

»Wohin soll es jetzt gehen?«, erkundigte ich mich und legte den Gurt an.

»Auf jeden Fall raus aus der Stadt. Wir müssen einen geeigneten Schlafplatz finden. Und bestenfalls halten wir uns schon in Richtung Beaverton.« Er gab unser Endziel ins Navi ein.

Ich überlegte, ob ich ihm von dem Fernsehbericht erzählen sollte. Allerdings war es fast Mitternacht und wir hatten noch nichts wieder von Mr Stinger gehört. Daher konnte Ryle im Moment sowieso nichts machen und es würde ihm nur die Laune vermiesen.

Kaum waren wir losgefahren, schnallte er sich ab und kletterte zwischen den Sitzen nach hinten.

»Was tust du?«

»Ich muss noch bis nächste Woche einen Song schreiben.«

Er kam wieder nach vorn und hatte ein Notizheft, einen Bleistift und seine Gitarre dabei. Deren Holz vom Korpus war teilweise zerkratzt und der Gurt hatte ebenfalls deutliche Abnutzungserscheinungen. Ob das die Gitarre war, mit der er als Kind auf der Straße gespielt hatte?

Dad hatte mir Gitarrespielen beigebracht. Ich war gelegentlich mit ihm im Diner aufgetreten, hatte ihn dabei mit leichten Akkorden begleitet. Noten hatte ich nie beherrscht. Es gab nur ein paar Lieder, die ich auswendig konnte.

Ich erinnerte mich an die Abende, an denen ich mit Dad am Lagerfeuer gesessen hatte. Im Sommer hatten wir oft am Fluss gezeltet. Dann war mein Großvater unerwartet gestorben, Dad musste das Diner von jetzt auf gleich allein führen, und er konnte es zeitlich nicht mehr einrichten. Es kam mir vor, als wäre das ewig her. Ich bekam tatsächlich etwas Heimweh.

»Seit wir auf dem Highway sind, habe ich eine Idee für eine Melodie im Kopf«, sagte Ryle. Er setzte sich etwas schräg, damit er mit der Gitarre Platz hatte. »Geht das so oder stört dich das beim Fahren?«, fragte er, weil der Gitarrenhals mich streifte.

»Alles okay.«

Er spielte ein paar Akkorde. Es war noch keine Melodie, sondern ein Ausprobieren von verschiedenen Griffen.

Der Highway führte durch das hügelige San Francisco. Ich bedauerte, dass es dunkel war. Trotzdem konnte ich nun immerhin behaupten, mal hier gewesen zu sein.

Das Navi informierte über die bevorstehende Überfahrt der Golden Gate Bridge, weshalb Ryle aufsah. »Stadtauswärts fallen auf der Brücke keine Mautgebühren an«, sagte er und widmete sich dann wieder seiner Gitarre.

Er zupfte die Saiten sanft und leise, was der Melodie eine spürbare Melancholie verlieh. Ich wusste nicht, warum, doch als ich in Begleitung der Gitarrenklänge über die von Straßenlaternen beleuchtete Brücke fuhr, liefen mir stille Tränen über die Wange. Die hoch aufragenden Pylonen, über denen die Tragseile verliefen, wurden von der Nacht und vom Nebel verschluckt. Ich hatte Gänsehaut.

Ryle hörte auf zu spielen. »Lynn, was hast du?«

Ich wischte mir eine Träne von der Wange. »Nichts weiter. Das war nur gerade so ein Moment, den man für immer festhalten möchte.«

Aus dem Augenwinkel nahm ich wahr, dass Ryles Blick auf mir ruhte. »Das ist ein schöner Ansatz für einen Songtext«, sagte er, schaltete das Licht ein und schrieb etwas auf der Gitarre in sein Notizheft.

»Über welches Thema willst du denn einen Song schreiben?«

»Das weiß ich noch nicht genau. Aber du bringst mich gerade auf eine Idee.«

Er machte sich weiter Notizen, und ich streckte den Hals, um etwas erkennen zu können. »Was schreibst du da?«

»Dass diese Nacht vergänglich ist und nie zurückkommt«, erwiderte er. »Doch wenn du sie mit einem besonderen Menschen verbringst, kann sie dein Leben und dich selbst verändern.«

Seine Worte hallten noch Minuten später in mir nach. Inzwischen hatte er ganze Seiten mit seinen Gedanken gefüllt und hörte dennoch nicht auf zu schreiben.

»Da kommt gleich ein Rastplatz«, sagte ich und tippte aufs Navi. »Soll ich rausfahren?«

»Ja, wir müssen schlafen.«

»Morgen sollten wir uns einen Ort suchen, wo wir mal duschen können«, schlug ich vor.

»Wir kommen an ein paar Seen vorbei. Da findet sich bestimmt ein Campingplatz.«

Ich nahm die ausgewiesene Abfahrt. Wir waren nicht die Einzigen, die hier eine Rast einlegten. Ich fuhr an zwei parkenden Autos vorbei, dessen Insassen bereits zu schlafen schienen. Um einen größtmöglichen Abstand zu gewinnen, hielt ich erst am Ende der Parkfläche. Neben uns wuchsen Büsche und vor uns im Tal lag das Lichterpanorama einer Kleinstadt.

»Ich bin todmüde«, sagte Ryle, stieg aus und machte sich daran, die hinteren Sitzbänke zu einer Liegefläche umzubauen.

»Bin gleich wieder da«, ließ ich ihn wissen und ging zum Toilettenhäuschen. Als ich zurückkam, hatte er die Schlafsäcke ausgebreitet und warf mir ein Kissen zu.

»Lange können wir bei dem Straßenlärm sowieso nicht schlafen«, sagte er, da der Highway trotz später Stunde noch viel befahren war.

Wir putzten uns neben dem Wagen die Zähne. Dann stieg ich an ihm vorbei in den Bulli, zog die Schuhe aus und kroch in einen Schlafsack. Ryle legte sich neben mich und schloss die Tür. Er drehte sich mir zu und nahm meine Hand.

»Schnarchst du?«, fragte er.

Ich stieß ihn an und er lachte.

»Falls ich es tue und du es jemandem erzählst, kann ich dich nicht mehr leiden.«

»Das glaub ich dir nicht, dafür magst du mich zu sehr.«

»Woher willst du das denn wissen?«

Er wurde ernst. »Es ist schwer, sich immer fragen zu müssen, ob dich jemand auch ohne den Promi-Rummel interessant finden würde. Bei dir sehe ich das aber ganz deutlich. Du rennst mir nicht hinterher, sondern läufst sogar vor mir weg.«

»Momentan habe ich nicht den Eindruck, dass mir das besonders gut gelingt«, erwiderte ich.

»Deshalb sind wir hier, Lynn. Damit ich dich irgendwie festhalten kann.«

Wie selbstverständlich zog er mich in seine Arme. Wir lagen auf der Seite, ich mit dem Rücken an seiner Brust. Obwohl die Schlafsäcke zwischen uns waren, spürte ich die Wärme seines Köpers nur allzu deutlich. Mit so viel Nähe hatte ich nicht gerechnet und war im ersten Moment viel zu aufgeregt, um sie genießen zu können. Erst als Ryle mit ruhigen Atemzügen in den Schlaf glitt, entspannte ich mich allmählich, doch trotz meiner Müdigkeit lag ich vor lauter Herzklopfen noch lange wach.

21

Ich kam allmählich zu mir und spürte Ryles Arme, die mich noch immer umfingen. Sein Brustkorb hob und senkte sich an meinem Rücken, in meinem Haar fühlte ich seinen Atem. Straßenlärm und Stimmen waren zu hören. Irgendwo neben mir schrie ein Kind.

Schlagartig öffnete ich die Augen, löste mich von ihm und weckte ihn dadurch auf. Kaum hatte ich mich aufgesetzt, sah ich den mit Menschen überfüllten Rastplatz. Es gab nur noch wenige freie Parkflächen. Neben uns stand ein Auto, aus dem heraus mir ein kleines Mädchen zuwinkte.

»Scheiße, Ryle, wir müssen hier weg.«

»Was ist los?« Er setzte sich auf und blinzelte, bevor ihm die Lage klar wurde. »Mist, wo ist mein Basecap?«

Ich zog meine Schuhe an, kletterte nach vorn auf den Fahrersitz und startete den Motor. Ryle hatte sein Cap gefunden. Während er auf den Beifahrersitz rutschte, parkte ich rückwärts aus und fuhr dann mit quietschenden Reifen los.

»Himmel, Lynn. Wir haben keine Bank überfallen.«

»Hat dich jemand gesehen? Was, wenn du erkannt wurdest? Mr Stinger wird uns umbringen.« Die Worte sprudelten viel zu schnell und daher kaum verständlich aus mir heraus.

»Beruhige dich. Selbst wenn, solange uns niemand zusammen fotografiert hat, ist alles gut.«

Ich warf ihm einen panischen Blick zu. »Wir haben geschlafen. Da haben wir das vielleicht gar nicht mitbekommen.«

»Es fotografiert doch niemand schlafende Leute im Auto«, entgegnete er.

»Sollte es sich dabei um Ryle Cooper handeln, schon.«

Er seufzte. »Jetzt leg bitte erst einmal den Gurt an und atme tief durch.«

Ich tat es. Allerdings weigerte sich meine Lunge, mich mit ausreichend Sauerstoff zu versorgen.

»Soll ich besser weiterfahren?«

Als Antwort schüttelte ich den Kopf. Es war fast neun Uhr. Wir mussten total erledigt gewesen sein, wenn wir trotz des Lärms so lange geschlafen hatten. Ehrlich gesagt war ich es noch immer. Wir litten seit Tagen an akutem Schlafmangel.

»Geht es wieder?«, fragte Ryle nach einer Weile. Er klang besorgt.

»Das Ganze setzt mir mehr zu, als ich dachte«, sagte ich und staunte über meine Offenheit.

Ryle sah eine Weile nachdenklich aus dem Seitenfenster. »Willst du den Roadtrip abbrechen?«, fragte er schließlich.

Ich umklammerte das Lenkrad fester. »Ja ... Nein ... Ich weiß es nicht.«

Er seufzte abermals und griff zu seinem Smartphone.

»Warte, was hast du vor?«

»Ich sorge dafür, dass uns jemand am nächstgelegenen Flughafen abholt.«

»Dann willst *du* also abbrechen?«

Er legte sein Handy auf die Ablage. »Nein, ich habe hier eine echt gute Zeit. Aber ich möchte nicht, dass du dich unwohl fühlst.«

»Mir gefällt es doch«, erwiderte ich. »Zumindest, solange wir allein sind. Ich habe einfach Schiss, dass wir zusammen gesehen werden und es noch mehr Ärger gibt.«

Ryles Handy vibrierte und er nahm es erneut zur Hand.

»Eine Sprachnachricht von Mark«, ließ er mich wissen und schaltete den Lautsprecher ein.

»Hey, Ryle, ich habe Mr Brown alias Irinas Manager endlich erreicht«, ertönte Mr Stingers Stimme. »Nachdem sie nun auch vor ihrem Wohnsitz mit Reportern über dich geplaudert hat und das ausgestrahlt wurde, ist die Situation noch schwieriger. Mit einem Anwalt brauchen wir ihr nicht zu drohen, da deine Aussage gegen ihre stehen würde. Aber immerhin hat Brown eingesehen, dass es Irinas Ansehen schadet, wenn du nach ihrem Posting und dem Interview eine Beziehung zu ihr öffentlich abstreitest. Ihre Beliebtheit würde ebenso einen Kratzer bekommen wie deine, weil sie dann mitleiderregend ist und nicht länger das taffe Mädchen verkörpert, und du, weil du in dem Fall wie ein Arsch dastehst. Brown und ich verhandeln gerade über einen Kompromiss, bei dem ihr beide unbeschadet aus der Sache rauskommt. So weit der Stand. Bitte zeig dich mit Lynn nicht in der Öffentlichkeit. Ich verlasse mich auf euch. Bis morgen.«

»Sie hat ein Interview gegeben?«, stieß Ryle aus.

Ich erwiderte nichts.

Er schüttelte fassungslos den Kopf und sah mich dann an. »Ziehst du es weiterhin mit mir durch?«

Ich nickte, woraufhin er verhalten lächelte.

»Schön, dann lass uns kurz irgendwo halten und Kaffee besorgen. Anschließend fahre ich, damit du an den Bildern weiterarbeiten kannst.«

Dagegen hatte ich nichts einzuwenden. Wir hielten an einem Diner. Während Ryle im Bus wartete, besorgte ich Kaffee, Donuts und ein paar Sandwiches. Er hatte inzwischen nach einem Campingplatz auf unserer Strecke gegoogelt und gab *Lake of the wood* ins Navi ein.

Die nächsten vier Stunden fuhren wir, ohne noch mal Rast

zu machen. Ryle hörte Musik und ich schaffte es, ein weiteres Bild fertigzubekommen. Nachdem ich das Tablet in meinen Rucksack gepackt hatte, erzählte Ryle mir Anekdoten von den Jungs, bei denen wir uns beide schlapp lachten.

»Das hat Tom nicht wirklich gemacht«, sagte ich und hielt mir den Bauch.

»Und ob! David hat die Zahnpasta in der Hautcreme-Tube erst bemerkt, nachdem er die Pampe im Gesicht verteilt hatte.«

»Der Arme.«

»Zu allem Überfluss hat David sich das Zeug in die Augen gerieben. Das hat höllisch gebrannt.« Ryle lächelte schief. »Aber einen Tag danach bekam Tom von ihm die Quittung. Wir waren auf dem Weg zu einem Radiointerview und er ist im Auto eingeschlafen. Da hat David ihm im Schlaf *Loser* auf die Stirn geschrieben und der Ahnungslose ist mit uns ausgestiegen. Er hat sich gewundert, warum wir ihn die ganze Zeit über angegrinst haben, bis Olivia mit ihm Erbarmen hatte und es ihm vorm Betreten des Senders gesagt hat.« Ryle lachte erneut. »Er ist ewig lang auf der Toilette verschwunden und kam schließlich mit einer knallroten Stirn zurück. Die Schrift war immer noch leicht zu erkennen. Da half nur eine Mütze.«

Ich konnte mich nicht daran erinnern, wann mir das letzte Mal vor Lachen die Tränen kamen. »Meine Schwester und ihr Freund spielen sich auch oft Streiche. Allerdings sind die im Vergleich zu euren harmlos.«

»Sind die beiden schon lange zusammen?«

»Emily war damals sechzehn. Die beiden haben eine gemeinsame Facebook-Freundin. Meine Schwester hatte bei ihr einen Beitrag kommentiert, und Luca war auf ihren Kommentar eingegangen, weil er anderer Meinung war. Es endete in einem Schlagabtausch, bis die gemeinsame Bekannte sie aufforderte, sich anzufreunden und das persönlich zu klären.«

»Das hört sich ja nicht gleich nach der großen Liebe an.«

»Ich weiß noch, wie sie sich immer über Luca aufgeregt hat, und trotzdem hat sie ständig mit ihm gechattet. Irgendwann ging das Schimpfen ins Schwärmen über. Und als sie achtzehn war, ist sie ohne die Erlaubnis unserer Eltern nach New York gereist, um ihm im wahren Leben zu begegnen.« Ich zuckte mit den Schultern. »Was soll ich sagen, sie ist nicht nach Eagle Rock zurückgekehrt.«

Ryle folgte der Anweisung vom Navi und fuhr vom Highway, woraufhin wir ein Waldgebiet erreichten. Ich öffnete die Scheibe und hielt die Hand aus dem Wagen, um den Fahrtwind zu spüren. In Gedanken war ich noch bei meiner Schwester. Das Verhältnis zwischen ihr und unseren Eltern war seither eher oberflächlich. Dad war ihr nachgereist, um sie zur Vernunft zu bringen, wobei das Zusammentreffen von ihm und Luca nicht freundlich verlaufen war. Die beiden Männer gingen seitdem auf Abstand und Emily und Dad sprachen kaum noch miteinander. Und nun hatte mein gutes Verhältnis zu ihm auch einen Knacks bekommen, weil ich ihr nach New York gefolgt war. Wir telefonierten nur hin und wieder mit Mom.

Ryle hielt vor einer Schranke, neben der uns ein Schild in einem Camp willkommen hieß. Von dem besagten See war hier noch nichts zu sehen.

»Meldest du uns an?«, fragte er und übergab mir sein Portemonnaie.

»Bin gleich wieder da«, sagte ich, griff nach meinem Rucksack und stieg aus.

Wir waren ringsum von Wald umgeben. Vogelgezwitscher hallte durchs Geäst, ansonsten war nichts zu hören. Ich lief an der Schranke vorbei auf eine Holzhütte zu, die ein Schriftzug über der Tür als Rezeption auswies. Drinnen erwartete mich ein kleiner Shop, in dem man sich notdürftig mit Lebensmitteln ausrüsten konnte. Hinter einem in die Jahre gekommenen Tresen stand ein älterer Herr. Er trug ein rotes Karohemd und eine lederne Weste.

»Kann ich Ihnen helfen, junges Fräulein?«

»Guten Tag, ich hätte gern für eine Nacht einen Stellplatz für einen VW-Bus.«

»Schlafen Sie im Fahrzeug oder benötigen Sie eine Hütte?«

»Gibt es in der Hütte eine Dusche?«

»Nein, da müssen Sie das Sanitärgebäude nutzen.«

»Dann schlafen wir im Bulli.«

Er schob mir ein Klemmbrett über den Tresen. »Tragen Sie sich hier ein. Wenn Sie mögen, können Sie auch ein Ruderboot mieten.«

»Das klingt gut.« Ich öffnete Ryles Portemonnaie und übergab dem Mann einen Hundert-Dollar-Schein. Bei den vielen Banknoten und Kreditkarten in Ryles Geldtasche musste man direkt Angst haben, ausgeraubt zu werden. Mir fiel das kleine Foto im Seitenfach auf. Es war ein Bild von einem Jungen und seiner Mutter. Ryle musste auf dem Foto etwa zehn Jahre alt sein. Die Frau hatte von hinten die Arme um ihn gelegt und beide lachten in die Kamera. Im Gegensatz zu ihm hatte sie blondes Haar, ihre Ähnlichkeit war dennoch nicht zu übersehen. Mir wurde warm und gleichzeitig wehmütig zumute. Wenn ich den Hintergrund richtig deutete, war das Bild auf einem Strandfest geschossen worden.

Als ich ich das Restgeld, weitere Infos und den Lageplan erhalten hatte, bedankte ich mich und ging Richtung Tür. Dabei fiel mein Blick auf einen Zeitungsständer und ich blieb wie vom Schlag getroffen stehen. Auf zwei Titelblättern war Ryles und Irinas gemeinsames Foto zu sehen.

22

Nachdem ich die Schranke geöffnet hatte, stieg ich wieder zu Ryle ins Auto. »Fahr da lang.« Ich deutete auf den Forstweg, der den Hügel hinabführte. Als der Weg sich gabelte, hielten wir uns rechts, bis sich die hohen Bäume lichteten und ich den Ausblick auf einen großen See bewundern konnte. Er war von einem dichten Nadelwald umgeben, hinter dem in der Ferne ein Berg mit schneebedeckter Kuppe aufragte.

»Wo sind wir hier eigentlich?«

»Im Fremont-Winema National Forest«, erwiderte Ryle. »Das dort ist der Kamm der Cascades-Bergkette.«

Wir kamen an einigen Hütten vorbei, ebenso an drei Wohnmobilen und zwei kleinen Zelten. Ich las den Lageplan und geleitete Ryle zu einer Stelle, die sich in Ufernähe befand. Jeder Stellplatz war mit einer Sitzbank, einem Tisch und einer offenen Feuerstelle ausgerüstet. Glücklicherweise war der gesamte Campingplatz sehr weitläufig und zu den Nachbarn war viel Platz. Ich sah nur zwei Männer, die auf Campingstühlen vor einem Wohnmobil saßen.

Ryle stieg aus und ging zum Wasser. Ich war hin- und hergerissen, ob ich ihm die Zeitung, die ich eben gekauft hatte, zeigen sollte.

Ich folgte ihm. Der Wind blies durch meine Haare, zerrte an meinem T-Shirt und ließ mich frösteln. Die Wasseroberfläche kräuselte sich und kleine Wellen schwappten ans Ufer.

»Ich habe ein Ruderboot gemietet«, informierte ich ihn.

Ryle drehte sich zu mir um und lächelte. »Gerade habe ich gedacht, wie toll es wäre, mit einem Boot rauszufahren.« Er machte einen Schritt auf mich zu, woraufhin ich zu Boden sah und tief durchatmete.

»Alles okay?«

»Da wäre noch eine Sache ...« Ich stockte und holte die Zeitung, die ich hinter meinem Rücken gehalten hatte, hervor.

Ryle starrte auf das Titelblatt und riss mir die Zeitung aus der Hand. »Amerika hat ein neues Traumpaar«, las er. »Ernsthaft?« Er zerknüllte das Papier und stieß einen tiefen Seufzer aus. Der Wind fuhr ihm durch die Haare, und ich musste an mich halten, nicht die Hand auszustrecken, um ihm die Strähnen aus der Stirn zu streichen.

»Ich muss mich irgendwie abreagieren«, sagte er. »Wir haben heute den ganzen Tag im Auto gesessen. Hast du Lust, eine Runde zu joggen?«

»Power dich gern aus. Ich genehmige mir in der Zwischenzeit lieber eine Dusche.«

»Okay.« Er öffnete den Kofferraum und wühlte in seiner Reisetasche nach Sportsachen. Ohne viel Aufhebens zog er seine Jeans aus und tauschte sie gegen eine Jogginghose. Dass ich ihn eingehend beobachtete, wurde mir erst klar, als er mich ansah.

Ich drehte mich um und ging zur Beifahrertür, um meine Kamera aus dem Rucksack zu holen.

»In einer halben Stunde bin ich wieder da«, rief Ryle und joggte los.

Ich machte ein paar Fotos von der herrlichen Kulisse, die der schneebedeckte Berg, der grüne Nadelwald und der glasklare See darboten. Die sanften Wellen wirkten einladend. Ich zog die Schuhe aus, krempelte die Hosenbeine hoch und stieg ins flache Wasser. Zum Schwimmen war mir der See eindeutig zu kalt, was mir entgegenkam, da ich sowieso keine Badesachen dabeihatte.

Emily waren Ryles Schlagzeilen natürlich nicht entgangen. Sie machte sich Sorgen, schrieb mir stündlich und fragte mich, wie es mir ging. Deshalb hielt ich sie mit Nachrichten auf dem Laufenden, was echt zeitraubend war, weil sie sofort weitere Fragen hatte. Da Ryle bereits eine Weile weg war, musste ich mich langsam beeilen. Immerhin wollte ich noch duschen, bevor er zurückkam.

Ich ging zum Wagen, suchte saubere Kleidung aus meinem Koffer und griff mit einem Schmunzeln auch nach Ryles Pullover, den ich mit zu meinen Sachen gepackt hatte. Den Rucksack mit unseren Wertsachen nahm ich ebenfalls mit, schloss den Bus ab und machte mich auf den Weg zum Sanitätshaus, an dem wir vorbeigefahren waren.

Die beiden Männer, die ich vorhin vor dem Wohnmobil hatte sitzen sehen, waren verschwunden, und auch sonst war niemand zu entdecken. Die Hütten wirkten unbewohnt. Wahrscheinlich waren die Camper alle unterwegs, um die Umgebung zu erkunden.

Die Duschräume waren in Frauen- und Männerkabinen unterteilt. Ich duschte ausgiebig und wusch mir dir Haare. Anschließend putzte ich mir die Zähne, bevor ich mich anzog und zum Bulli zurücklief.

Durch die nassen Haare fühlte sich der Wind kalt an. Ich zog mir die Kapuze von Ryles Pullover über den Kopf und steckte die Nase kurz in den Halsausschnitt, um seinen Geruch einzuatmen.

Am Bulli angekommen, bemerkte ich, dass seine Sachen am Ufer lagen, und sah ihn im See im hüfthohen Wasser stehen. Er tauchte unter und hob dabei den tätowierten Arm, um ihn trocken zu halten. Als er wieder mit dem Kopf durch die Wasseroberfläche brach, spritzte das Wasser aus seinen Haaren in alle Richtungen.

Ich packte meine schmutzige Wäsche in den Koffer, suchte nach einem Handtuch und ging zum Seeufer.

Ryle entdeckte mich und kam auf mich zu. Mir war vollkommen klar, dass ich ihn mal wieder anstarrte. Allerdings trug er nur eine schwarze Boxershorts und ich konnte bei seinem Anblick einfach nicht wegsehen. Wasser tropfte aus seinen Haarsträhnen, perlte über sein Gesicht und die breiten Schultern. Man sah seinem wohldefinierten Körper an, dass er viel Sport trieb. Sein flacher Bauch zeigte sogar den leichten Ansatz zu einem Sixpack.

»Danke.« Ryle nahm das Handtuch entgegen. »Schöner Pullover.« Er zupfte an meiner Kapuze. »Ich mag es, wenn du ihn trägst.«

Lächelnd ging ich zurück zum Bus. Inzwischen waren die ersten Camper zu ihren Wohnmobilen zurückgekehrt.

Ryle war mir gefolgt. Er bemerkte es ebenfalls und runzelte die Stirn. »Ich dusche besser später, sobald alle Nachtruhe halten«, sagte er und verzog sich hinter den Wagen, um sich umzuziehen.

»Was hältst du von einem abendlichen Picknick auf dem Boot?«, fragte ich. »Da können wir den anderen aus dem Weg gehen, bis es dunkel wird.«

Er kam hinter dem Bulli hervor und trug nun einen ähnlichen Pullover wie ich, dessen Kapuze ihm weit in die Stirn reichte. »Klingt gut. Ich nehme meine Gitarre mit, um noch ein wenig an dem Song zu schreiben.«

Ich packte unser ganzes Essen in eine Tüte. Die Kamera verstaute ich wieder bei den Wertsachen im Rucksack, schulterte ihn und nahm außerdem eine Wasserflasche an mich. Ryle schloss den Wagen ab. Er trug seinen Gitarrenkoffer und die Tüte mit dem Essen.

Wir liefen zu dem Steg, an dem die Ruderboote vertäut waren, und ich kletterte in das Boot mit der Nummer fünf. Ryle übergab mir nacheinander all unsere Sachen, ehe er selbst einstieg. Ich nahm auf der hinteren Sitzbank Platz und nannte ihm die Kombination für das Zahlenschloss, damit er das Boot von der Kette lösen konnte. Schließlich stieß er uns vom Steg ab.

Während wir auf den See hinausruderten, kamen andere Leute in ihren Booten vom Ausflug zurück. Da ich hinter Ryle saß, konnte ich ihn ungeniert beobachten und bewunderte seine gleichmäßigen, kraftvollen Bewegungen, mit denen er die Ruderblätter durchs Wasser zog. Er hielt den Kopf gesenkt und die Kapuze schützte ihn zusätzlich vor fremden Blicken. Der Abstand zu den heimkehrenden Booten war jedoch ausreichend groß, sodass wir uns keine Sorgen zu machen brauchten. Es dauerte nicht lange, da hatten wir uns abgesetzt und entspannten uns zunehmend.

»Soll ich weiterrudern?«, fragte ich. »Dann kannst du komponieren.«

Ryle hörte auf zu rudern und drehte sich auf seiner Sitzbank zu mir um. Dabei kam das Boot ins Schaukeln, weshalb ich mich an beiden Seiten an der Bordwand festhielt. Nun saßen wir uns von Angesicht zu Angesicht gegenüber.

»Lass uns eine Weile treiben und etwas essen.«

Wir genossen schweigend die Aussicht, aßen die Sandwiches und reichten uns gegenseitig die Wasserflasche. Später tauschten wir die Plätze und Ryle nahm seine Gitarre aus dem Koffer.

»Ist das die, mit der du früher auf der Straße gespielt hast?«, erkundigte ich mich, als mir erneut die Kratzer auf dem Korpus auffielen.

»Ja. Bis auf ein paar Fotos ist sie mit das Einzige, was mir von meinem alten Leben geblieben ist.« Er zupfte die Saiten und drehte an den Wirbeln, um das Instrument zu stimmen.

»Auf der Bühne benutzt du aber eine andere«, erinnerte ich mich.

»Mark findet meine eigene zu schäbig.«

»Echt? Es ist doch völlig egal, wie sie aussieht, wenn sie dir viel bedeutet.«

Ryle sah auf. »Ich mag dich immer mehr, Lynn.« Er lächelte und begann eine Melodie zu spielen.

War ihm bewusst, was ein solcher Kommentar in mir auslöste? In meinem Bauch war ein ganzer Schmetterlingsschwarm unterwegs. Um mir meine Aufregung nicht anmerken zu lassen, nahm ich meine Kamera zur Hand und machte von ihm Fotos.

Er probierte verschiedene Akkorde zu einer harmonischen Melodie zusammenzufügen, ich fotografierte die Umgebung und brachte uns gelegentlich wieder mit Rudern auf Kurs. Mittlerweile tauchte die Abenddämmerung den Himmel in ein glühendes Orange. Die untergehende Sonne färbte auch die Baumspitzen und den schneebedeckten Gipfel des Berges ein. Ich genoss die besondere Atmosphäre, die von den Gitarrenklängen und der sanft ans Boot schwappenden Wellen begleitet wurde. Es kam mir vor, als existierten in diesem Moment nur Ryle und ich auf dieser Welt.

»Die Passage, die du gerade gespielt hast, klang richtig toll«, ließ ich ihn wissen.

Er hielt inne. »Diese?« Erneut zupfte er die ineinanderfließenden Akkorde.

»Ja, die meine ich.«

Ryle nahm sein Notizheft aus dem Gitarrenkoffer, und ich bewunderte, wie er darin Noten zu Papier brachte.

»Was genau gefällt dir an der Melodie?«, fragte er, ohne von seinen Notizen aufzusehen.

»Das kann ich nicht beschreiben.«

»Was hörst du gern für Musik? Und was macht für dich einen guten Song aus?«

»Ich höre alles querbeet. Am liebsten mag ich Balladen. Ich finde es toll, wenn ein Song eine Geschichte erzählt.«

Ryle legte die Gitarre und das Heft beiseite, rückte zu mir auf die Mittelbank und sah mich an. »Welchen Song würdest du gern von mir hören wollen?«

Ich wusste nicht, ob mich seine plötzliche Nähe oder das Schwanken des Bootes derart aus dem Gleichgewicht brachte. Da Ryle abwartend und still neben mir saß, war ihm meine Antwort anscheinend wichtig.

»Deine Stimme ist besonders, so tief und sanft«, sagte ich nach langem Überlegen. »Ich würde dich am Anfang ohne Begleitung singen hören wollen. Dann kommt deine Gitarre dazu und nach und nach weitere Instrumente. Ein Klavier, ein Schlagzeug, Geigen ... Gänsehaut bekomme ich, wenn ein Chor den Refrain begleitet und das Lied antreibt, bis es langsam ausklingt.«

Mein Blick traf den seinen und ich spürte sofort wieder dieses Kribbeln in der Brust. Er war vollkommen ernst, doch ich hatte den Eindruck, aus seinen Augen sprach ein Lächeln.

»Ich muss dich warnen«, sagte er, hob die Hand und strich mir hauchzart über die Wange. »Seit du dich uns angeschlossen hast und ich dir im Flugzeug gegenübergesessen habe, möchte ich dich küssen. Ich kämpfe dagegen an, weil ich nichts überstürzen will. Aber ich merke, wie mein Widerstand bröckelt.«

Seine belegte Stimme jagte einen Hitzeschwall durch meinen Körper. Jedes Fünkchen Willenskraft, das ich noch besaß, war damit beschäftigt, mich davon abzuhalten, ihm zuvorzukommen.

»Wir müssen bald wieder getrennte Wege gehen«, flüsterte ich. »Wenn wir dem nachgeben, werden wir es umso schwerer haben.« Es war ein schwacher Versuch, mich selbst davon zu überzeugen, dass es keine gute Idee war.

Ryle streichelte mit dem Daumen über mein Kinn und lehnte seine Stirn gegen meine. »Wenn ich dich jetzt nicht küsse, werde ich mich noch in zwanzig Jahren fragen, wie es sich wohl angefühlt hätte. Und ich werde mir wünschen, zu diesem Tag zurückkehren zu können, um es nachzuholen.«

Ich war nicht mehr fähig, mich auch nur einen Millimeter zu bewegen. Als ich spürte, wie seine Atemzüge in Wellen auf meinen Mund trafen, konnte ich nur noch ergeben die Augen schließen. Und dann legten sich seine Lippen auf die meinen.

Obwohl ich saß, glaubte ich, jeden Moment den Halt zu verlieren. Ryle schlang einen Arm um meine Taille und hielt mich. Seine Hand lag in meinem Nacken, sein Daumen strich dabei seitlich über meinen Hals. Das verführerische Spiel seiner Lippen brachte mich zum Schmelzen, und als seine Zungenspitze sanft in meinen Mund glitt, trieb mich jede einzelne Zelle meines Körpers in den Wahnsinn. Ryle setzte etwas zwischen uns in Gang, von dem ich nie genug bekommen würde und das durch die Umstände trotzdem zum Scheitern verurteilt war. Wenn ich in zwei Tagen in die Wirklichkeit zurückkehren musste, würde Ryles Abwesenheit sich wie ein riesiges klaffendes Loch anfühlen. Dieser Kuss brachte uns unwiderruflich einander näher und würde mir den Abschied ohne Zweifel unfassbar schwer machen. Dennoch zählte er schon jetzt zu einem der schönsten und intensivsten Momente meines Lebens und ich wollte ihn um nichts in der Welt wieder hergeben.

23

Ich hatte jegliches Zeitgefühl verloren. Jedes Mal, wenn wir uns voneinander lösten und uns in die Augen sahen, fanden wir kurz darauf wieder zusammen. Inzwischen saßen wir im Fußraum des Bootes, ich auf Ryles Schoß. In den Augenblicken, in denen wir uns nicht küssten, klammerten wir uns aneinander. Die Art, wie fest er mich hielt, ließ mich spüren, dass er sich ebenfalls über unsere begrenzte gemeinsame Zeit bewusst war.

Warum konnte er nicht ein ganz normaler Junge sein, mit dem eine alltägliche Beziehung möglich war? Er reiste von Ort zu Ort, immer weiter, ohne Pause. Da draußen gab es Millionen Mädchen, die für ihn schwärmten. Ryle führte ein Leben in der Öffentlichkeit, das es nahezu unmöglich machte, sich frei auf der Straße zu bewegen. Und genau diese Umstände standen unserer gemeinsamen Zukunft im Weg, obgleich sie es auch waren, die uns zusammengeführt hatten. Ohne all das wären wir uns nie begegnet.

»Wir sollten zurückrudern«, sagte ich, als die Stille sich ausbreitete. »Du musst morgen fit sein.«

Ryle seufzte. »Ich will noch nicht schlafen. Ich will diesen Tag mit dir bis zur letzten Sekunde auskosten.«

Vielleicht hatte er recht und ich sollte unsere verbleibende Zeit einfach genießen. Es zählte das Hier und Jetzt. In diesem Augenblick waren Ryle und ich zusammen und das konnte mir niemand mehr nehmen.

Ich lehnte mich mit dem Rücken an ihn. Da schlang er seine Arme um mich und vergrub das Gesicht in meinem Haar.

»Lynn, ich ...« Er stockte und atmete hörbar aus. »Ich wünschte, ich könnte für dich da sein.«

Meine Kehle brannte. »Heute bist du es«, flüsterte ich.

Ich legte meinen Kopf zurück auf seine Schulter und sah zum Sternenhimmel hinauf, während er mit den Lippen seitlich über meinen Hals strich und mir am ganzen Körper eine Gänsehaut bescherte. Er weckte ein Verlangen in mir, das ich in dieser Intensität noch nie empfunden hatte. Ich musste auf Abstand gehen, um mich nicht komplett an ihn zu verlieren.

»Wie weit bist du mit dem Song?«, fragte ich, rückte von ihm ab und setzte mich ihm zugewandt hin.

»Die Melodie steht, nur den Text muss ich noch ergänzen.«

»Kann ich dir helfen?«, fragte ich.

Ryle lächelte. »Das hast du schon. Ohne dich gäbe es diesen Song nicht.«

Ich erwiderte sein Lächeln. »Schafft er es mit auf das Album?«

Er nickte. »Wir brauchten noch einen Song. Und wenn du mich fragst, wird er sogar der beste sein.«

Ich sah auf meine Armbanduhr. »Es ist gleich Mitternacht. Spielst du mir die Melodie noch mal vor? Ich rudere inzwischen zurück.« Ohne seine Antwort abzuwarten, setzte ich mich auf die mittlere Sitzbank, nahm die Ruder auf und brachte das Boot in Bewegung.

Ryles Gestalt war ins matte Licht des Mondes getaucht. Er sah mich nachdenklich an. »Ich will nicht, dass es endet.«

»Wir können die Zeit nicht aufhalten. Ob wir es wollen oder nicht, gleich beginnt ein neuer Tag.«

Er nahm auf der hinteren Sitzbank Platz und griff zur Gitarre. Dieses Mal spielte er das Stück langsamer und gab ihm dadurch einen Hauch von Melancholie, die mir beim Zuhören fast das Herz zerriss. Ich wurde mir der Stille bewusst, die uns umgab. Kein Straßenlärm, keine Stimmen, kein Vogelgezwitscher. Einzig das Geräusch, das die Paddel beim Eintauchen ins Wasser verursachten, und Ryles Gitarre waren zu vernehmen.

Als er aufhörte zu spielen, war das unwiderrufliche Ende unseres gemeinsamen Tages gekommen. »Das klang wunderschön«, hauchte ich.

»Ich werde das Lied *Midnightsong* nennen«, sagte Ryle, bevor er die Gitarre in den Koffer legte und diesen verschloss.

Sein Blick schweifte zu den Lichtern des Campingplatzes, dem wir uns langsam näherten. Er stand auf, nahm mir ein Ruder aus der Hand und setzte sich neben mich, sobald ich etwas zur Seite gerückt war. Gemeinsam erreichten wir ein höheres Tempo und schließlich legten wir wieder am Steg an.

Schweigend kehrten wir zum Bus zurück. Während Ryle die Nachtruhe nutzte, um ungestört duschen zu gehen, kroch ich in den Schlafsack und schaute eine Weile durch das Fenster zum Nachthimmel. Als Ryle sich später zu mir legte, bekam ich das nur noch vage im Halbschlaf mit. Ich träumte, wie ich in einem Boot saß, das auf einen Wasserfall zutrieb. Am Ufer standen unzählige jubelnde Mädchen, nur eine, die ich als Irina erkannte, wirkte starr und ernst. Hinter ihr bemerkte ich Olivia, die sich abwandte und davonging, ehe die wilde Strömung mein Boot erfasste und der Wasserfall mich mit sich in die Tiefe riss.

Nachdem ich aus dem Traum aufgeschreckt war, lag ich eine Zeit lang wach und betrachtete Ryles Gesicht, das ich durch das Licht einer am Weg stehenden Laterne erkennen konnte. Er lag mir zugewandt, schlief tief und fest, und hielt dabei meine Hand. Seine gleichmäßigen Atemzüge beruhigten mich und ließen mich wieder in einen leichten Schlaf gleiten. Doch bereits in der Morgendämmerung weckte mich Ryles Handy mit einer sanften Melodie.

Er grummelte, drückte die Weckfunktion aus und schmiegte sich in der deutlichen Absicht, weiterzuschlafen, an mich.

»Wir müssen aufstehen«, flüsterte ich.

Ryle murmelte etwas Unverständliches und vergrub sein Gesicht in meiner Halsbeuge. Mir wurde augenblicklich heiß.

»Du darfst nicht zu spät zum Shooting kommen«, sagte ich und rüttelte ihn sanft, um ihn munter zu bekommen.

Er lehnte den Kopf zurück und sah mich aus müden Augen an. Dabei strich er mir zärtlich eine Haarsträhne aus dem Gesicht, ohne zu ahnen, wie mich diese beiläufige Geste aufwühlte.

»Hi.« Er lächelte.

»Hi.« Ich öffnete meinen Schlafsack und setzte mich auf. Um zur Tür zu gelangen, wollte ich über Ryle hinwegklettern. Da hielt er mich fest, sodass ich auf ihm zum Liegen kam.

»Tu das nicht«, sagte er, als ich mich umgehend aufzuraffen versuchte. Er schlang die Arme um mich. »Lauf nicht wieder vor mir weg.«

Ich stockte in der Bewegung und sah ihn an, spürte seine Enttäuschung. Ergeben ließ ich mich mit meinem vollen Körpergewicht auf ihn sinken und hielt ihn ebenso wie er mich. »Das ist mein Reflex zum Selbstschutz«, erklärte ich.

»Heißt das, du hast Angst vor mir?«

»Ich habe Angst, dass ich mich zu sehr an das hier gewöhne und es dann umso mehr brauche.«

Er vergrub eine Hand in meinem Haar und presste seine Schläfe gegen meine. »Wir verdienen eine Chance, Lynn. Wir müssen sie nur ergreifen.«

Ich küsste ihn auf die Wange und löste mich nebenbei aus

seinen Armen. »Wir sollten ehrlich zueinander sein. Siehst du wirklich einen gemeinsamen Weg für uns?«

Ryle stützte sich auf die Unterarme. Er öffnete die Lippen, um etwas zu erwidern, blieb aber stumm.

Mit einem Ruck schob ich die Wagentür auf und stieg aus dem Bulli. Es ging kein Luftzug. Stille umfing mich. Die Wasseroberfläche des Sees war spiegelglatt. Es kam mir vor, als wartete die Natur mit angehaltenem Atem auf den Sonnenaufgang, der sich bereits mit gebündelten Lichtstrahlen am Horizont ankündigte.

Ich ging zum Kofferraum, nahm meine Zahnbürste und gab Zahnpasta darauf. Ryle gesellte sich zu mir und putzte sich ebenfalls die Zähne. Er wirkte nachdenklich.

Nachdem ich mir den Mund gespült hatte, reichte ich ihm die Wasserflasche. Er spuckte das Wasser aus, wischte sich mit dem Handrücken über den Mund und setzte sich auf die Kante des Kofferraums.

»Komm her«, forderte er mich auf, fasste mich an den Hüften und zog mich zwischen seine Beine. »Um zu deiner Frage von vorhin zurückzukommen: Ich kann noch keinen Weg für uns sehen, aber vielleicht finden wir einen, wenn wir gemeinsam danach suchen.«

Tanzende Funken füllten meine Brust. Ich fuhr ihm mit der Hand durch sein dichtes, weiches Haar und lehnte meine Stirn an seine. Da stand er auf, drängte mich ein wenig zurück und hob mich auf seine Arme. Ich schlang die Beine um seine Mitte und die Hände um seinen Hals. Unsere Lippen fanden sich zu einem intensiven Kuss, bei dem ich in einem Strudel von Gefühlen versank und nie wieder auftauchen wollte.

24

Nach einer fast fünfstündigen Fahrt erreichten wir in Beaverton unser Ziel. Als ich das Logo des Sportartikelherstellers auf dem hochmodernen Gebäudekomplex prangen sah, erkannte ich erst, mit welchem Firmenimperium Ryle einen Werbedeal abgeschlossen hatte.

Der Pförtner war ein junger Mann, der Ryle überschwänglich die Hand schüttelte und ihn aus dem Bus heraus um ein gemeinsames Selfie bat. Anschließend gewährte er uns durch eine Schranke die Einfahrt aufs Firmengelände. Er lief vor dem Wagen her und lotste uns auf einen gesonderten Parkplatz, wo Mr Stinger uns wenige Minuten später abholte.

»Im Studio ist alles vorbereitet«, ließ er Ryle wissen, nachdem er uns begrüßt hatte. Er bemerkte den Folienverband auf Ryles Arm. »Was ist das?«

»Wonach sieht es denn aus?«, antwortete Ryle mit einer Gegenfrage.

»Das nenne ich mal schlechtes Timing. Musstest du dir das Tattoo ausgerechnet vor dem Shooting zulegen?«

»Die Haut ist kaum noch gerötet. Außerdem können die das wegretuschieren oder ich ziehe einfach ein langärmeliges Oberteil an.«

Mr Stinger grummelte etwas Unverständliches, legte ihm die Hand auf den Rücken und drängte ihn vorwärts.

»Irinas Manager und ich haben eine Vereinbarung getroffen. Er wird heute Abend mit ihr nach Seattle kommen, wo ihr euch gemeinsam vor der Presse zeigen werdet. Glücklicherweise hat sie nicht von euch als Paar gesprochen und vor dem Reporter nur zugegeben, dass ihr euch hin und wieder trefft. Also wurde euch euer Beziehungsstatus von den Medien aufgedrückt, worüber ihr öffentlich lächeln und euch dann gemeinschaftlich als gute Freunde ausgeben werdet.«

Ryle schüttelte den Kopf. »Was für ein Theater. Dir ist klar, dass ich im Vergleich zu Irina kein Schauspieler bin, oder?«

»Es ist eine Möglichkeit, euch beide aus der Sache herauszubekommen, ohne dass euer Ansehen darunter leidet. Zieh es einfach durch, damit wir das abhaken können.«

»Bleibt mir denn eine Wahl? Ich hoffe bloß, dass ich danach meine Ruhe habe.«

»Ich bereite derzeit unsere Promotion-Tour durch Europa und Asien vor. Wie es aussieht, kann es in sechs Wochen direkt nach dem letzten Konzert losgehen. Für England, Frankreich, Deutschland und Italien habe ich die Verträge für diverse Auftritte in Liveshows schon unterschrieben. Wir werden also eine ganze Weile außer Landes sein, und bis wir zurückkommen, haben sich die Wogen um Irina und dich geglättet und die Presse hat jemand anderes im Fokus.«

Es passierte bereits jetzt. Ich spürte ein Stechen im Herzen und einen dumpfen Druck im Magen. Ich vermisste Ryle, obwohl er noch bei mir war. Allein das Wissen, dass er bald wieder unerreichbar für mich sein würde, hinterließ ein niederschmetterndes Gefühl in der Brust und ich verlangsamte kraftlos meine Schritte.

Ryle sah mich mit unergründlicher Miene an. Ich konnte seinem Blick gerade nicht standhalten und tat daher so, als würde ich die Umgebung bestaunen. Eigentlich hatte ich mit einem Bürogebäude und einer Werkshalle gerechnet, aber was sich mir hier präsentierte, war eine eigene kleine Stadt. Das riesige Gelände war in einer aufwendigen Parklandschaft gestaltet. Es gab wundervoll angelegte Blumenbeete, zugeschnittene Hecken und Sträucher, unterschiedliche Sportplätze, ein Wäldchen und sogar einen See. Auf Terrassen ließen es sich Leute im Schatten von Sonnenschirmen gut gehen, wobei ich nicht sagen konnte, ob es sich dabei um Angestellte oder Touristen handelte. Die einzelnen Gebäude übertrumpften sich gegenseitig in ihrer modernen Architektur, die von extravaganten Formen, Außentreppen und Fensterfronten geprägt war. Ryle konnte das alles gar nicht richtig wahrnehmen, weil er nun unentwegt zu Boden sah und sein Basecap ihm zusätzlich die Sicht nahm.

Ich blieb stehen und holte die Kamera aus dem Rucksack, um ein paar Erinnerungen festzuhalten.

»Lynn?«

Ryle bemerkte mein Zurückbleiben sofort und wartete auf mich. Als ich wieder zu ihnen aufschloss, nahm er wie selbstverständlich meine Hand.

»Das ist keine gute Idee«, sagte Mr Stinger und sah sich skeptisch um.

Ich ließ Ryle los, was dieser mit einem Seufzen kommentierte.

Mr Stinger stieg vor uns an einem Gebäude die Außentreppe hinauf und klopfte oben angekommen gegen eine zweiflügelige Stahltür. Er sah in eine Überwachungskamera, die sich neben der Tür befand. Kurz darauf erklang ein elektrisches Surren und wir konnten eintreten.

»Herzlich willkommen.« Eine Frau mit sehr kurzen Haaren kam auf uns zu. Sie trug ein kunterbuntes knielanges Kleid, dazu weiße Sportschuhe und goldene Creolen. »Mein Name ist Christina Walsh. Ich bin die Marketingleiterin des Unternehmens.« Ihr Händedruck war auffällig fest und unterstrich ihr selbstbewusstes Auftreten. »Ich hoffe, Sie hatten eine gute Anreise?«

»Danke, die hatten wir«, erwiderte Ryle.

Sie sah auf ihre Armbanduhr. »Möchten Sie noch etwas essen und trinken, bevor wir loslegen?«

Ryle sah mich an. »Hast du Hunger?«

Ich schüttelte den Kopf, denn ich hatte im Auto die Chipstüte fast allein geleert und war pappsatt.

Er wandte sich ihr wieder zu und lehnte ebenfalls ab.

»Wir haben im Nebenraum ein Buffet aufgebaut. Dort können Sie sich jederzeit bedienen«, sagte sie, lächelte und klatschte in die Hände. »Dann würde ich sagen, wir fangen an. Zuerst geht es in die Maske. Wir haben verschiedene Outfits vorbereitet.« Sie lief voran. »Im Übrigen konnten wir Magnus Peterson für die Kampagne gewinnen. Er ist schon vor Ort und bereitet das Set vor.«

»Magnus Peterson?«, sagte ich mehr zu mir selbst und war daher überrascht, als sich alle zu mir umsahen.

»Kennen Sie ihn?«, erkundigte sich Christina Walsh.

»Ja, ich meine, nein, also, nicht persönlich. Ich bewundere seine Arbeit.«

Ryle ließ sich zu mir zurückfallen und legte mir beim Gehen lässig den Arm um die Schultern. »Magnus hat die Jungs und mich vor ein paar Wochen für ein Magazin abgelichtet. Ich kann dich gern mit ihm bekannt machen.«

Ich sah ihn mit großen Augen an und nickte überschwänglich.

Er lachte. »Hey, du bist ja ein richtiges Groupie. Dir ist schon klar, dass er über sechzig ist?«

»Ich stehe nicht auf den Mann, sondern auf seine Fotografien«, erwiderte ich und stieß ihm mit dem Ellenbogen sanft gegen die Rippen.

Ryle zuckte gespielt zusammen, winkelte seinen Arm an meinem Nacken an, presste mich dadurch an sich und küsste mich auf die Schläfe.

Mr Stinger drehte sich zu uns um und schmunzelte über unsere Neckerei, ehe er sich besann und besorgt die Stirn in Falten legte.

Wir betraten einen Raum, der einem begehbaren Kleiderschrank glich. Regale mit Sportschuhen und Sneakers in allen Farben säumten die Wände. Bewegliche Kleiderständer waren in Freizeit- und Fashionlooks sortiert. An einem Schminktisch, dessen Spiegel von Neonlampen beleuchtet war, wartete eine Visagistin auf Ryle.

»Bleib in der Nähe, okay?«, flüsterte er mir ins Ohr, nahm den Arm von meinen Schultern und ging zu ihr.

Mr Stinger setzte sich auf eine gelbe Couch und telefonierte. Ich lief die Regale ab und betrachtete die Schuhe.

»Sie können sich gern ein Paar Schuhe aussuchen«, sagte Christina Walsh und deutete auf die unterschiedlichen Sneakers zu meiner Linken. »Tess bringt Ihnen dann Ihre Größe.« Sie winkte ein Mädchen heran, das ungefähr in meinem Alter war. Dann wandte sie sich ab, bevor ich ihr etwas erwidern konnte.

»Ich brauche keine Schuhe«, flüsterte ich Tess zu.

»Keine falsche Scheu«, erwiderte sie. »Zu solchen Anlässen werden immer welche verschenkt.«

»Eigentlich gehöre ich gar nicht richtig dazu«, erklärte ich. »Ich begleite nur gerade die Band.«

»Na, schon entschieden?«, fragte Mr Stinger, trat neben mich und nahm die Sneakers ebenfalls in Augenschein.

Ich sah von ihm zu Tess. Sie zuckte mit den Schultern und lächelte.

»Die große Auswahl macht es einem nicht leicht«, sagte er.

»Was soll's, ich nehme diese.« Er nahm ein weißes Paar heraus und überreichte es Tess, woraufhin mich beide erwartungsvoll ansahen.

»Ähm, ich …« Mein Blick raste über die aneinandergereihten Schuhe und blieb an schwarz-weißen Sneakers hängen. »Diese gefallen mir.«

Nachdem wir Tess unsere Größen mitgeteilt hatten, ging sie davon.

Mr Stinger kehrte zum Sofa zurück. Mir fiel auf, dass er mich beobachtete. Daher vermied ich es, mich zu ihm zu setzen, und sah mich weiterhin bei den Regalen um, bis Tess zurückkam und mir ein Paar Schuhe in meiner Größe übergab. Ich probierte es an und nickte. Die Sneakers fühlten sich federleicht an, weshalb ich beschloss, sie gleich anzubehalten. Meine alten Schuhe stopfte ich in den Rucksack und bemerkte abermals Mr Stingers Blick. Der Karton, den Tess neben ihn auf die Lehne des Sessels gestellt hatte, fand von ihm keine Beachtung. Was dachte er? Hatte ich etwas falsch gemacht?

Ryle war inzwischen fertig gestylt und zog sich hinter einer Trennwand um. Als er hervorkam, trug er eine verschlissene Jeans, ein schwarzes T-Shirt und dazu weinrote Sneakers. Seine Haare waren wild zerzaust, als wäre er in einen Sturm geraten. In meinen Fingern begann es augenblicklich zu kribbeln.

Er kam zu mir, ergriff meine Hände, trat dicht an mich heran und senkte den Kopf. »Ich wäre jetzt gern wieder mit dir am See«, flüsterte er. Dabei streifte er mit den Lippen mein Ohr und ich spürte diese sanfte Berührung bis in die Zehenspitzen.

»Immer mir nach«, forderte Christina uns schmunzelnd auf. Sie lief an uns vorbei und wir folgten ihr.

Mr Stinger ging neben ihr und drehte sich kurz zu uns um. Ihm entging nicht, dass Ryle mich an der Hand hielt, und das veranlasste ihn zu einem kaum wahrnehmbaren Seufzen.

Ich wollte Ryle daraufhin loslassen, doch er gab meine Hand nicht frei. »Hier sind keine Touristen, Lynn. Und die Mitarbeiter sind professionell. Es ist alles gut.« Er zwinkerte mir zu und lächelte schief. Als ich ihm mit einem verunsicherten Blick antwortete, wurde er langsamer und ließ sich mit mir zurückfallen. »Am liebsten würde ich dich jetzt hochheben, mit dem Rücken gegen die Wand drücken und küssen«, flüsterte er. »Ich möchte dich berühren und gebe mir wirklich Mühe, mich zurückzuhalten. Also lass mir wenigstens deine Hand, damit ich spüre, dass du noch bei mir bist.«

Bei der Vorstellung, wie er mich gegen die Wand drückte, fühlte ich eine Hitzewallung im Bauch. Ich merkte, dass ich rot wurde, drückte seine Hand und lehnte mich zusätzlich beim Gehen mit dem Arm gegen seinen.

»Kommt ihr?«, rief Mr Stinger. Er hielt uns eine Tür auf, und wir betraten eine Halle, an deren Ende eine große grüne Leinwand aufgebaut war, durch die man die Fotos beim Bearbeiten mit verschiedenen Hintergründen ausstatten konnte. Allerlei Studioleuchten und Reflektoren waren auf das Setting gerichtet. Davor standen etliche Leute, unter denen ich Magnus Peterson mit seinen weißen, zum Zopf gebundenen Haaren sofort erkannte.

Er und Mr Stinger begrüßten sich auf eine herzliche und vertraute Weise. Ryle klopfte er auf die Schulter.

»Ich würde dich gern mit Lynn bekannt machen«, sagte Ryle, nachdem sie kurzen Small Talk gehalten hatten. »Sie ist ebenfalls Fotografin und steuert Fotos für unser CD-Booklet bei.«

Magnus Peterson reichte mir die Hand und ich brachte vor Aufregung kein Wort heraus. Sicherlich bemerkte er, dass ich zitterte.

»Ich weiß, man sollte einer Dame diese Frage nicht stellen.

Gestatten Sie es mir trotzdem und verraten mir, wie alt Sie sind?«

»Achtzehn.«

Er hob die Augenbrauen und sah zu Mr Stinger. »So jung und schon einen großen Auftrag an Land gezogen.« Er schien beeindruckt.

»Auf Empfehlung von Ryle«, erwiderte dieser.

»Haben Sie vielleicht Lust, mir bei den Aufnahmen zu assistieren?«, fragte Magnus und musterte mich.

»Sehr gern.« Ich strahlte Ryle an und folgte Magnus Peterson zum Set.

Ryle war auch als Fotomodel ein Profi. Er benötigte kaum Anweisungen, war konzentriert und lieferte immer neue Posen. Selbst mit seiner Miene verstand er es zu spielen. Sein Gesichtsausdruck war ernst, dann cool, freundlich, aufgeschlossen, nachdenklich. Er setzte auch einen Blick auf, bei dem *ich* am liebsten zu ihm gegangen wäre, um *ihn* gegen die Wand zu drücken.

In den Pausen, in denen er das Outfit wechselte, besprachen Christina, Mr Stinger, Magnus und ich an einem Monitor die bisherigen Aufnahmen. Zudem stellte ich die Softboxen neu ein und hielt während des Fotografierens den goldenen Reflektor.

Als das letzte Foto nach vier Stunden im Kasten war, setzte Ryle sich erschöpft an Ort und Stelle auf den Boden und stützte sich auf die Unterarme. Ich lachte und ich ging zu ihm, um ihm aufzuhelfen. Da zog er mich zu sich hinunter. Beim Versuch, ihm zu entkommen, schlang er von hinten die Arme um mich und hielt mich fest, sodass ich zwischen seinen ausgestreckten Beinen zum Sitzen kam und mit dem Rücken an ihm lehnte.

»Das ist ein tolles Motiv«, sagte Christina. »Ihr tragt gerade ähnliche Sneakers. Könnten wir noch ein paar gemeinsame Fotos von euch machen?«

»Klar«, erwiderte Ryle, bevor ich realisiert hatte, was sie vorhatte.

Ehe ich mich's versah, reichte man mir ein Shirt, das ich über mein eigenes zog. Wir achteten darauf, dass ich nicht zu erkennen war. Entweder stand ich mit dem Rücken zur Kamera oder drehte das Gesicht von ihr weg. Mit der Zeit vergaß ich beinahe, dass wir fotografiert wurden. Ryle und ich schäkerten herum. Wir konnten uns berühren, sollten es sogar. Ich fühlte mich mit ihm so unsagbar wohl, und er ließ mich spüren, dass es sich bei ihm mit mir genauso verhielt. Doch als mein Blick zufällig auf Mr Stingers ernste Miene fiel, war es mit der Leichtigkeit vorbei und ich verkrampfte zunehmend.

Nachdem das Shooting endgültig beendet war, ging Ryle sich umziehen. Ich trat zu Magnus Peterson, um mich zu verabschieden.

»Vielen Dank für das aufregende Erlebnis«, sagte ich. »Es hat mir großen Spaß gemacht.«

Er lächelte und reichte mir seine Visitenkarte. »Falls ich mal etwas für Sie tun kann, schreiben Sie mir eine Mail.«

Ich starrte ungläubig auf die Karte. »Danke. Ich weiß nicht, was ich sagen soll. Das bedeutet mir wirklich viel.«

»Sehen wir uns zur Gala in New York?«, fragte Mr Stinger, als er zu uns trat.

»Leider nicht, da bin ich in Asien unterwegs«, entgegnete Magnus.

Die beiden verabschiedeten sich genauso herzlich, wie sie sich begrüßt hatten. Anschließend legte Mr Stinger mir die Hand auf den Rücken und führte mich aus der Halle.

»Wir müssen uns unterhalten«, sagte er und entfachte sofort ein ungutes Gefühl in meinem Magen. In dem Vorzimmer stand ein Tisch mit Stühlen, an dem wir uns niederließen. Ich wartete darauf, dass er etwas sagte. Aber er saß einfach da und musterte mich.

»Ich habe sieben Bilder für das Booklet fertiggestellt«, ließ ich ihn wissen, zog hektisch mein Handy aus der Hosentasche und öffnete die Datei, um sie ihm zu zeigen.

Er warf einen kurzen und dennoch intensiven Blick darauf und nickte. »Die sind super. Dann ist Ihre Arbeit also beendet.«

Ich wusste nicht, ob das eine Feststellung oder eine Frage war. Würde er mich jetzt nach Hause schicken?

»In Seattle lassen sich bestimmt noch tolle Motive finden«, sagte ich schnell, als er wieder zum Reden ansetzte.

»Die Bilder sind vollkommen ausreichend«, erwiderte er. »Mehr benötigen wir nicht.«

Ich biss mir auf die Lippe und senkte den Blick. Das war's also. Wenn ich ehrlich zu mir war, spielte es sowieso keine Rolle mehr. Ob nun heute oder übermorgen, der Abschied stand unmittelbar bevor.

Mr Stinger legte die Unterarme auf den Tisch und beugte sich zu mir vor. »Was erhoffen Sie sich hiervon, Lynn?«

Ich sah ihn an. »Es wäre nett, wenn Sie mir ein Empfehlungsschreiben für die Uni ausstellen könnten.«

Er legte die Stirn in Falten und setzte sich wieder aufrecht. »Natürlich. Jedoch meinte ich in Bezug auf Ryle.«

Ich hielt mich am Stuhl fest. »Nichts.«

Er verengte die Augen. Die Falten auf seiner Stirn wurden tiefer. »In sechs Wochen ist die Tour vorbei und wir kehren Amerika für eine ganze Weile den Rücken.«

Ich schluckte und nickte.

»Die Jungs sind für Ryle wie eine Familie. Er wird sie nicht hängen lassen.«

Nun war ich diejenige, die die Stirn runzelte. »Worauf wollen Sie hinaus?«

Er atmete tief durch. »Ich habe Ryle in einer Phase seines Lebens kennengelernt, in der er es nicht leicht hatte.«

»Ich weiß«, sagte ich. »Ryle hat Ihnen viel zu verdanken. Sie haben ihn gerettet.«

Mr Stinger ließ sich nach hinten gegen die Lehne fallen. »Er hat Ihnen davon erzählt?« Die Überraschung war seiner Stimme deutlich anzuhören.

»Ich werde es für mich behalten. Sie können sich auf mich verlassen«, versicherte ich ihm.

»Wenn Ryle Ihnen vertraut, tue ich es auch. Dadurch wird die Sache allerdings komplizierter, als ich dachte.« Er strich sich über den kurz rasierten Kopf, sah aus dem Fenster und ließ den Blick in die Ferne schweifen. »Sie werden ihm fehlen, Lynn. Und ich fürchte mich schon jetzt davor, das mit ansehen zu müssen.«

Ich hatte keine Ahnung, was ich ihm darauf erwidern sollte. Zum ersten Mal sah ich in ihm nicht den Geschäftsmann. Er hatte gerade nicht als Ryles Manager, sondern als sein Freund zu mir gesprochen.

»Für mich wird es schwieriger«, sagte ich schließlich.

Er schüttelte den Kopf. »Ryle musste schon viele Verluste ertragen und kann daher nur schwer damit umgehen.«

Ich spürte einen Stich in der Brust. »Was erwarten Sie von mir?«

Er ergriff meine auf dem Tisch liegende Hand und drückte sie. »Beenden wir das Formelle. Nenn mich Mark.« Zögerlich lächelnd stand er auf. »Wir können alles nur noch auf uns zukommen lassen und müssen sehen, was passiert.« Mit diesen Worten wandte er sich ab und ging.

25

Portland war nur fünfzehn Minuten von Beaverton entfernt. Mark war mit uns in dem alten Bus gefahren, den wir im Parkhaus des Flughafens abholbereit für die Autovermietung zurückließen. Uns erwartete ein Privatjet, um uns nach Seattle zu fliegen, wo wir wieder mit der gesamten Crew zusammentreffen sollten. Am Abend fand eine Pressekonferenz statt, bei der Ryle sich mit Irina zeigen würde, um den Reportern eine enge Freundschaft glaubhaft zu machen. Er schien sich nicht weiter damit zu befassen, denn er schlief, seit wir von der Landebahn abgehoben waren. Ich hingegen machte mir darüber Gedanken, wie die Begegnung der beiden ablaufen würde. Ob Irina darum kämpfen würde, dass Ryle ihr noch eine Chance gab?

Mark saß uns am Tisch gegenüber und arbeitete an seinem Laptop. Ich konnte nicht sagen, ob es daran lag, dass wir uns jetzt duzten – auf jeden Fall fühlte ich mich in seiner Gegenwart nicht mehr so unterlegen.

Da mein Handy im Flugmodus war, würde Emily meine Nachricht erst später erhalten. Dennoch schrieb ich ihr und berichtete über den bisherigen Tag.

Ryle saß neben mir, sein Atem ging gleichmäßig und sanft. Ich sah ihn unentwegt an, versuchte, mir jedes Detail in seinem Gesicht einzuprägen, um mich später daran erinnern zu können. Seine Haut war rein und eben, seine Unterlippe voller als die Oberlippe, auf der Schläfe hatte er einen kleinen

Leberfleck. Die dunklen Wimpern bildeten an seinen geschlossenen Lidern einen dichten Halbmond. Ich durfte gar nicht daran denken, dass morgen, an seinem Geburtstag, unser letzter gemeinsamer Tag war. Es war mir wichtig, ihm etwas Besonderes zu schenken. Im besten Fall etwas, das ihn an mich erinnern würde. Und bei diesem Gedanken kam mir eine Idee.

Nach einer knappen Stunde Flugzeit setzten wir zur Landung an. Durch die Ansage des Piloten wurde Ryle wach. Er bemerkte meine Anspannung, ergriff meine Hand, mit der ich mich am Tisch festhielt, und lehnte sein Bein gegen meines.

»Geht es?«, fragte er.

Ich nickte. »Langsam gewöhne ich mich an die Fliegerei. Aber ich bin trotzdem froh, wenn wir wieder sicher gelandet sind.«

»Wir müssen durch das Flughafengebäude«, informierte uns Mark. »Bruce holt uns am Gate ab und draußen steht dann ein Wagen bereit.« Er sah auf seine Armbanduhr. »Die Pressekonferenz findet im Hotel statt. Die Jungs sind schon vor Ort und haben angeboten, dir bei Irina zur Seite zu stehen. Dafür solltest du dich bei Gelegenheit mal bei ihnen revanchieren.«

»Das mache ich sofort«, erwiderte er und grinste breit. »Ich habe den letzten Song fertig geschrieben.«

Mark hielt den Daumen nach oben. »Ich werde gleich einen Termin im Studio vereinbaren und alles in die Wege leiten.« Er griff zum Handy und begann zu telefonieren, obwohl wir mitten im Landeanflug waren.

Später erwartete uns Bruce wie abgemacht am Gate. Er begrüßte Ryle und mich mit einer halben Umarmung und schüttelte Mark die Hand. Anschließend lief er voran, wir mit unserem Gepäck hinterher. Ryle trug Basecap und zusätzlich seine Kapuze, dennoch wurde er von einem Passanten erkannt und fotografiert. Das Verhalten des Mannes blieb von anderen nicht unbemerkt, die ebenfalls ihre Handys zückten. Die meisten Leute hielten anstandshalber Abstand, doch kurz bevor wir den Ausgang des Flughafengebäudes erreichten, wurden drei Mädchen, die etwa in meinem Alter waren, auf Ryle aufmerksam und rannten kreischend auf ihn zu.

»O Mann, wie ich diesen Sound vermisst habe«, stieß Bruce zynisch aus und hielt die Mädchen mit ausgebreiteten Armen auf. Eine von ihnen entwischte ihm und fiel Ryle ungebremst um den Hals. Er fing sie auf, bevor er sie höflich und gleichzeitig bestimmt von sich wegzuschieben versuchte. Sie krallte sich jedoch an ihm fest und schrie ihm dabei unentwegt ins Ohr.

Ich stand da wie erstarrt und wollte gar nicht erst wissen, wie Ryle sich fühlte. Das Mädchen zitterte am ganzen Leib, während er sich nochmals aus ihrer Umarmung löste und ruhig auf sie einredete. Mark zwängte sich zwischen die beiden, woraufhin sie zu schluchzen begann. Das Szenario endete damit, dass Ryle den drei Mädchen ein gemeinsames Foto anbot und ihre Rucksäcke und Handyhüllen signierte. Mittlerweile hatte sich eine Traube von Menschen um uns gebildet und Sicherheitsleute des Flughafens kamen herbeigeeilt. Erst mit ihrer Hilfe schafften wir es, nach draußen zu dem wartenden Van zu gelangen. Als wir losfuhren, atmeten wir alle erleichtert aus.

»Bist du okay?«, erkundigte sich Bruce, der neben dem Fahrer Platz genommen hatte, bei Ryle.

»Ja, ich hab nur ein paar Kratzer«, erwiderte er, hob den Arm und betrachtete die roten Striemen, die unterhalb seines hochgestreiften Pulloverärmels über die Haut verliefen.

Ich saß zwischen ihm und Mark. »Du kannst froh sein, dass deine frische Tätowierung verschont geblieben ist«, sagte ich, nachdem ich seinen anderen Arm ergriffen und auf der freien Hautstelle nach Verletzungen gesucht hatte.

»Alles gut bei dir?«, fragte er mich.

Ich sah ihn an. Er war gerade bedrängt worden und machte sich tatsächlich um mich Sorgen. Natürlich war es für mich seltsam gewesen, zusehen zu müssen, wie dieses Mädchen mit Ryle auf Körperkontakt ging. Ich hatte eine ähnliche Situation ja schon am Flughafen in Chicago erlebt, aber dieses Mal waren die Jungs nicht bei ihm gewesen, er hatte den Tumult ganz allein verursacht.

Mit einem Schlag war mir wieder bewusst, wie berühmt Ryle war. Ich würde ihn immer mit anderen teilen müssen. Ein normales Leben war ihm nicht möglich, doch genau das war es, was ich mir mit ihm wünschte. Ich hatte Ziele und wollte Kontrolle über mein Leben haben. An Ryles Seite würde ich sie unweigerlich verlieren.

»Lynn?« Er nahm meine Hand, sein Blick wurde durchdringender.

Ich wandte mich ab und sah gedankenverloren aus dem Fenster. »Mir geht's gut«, erwiderte ich zögerlich und überzeugte ihn damit wahrscheinlich genauso wenig wie mich selbst.

»Warum habe ich dann das Gefühl, dass du mir gerade wieder entgleitest?«, flüsterte er, ließ meine Hand los, legte den Arm um mich und zog mich an sich.

Bruce drehte sich zu uns um und Mark räusperte sich neben mir. »Schaut mal, Magnus hat mir ein paar Bilder vom Shooting gesendet.« Er gab mir sein Smartphone und ich reichte es an Ryle weiter.

»Darf ich mir die schicken?«, fragte er, während er sie bereits an sich weiterleitete.

Wir fuhren entlang der weitverzweigten Meeresbucht und

hielten uns in Richtung des Metropolbereiches. Mir gefiel, wie grün das Stadtgebiet von Seattle mit seinen vielen Parks war. Ich wusste, dass Microsoft und Amazon hier mit ihren Hauptsitzen angesiedelt waren. Als Verkehrsknotenpunkt war die Stadt ein wichtiges wirtschaftliches Zentrum.

Am meisten beeindruckte mich der hohe Aussichts- und Restaurantturm – Space Needle, Seattles Wahrzeichen. Wir fuhren direkt daran vorbei, und ich lehnte mich über Ryle hinweg zum Fenster, um zu der Plattform hinaufschauen zu können. Der futuristische Bau erinnerte mich an ein Raumschiff.

»Die Kuppel dreht sich«, stellte ich fest und deutete hinauf. »Wahnsinn, in dem Restaurant hat man einen Rundumblick über die ganze Stadt.« Ich lehnte mich wieder zurück und sah ihn an. »Warst du schon mal da oben?«

Er schüttelte den Kopf.

»Wir sind da«, sagte Mark, als der Van im selben Moment in die Tiefgarage eines Wolkenkratzers fuhr. »Irina ist vor Ort. Bevor ihr vor die Presse tretet, gehen ihr Manager und ich euer Statement mit euch durch.« Er stieg aus und lief vor uns zum Fahrstuhl. »Uns bleibt wenig Zeit«, sprach er weiter. »Die Journalisten sind schon im Konferenzraum versammelt.«

»Ich mache drei Kreuze, wenn ich das hinter mir habe«, erwiderte Ryle.

Wir fuhren in die oberste Etage, wo Olivia uns bereits im Foyer erwartete. »Lies das durch und präge dir die Sätze ein«, wies sie Ryle ohne ein Wort der Begrüßung an und reichte ihm ein Blatt Papier. »Das Statement liegt Irina ebenfalls vor. Ihr müsst euch genau an den Ablaufplan halten.«

Er überflog die Punkte schon beim Gehen. Wie es schien, war die Etage für die komplette Crew gebucht worden. Unter den Leuten, die in Gruppen entlang des Hotelflures standen, erkannte ich einige Gesichter.

»Unsere Ausreißer sind da«, rief Tom und kam uns mit ausgebreiteten Armen entgegen. David, Simon und Dan gingen direkt hinter ihm.

»Ich kann es noch immer nicht glauben«, sagte David, nachdem die Jungs Ryle und mich mit einer halben Umarmung begrüßt hatten. Er legte mir den Arm um die Schultern. »Laut unserer Wette solltest du mit mir Zeit verbringen und nicht mit diesem Typen durchbrennen.«

Ryle stieß ihn leicht an. »Bist du dir sicher, dass du dich mit mir anlegen willst?« Seine Mundwinkel zuckten.

David grinste, zuckte mit den Schultern, drehte sich mit mir um und führte mich von ihm weg. »Was hat er, was ich nicht habe?«, fragte er und zwinkerte mir zu.

Tom drängte sich zwischen uns. »Wie war euer Trip?«, erkundigte er sich.

Ich sah mich nach Ryle um, der mit Bruce sprach und diesem seine Kreditkarte in die Hand drückte. Mark forderte ihn auf, ihm zu folgen. Bevor Ryle hinter ihm in einem Hotelzimmer verschwand, blieb er stehen und blickte zu mir, bis Olivia ihn zum Eintreten aufforderte und die Tür schloss. Unsere gemeinsame Zeit war vorbei.

»Entschuldige. Was hattest du gesagt?«, fragte ich Tom, der mich erwartungsvoll ansah.

»Lasst Lynn doch erst mal ankommen«, sagte Bruce, während er mich an der Schulter zurückhielt und aus ihrem Pulk wegführte.

»Seid du und Ryle jetzt zusammen?«, fragte Dan, während er an uns vorbeilief.

Ich schüttelte den Kopf und sah zu Boden. Ryle war gerade erst hinter der Hotelzimmertür verschwunden und ich vermisste ihn schon.

»Ryle meinte, du bist sicherlich müde«, sagte Bruce. »Ich

bringe dich zu deinem Zimmer. Er will heute Abend in seinen Geburtstag reinfeiern, und so kannst du die verbleibende Zeit nutzen, um dich auszuruhen.«

Der Gedanke an ein Bett klang verlockend, aber ich wollte Ryle ein Geschenk besorgen. »Ich muss noch mal in die Stadt«, ließ ich ihn wissen. »Du weißt nicht zufällig, ob es hier in der Nähe einen Copyshop gibt?«

Bruce blieb vor einer Zimmertür stehen. »Ich habe sowieso ein paar Erledigungen zu machen. Kann ich dir etwas mitbringen?«

»Nein, danke. Darum werde ich mich selbst kümmern.«

»Na schön. Sag hinterher nicht, ich hätte dich nicht gewarnt, wenn es heute Abend spät wird.« Er drückte mir die Schlüsselkarte in die Hand und ging davon.

Ich betrat das Zimmer, in dem mein Koffer bereits auf mich wartete. Es war inzwischen 18 Uhr. Da ich nicht wusste, wann die Feier beginnen würde, sollte ich mich beeilen.

Als ich mich auf den Weg machte, war der Gang plötzlich gespenstisch leer. Ob die Pressekonferenz inzwischen angefangen hatte? Ich lief zum Fahrstuhl, der in diesem Moment auf der Etage hielt. Die Tür glitt auf, und keine Geringere als Irina trat in Begleitung eines wohlbeleibten Mannes, der vermutlich ihr Manager war, heraus. Sie erblickte mich und hielt wie ich mitten in der Bewegung inne.

Ich hatte keine Ahnung, wie ich mich verhalten sollte. Da wir uns reglos anstarrten, sah ihr Manager zwischen uns hin und her.

»Mr Brown«, ertönte plötzlich hinter mir Olivias Stimme. »Wir erwarten Sie schon.« Sie blieb neben mir stehen und deutete zu der Tür, durch die Ryle vorhin verschwunden war. »Zimmer achthundertfünf. Sie dürfen direkt eintreten.«

Irina setzte sich langsam in Bewegung, lief dicht an mir vorbei und rempelte mich grob an. Ich verkniff es mir, in irgendeiner Weise darauf zu reagieren.

Olivia sah ihr und Mr Brown nach, bis sie in dem besagten Zimmer verschwanden. »Besser du als sie. Ich kann diese Tussi nicht ausstehen.« Mit diesen Worten folgte sie ihnen und ließ mich zurück.

26

Ich brauchte dringend ein neues Handy. In letzter Zeit gab der Akku viel zu schnell den Geist auf. Die Navi-App hatte mich gerade rechtzeitig zu einem Copyshop geführt, bevor das Display schwarz wurde.

Die Collage von der Gitarre in der richtigen Größe auszudrucken hatte länger gedauert, als ich dachte. Ich hatte mit dem Betreiber gefühlt ewig über die passende Folie diskutiert und war beim ersten Ausdruck der Weltkarte mit der Farbgebung unzufrieden gewesen. Am Ende hatte aber alles gepasst und ich hatte den Copyshop mit der zusammengerollten Kopie und einem Lächeln verlassen. Ich hoffte sehr, dass Ryle mein Geburtstagsgeschenk gefiel.

Blöderweise konnte mir mein Handy nicht mehr dabei behilflich sein, den Rückweg zum Hotel zu finden. Da mein Orientierungssinn nicht der beste war, bog ich irgendwo falsch ab und irrte eine Weile umher. Erst nachdem ich mich bei Passanten nach dem Weg zum Hotel erkundigt hatte, fand ich dorthin zurück.

Vor dem Haupteingang hatten sich ein paar Fans versammelt, die bei meinem Aufbruch noch nicht vor Ort gewesen waren. Sie hielten Plakate in die Höhe und riefen nach den Jungs. Vermutlich war die Pressekonferenz inzwischen ausgestrahlt worden, und dadurch hatte sich herumgesprochen, wo sich *Reanimation* aufhielt.

Die beiden Hotelpagen, die vorm Eingang standen, machten einen überforderten Eindruck. In der Lobby warteten fünf Bodyguards, die zur Band gehörten. Sie erkannten mich und winkten mich durch.

In der obersten Etage angekommen, suchte ich im Rucksack nach meiner Keycard. Es war inzwischen kurz vor 20 Uhr. Wenn Ryle in seinen Geburtstag hineinfeiern wollte, würde die Party bald beginnen, und ich musste noch herausfinden, wo sie überhaupt stattfand.

Sobald ich das Handy am Ladekabel hatte, würde ich Ryle schreiben. Ich ging in Gedanken bereits durch, was ich anziehen könnte, da sah ich ihn vor meiner Zimmertür stehen.

»Hey, wo warst du denn?«, fragte er, sobald er mich erblickte.

»Ich hatte was zu erledigen«, erwiderte ich, drängte mich lächelnd an ihm vorbei, verschaffte uns Zugang zum Zimmer und ließ die Papierrolle schnell mit meinem Rucksack hinter einem cremefarbenen Sessel verschwinden.

Er zog mich in seine Arme und ich schmiegte mich an ihn.

»Wie ist denn die Pressekonferenz gelaufen?«

»Darüber sollten wir reden«, entgegnete er. »Aber nicht hier. Lass uns gehen.«

Er nahm meine Hand, verließ mit mir das Zimmer und griff zu seinem Smartphone.

»Wo findet die Feier statt?«, fragte ich.

»Es gibt keine.«

Ich zog die Stirn in Falten. »Bruce sagte, du willst …«

»Lynn ist zurück«, sprach er in sein Handy. »Hol uns bitte beim Fahrstuhl ab.« Ryle legte auf, blieb stehen und wandte sich mir zu. »Das war nur ein Vorwand, um dich dazu zu bringen, noch etwas zu schlafen.« Er senkte den Kopf und lehnte seine Stirn gegen meine. »Ich habe dir gesagt, dass ich Zeit, die ich mit dir haben kann, nicht vergeuden werde. Deshalb hoffe ich, du hältst heute mit mir durch.«

»Was hast du vor?«

»Ich habe eine Überraschung für dich«, flüsterte er, während seine Lippen die meinen hauchzart berührten.

Mich durchströmte ein wohliger Schauer. Ich schlang die Arme um seinen Hals und verlor mich mit ihm in einem innigen Kuss. Nur am Rande nahm ich wahr, dass die Fahrstuhltür aufglitt. Wenn ich Ryle so nah sein durfte, vergaß ich alles um mich herum. Dann gab es nur ihn und mich. Meine Finger vergruben sich in seinem Haar, woraufhin er mich enger an sich zog und das verführerische Spiel seiner Zunge vertiefte.

»Soll ich noch mal hoch- und runterfahren oder gar nicht mehr wiederkommen?«, fragte Bruce.

Ich zuckte zusammen und wich trotz Ryles spürbaren Protests vor ihm zurück. Bruce lehnte lässig mit verschränkten Armen im Eingang des Fahrstuhls und grinste.

Meine Wangen glühten vor Hitze. Ich sah zu Boden, um meine Verlegenheit zu verstecken.

»Lass uns gehen«, sagte Ryle und führte mich in die Kabine.

»Vor dem Hotel sind einige Fans versammelt«, berichtete Bruce. »Sie halten sich direkt beim Eingang auf, aber sie werden uns sicherlich bemerken, wenn wir aus der Tiefgarage fahren.«

Ryle ließ mich los, nahm erneut sein Handy und wählte auf dem Display Toms Nummer. »Ich brauche mal eure Hilfe«, sagte er, als dieser sich meldete. »Könnt ihr euch in fünf Minuten kurz an einem Fenster blicken lassen, damit die Fans abgelenkt sind und wir ungesehen hier wegkommen? ... Sehr gut, danke.« Er steckte das Handy in seine Hosentasche und ergriff wieder meine Hand.

»Ich habe Bescheid gegeben, dass wir uns leicht verspäten«, informierte Bruce ihn. »Es ist alles vorbereitet. Ihr werdet unter euch sein.«

Wir erreichten die Tiefgarage und liefen zu einem der dort geparkten Vans. Ryle hielt mir die hintere Wagentür auf und ging dann ums Auto, um neben mir einzusteigen.

Als Bruce vor der Schranke bremste, hörte man draußen anschwellendes Geschrei, was darauf schließen ließ, dass die Jungs sich in dieser Sekunde an einem Fenster zeigten. Wir fuhren aus der Tiefgarage, ohne Aufmerksamkeit zu erregen.

»Ich darf auf dem Lieferantenparkplatz halten«, sagte Bruce. Er fuhr über einen von Bäumen gesäumten Platz und stoppte, obwohl wir gerade erst gestartet waren.

»Ich hab mein Basecap vergessen«, bemerkte Ryle. Da er nur ein T-Shirt trug, hatte er keine Kapuze, unter der er sein Gesicht hätte verbergen können. »Wir müssen schnell sein.« Er zwinkerte mir zu und zog mich im nächsten Moment hinter sich her aus dem Wagen.

Erst jetzt wurde mir klar, wo wir waren. Vor dem Space Needle standen selbst um diese Zeit noch einige Touristen, die auf den Aussichtsturm gelangen wollten. Aufgestellte Schilder informierten über eine Sonderveranstaltung, wegen der das SkyCity Restaurant an diesem Abend für die Öffentlichkeit unzugänglich war.

Bruce lief direkt neben uns. Während wir uns Seattles Wahrzeichen näherten, hielt Ryle den Kopf gesenkt, bis wir den Lieferanteneingang erreichten, der umgehend für uns geöffnet wurde.

»Herzlich willkommen«, begrüßte uns ein Mann im Anzug. »Ich bin Owen Hugh, der Restaurantmanager. Wir freuen uns, Sie bei uns begrüßen zu dürfen.« Er reichte Ryle die Hand.

»Ich danke Ihnen, dass Sie uns diesen Besuch auf die Schnelle ermöglicht haben«, erwiderte er.

Mr Hugh nickte freundlich und deutete zum Fahrstuhl. »Bitte, folgen Sie mir.«

Ich sah zu Bruce, der zurückblieb und mich anlächelte. Da die Schilder auf eine geschlossene Gesellschaft hinwiesen, ahnte ich, dass Ryle das komplette Restaurant für uns gebucht hatte. Ich wollte gar nicht wissen, was ihn das kostete. Sicherlich hatten schon Leute Tische reserviert. Es musste ein riesiger Aufwand gewesen sein, den Gästen so kurzfristig abzusagen, und ich konnte mir vorstellen, dass einige verärgert waren.

Die Lifttür schloss sich. Während der Fahrt unterhielt Ryle sich mit Mr Hugh über das morgige Konzert von *Reanimation*. Oben angekommen erwarteten uns ein leeres Restaurant, zwei Köche und ein Kellner, die uns persönlich begrüßten. Die ganze Situation kam mir surreal vor.

»Suchen Sie sich einen Tisch aus«, sagte Mr Hugh und machte eine weitreichende Armbewegung. »Wir wünschen Ihnen einen angenehmen Aufenthalt.«

Ryle führte mich von dem roten Teppich, der im Eingangsbereich ausgelegt war, in Richtung der Fensterfront. Da bemerkte ich, dass der Fußboden aus Glas war, und blieb schlagartig stehen.

»O Gott.« Ich drückte mir die Hand auf die Brust, mied den Blick zu Boden und starrte Ryle an. »Wie hoch ist das?«

»Wir befinden uns hier in einhundertzweiundfünfzig Metern Höhe«, informierte mich Mr Hugh, der sich hinter die Bar zurückgezogen hatte.

Ich schluckte, sah kurz nach unten und gleich wieder nach oben. Mir wurde schwindelig.

Ryle hob mich ohne Vorwarnung auf seine Arme und trug mich zu einem Tisch, der direkt am Fenster stand. Ich ließ es kommentarlos zu, denn ich musste erst mal mit der Höhe klarkommen.

»Möchtest du lieber weiter hinten sitzen?«

Ich schüttelte den Kopf. »Nein, wenn ich in die Ferne schaue, ist alles gut. Ich darf nur nicht nach unten sehen.«

Er setzte mich ab und rückte mir den Stuhl zurecht. Es tat gut, sitzen zu können.

»Macht dir die Höhe gar nichts aus?«, fragte ich, als er mir gegenüber Platz nahm.

»Es ist auf jeden Fall gewöhnungsbedürftig«, entgegnete er. »Du hast heute so geschwärmt, als wir vorbeigefahren sind. Da dachte ich, es würde dir hier oben gefallen.«

Ich ließ meinen Blick über die Meeresbucht, die Skyline und den violett gesprenkelten Abendhimmel schweifen. Die Plattform drehte sich langsam, damit man die Aussicht nach allen Seiten genießen konnte. »Das tut es«, erwiderte ich und lächelte ihn an. »Ich kann nicht fassen, dass du das für mich organisiert hast.«

»Das ist unser letzter gemeinsamer Abend. Morgen ist das Konzert. Danach haben wir keine Gelegenheit mehr, noch etwas zu unternehmen.«

Wenn ich daran dachte, dass ich übermorgen wieder zurück in New York, Hunderte Kilometer von ihm entfernt, war, schnürte sich mir die Kehle zu. Mein dortiges Leben kam mir unendlich weit weg und fremd vor. Doch das war meine Realität. Hier bei Ryle zu sein war wie ein Traum, aus dem ich unweigerlich erwachen würde.

Der Kellner brachte uns die Speisekarten, nahm unsere Getränkewünsche auf, schenkte unterdessen Wasser in unsere Gläser und zog sich wieder zurück. »Wie ist denn nun die Pressekonferenz gelaufen?«, erkundigte ich mich.

»Sie hat ihren Zweck erfüllt. Die Jungs waren zum Glück an meiner Seite und haben das Spiel mitgespielt. Jetzt glaubt die Presse, wir sind mit Irina eng befreundet und es war alles nur ein großes Missverständnis.«

»Dann bist du also wieder offiziell Single?«

Er strich sich durchs Haar und atmete tief durch. »Wie stehst du zu mir, Lynn?«

»Haben Sie schon gewählt?«, erkundigte sich der Kellner und stellte Ryles Eistee und meine Cola auf den Tisch.

Ich war für die Unterbrechung dankbar. Die Bedeutung seiner Frage war mir bewusst, aber ich war unsicher, wie ich sie beantworten sollte.

»Ich hätte gern die Lachslasagne«, sagte ich.

»Und ich das Steak mit Salat als Beilage«, ergänzte Ryle.

Der Mann nickte und ging davon.

»Wo waren wir stehen geblieben?«, fragte ich.

Ryle reichte mir über den Tisch seine Hand, die ich nur allzu gern ergriff. Ich betrachtete das Tattoo auf seinem Unterarm und war unsagbar stolz, dass er es sich nach meiner Vorlage hatte stechen lassen.

»Bleib bei mir«, flüsterte er so leise, dass ich nicht sicher war, ob ich ihn richtig verstanden hatte.

Ich sah ihn an, versuchte seine Miene zu deuten.

»Das ist mein Ernst, Lynn. Ich möchte nicht, dass du jemals wieder gehst.«

Mein Herz kam ins Stolpern. »Ich kann nicht bleiben.«

Er ließ mich los und lehnte sich zurück. »Warum nicht?«

»Das weißt du doch. Ich muss meine Bewerbung für die Uni fertig machen und Emily braucht mich im Eagle Rock.«

»Wenn du uns weiterhin als Fotografin begleiten würdest, könnte ich dir noch andere Aufträge besorgen. Beziehungen sind heutzutage manchmal mehr wert als ein Uniabschluss.«

Ich schüttelte den Kopf. »Es war schon immer mein Traum, eines Tages in New York zu studieren. Ich habe für mein Leben selbst Verantwortung zu tragen und will das allein hinkriegen.«

»Dann sag mir, wie wir das mit uns hinbekommen sollen?«,

forderte er mich auf. »Ich sehe keinen anderen Weg. Durch die Band bin ich beinahe pausenlos unterwegs. Daran kann ich nichts ändern. Die Jungs sind meine Familie und ich werde sie nicht im Stich lassen.«

»Das sollst du doch auch nicht«, erwiderte ich. »Keiner von uns beiden sollte das aufgeben müssen, was ihm wichtig ist.«

Er stemmte sich auf die Unterarme und beugte sich zu mir über den Tisch. »Und das ist das Problem. Was soll ich tun, wenn du mir ebenso wichtig bist?«

»Genau aus diesem Grund habe ich gezögert, den Auftrag anzunehmen«, sagte ich und seufzte. »Weil ich Angst hatte, dass genau das passiert. Es wird mir schwerfallen, wieder ohne dich klarzukommen.«

Eine Weile sah er mich einfach nur an. »Ich wusste es in dem Moment, in dem wir im Eagle Rock zusammensaßen«, sagte er schließlich. »Danach wollte ich dich unbedingt wiedersehen, obwohl ich ahnte, dass das keine gute Idee ist und nur Probleme mit sich bringen würde.« Er sah aus dem Fenster. »Und doch konnte ich nicht anders. Es ist einfach passiert. Ich hatte nicht geplant, mich in dich zu verlieben.«

Mir wurde warm und kalt zugleich. Mein Brustkorb hob und senkte sich, als wäre ich den Turm zu Fuß heraufgestiegen. Auf eine solche Aussage war ich nicht vorbereitet. Wie konnte er etwas so Bedeutendes so beiläufig erwähnen? Ich war durcheinander und wusste nicht, wie ich darauf reagieren sollte.

»Wir können telefonieren und uns sehen, wenn du freihast«, entgegnete ich, sobald ich meine Stimme wiedergefunden hatte. »Bei Dan und Kate funktioniert es ja auch.«

»Da wäre ich mir nicht so sicher. Es ist sehr kompliziert. Wer will schon einen Freund, der nie anwesend ist? Ich möchte für dich da sein, Lynn. Aber aus der Ferne ist mir das nicht möglich.«

27

Nachdem der Kellner unser Essen gebracht hatte, aßen wir schweigend. Es lag eine unleugbare Anspannung in der Luft. Wir wussten beide nicht, wie es weitergehen sollte. Vermutlich war sein Vorschlag, bei ihm bleiben zu können, der einzige Weg, bei dem wir eine Chance hatten. Jedoch kannten wir uns noch nicht lange. Ich konnte mein eigenes Leben nicht einfach für ihn aufgeben und mich von ihm abhängig machen. Wenn ich mit ihm ging und wir irgendwann merken würden, dass wir doch nicht so gut zusammenpassten, stand ich vor dem Nichts. Es war mir wichtig, auf eigenen Beinen zu stehen und selbstständig für mich sorgen zu können.

»Möchtest du mal probieren?«, fragte ich und deutete auf meine Lasagne.

Er sah auf, blickte mir lange und intensiv in die Augen und nickte. Ich reichte ihm meine Gabel, und er schob mir seinen Teller rüber, damit ich von seinem Steak kosten konnte. Dann stand er auf, kam um den Tisch herum und setzte sich neben mich. Das Essen war köstlich und dennoch rührten wir es kaum an. Es gab nichts mehr zu sagen. Wir wollten uns nahe sein, solange wir es noch konnten.

Als wir später bei Bruce im Auto saßen, war die Stimmung nicht besser. Er beobachtete uns über den Rückspiegel und schüttelte manchmal kaum merklich den Kopf. In der Tiefgarage des Hotels brachte er uns bis zum Fahrstuhl und blieb dort zurück. Dafür wurden wir in der obersten Etage von Mark auf dem Gang empfangen. Er wollte mit Ryle dringend über die vergangene Pressekonferenz sprechen und war nicht begeistert, dass wir ohne sein Wissen noch so spät unterwegs gewesen waren. Mitternacht stand kurz bevor. In wenigen Minuten hatte Ryle Geburtstag. Doch ich kam nicht mehr dazu, ihm zu gratulieren. Er gab mir einen Gute-Nacht-Kuss auf die Wange und schloss sich Mark dann ohne Einwand an.

Mir war nach Weinen zumute. Eine Weile stand ich da und starrte auf die Tür, durch die sie gegangen waren. Erst als ich ein Geräusch hörte, setzte ich mich in Bewegung und suchte mein eigenes Zimmer auf.

Der Raum kam mir deprimierend still vor. Um ein paar Stimmen zu hören, schaltete ich den Fernseher ein, warf mich aufs Bett und zappte durch die Programme, bis ich bei einem lokalen Sender hängen blieb, der über die Pressekonferenz der Band berichtete. Ich legte mich bequem hin und hatte Mühe, die Augen offen zu halten.

Irina stand neben Ryle, inmitten der Jungs, und strahlte in die Kamera. »Meine Freundinnen und ich sind *Reanimation*-Fans«, ließ sie die Reporter wissen. »Wir sind häufig bei Konzerten dabei.«

»Das ist ja auch gleich eine gute Gelegenheit, mit Ryle Zeit zu verbringen«, warf ein Journalist ein. »Da wir euch endlich mal beide vor der Kamera haben, verratet ihr uns, seit wann ihr ein Paar seid?«

»Wir sind nicht zusammen«, platzte es aus Ryle heraus, woraufhin Tom ihm beschwichtigend eine Hand auf die Schulter legte.

»Wir sind alle mit Irina befreundet«, ergriff er das Wort.

Davids Miene sah ich deutlich an, dass ihn dieses Theater nervte. Simon und Dan schienen gelangweilt.

»Ryle und ich mögen uns sehr«, sagte Irina und lehnte sich demonstrativ an seinen Arm, woraufhin er sich augenblicklich versteifte. »Aber er ist nicht mein Freund.«

Es setzte Gemurmel ein.

»Da werden sicherlich einige Fans aufatmen und sich freuen, dass ihr beide doch noch auf dem Markt seid«, rief eine Reporterin über die Unruhe hinweg.

Ryle entzog Irina seinen Arm. Er rieb sich den Nacken, schien hin- und hergerissen. »Ich habe eine Freundin«, sagte er zögernd.

Schlagartig setzte ich mich auf. Hatte er das gerade wirklich gesagt? Da die Jungs ihn überrascht anstarrten, konnte ich mich nicht verhört haben. Mark stand im Hintergrund und schloss für einen kurzen Moment die Augen. Ich sah förmlich, wie er aufseufzte. Und Irina hatte ein verkrampftes Lächeln aufgesetzt, bei dem ihr die Wangen schmerzen mussten.

Ich schlug die Hand vor den Mund, hatte keine Ahnung, was ich davon halten sollte. Er hätte das mit mir absprechen müssen, schließlich war ich genauso davon betroffen wie er und musste damit rechnen, dass so eine Verkündung auch mein Leben beeinträchtigen konnte.

Auf der Suche nach meinem Handy zerwühlte ich hektisch das Laken, bis ich es neben dem Kopfkissen fand. Mit zittrigen Fingern öffnete ich unseren Chat und stockte. Ich überlegte was ich ihm schreiben wollte. Konnte ich ihm wirklich einen Vorwurf machen? Wie es ausgesehen hatte, war er selbst von dem Zuruf der Reporterin überrumpelt worden. Er hätte einfach schweigen können, um offiziell wieder als Single zu gelten. Wie ich wohl dabei empfunden hätte? Mein Ärger schmolz so schnell dahin, wie er gekommen war. Ryle hatte keinen Namen genannt, und doch hatte er sich zu mir bekannt, statt mich zu verleugnen. Aber warum hatte er mir nicht beim

Abendessen davon erzählt? Als ich ihn auf die Pressekonferenz angesprochen hatte, wollte er wissen, wie ich zu ihm stand. Aber ich wusste erst jetzt, was er wirklich damit gemeint hatte.

Ich hatte auch nicht geplant, mich in dich zu verlieben. Happy Birthday, Ryle.

Bevor ich die Nachricht abschickte, fügte ich ein Herz-Emoji hinzu. Dann wartete ich gespannt, ob er sie lesen würde, schaltete irgendwann den Fernseher aus und löschte das Licht. Nach mehrmaligem Hin-und-her-Wälzen nahm ich das Smartphone erneut zur Hand, doch die Nachricht war noch immer ungesehen. Ryle schlief vermutlich schon. Obwohl ich hundemüde war, kam ich nicht zur Ruhe. Ich öffnete Instagram und scrollte wahllos durch die Bilder, bis ich ein Foto von Ryle angezeigt bekam. Darauf war der See und im Hintergrund der Berg inmitten des Waldes zu sehen. Die Aufnahme hatte er vom Boot aus gemacht. Sein Kommentar dazu lautete: *best day.*

Ich rollte mich auf die Seite, sah das Bild unentwegt an und fiel irgendwann in einen unruhigen Schlaf.

Als es am Morgen an meiner Tür klopfte, schreckte ich auf. Ich wälzte mich aus dem Bett. Leider stand nicht wie erwartet Ryle auf dem Flur, sondern Olivia.

»Guten Morgen. Können wir kurz reden?«

Sie klang nicht besonders freundlich, ihr Blick war jedoch offen und sie schien zumindest nicht auf Kriegsfuß zu stehen.

»Klar, komm rein.«

Sie trat an mir vorbei und notierte etwas auf ihrem Klemmbrett. »Wir müssen darüber sprechen, wie du dich in Bezug auf Ryles Bekanntmachung zu verhalten hast. Mark hat eine

Schweigepflichtvereinbarung aufgesetzt, die dir untersagt, dass du dich öffentlich über die Beziehung zu Ryle äußerst.«

Ich setzte mich aufs Bett. Olivia blieb stehen und las mir alle Punkte der Vereinbarung vor.

»Dieser Vertrag ist nicht nötig«, sagte ich, als sie endete. »Ich hatte nie vor, das publik zu machen, und in die Öffentlichkeit will ich gleich gar nicht.«

»Kommt es irgendwann zu einer Trennung, könntest du anders darüber denken. Das haben wir aktuell bei Irina gesehen.« Sie reichte mir einen Kugelschreiber, hielt mir das Klemmbrett vor die Nase und tippte darauf. »Wie dem auch sei. Du musst hier unterschreiben.«

Hatte ich eine Wahl? Obwohl ich wusste, dass Mark Ryle nur zu schützen versuchte, fühlte ich mich von seinem mangelnden Vertrauen gekränkt. Ryle würde nicht von mir verlangen, dass ich das unterzeichnete, dennoch tat ich es, gab Olivia den Stift zurück und ließ mich nach hinten fallen.

»Mach dich fertig«, forderte sie mich auf und lief zur Tür. »Die Jungs sind bereits in der Key Arena.«

»Olivia.«

Sie blieb im Türrahmen stehen und sah zu mir zurück.

»Ich weiß, dass Ryle dir viel bedeutet.« Ich setzte mich auf. »Es tut mir leid.«

Olivia hob das Kinn, doch dann wurden ihre Gesichtszüge weicher und sie kam wieder einen Schritt auf mich zu. »Er hat sich öffentlich zu dir bekannt. Damit hätte ich niemals gerechnet.«

Ich strich mir das Haar hinter die Ohren. »Da geht es mir wie dir.«

»Kommst du mit dem Druck klar?«, erkundigte sie sich.

»Ehrlich gesagt habe ich bisher nicht darüber nachgedacht, was das jetzt für mich bedeutet.«

»Du warst heute noch nicht im Netz unterwegs, was?«

Ich schüttelte den Kopf.

Olivia zuckte mit den Schultern. »Sei in einer halben Stunde startklar.« Sie verschwand nach draußen.

Nachdem sie gegangen war, sah ich unschlüssig auf mein Handy. Ihre Andeutung verunsicherte mich. Daher beschloss ich, besser keinen Blick ins Internet zu werfen, und ging ins Badezimmer, um mir die Zähne zu putzen.

Kaum hatte ich den Mund voller Schaum, verkündete ein Signalton den Eingang einer Nachricht. Ich spuckte aus, hielt die Zahnbürste in einer Hand und das Handy in der anderen.

Emily: OMG!!! ☺

Ich: Ich nehme mal an, du meinst die Pressekonferenz?

Emily: Jaaaa ☺ Lief gerade im Frühstücksfernsehen. Die Presse überschlägt sich mit Spekulationen, wer Ryles Freundin sein könnte. Marlen Harper wird hoch gehandelt.

Ich: Ich kann gar nicht fassen, was gerade alles passiert. Du fehlst mir!

Erneut steckte ich mir die Zahnbürste in den Mund und putzte weiter. War ja klar, dass die Presse gleich wieder jemand Prominentes vermutete. Ich versuchte mir Marlens Aussehen ins Bewusstsein zu rufen. Sie war ein It-Girl, das durch irgendeine Reality-Show bekannt geworden war.

Nachdem ich Jeans und T-Shirt angezogen hatte, standen Bruce und Olivia auch schon vor meiner Tür, um mich abzuholen.

»Mark meinte, du hättest die Fotos fertig«, sagte sie im Fahrstuhl. »Falls du heute noch mehr brauchbare Bilder schießt, kannst du sie uns nach der Bearbeitung per Link schicken. Die anderen sollst du auf diesen Stick speichern und Mark geben.«

Ich nahm den Stick entgegen. »Geht klar.«

Bruce' Verhalten hatte sich seit gestern Abend nicht verändert. Er musterte mich nachdenklich und schwieg.

Als wir im Parkhaus ankamen, stieg die Vorband soeben in einen der wartenden Kleinbusse. Joe bemerkte unser Näherkommen und zwinkerte mir zu. Danach sah er zu Olivia und die beiden wechselten einen auffällig langen Blick. Irrte ich mich, oder wirkte sie tatsächlich verlegen, als sie sich schließlich in dem zweiten Van neben mich setzte?

»Ryle hat mir von dir und Joe erzählt«, flüsterte ich, nachdem Bruce auf dem Beifahrersitz Platz genommen hatte und wir losgefahren waren.

Sie zuckte mit den Achseln. »Tja, das habe ich wohl verbockt.«

Irgendwie tat sie mir leid. Ich hatte das Bedürfnis, ihr etwas Gutes zu tun. »Mir ist aufgefallen, wie ihr euch anseht«, sagte ich beiläufig. »Ich habe das Gefühl, dass ihr beide nicht wirklich miteinander abschließen könnt. Vielleicht habt ihr noch eine Chance, wenn du den ersten Schritt machst und wieder auf ihn zugehst?«

Ohne etwas zu erwidern, hob sie das Kinn und schaute aus dem Fenster. Deshalb beließ ich es dabei und nahm mein Handy zur Hand. Ryle hatte meine Nachricht mittlerweile gesehen, jedoch nicht geantwortet. Was sollte er mir auch darauf erwidern, wenn doch heute unser letzter Tag war.

Nach wenigen Straßen erreichten wir die Key Arena, vor der bereits wieder zahlreiche Fans warteten. Es waren noch Stunden bis zum Konzertbeginn, doch es herrschte schon eine ausgelassene Stimmung. Als sie unsere Wagen mit den verdunkelten Scheiben bemerkten, blieben sie gelassen. Anscheinend hatten sie die Ankunft der Band mitbekommen und wussten, dass die Jungs längst in der Arena waren.

Wir erhielten durch ein Tor Einlass aufs Gelände und stiegen hinter einer eigens aufgestellten Sichtschutzwand aus. Die Vorband betrat vor uns den Eingangsbereich, wobei Joe innehielt, um Olivia mit einer ausschweifenden Handbewegung den Vortritt zu lassen. Seine Miene blieb dabei völlig ernst. Nachdem sie erhobenen Hauptes an ihm vorbeigelaufen war, sah er ihr traurig nach.

»Hey, Lynn«, sagte er, da er meinen Blick bemerkte. Seine Fassade war sofort wieder gefestigt. »Du machst gerade ganz schön Schlagzeilen.«

»Ich möchte nicht darüber reden, Joe.«

Wir gingen nebeneinander durch einen Gang, in dem Bilder aushingen. Wie es schien, war die Arena erst modernisiert worden, denn die Fotos zeigten das Bauwerk vor und nach dem Umbau. Durch eine weitere Tür gelangten wir hinaus in die große Halle. Die Bühne war schon vollständig aufgebaut. Vor ihr, auf der freien Fläche, spielten Ryle und die anderen Jungs an einem aufgestellten Korb Basketball.

Ich blieb stehen, um Ryle für einen Augenblick unbemerkt beobachten zu können. Da stoppte Joe ebenfalls, legte den Arm um mich und flüsterte nah an meinem Ohr: »Mal sehen, wie lange es dauert, bis er dich fallen lässt.«

28

Ich ging auf Ryle zu, der mich mit einem unergründlichen Ausdruck ansah. Er bewegte sich nicht. Ich wünschte, er würde lächeln, aber seine Miene war wie festgemeißelt.

Als ich ihn erreichte, ergriff ich seine Hände. »Happy Birthday. Ich habe ein Geschenk für dich. Das kann ich dir allerdings erst geben, wenn wir wieder im Hotel sind.«

Ryle verengte die Augen. »Hast du von der Pressekonferenz gehört?«

Ich nickte.

Er legte den Kopf schräg. »Bist du mir nicht böse?«

»Anfänglich schon. Aber ich kann nachvollziehen, dass du in einer Zwickmühle gesteckt hast.«

Nun zog er mich an sich und schlang die Arme um mich. »Es tut mir leid, Lynn. Ich habe nicht damit gerechnet, dass ich damit gleich die nächste Welle lostrete. Auf keinen Fall hatte ich vor, dich unter Druck zu setzen.«

Ryle küsste mich. Als seine Zungenspitze meine Lippen sanft teilte, legte ich die Hände in seinen Nacken und schmiegte mich noch enger an ihn. Kurz unterbrachen wir den Kuss, um uns in die Augen zu sehen. Allein von der Intensität seines Blickes bekam ich weiche Knie. Dann zog er mich wieder an sich, ehe wir uns in einem weiteren Kuss verloren.

»Wenn ihr fertig seid, könnten wir weiter Basketball spielen«, rief David.

»Jetzt hetz die beiden doch nicht«, sagte Tom. »Du und Simon, ihr verliert sowieso.«

Ryle löste seine Lippen von meinen, hielt mich aber weiterhin in einer festen Umarmung und schmiegte seine Wange an meine Stirn.

»Kannst du mich mal kurz motivieren, damit ich es schaffe, dich loszulassen?«

Ich lachte, drehte den Kopf und sah zu den wartenden Jungs hinüber. »Ich schaue zu. Ist dir das Ansporn genug?«

Er ließ mich zögernd los. »Ich werde versuchen, mich nicht vor dir zu blamieren.« Er zwinkerte mir zu und rannte zu den Jungs.

Ryle spielte mit Tom gegen Simon und David. Dan hielt sich aus dem Match raus. Ich setzte mich zu ihm auf den Boden am Spielfeldrand. Die Männer, die im Hintergrund mit den letzten Handgriffen beim Aufbau der Bühne und der Technik beschäftigt waren, legten eine Pause ein, um ebenfalls bei dem Basketballspiel zuzuschauen.

Es war von Anfang an eine knappe Sache. Die Duos passten gekonnt die Bälle, wobei Ryle und David meistens die Würfe ausführten.

»Dieses Mal ist es anders«, sagte Dan neben mir.

»Was meinst du?«, fragte ich und ließ Ryle dabei nicht aus den Augen. Es war beeindruckend, wie fit er war. Nachdem er sein T-Shirt ausgezogen hatte und seine Muskeln im Rhythmus seiner Bewegungen hervortraten, machte es gleich noch mehr Spaß, ihm zuzusehen.

»Ich habe Ryle noch nie so aufgeschlossen erlebt.« Dan stieß mich leicht mit der Schulter an. »Er mag dich wirklich. Wie es aussieht, bist du das erste Mädchen, das ihm das Herz brechen könnte.«

Ich sah ihn verblüfft an und zuckte im nächsten Moment

zusammen, da Ryle und Tom aufjubelten. Dan stand auf und lief aufs Spielfeld, um mit den beiden abzuklatschen. Den entscheidenden Siegestreffer hatte ich verpasst.

Ryles Haut glänzte von der Anstrengung. Als ich hinter ihn trat, konnte ich nicht widerstehen und fuhr ihm mit den Fingern über den Rücken. Da wandte er sich zu mir um, hob mich auf seine Arme und drehte sich mit mir im Kreis.

Der restliche Tag verlief entspannter, als ich es bisher gewohnt war. Da heute Ryles Geburtstag war, hatte Mark den Terminplan nicht ganz so vollgepackt wie sonst. Nach dem Soundcheck war die komplette Crew zum Mittagsbuffet eingeladen. Dafür waren im Backstage-Bereich Biertische und Bänke aufgebaut worden, an denen wir bis zum Nachmittag in heiterer Stimmung zusammensaßen. Wie es aussah, hatte Olivia meinen Ratschlag befolgt. Zumindest saß sie Joe am Tisch gegenüber und sie wechselten verlegene Blicke.

Eine Stunde vor dem offiziellen Einlass wurde unsere kleine Feier aufgelöst und das Buffet abgeräumt. Die Jungs zogen sich zum Duschen zurück und ich begleitete Jeff vor die Bühne. Er bedauerte es, dass ich ab morgen nicht mehr dabei war.

Das Konzert verlief wie immer und doch auch anders. Ich spürte die ganze Zeit den bevorstehenden Abschied und verfiel mehr und mehr in eine melancholische Stimmung. Die Massen sangen auf Toms Aufforderung hin Ryle ein Geburtstagsständchen. Ich bekam Gänsehaut und war den Tränen nahe.

Als die Hälfte des Konzerts vorbei war, suchte ich Bruce und fand ihn neben der Bühne bei einem Mädchen, das von Sanitätern versorgt wurde. Er sah mich kommen und kam mir entgegen.

»Kann ich etwas für dich tun?«, fragte er.

»Ja, ich möchte dich tatsächlich um etwas bitten. Ich brauche Zugang zu Ryles Zimmer.«

Er grinste. »Ich bin sicher, er wird dich reinlassen.«

»Bitte, ich muss dort sein, bevor er ins Hotel kommt. Sonst schaffe ich es nicht, sein Geschenk vorzubereiten.«

Bruce hob die Augenbrauen. »Der Wagen der Jungs wird der erste sein, der später das Gelände verlässt.«

»Ich nehme mir ein Taxi und fahre gleich.«

»Ryle wird dich nach dem Konzert suchen.«

»Du kannst ihm ja sagen, dass ich schon im Hotel bin. Nur nicht, warum. Es soll eine Überraschung für ihn werden.«

Bruce strich sich über die Glatze. »Na schön. Nur weil du es bist. Ich nehm das auf meine Kappe.« Er nahm eine Keycard aus seinem Portemonnaie und hielt sie in die Höhe. »Das ist ein Zentralschlüssel für die oberste Etage. Wenn du ihn verlierst oder damit Unsinn anstellst, bin ich dran. Ryles Zimmernummer ist die neunhundertfünfundvierzig.«

Ich fiel ihm erleichtert um den Hals und wich im nächsten Moment verlegen zurück.

Er lachte. »Jetzt geh schon, bevor ich es mir anders überlege.«

Ich drehte mich auf dem Absatz um, holte meinen Rucksack unter der seitlichen Zugangstreppe der Bühne hervor, lief zum Nebenausgang und machte mich heimlich davon.

Vor dem Haupteingang standen einige Taxis. Die Fahrt bis zum Hotel dauerte nicht lange und doch kam sie mir ewig vor. Mir blieb ungefähr eine Stunde, ehe Ryle eintraf. Bis dahin musste ich fertig sein.

Ich bezahlte den Taxifahrer, eilte ins Hotel und wartete ungeduldig auf den Lift. Als ich in der obersten Etage ankam, ging ich zuerst in mein Zimmer, um die Folie vom Copyshop zu holen. Dann suchte ich Ryles Zimmer auf, schaltete das Licht ein und sah zu meiner Erleichterung den Gitarrenkoffer schon neben dem Bett an der Wand lehnen.

Ich hob das Instrument vorsichtig heraus und legte es auf den Boden. Es erforderte mühselige Kleinstarbeit und Geschick, die dünne Folie mit der aufgedruckten Weltkarte blasenfrei auf der Vorderseite des Korpus aufzukleben. Ich hatte den Druck nach Maß anfertigen und die Stellen am Griffbrett und Steg einschneiden lassen. Meine Finger zitterten vor Aufregung und machten das Unterfangen nicht leichter.

Ich brauchte fast eine Stunde, bis ich damit fertig war. Anschließend legte ich die Gitarre zurück in den Koffer und betrachtete das Endergebnis. Da klingelte mein Handy.

»Hey, wo bist du?«, fragte Ryle.

»Im Hotel«, erwiderte ich schmunzelnd.

»Das weiß ich schon von Bruce. Ich bin inzwischen auch da. Wo kann ich dich finden?«

Mein Schmunzeln wurde breiter. »In deinem Zimmer.« Ich legte auf.

Keine Minute später flog die Tür auf und Ryle stand vor mir.

»Mach die Augen zu«, sagte ich, ging zu ihm und wartete, bis er meiner Aufforderung nachkam. Ich führte ihn zu dem offenen Koffer und trat vor ihm zurück. »Jetzt kannst du hinsehen«, flüsterte ich und hielt die Luft an.

Als er seine Gitarre erblickte, wirkte er wie erstarrt. War ich zu weit gegangen? In mir braute sich ein ungutes Gefühl zusammen.

»Ich habe extra einen leichten Kleber verwenden lassen. Wenn es dir nicht gefällt, lässt sich die Folie wieder rückstandslos abziehen.«

Ryle wandte sich mir zu. Das Blau seiner Augen erschien mir dunkler als sonst. Seine Atmung ging schwer. Und plötzlich war er bei mir, und seine Lippen trafen auf die meinen, noch bevor er mich in seine Arme zog.

Ich erschauderte unter der Intensität seines Kusses und

hielt mich an ihm fest, weil ich das Gefühl hatte, sonst jeden Moment zu fallen. Dann fühlte ich die Wand im Rücken, und ich spürte, wie sein Brustkorb sich an meinem hob und senkte. Seine Daumen glitten über meine Wangenknochen, während er meine Unterlippe sanft zwischen seine Zähne zog und ich unwillkürlich aufseufzte.

»Das ist das beste Geschenk, das ich je bekommen habe«, flüsterte er und strich zärtlich mit dem Mund meinen Hals hinab. Als er mich leicht in die Halsbeuge biss, bog ich den Kopf zurück und begann vor Verlangen nach ihm zu zittern.

Ryle nahm meine Hand, legte sie auf sein kräftig schlagendes Herz und lehnte die Stirn gegen meine.

»Sobald ich dich anfasse, will ich dich noch mehr spüren«, sagte er mit rauer Stimme. Er sah mich an. »Verstehst du, was ich meine?«

Ich nickte. Alles in mir schrie nach ihm. Ich schmiegte mich enger an ihn. »Das will ich auch«, flüsterte ich und küsste ihn auf den Hals.

Das halb knurrende, halb stöhnende Geräusch, das seiner Kehle entwich, ging mir durch und durch. Es war, als wäre plötzlich ein Bann gebrochen, der uns bis dahin zurückgehalten hatte. Wir ließen alle Hemmungen fallen und zogen uns gleichzeitig die Shirts über den Kopf. Ryle hob mich hoch und ich klammerte die Beine um seine Hüfte. Er presste mich gegen die Wand und sich gegen mich. Unser Kuss war leidenschaftlicher als alles, was ich je erlebt hatte. In den kurzen Pausen, in denen wir um Luft rangen, nahm ich seinen Atem in mich auf, als könnte ich ohne ihn nicht überleben.

Ryle trug mich zum Bett und legte mich vorsichtig auf das Laken. Seine Muskeln zeichneten sich unter seiner Haut ab. Bei dem Anblick biss ich mir auf die Lippe. Er küsste mich auf die Schulter und tastete sich weiter hinab. Der Raum um mich herum begann sich zu drehen. Als er mir die Hose über die Taille streifte und seine Finger zärtlich meine nackten Beine streichelten, schloss ich die Augen. Es gab keinen Nerv in meinem Körper, der nicht in Flammen stand. Ryle beugte sich wieder nach oben, um mich auf den Mund zu küssen. Dabei schob er ein Bein zwischen meine, und ich glaubte, jede einzelne Stofffaser seiner Jeans an meinem Oberschenkel zu spüren.

Ich merkte, dass es ihm genauso schwerfiel wie mir, sich zurückzuhalten. Dennoch gab er mir Zeit, mich an unsere Nähe zu gewöhnen. Wir genossen jede Berührung und jeden Kuss, bis wir uns nach und nach aller Kleidungsstücke entledigt hatten. Nachdem er ins Badezimmer gelaufen und mit einem Kondom zurückgekommen war, rang ich vor Aufregung nach Luft. Ich dachte, das Verlangen nach ihm keine Sekunde länger aushalten zu können, bis er auf mich sank und ich ihn ganz und gar spürte. Es gab nur noch ihn – uns. Als er seine Hüfte gegen meine presste, beschleunigten sich unsere Atemzüge. Und dann riss er mich mit sich in einen Strudel aus brodelnder Leidenschaft, bis ich unter ihm zerschmolz.

29

Ryle umfasste mich. Er lag mit dem Kopf auf meiner Brust und lauschte meinem Herzschlag. In dem Wissen, dass die Zeit gegen uns war, hatten wir keine Sekunde geschlafen und die ganze Nacht einander nicht losgelassen. Doch der Tag war seit einigen Stunden angebrochen und unsere Zweisamkeit steuerte unaufhaltsam auf ihr Ende zu.

Als Ryles Telefon klingelte, ignorierte er es und hielt mich noch fester. Daraufhin dauerte es nicht lange und es klopfte an der Tür.

»In einer Stunde geht unser Flug«, rief Bruce.

Er zog die Decke über uns.

»Wir müssen aufstehen«, flüsterte ich und küsste ihn auf die Stirn.

Da er das Gesicht an meinen Hals presste, war seine Antwort ein unverständliches Gemurmel. Er machte sich schwer und hielt mich unter sich begraben, weshalb mein Versuch, aufzustehen, scheiterte.

»Wie soll ich es nur schaffen, dich gehen zu lassen?« Er hob den Kopf und sah mich mit müden Augen an.

»Manchmal hat man keine Wahl«, erwiderte ich und streichelte ihm sanft über die Wange.

Er rollte sich von mir ab, blieb auf dem Rücken liegen und starrte an die Zimmerdecke. »Diese Wahl hast du getroffen, Lynn. Wenn du es wolltest, könntest du bei mir bleiben.«

»Ich kann nicht einfach mein komplettes Leben für dich aufgeben. Du weißt, was für mich auf dem Spiel steht.«

Es klopfte erneut. Dieses Mal energischer. »Ryle«, brüllte Bruce so laut, dass man es vermutlich im ganzen Hotel mitbekam.

»Ich hab dich gehört«, schrie Ryle ebenso laut zurück, weshalb ich zusammenzuckte.

»Dann mach endlich diese verdammte Tür auf. Das Frühstück habt ihr schon verpasst. Deinetwegen kommen wir zu spät zum Flughafen.«

Ich zog mich hastig an und ging zur Tür, um sie Bruce zu öffnen. Dieser schaute mich stirnrunzelnd an und atmete hörbar aus. »Pack bitte deine Sachen. Wir nehmen dich gleich mit zum Flughafen. Dein Flieger geht allerdings erst später.«

»Lynn«, hörte ich Ryle hinter mir flehend sagen.

Ich schaffte es nicht, mich in dieser Sekunde noch mal zu ihm umzudrehen. Ich brauchte all meine Willenskraft, um sein Zimmer zu verlassen, drückte Bruce die geliehene Keycard in die Hand und stürmte an ihm vorbei.

Eine halbe Stunde später saß ich mit den Jungs im Van und beobachtete die Fans und Paparazzi, die neben dem Wagen herrannten, sobald wir die Tiefgarage verließen. Ich störte mich nicht an dem Gekreische und ließ mich auch nicht von den vielen Händen, die gegen die Scheiben trommelten, einschüchtern. Zu sehr hatte ich alle Emotionen in die hinterste Ecke meines Bewusstseins verbannt, um diesen Abschied irgendwie zu überstehen. Ich fühlte mich wie eine leere Hülle. Mein Körper war anwesend, doch ich war es nicht.

Nachdem wir die vorwiegend weiblichen Fans abgewimmelt hatten, fuhren wir in Kolonne Richtung Flughafen. Ein paar Fotografen hatten auf Motorrädern unsere Verfolgung aufgenommen. Im Wagen herrschte eine beinahe geisterhafte

Stille. Bruce saß auf dem Beifahrersitz, Olivia und Mark neben mir, Ryle, Tom und Dan uns gegenüber, und Simon und David hatten auf der hinteren Sitzbank Platz genommen. Sie alle warfen immer wieder Blicke auf Ryle und mich. Wir beide vermieden es dagegen strikt, uns in die Augen zu schauen.

»Das ist ja nicht zum Aushalten«, stieß David schließlich hinter mir aus. »Kann mal jemand einen Witz erzählen, bevor ich vor lauter Trübsal eine Therapie brauche.«

Tom blies die Wangen auf und ließ langsam die Luft entweichen. »Es wird komisch sein, wenn du nicht mehr da bist.« Er sah mich an und hob die Schultern. »Ich hab mich inzwischen echt an dich gewöhnt.«

Ich hörte Ryle durchatmen und lächelte Tom dankbar an.

»In drei Wochen sind wir in New York auf einer Preisverleihung«, ließ Mark mich wissen. »Das ist ein guter Anlass, um Lynn wiederzusehen.«

»Oh ja, da musst du uns unbedingt im Hotel besuchen«, sagte Dan. »Kate wird auch da sein.«

Ich sah zu Ryle, der starr aus dem Fenster blickte.

»Wir sind gleich da«, informierte uns Bruce. »Wenn wir aussteigen, bleibt keine Zeit mehr zum Verabschieden. Also fangt schon mal damit an.«

Wieder starrten alle Ryle und mich an. Ich zog den Stick, auf dem ich die fertig bearbeiteten Fotos gespeichert hatte, aus meiner Jeanstasche und überreichte ihn Mark.

»Super. Ich ruf dich an, wenn wir entschieden haben, welche Bilder wir verwenden.«

»Hey, kann ich auch deine Telefonnummer haben?«, fragte Tom und zückte umgehend sein Smartphone.

Ich sagte ihm die Nummer an, wobei die anderen Jungs und Bruce sie ebenso speicherten. Als sie mir anschließend ihre Nummern schickten, vibrierte mehrmals mein Handy.

»Lass dich noch mal knutschen«, säuselte David, beugte sich vor und drückte mir von hinten einen dicken Kuss auf die Wange.

Das war der Moment, in dem Ryle die Mauer, die er um sich errichtet hatte, einstürzen ließ. Er löste seinen Gurt und lehnte sich zu mir vor. Seine Beine berührten die meinen und seine Hände umfassten meine Hüfte. Sobald ich mich ebenfalls abgeschnallt hatte, zog er mich näher zu sich, schloss mich in eine Umarmung und verbarg das Gesicht in meinem Haar.

»Alter, kann mal jemand das Fenster aufmachen«, sagte Tom. »Mir ist plötzlich so heiß.«

Wir kümmerten uns nicht um ihn. Der Van stoppte bereits, und wir nutzten die letzte Gelegenheit, uns zu küssen. Ich kostete es aus, genoss das Gefühl seiner samtig weichen Lippen, die mit meinen verschmolzen.

»Ich hoffe, dass wir es zusammen schaffen«, flüsterte er, während er langsam vor mir zurückwich. Er sah mir tief in die Augen. »Ich wünsche mir wirklich nichts mehr als das.«

»Das wünsche ich mir auch.«

Die Tür wurde aufgezogen. Wir mussten aussteigen, um die anderen ebenfalls nach draußen zu lassen.

Während der Fahrer die Gepäckstücke aus dem Kofferraum lud, verabschiedeten mich die Jungs mit Umarmungen. Selbst Mark und Bruce zogen mich zu sich. Olivia reichte mir die Hand.

Die ersten Passanten erkannten die Band, blieben stehen und machten Fotos. Mark drängte deswegen zur Eile und Olivia trieb die Jungs zusätzlich an.

Ryle strich mit den Händen meine Arme hinab, bis sich unsere Finger trafen und miteinander verschränkten. Sein Blick war unergründlich. Er senkte den Kopf, um mich ein letztes Mal zu küssen. Dann wurde er von den anderen mitgezogen. Seine Hände glitten aus meinen und schließlich war er fort.

Ich stand wie festgemeißelt da und schaute ihnen nach. Die Paparazzi waren inzwischen ebenfalls eingetroffen, rannten neben ihnen her und rangen um das beste Foto. Schnell verlor ich Ryle in der Menge aus den Augen. Es fiel mir schwer zu atmen. In meiner Brust stach die Luft wie Nadeln.

Ein Typ mit einer Kamera stellte sich plötzlich vor mich und fotografierte mich. »Verraten Sie mir Ihren Namen, Miss?«

Ein weiterer Fotograf kam dazu und richtete seine Aufmerksamkeit ebenfalls auf mich. Was sollte das? Ich schulterte meinen Rucksack, nahm meinen Koffer und lief mit gesenktem Kopf los.

»Sie und Ryle Cooper schienen eben sehr vertraut«, sagte der eine, eilte rückwärtsgehend vor mir her und schoss erneut ein Foto.

»Wie lange kennen Sie ihn schon?«, fragte der andere, ging dicht neben mir und hielt mir ein Diktiergerät vors Gesicht.

»Lassen Sie mich bitte in Ruhe.« Ich rannte inzwischen schon fast und sah verzweifelt auf die große Anzeigetafel, um meinen Flug zu finden. Die Männer redeten unentwegt auf mich ein. Dadurch wurden noch mehr Leute auf uns aufmerksam und bedachten mich mit neugierigen Blicken.

Ich war heilfroh, als ich beim Check-in ankam. Die Frau hinter dem Schalter bemerkte den Tumult und winkte mich nach vorn. Ich übergab ihr mein Flugticket und legte den Koffer auf das Laufband. Als sie mir daraufhin den Einlass in den Transitbereich ermöglichte, konnte ich den Paparazzi endlich entkommen und mich hinter einer Wand aus Milchglas verbergen.

Meine Knie zitterten so stark, dass ich dachte, ich könnte mich keine Sekunde länger auf den Beinen halten. Ich fühlte mich völlig ausgelaugt, ließ mich auf einen Sitzplatz sinken, stemmte die Ellenbogen auf meine Oberschenkel und verbarg mein Gesicht in den Händen. Um mich zu beruhigen, atmete ich ein paarmal tief durch. Dann lehnte ich mich zurück und blickte durch die große Fensterfront auf das Rollfeld. Ein Privatjet hob dort gerade von der Startbahn ab und brachte meine mühsam aufrechterhaltene Selbstbeherrschung gänzlich zum Einsturz. Ich weinte leise Tränen und wischte sie mir immerzu aus den Augen, in der Hoffnung, dass keiner der anderen Reisenden etwas davon mitbekam. Ich konnte tief in meinem Inneren spüren, dass Ryle sich immer weiter von mir entfernte. Seine Abwesenheit erstickte mich.

Das nächste Konzert fand am übernächsten Tag in Vancouver statt. Inzwischen wollten sie die Zeit nutzten und hatten sich in einem Tonstudio eingemietet, um den Midnightsong aufzunehmen. Ich freute mich schon darauf, ihn zu hören.

Nachdem ich mich wieder einigermaßen im Griff hatte, nahm ich das Smartphone zur Hand. Da Ryle sowieso nie den Flugmodus einschaltete, wollte ich ihn darüber informieren, was passiert war. Mehrmals hatte ich miterlebt, dass die Jungs die Aufdringlichkeit der Paparazzi hinnehmen mussten. Konnte Ryle überhaupt etwas dagegen unternehmen? Ich wusste nicht einmal, wer die Männer gewesen waren. Wie sollte er da eine Chance haben, die Veröffentlichung der von mir gemachten Fotos aufzuhalten?

Ich starrte unschlüssig auf das Display und schrieb schließlich Mark. Wenn jemand dagegen vorgehen konnte, dann er.

In der Hoffnung, dass er meine Nachricht zeitnah las, blickte ich ununterbrochen auf den Chat. Meine Anspannung nahm mit jeder verstrichenen Sekunde zu. Als die Häkchen endlich blau wurden, schrieb er mir umgehend zurück und erkundigte sich, ob die Männer noch in meiner Nähe waren. Ich hatte keine Presseausweise bemerkt und konnte ihm somit keine Namen der Fotografen liefern. Daher gab ich mir Mühe, sie Mark zumindest so gut wie möglich zu beschreiben.

Er wollte versuchen, die Identitäten der Männer zu ermitteln. Falls ihm das gelang, war er allerdings auf deren Kooperation angewiesen. Eine gerichtliche Verfügung, die ihnen die Veröffentlichung der Bilder verbat, bekam er nicht so schnell. Und natürlich müsste er sie dafür auch namentlich benennen können. Ich konnte nur hoffen, dass die Situation nicht eskalierte.

Mein Flug wurde aufgerufen, weshalb ich aufstand, den Rucksack schulterte und zum Gate lief. Gerade wollte ich auf dem Handy den Flugmodus einschalten, da erreichte mich noch eine Nachricht von Ryle.

Mark hat mir gerade erzählt, was passiert ist. Kannst du mir bitte etwas versprechen? Was auch immer geschieht, lauf bitte nicht wieder vor mir weg.

30

Die Situation war so was von eskaliert. Mark hatte es nicht geschafft herauszufinden, wer die Paparazzi waren. Und so hatte ich mich am nächsten Tag in sämtlichen Klatschzeitungen wiedergefunden. Im Internet hatten ebenfalls Bilder unserer Abschiedsszene und Einzelfotos von mir die Runde gemacht. Die Presse überschlug sich mit Berichten und rätselte, wer ich war. Glücklicherweise war die Information, dass ich nach New York geflogen war, der einzige Anhaltspunkt, den sie hatten.

Inzwischen waren mehr als zwei Wochen seit meiner Heimreise vergangen und meine anfängliche Panik ging allmählich in Frust über. Mark, Ryle und meine Schwester waren sich darüber einig, dass es das Beste für mich war, wenn ich eine Weile untertauchte und die Wohnung nicht verließ. Das Probearbeiten in der Bar fiel daher auch ins Wasser und so konnte ich den Job nun vergessen. Obgleich Emily und Luca sich nach Feierabend bemühten, mich aufzumuntern, fühlte ich mich mittlerweile wie in einem Gefängnis.

Das einzige Highlight waren Ryles Videoanrufe. Tagsüber schrieben wir uns Nachrichten und meist kurz vor Mitternacht rief Ryle mich an. Dann telefonierten wir so lange, bis uns die Augen zufielen. Ihm tat es leid, dass ich seinetwegen so viel durchmachen musste. Aber Mark und er konnten nichts dagegen tun. Wir mussten abwarten, bis sich der Trubel legte und die Presse sich auf andere Themen konzentrierte.

Wie es aussah, war ausgerechnet Irina Lewis diejenige, die mir in dieser Situation behilflich war. Sie wurde dabei erwischt, wie sie in einem Restaurant mit Tom Woods, ihrem Schauspielkollegen, herumknutschte. In den sozialen Medien wurde schon fleißig darüber berichtet, und ich ging davon aus, dass spätestens am nächsten Tag auch die Zeitungen voll davon waren.

Ich hatte meinen Hausarrest dazu genutzt, um meine Bewerbung für die Uni fertig zu machen. Mark hatte mir ein Empfehlungsschreiben ausgestellt, das ich den Unterlagen beifügte. Nun lag die Mappe vor mir auf dem Tisch und ich starrte sie seit Minuten an.

»Hast du irgendwo meine Ohrringe gesehen?«, fragte Emily, die schon den ganzen Morgen hektisch durch die Wohnung wuselte.

»Im Bad auf der Spiegelablage liegen welche«, erwiderte ich.

»Nein, ich suche die Creolen. Im Schmuckkästchen habe ich schon geguckt und in der Kommode sind sie auch nicht.«

»Nimm doch einfach andere. Irgendwann tauchen sie wieder auf.«

Emily seufzte, kam zum Tisch, trank einen Schluck aus ihrer Kaffeetasse und verschwand erneut im Bad.

»Bestellen wir heute Abend Pizza?«, fragte Luca, der aus dem Schlafzimmer kam und sich den Schlips band.

»Ich bin zufällig den ganzen Tag hier und kann uns etwas kochen, damit ich nicht vor Langeweile sterbe«, sagte ich und verdrehte die Augen.

»Gutes Mädchen.« Er rieb mir über den Kopf und zerzauste dabei meine Haare. »Die leckeren Tortellini von letzter Woche könntest du noch mal machen.« Er lachte. »Nein, im Ernst, du brauchst nicht jeden Tag für uns zu kochen.«

»Es macht mir nichts aus. Dann habe ich wenigstens etwas

zu tun.« Ich stemmte die Ellenbogen auf den Tisch und stützte meinen Kopf. »Diese Woche halte ich noch durch, aber keinen Tag länger. Ich kann mich nicht ewig abschotten. Emily weiß nicht, wie sie den Andrang im Eagle Rock bewältigen soll, und ich sitze hier nur unnütz herum.«

Luca nahm seine Tasche und ging Richtung Tür. Meine Schwester kam derweil wieder aus dem Bad und wirkte irgendwie blass.

»Bis heute Abend«, sagte Luca und gab ihr im Vorbeigehen einen Kuss.

Sie stand stocksteif da und starrte ihm nach, bis er durch die Tür verschwunden war.

»Alles klar bei dir?«, erkundigte ich mich.

Emily sah mich an und schließlich wieder zur Tür. Sie öffnete den Mund, brachte jedoch kein Wort heraus.

Ich stand auf und ging zu ihr. »Was hast du?«

Plötzlich entwich ihr ein euphorisches Quieken. »Ich habe meine Creolen gefunden«, stieß sie aus und fiel mir um den Hals.

Verwirrt erwiderte ich ihre Umarmung. »Ähm, das freut mich für dich.«

Sie ließ mich los, nahm meine Hand und zog mich hinter sich her ins Badezimmer. »Sie lagen auf der Waschmaschine. Bevor ich sie dort sah, habe ich noch in Lucas Fach nachgeschaut.« Sie deutete auf sein Schubfach und quiekte erneut.

Ich hob die Schultern. »Ja, und?«

»Schau mal rein«, forderte sie mich auf.

»Das sind Lucas Sachen, da geh ich nicht ran.«

Sie atmete tief durch, schob sein Fach auf und holte eine kleine Schmuckschachtel hervor, die wir beide sekundenlang anstarrten.

»Ist es das, was ich denke?«, flüsterte ich.

Emily nickte übermütig und öffnete die Schatulle, in der ein zarter Brillantring steckte.

»Wow« war das Einzige, was ich sagen konnte.

»O Gott, Lynn, er will mich heiraten. Was mache ich denn nun? Ich weiß nicht, ob ich das überhaupt möchte. Also irgendwie ja schon, aber heutzutage braucht man das gar nicht mehr. Vielleicht ist das der Anfang vom Ende, weil man sich dann sicher fühlt und die Beziehung schleifen lässt? Wir haben nie darüber gesprochen, wie wir zu einer Ehe stehen. Das war wirklich nie ein Thema bei uns. Und jetzt finde ich diesen Ring. Wann er wohl vorhat, mich zu fragen? Womöglich hat er es sich inzwischen anders überlegt und den Ring versteckt, weil er doch nicht um meine Hand anhalten will. Wie soll ich mich ihm gegenüber verhalten? Er weiß ja nicht, dass ich weiß …«

»Emily.« Ich unterbrach ihren Redeschwall, nahm ihr die Schatulle aus der Hand und legte sie zurück in Lucas Schubfach. »Luca ist verrückt nach dir und du bist es nach ihm. Ein Trauschein wird nichts daran ändern.«

Sie hatte Tränen in den Augen. »Ich heule jetzt schon, dabei hat er mir den Antrag noch nicht mal gemacht.«

Wir lachten.

»Er darf niemals erfahren, dass du den Ring vorher gefunden hast«, sagte ich. »Das bleibt unser Geheimnis.«

Sie nickte, trat zum Spiegel und kontrollierte ihr Make-up.

»Ich will ja nicht drängeln, aber du musst jetzt wirklich los.« Ich setzte meinen Welpenblick auf. »Du hast mir versprochen, meine Bewerbungsmappe in der Uni abzugeben, bevor du ins Eagle Rock gehst.«

Emily stob an mir vorbei ins Wohnzimmer und wühlte in ihrer Tasche. »Hab ich alles?«, murmelte sie.

Ich ging zum Esstisch, strich über die Mappe und nahm sie auf. Ihr Wohnungsschlüssel lag neben der Kaffeemaschine.

»Bis später«, sagte ich, während ich ihr beides überreichte.

»Ha, den hab ich gesucht.« Sie warf den Schlüssel in ihre Tasche und riss mir die Mappe aus der Hand.

»Geh bitte vorsichtig mit ihr um«, rief ich ihr nach, da war sie bereits zur Tür hinaus.

Ich lief zum Fenster und beobachtete sie, bis sie um die Straßenecke bog und aus meinem Sichtfeld verschwand. Anschließend sah ich auf mein Handy und betrachtete das Foto, das Ryle mir geschickt hatte. Darauf war der Sitz im Flugzeug zu sehen, auf dem ich immer gesessen hatte. Durch das seitliche Fenster erkannte ich Wolken. *Du fehlst …*, lautete die Bildunterschrift, die mir augenblicklich ein Lächeln ins Gesicht zauberte.

Ich: Dein Handy ist eindeutig nicht im Flugmodus ☺

Ryle: Die anderen kleben auch an ihren Smartphones. Da kommt es auf meins nicht an.

Ich: Sag ihnen viele Grüße von mir. Wenn ihr außerhalb einer Landebahn runterkommt, seid ihr selbst schuld.

Ryle: Hab es gerade ausgerichtet.

Ich: Hören wir uns heute Abend?

Ryle: Sobald ich im Hotel bin.

Ich schickte ihm ein Herz und bekam direkt eins zurück. Im nächsten Moment erhielt ich mehrere Nachrichten von den Jungs, die mich mit GIFs von verqueren Landungen zuspammten. Ich schmunzelte, legte das Handy beiseite und setzte mich an den Küchentisch.

Die nächste Stunde verbrachte ich am Grafiktablet, stellte die Silhouette eines Adlers, auf dessen ausgebreiteten Schwingen eine Berglandschaft zu erkennen war, als Tattoo-Motiv fertig und schickte dieses mit drei weiteren Entwürfen an Ricardo. Bei einer eingegangenen Mail von Magnus Peterson kippte ich förmlich aus den Socken. Als einer der angesagtesten Fotografen der Szene organisierte er jedes Jahr eine Charity-Ausstellung, bei der Künstler ihre Werke für einen guten Zweck zur Versteigerung anboten. Und nun bat er mich darum, ein paar meiner Bilder von *Reanimation* beizusteuern. Zwar würde ich dabei nichts verdienen, aber allein die Chance, in der Riege namhafter Künstler und Fotografen teilnehmen zu dürfen, war eine große Ehre. Zudem las es sich auch in meiner Vita gut. Ich war darüber derart fassungslos und glücklich, dass ich am ganzen Körper Gänsehaut bekam.

Als ich mir in einem Topf Wasser für mein Mittagessen aufsetzte, sah ich Emilys Geldbeutel, der das Wechselgeld für das Café enthielt, auf der Anrichte liegen. Emily hatte es wohl vergessen. Dabei brauchte sie es sicherlich und hatte bestimmt keine Zeit, um es zu holen.

Kurz entschlossen drehte ich den Herd aus. Ich saß hier seit über zwei Wochen fest. Es war an der Zeit, wieder am Leben teilzunehmen. Deshalb entschied ich, meinen Hausarrest zu beenden.

Schnell zog ich mich um, band meine Haare zu einem Pferdeschwanz zusammen und machte mich mit dem Wechselgeld auf den Weg. Anfänglich war ich paranoid und sah jedes Mal, wenn mir jemand entgegenkam, zu Boden. Jetzt konnte ich nachvollziehen, wie Ryle sich in der Öffentlichkeit fühlte, und war froh, dass das bei mir kein Dauerzustand war. Die Passanten ignorierten mich und ich entspannte mich merklich. Womöglich hätte ich mir den Hausarrest sogar sparen können.

Als ich beim Eagle Rock ankam, standen die Leute bis nach draußen Schlange, und ich bekam sofort ein schlechtes Gewissen, weil ich meine Schwester die letzten Tage nicht unterstützt hatte. Kein Wunder, dass sie auf dem Zahnfleisch kroch und immer zerstreuter wurde.

Ich drängte mich an den Gästen vorbei und ging zu ihr hinter den Tresen.

»Was machst du denn hier?« Sie sah mich an, als wäre ich ein Geist.

»Dir helfen.« Ich übergab ihr die Geldtasche.

Sie sah verunsichert zwischen den Leuten und mir hin und her.

»Was bekommt ihr?«, fragte ich zwei Frauen an der Spitze der Warteschlange, ehe meine Schwester auf die Idee kam, mich wieder wegzuschicken.

»Zwei Milchkaffee und einen Blaubeermuffin, bitte.«

»Kommt sofort.« Ich zwinkerte Emily zu, trat an den Kaffeeautomaten und legte los.

Erst war sie spürbar nervös, doch das legte sich mit der Zeit und wir spielten uns ein. Ich bereitete den Kaffee zu. Sie gab das Gebäck aus und kassierte. Nebenbei räumte ich die Tische wieder frei, damit neue Gäste dort Platz fanden.

Eine einzige Situation verunsicherte mich dann allerdings doch. Drei Mädchen waren an der Reihe und starrten mich regelrecht an. Allerdings ließ ich mir meine aufsteigende Nervosität nicht anmerken und konzentrierte mich weiter auf meine Arbeit. Die Mädchen bezahlten und gingen wie alle anderen. Erst viel später sah ich eine von ihnen wieder vor dem Schaufenster stehen. Ich behielt sie und ihr Handy weitestgehend im Auge, um sicherzugehen, dass sie mich nicht heimlich fotografierte. Nach einer Weile war sie zum Glück verschwunden. Es nützte nichts, wenn ich mich verrückt machte. Ich war ein freier Mensch und genauso sollte ich mich auch verhalten.

Als Emily das Café am späten Nachmittag schloss, räumten wir auf und machten Inventur. Sie konnte es unmöglich schaffen, sich weiterhin durch ihre abendlichen Backorgien mit ausreichend Cookies und Muffins einzudecken. Im Grunde blieb ihr nichts anderes übrig, als mit einem Backwarenhändler zu kooperieren.

»Für mich sind deine Cookies die leckersten, die es gibt«, sagte ich und klappte einen leeren Karton zusammen. »Vielleicht kannst du einem Händler deine Rezepte verkaufen oder mit ihm eine eigene Marke aufbauen.«

Sie atmete tief durch. »So kann es auf jeden Fall nicht weitergehen.«

Wir räumten die letzten Tüten voller Cookies ins Regal und machten uns auf den Heimweg. Allerdings hatten wir uns noch keine zehn Schritte vom Eagle Rock entfernt, da eilten plötzlich zwei Männer über die Straße hinweg auf uns zu.

»Verdammter Mist«, stieß Emily aus, da beide umgehend ihre Kameras zückten.

Wir rannten vor ihnen weg. Jedoch tauchte neben uns ein Motorroller auf und der hinter dem Fahrer sitzende Mann begann uns emsig zu fotografieren.

»Lassen Sie uns in Ruhe«, rief Emily, ergriff meine Hand und zog mich über die Straße. Mein Puls raste so schnell, dass ich ihn in den Ohren rauschen hörte. Wir stürmten den Gehweg entlang, ließen uns nur gelegentlich los, um Leuten auszuweichen. Ich zog meinen Kopf ein, als hätte sich an jeder Straßenecke ein Scharfschütze versteckt, der versuchte uns ins Visier zu nehmen. Emily keuchte neben mir und auch ich war völlig außer Atem. Statt die Paparazzi abzuhängen, entdeckte ich ständig mehr.

Es war eine regelrechte Hetzjagd. Passanten, die zufällig unseren Weg kreuzten, sahen uns verstört an. Wir waren von Motorrädern und joggenden Fotografen umzingelt.

Kurz bevor wir die Treppe zu Emilys Haus erreichten, hielt mich einer der Männer am T-Shirt zurück. »Warten Sie, wir haben nur ein paar Fragen!«, rief er.

Da ich nicht stehen blieb und er mich nicht gleich losließ, hörte und spürte ich den Stoff meines Shirts reißen und bekam es nun vollends mit der Angst zu tun. Emily ließ vor Aufregung den Hausschlüssel fallen. Ich sah zu Boden und hielt mir die Hände vors Gesicht, bis sie mich am Arm packte und ins Haus zog.

Nachdem die Tür hinter uns ins Schloss gefallen war, lehnten wir uns mit dem Rücken dagegen. Wir atmeten beide schwer und sahen uns mit weit aufgerissenen Augen an.

»Scheiße, jetzt wissen sie, wo du wohnst.«

31

Ich fühlte mich derart erdrückt, als wären Abertausende Steine auf mich niedergegangen. Erst zitterten nur meine Beine und schließlich mein ganzer Körper. Trotz des zurückliegenden Sprints war mir kalt. Ich ließ mich auf die Couch sinken.

»Wir müssen dich wegbringen, bevor noch mehr Leute von deinem Aufenthaltsort Wind bekommen. Lass uns schnell ein paar Sachen packen. Ich habe mit Luca gesprochen. Er macht früher Feierabend und holt uns ab.«

Ich seufzte. »Und dann?«

»Mir fällt nur ein Ort ein, wo kein Fotograf auf den Gedanken käme, dich zu suchen.«

»Und der wäre?«

»Wo ist es so öde, dass man sich anstrengen muss, das Kaff überhaupt auf der Landkarte zu finden?«, fragte sie.

Wir sahen uns an. »In Eagle Rock«, sagten wir gleichzeitig.

Emily setzte sich neben mich und nahm meine Hände in die ihren. »Sie kennen dein Gesicht, nicht deinen Namen. Ich denke wirklich, du bist dort sicher. Zumindest sicherer als in irgendeinem Hotel. Wir haben eigentlich keine Alternative.«

Ich nickte. »Vielleicht hast du recht. Und wie soll ich hinkommen?«

»Luca und ich fahren dich.«

»Du kommst mit?« Meine Stimme klang höher als sonst.

»Ja, ich lass dich doch jetzt nicht allein.«

»Aber du und Dad ...«

Sie zuckte mit den Achseln. »Ist eine gute Gelegenheit, mich ihm mal wieder zu stellen.«

»Und Luca? Ich glaube nicht, dass er Dad nochmals begegnen will.«

»Es war Lucas Idee. Er möchte uns helfen.«

Ich umarmte sie. »Was würde ich bloß ohne euch machen?«

»Los jetzt.« Sie scheuchte mich auf. »Wir müssen die Koffer gepackt haben, bevor Luca mit dem Auto vorfährt.«

Emily eilte ins Schlafzimmer, ich zu der Kommode, in der ich meine Klamotten aufbewahrte. Während ich die Sachen wahllos in den Koffer schmiss, rief ich Ryle an. Es meldete sich jedoch nur seine Mailbox. Ich versuchte es bei Mark. Da ich ihn ebenso nicht erreichen konnte, ging ich davon aus, dass sie mitten in einem Termin steckten. Sie waren in Mexiko-Stadt, um das bevorstehende Album zu bewerben. Soviel ich wusste, standen heute zwei Radiosender, ein Verlagsbesuch und eine Liveshow auf ihrem Programm. In ihrem Hotel erwarteten sie zusätzlich ausgewählte Journalisten zum Interview.

Ich warf das Handy auf die Couch und ging ins Bad, um meine Waschtasche zu packen. Als ich wieder ins Wohnzimmer kam, stand Emily neben dem Fenster und lugte hinunter auf die Straße. »Das sind mindestens zwanzig Mann«, ließ sie mich wissen. »Auf der gegenüberliegenden Straßenseite parkt sogar ein Übertragungswagen.« Sie sah mich an. »Wie es aussieht, laufen wir auch im TV.«

Mein Blick fiel automatisch zum Fernseher.

»Nein, Lynn.« Emily kam zu mir. »Wenn wir es sehen, machen wir uns noch mehr verrückt.«

Ihr Handy klingelte.

»Ja? ... Okay, wir kommen.« Sie legte auf und lief zu ihrem Koffer. »Luca ist da. Er parkt an der Straßenecke und fährt vor, sobald wir rauskommen.« Tief durchatmend blieb sie vor mir stehen. »Wir schaffen das. Augen zu und durch.«

Im nächsten Moment lief sie schon zur Tür hinaus und drängte mich zur Eile. Ich schulterte meinen Rucksack und nahm den Koffer. Emily schloss hinter uns ab und wir hasteten die Treppe hinab. Mir graute vor dem, was uns auf der Straße erwartete. Doch ich kam gar nicht erst dazu, mich in irgendeiner Weise davor zu wappnen. Emily riss die Haustür auf und hetzte vor mir hinaus.

Inzwischen war es dunkel geworden und uns empfing augenblicklich Blitzlichtgewitter. Da ich kaum etwas erkennen konnte, war es ein Wunder, dass ich die Stufen hinter mich brachte, ohne mir dabei den Hals zu brechen.

»Wie heißen Sie? Haben Sie Ryle beim Besuch der Band im Café kennengelernt? Wann sehen Sie ihn wieder? Wie lange sind Sie schon ein Paar?« Von allen Seiten prasselten Fragen auf mich ein. Eine Reporterin hielt mir ihr Mikrofon so nah vors Gesicht, als wollte sie mir damit die Nase brechen.

Luca tauchte neben mir auf, nahm mir den Koffer ab und drängte sich mit mir durch den Tumult. »Machen Sie Platz«, rief er und stieß einen Fotografen, der genau vor ihm lief, zur Seite. »Setz dich ins Auto«, wies er mich an, während er das Gepäck im Kofferraum verstaute.

Sein silberner Ford parkte mitten auf der Straße. Emily nahm auf dem Beifahrersitz Platz und ich rutschte auf die Rückbank. Die Presseleute machten trotzdem weiterhin Fotos.

Kaum war Luca ebenfalls eingestiegen, verriegelte er die Türen und fuhr hupend im Schritttempo los. Einige rannten neben dem Wagen her, obwohl wir die Geschwindigkeit beschleunigten. Sobald sie zurückfielen, gab Luca richtig Gas.

Mir schlug das Herz bis zum Hals. Mein Mund fühlte sich staubtrocken an.

Ich drehte mich um und sah durch die Heckscheibe zurück. Der Übertragungswagen eines Fernsehsenders und ein paar Motorräder hatten unsere Verfolgung aufgenommen.

»Sie fahren uns hinterher«, stieß ich aus.

»Damit habe ich gerechnet«, erwiderte Luca und stellte den Rückspiegel ein. »Ich nehme nicht den direkten Weg nach Eagle Rock. Für die normale Strecke bräuchten wir schon fast acht Stunden. Mit Umwegen brauchen wir bedeutend länger. Die Presseleute werden irgendwann aufgeben und umdrehen.«

»Hoffen wir es«, sagte Emily und hielt ihr Telefon ans Ohr. Es vergingen einige Sekunden und sie legte ohne Erfolg wieder auf. »Mom geht nicht ran. Lynn, rufst du Dad an? Sie sollten wissen, dass wir zu ihnen unterwegs sind.«

Ich tastete meine Hosentaschen ab und durchwühlte meinen Rucksack, bis ich mich erinnerte. »O Mann. Ich habe mein Handy auf der Couch liegen lassen.«

Meine Schwester wandte sich zu mir um und Luca bedachte mich über den Rückspiegel mit einem mitfühlenden Blick.

»Hier, nimm meins.« Emily reichte es mir und drehte sich wieder nach vorn. »Ich rechne allerdings nicht damit, dass Dad rangeht, wenn er meine Nummer sieht.«

Ich suchte Dad in ihren Kontakten und lauschte dann dem Klingelton. Gerade als ich wieder auflegen wollte, hörte ich seine vertraute Stimme.

»Hallo?«

»Hi, Dad. Hier ist Lynn.«

Emilys Kopf schnellte herum. Sie war sichtlich überrascht.

»Lynn? Ist was mit Emily?« Er klang besorgt.

»Nein, ihr geht's gut. Ich habe mein Handy liegen lassen

und wollte dir nur Bescheid geben, dass wir nach Eagle Rock kommen.«

»Mit *wir* meinst du da dich und deine Schwester?«, fragte er mit Verzögerung.

»Ja, und Luca.«

Es herrschte kurzes Schweigen.

Er räusperte sich. »Wann wollt ihr denn kommen?«

Ich rieb mir die Schläfe. »Genau genommen sind wir schon unterwegs. Ich schätze, wir sind frühestens in neun Stunden da.«

Dieses Mal hielt die Stille länger an. »Äh, ja, also, okay ... Eure Mutter wird sich freuen. Sollen wir was Bestimmtes besorgen? Was wollt ihr essen?« Er klang richtig aufgeregt.

Ich presste das Telefon an die Brust. »Hast du einen Wunsch, was Dad für uns kochen soll?«

Sie riss die Augen auf. Ihr Mund stand offen. Eine Antwort erhielt ich nicht.

»Wenn ich mich recht erinnere, mochte Emily deinen Schmorbraten so gern, und mein Lieblingsgericht sind deine selbst gemachten Ravioli.«

Sie klappte den Mund wieder zu. Ihre Augen wurden jedoch noch größer.

»Alles klar. Könnt ihr haben.«

»Danke.«

»Gute Fahrt. Ich hoffe, ihr findet den Weg nach Hause.«

»Den haben wir nie vergessen, Dad.«

»Ich meinte, weil es in der Umgebung wegen Bauarbeiten einige Straßensperren gibt«, entgegnete er.

»Oh. Natürlich. Wir folgen einfach den Hinweisschildern.«

»Bis dann, Kleine.«

Ich legte auf und merkte jetzt erst, wie sehr ich ihn wirklich vermisste.

»Du hast tatsächlich mit ihm gesprochen«, sagte Emily, als ich ihr das Handy wieder reichte. »Von meinem Telefon aus. Und er will für uns kochen. Im Ernst?« Sie sah zu Luca. »Kannst du mich mal kneifen?«

Er tat es und sie schrie lachend auf.

»Du solltest Ryle Bescheid geben«, forderte sie mich auf und warf mir das Handy wieder in den Schoß.

»Das kann ich nicht. Ich habe seine Nummer nicht im Kopf.« Ob er mich inzwischen zurückgerufen hatte? Wann auch immer er es tat, er wunderte sich sicherlich, warum ich mich nicht meldete. Ryle hatte noch keine Ahnung, was hier ablief. Oder hatte er es bereits in den Medien gesehen? In Mexiko war das vermutlich eher unwahrscheinlich.

»Ich habe Mr Stingers Nummer gespeichert«, erwiderte Emily. »Probier es bei ihm.«

Wie vorhin meldete sich nur die Mailbox. »Er geht nicht ran. Ich versuche es später noch mal.«

Ein Blick zurück bestätigte mir, dass wir weiterhin von Presseleuten verfolgt wurden.

»Darf ich mich über dein Handy auf Instagram einloggen?«

»Klar.«

Ich tat es und rief Ryles Account auf. Er hatte heute ein Foto gepostet, auf dem er neben den Jungs auf der Bühne im Scheinwerferlicht zu sehen war. Seine Gitarre trug er an einem neuen schwarzen Trageriemen um den Hals. Ich lächelte. Wenn ich daran dachte, wie er auf mein Geschenk reagiert hatte und wie nah wir uns daraufhin gekommen waren, spürte ich sofort ein Prickeln in der Brust.

Beim Weiterscrollen fiel mein Blick auf unser gemeinsames Bild. Nachdem mich die Paparazzi am Flughafen abgelichtet hatten, fand Mark, dass Ryle sich kurz zu mir äußern sollte, weil die Reporter nach unserer gemeinsamen Sichtung sowieso ein

Statement von ihm verlangen würden. Ich war damit einverstanden, und wir hatten ein Bild vom gemeinsamen Shooting ausgewählt, auf dem mein Gesicht nicht zu sehen war. Bei seinem schlichten Kommentar erwärmte sich noch immer mein Herz. *Zusammen <3.*

Ich erinnerte mich, wie es sich angefühlt hatte, bei dem Shooting mit Ryle zu posieren. Wir hatten Spaß gehabt, und es war nebensächlich gewesen, dass Magnus Peterson uns dabei fotografiert hatte. Auf diesem Bild trug Ryle mich auf seinen Armen. Obwohl sein Gesicht teilweise von meinen Haaren verdeckt wurde, sah man ihn lachen. Er strahlte richtig. Unsere heitere Stimmung war echt und nicht für den Fotografen inszeniert. Bei der Vertrautheit, die wir ausstrahlten, vermisste ich ihn gleich noch mehr.

Ryle hatte mir davon abgeraten, die Kommentare unter dem Beitrag zu lesen. Bei über 40000 konnte er sie nicht einmal selbst alle gelesen haben. Die Neugierde war jedoch einfach zu groß.

Ihr seid echt sweet, hatte Tom als Erster darauf reagiert.

Den Wetteinsatz kann ich dann wohl endgültig vergessen, lautete Davids Kommentar.

Dan und Simon hatten Herz-Emojis hinterlassen.

Ich scrollte durch die netten Anmerkungen seiner Follower, bis ich bei der ersten negativen hängen blieb. *Was willst du mit der, wenn du Irina haben kannst,* schrieb jemand. *Ist sie so hässlich, dass sie ihr Gesicht verstecken muss?,* ein anderer.

Ein Loch tat sich in meinem Bauch auf. Dennoch las ich weiter und stieß auf Kommentare, die erst wenige Minuten alt waren. *Du könntest jede haben und nimmst die? … Ich gebe dem Ganzen höchstens einen Monat … Schade, dass man keinen Dislike dalassen kann … Nimm mich … Sie ist nicht gut genug für dich …*

Ich biss mir auf die Lippe, bis sie schmerzte. Hätte ich bloß auf Ryles Ratschlag gehört. Er war Hater gewohnt. Ich wusste nicht mit ihnen umzugehen. Die Fans konnten unberechenbar sein. Obwohl sie mich gar nicht kannten, spielten sie sich auf und hetzten gegen mich. Es war so einfach, weil sie im Internet anonym waren. Ob sie mir die Gemeinheiten auch ins Gesicht sagen würden? Solche Leute waren meistens mit ihrem eigenen Leben unzufrieden. Ich versuchte, die negativen Kommentare nicht zu nah an mich heranzulassen, doch sie trafen mich trotzdem sehr.

Nachdem ich Ryle eine Nachricht hinterlassen hatte, in der ich ihm die Situation kurz schilderte und ihm die Handynummer meiner Schwester hinterließ, loggte ich mich aus und gab Emily ihr Handy zurück. Ich lehnte mich erschöpft mit dem Kopf gegen die Autoscheibe.

»Ich bräuchte bald mal eine Pause«, sagte Luca, als wir etwa vier Stunden unterwegs waren und es draußen längst dunkel geworden war. Er sah in den Rückspiegel. »Die Motorräder sind weg. Aber diese Fernsehleute sind noch an uns dran.«

»Wenn wir sie nicht loswerden, können sie weiterhin unsere Position durchgeben«, erwiderte Emily.

Ich sank in meinen Sitz und schloss die Augen. Mir war nicht danach, mich nach dem Übertragungswagen umzusehen.

»Vielleicht sollte sich Lynn auf ein Interview mit ihnen einlassen, damit sie endlich umkehren«, schlug Luca vor.

Ich riss die Augen auf. »Bloß nicht. Ich habe keine Ahnung, was ich denen sagen soll. Wer weiß, was die mir für Fragen stellen. Ich will mit der Presse nichts zu tun haben.«

»Sie werden dich wahrscheinlich nicht eher in Ruhe lassen«, entgegnete Luca. »Ich muss echt bald anhalten, sonst pinkle ich ins Auto.«

»Ich muss auch mal«, sagte Emily und griff nach ihrem klingelnden Handy. »Mr Stinger, Gott sei Dank, dass Sie sich melden.«

Sie drehte sich zu mir um und deutete auf ihr Smartphone.

Ich schüttelte den Kopf. »Schildere du ihm, was passiert ist«, bat ich sie.

Emily erzählte ihm in allen Einzelheiten von unserer Flucht. Mark hatte keine Chance, zu Wort zu kommen, bis sie endete und ihm bereitwillig lauschte.

Sie sah Luca an. »Fahr bitte rechts ran.«

Er erwiderte ihren Blick und hob fragend die Augenbrauen.

»Mach schon«, blaffte sie ungeduldig.

Ich sah durch die Heckscheibe und beobachtete, wie der Übertragungswagen direkt hinter uns hielt. »Was hast du vor?«, fragte ich.

Statt mir zu antworten, stieg sie aus. Luca und ich folgten ihr mit unseren Blicken. Sie ging mit langen Schritten zu dem Wagen, klopfte an die Autoscheibe und überreichte der Reporterin auf dem Beifahrersitz ihr Handy, als diese das Fenster herunterließ.

Mit in die Hüften gestemmten Händen wartete sie, bis die Frau ihr das Telefon wieder zurückgab. Dann hielt sie es selbst ans Ohr und kam wieder zu uns. »Ich richte es ihr aus«, sagte sie, während sie einstieg. »Bis später.«

Der Übertragungswagen wendete und fuhr in die Richtung davon, aus der wir gekommen waren.

»Was hat Mark gesagt?«, erkundigte ich mich.

»Er hat ihnen angekündigt, dass er sie wegen Bedrohung und Belästigung anzeigen wird, wenn sie uns weiterhin verfolgen.« Sie kramte in der vorderen Ablage nach einem Zettel und Stift. »Ich muss schnell das Kennzeichen aufschreiben, bevor ich es vergesse.«

»Sie hatten noch keine Ahnung, oder?«

Emily drehte sich zu mir um und schüttelte den Kopf. »Sie waren bis eben in einer Liveshow. Er wird Ryle gleich informieren.«

»Bin gespannt, wie sie das regeln wollen«, sagte Luca und sah mich über den Rückspiegel an. »Ich hab echt keinen Schimmer, wie du aus dieser Sache wieder rauskommst.«

32

Nach über neun Stunden Fahrt, zwei kleinen Pausen und drei Umleitungen erreichten wir Eagle Rock. Die Morgendämmerung brach bereits an, die Umrisse der hügeligen Landschaft waren zu erkennen. Mein Heimatort war von Wald umgeben. Der James River floss vorbei. Als Kind hatte ich stundenlang mit Dad und Emily an seinem Ufer gesessen und geangelt. Ich hatte meine Eltern vermisst. Durch mein derzeit angespanntes Verhältnis zu Dad, das zwischen ihm und Emily weitaus verkorkster war, wusste ich allerdings nicht, wie sich unser Aufenthalt gestalten würde. Das Telefonat mit ihm stimmte mich jedoch zuversichtlich.

In regelmäßigen Abständen säumten Strommasten die Straße, deren Leitungen zu den vereinzelten Häusern führten. Das Diner war durch das Licht der davorstehenden Straßenlaterne schon von Weitem zu sehen. Es war ein zweistöckiges langes Gebäude, in dem die obere Etage als Wohnraum diente. Ich sah zu meinem Zimmerfenster. Es war kaum zwei Monate her, und trotzdem kam es mir ewig vor, seit ich von hier fortgegangen war. Mein damaliges Leben war strukturiert und gleichzeitig langweilig gewesen. Umso chaotischer war es jetzt.

»Das Diner öffnet jeden Tag um sieben Uhr«, ließ Emily Luca wissen, nachdem er auf einem der Stellplätze geparkt hatte. »In spätestens einer halben Stunde werden unsere Eltern aufstehen. Bis dahin können wir uns noch etwas die Beine vertreten.«

»Ich möchte gerade einfach nur schlafen«, erwiderte er. Emily und er hatten durchgemacht, was man ihnen an den dunklen Augenringen ansah. Ich war im Auto immer wieder weggenickt.

»Danke, Luca«, sagte ich. »Das werde ich nie wiedergutmachen können.«

»Schon gut.« Er gähnte und stellte sich den Sitz nach hinten. »Weckt mich bitte nur, wenn die Welt untergeht.«

Emily küsste ihn auf die Wange, was er mit einem zufriedenen Seufzen kommentierte. Dann stiegen wir aus und sahen uns um.

»Es ist seltsam, wieder hier zu sein.« Emily drehte sich im Kreis und atmete tief durch. »Ob es die Baumschaukel hinter dem Haus noch gibt?«

»Bevor ich weg bin, war sie auf jeden Fall noch da«, erwiderte ich.

Sie hakte sich bei mir unter und wir liefen um das Diner herum. Durch den Bewegungsmelder ging die Außenlampe an und erhellte den Garten, den man eigentlich nicht als solchen bezeichnen konnte, weil alles wild wuchs. Unsere Eltern hatten keine Zeit, sich darum zu kümmern. Sie hatten sieben Tage die Woche von früh bis spät im Diner zu tun. Einzig ein kleines Stück des Rasens, auf dem eine Sitzbank mit einem Tisch stand, war begehbar gemacht.

Wir stapften durch das hohe Gras bis zu der alten Eiche, an deren unterstem Ast eine Schaukel für zwei Personen angebracht war. Ich setzte mich hinein und lehnte mich zurück, während Emily nach oben sah und skeptisch die Halterung betrachtete.

»Bist du sicher, dass sie uns beide aushält?«

»Klar.«

»Als wir das letzte Mal zusammen darauf gesessen haben, waren wir Kinder.«

Ich klopfte neben mich auf den Sitz. »Komm schon, sei mutig. Wenn wir fallen, dann fallen wir gemeinsam.«

Sie wirkte, als versuche sie auf einem rohen Ei Platz zu nehmen und dieses dabei nicht zu zerdrücken. Ich lachte.

»Wir hatten hier auch schöne Zeiten«, sagte sie, nachdem wir eine ganze Weile schweigsam hin- und hergeschaukelt waren.

Ich nickte. »Darf ich noch mal dein Handy haben? Es ist komisch, dass Ryle nicht angerufen hat.«

»Oh, das hat er.«

Ich starrte sie an.

»Sorry, du hast auf der Fahrt tief und fest geschlafen. Ich war froh, dass du von dem ganzen Mist abschalten konntest, und Ryle wollte ebenfalls nicht, dass ich dich seinetwegen wecke.«

Ich seufzte.

»Er wird sich heute wieder melden.«

»Hat er so noch irgendwas gesagt?«

»Er war sehr aufgewühlt. Natürlich hätte er dir das gern erspart und macht sich Sorgen.« Emily legte den Arm um mich. »Jetzt habe ich seine Nummer und du kannst ihn ebenfalls anrufen.« Sie sah auf ihre Armbanduhr. »Allerdings nicht um diese Zeit. Es ist nicht einmal sechs Uhr.«

Ich stand auf. »Dazu kommt die Zeitverschiebung«, sagte ich. »In Mexiko ist es erst fünf Uhr.«

Emily erhob sich ebenfalls. Wir verließen den Garten und gingen wieder ums Haus herum. Da sahen wir einen Mann um das Auto schleichen, in dem Luca schlief.

»Hallo, Dad«, sagte ich, woraufhin er schlagartig zu uns herumfuhr.

»Herrgott, du kannst einen alten Mann doch nicht so erschrecken«, platzte es aus ihm heraus.

Da er neben der Fahrertür stand, war es nun Luca, der seinetwegen aus dem Schlaf schreckte.

Emily schien wie angewurzelt. Ich ging auf Dad zu, der mir seinerseits entgegenkam. Kurz blieben wir voreinander stehen. Dann machte ich den letzten Schritt und schlang meine Arme um ihn.

Er drückte mich mit voller Kraft. Ich war froh, dass sein fülliger Bauch den Druck seiner Umarmung abmilderte.

»Ich bin gerade aufgestanden und habe das Auto stehen sehen«, erklärte er und drückte mir einen Kuss ins Haar.

»Da seid ihr ja«, rief Mom. Sie stand mit einem Morgenmantel bekleidet in der Tür und breitete die Arme aus. »Herzlich willkommen«, sagte sie, als Emily und ich bei ihr ankamen und sie uns gleichzeitig in eine Umarmung schloss. In ihren Augen glänzten Freudentränen. »Kommt rein. Warum habt ihr nicht geklingelt?«

Ich drehte mich zu Dad um. Luca war ausgestiegen und stand mit einem Sicherheitsabstand neben ihm. Die beiden beobachteten uns.

Emily winkte Luca zu sich, der unserem Vater daraufhin einen fragenden Blick zuwarf. Dieser rieb sich den Nacken, räusperte sich und nickte ihm schließlich zu.

Als Luca uns erreichte, war es Emily, die Dad nun zunickte. Er antwortete ihr mit einem zögernden Lächeln.

Da das Diner in einer Stunde öffnete und Mom und Dad noch einiges vorzubereiten hatten, erzählte ich ihnen in der Kurzfassung, warum wir hier waren. Sie hatten durchaus schon von *Reanimation* gehört und aufgeschnappt, dass einer der Jungs derzeit in den Medien für Furore sorgte. Allerdings hatten sie dem keine Beachtung geschenkt und fielen nun aus allen Wolken, dass es sich bei dessen Freundin ausgerechnet um ihre Tochter handelte.

Am Abend würden wir uns in Ruhe zusammensetzen, gemeinsam essen und reden. Mom und Dad machten sich an die Arbeit, und Emily zog sich mit Luca zum Schlafen in ihr ehemaliges Zimmer zurück, in dem unsere Eltern ebenso wie in meinem nichts verändert hatten.

Die weißen Möbel waren mir immer noch vertraut. An dem Schreibtisch vor dem Fenster hatte ich jeden Tag stundenlang gesessen und am Laptop meine Arbeit im Bildbearbeitungsprogramm perfektioniert. Mein Bücherregal quoll vor Fotografie-Fachzeitschriften über.

Ich zog mir bequemere Sachen an und schlüpfte zudem in Ryles Pullover, der inzwischen leider kaum noch nach ihm roch. Dann warf ich mich aufs Bett und starrte eine Weile an die Decke. Zu spät fiel mir ein, dass Emily ihr Handy bei sich hatte und ich sie wecken müsste, wenn ich es holen wollte. Draußen schien mittlerweile die Sonne. Da ich bereits im Auto geschlafen hatte und gerade kein bisschen müde war, stand ich auf, nahm den Laptop aus der Tasche und setzte mich an den Schreibtisch. Ich brauchte nur Ryles Namen in die Suchleiste einzugeben, da wurden unter anderem Bilder und Videos vom gestrigen Tag vorgeschlagen, auf denen jeder verfolgen konnte, wie ich mit Emily durch die Stadt getrieben wurde. Es war befremdlich, mich selbst in dieser Situation zu sehen. In meiner Brust nagte ein beklemmendes Gefühl. Teils war es Wut, teils Hilflosigkeit und irgendwie auch Scham. Egal wie es zwischen Ryle und mir zukünftig lief, einmal im Internet aufgetaucht, würden die Aufnahmen ewig dort zu finden sein.

Mein Blick fiel aus dem Fenster zum Parkplatz, wo mittlerweile drei Lastwagen standen. Ein großer Jeep parkte gerade neben ihnen ein. Ich verengte die Augen und beobachtete den hünenhaften Mann mit Glatze, der aus dem Wagen stieg und sich umschaute. Als er sich in meine Richtung drehte und ich Bruce erkannte, zuckte ich zusammen. Die Beifahrertür öffnete sich und ich sprang auf. Im selben Moment, in dem ich Ryle erblickte, rannte ich auch schon los.

Mit einem breiten Lächeln eilte ich die Stufen hinab. Während ich im Erdgeschoss durch den langen Flur lief, die Eingangstür aufstieß und den Parkplatz überquerte, spürte ich im ganzen Körper ein aufgeregtes Kribbeln. Bruce bemerkte mein Näherkommen und machte Ryle, der mit dem Rücken zu mir stand, auf mich aufmerksam. Er rannte mir entgegen und fing mich auf, als ich in seine Arme sprang. Mit meinen Beinen fand ich um seine Mitte Halt. Er hielt mich und ich hielt ihn. Ich küsste ihn ins Haar, auf die Stirn, auf die Wange. Nach all den Tagen, die wir uns nicht gesehen hatten, zeigte ich ihm, wie schmerzlich ich ihn vermisst hatte. Da setzte er mich ab und presste seine Lippen mit spürbarer Verzweiflung auf meine.

»Hey, ihr beiden«, sagte Bruce. »In Anbetracht der derzeitigen Situation solltet ihr in der Öffentlichkeit nicht unbedingt übereinander herfallen.«

Wir unterbrachen zögernd unseren Kuss. Ryle machte aber keine Anstalten, mich abzusetzen, und ich hatte nicht vor, ihn loszulassen.

»Hey, Bruce.« Ich lächelte ihn an.

Er schmunzelte. »Hallo, Lynn.«

Ich warf einen Blick zu den Fenstern des Diners, durch die uns tatsächlich ein paar Leute beobachteten. Hinter der gläsernen Eingangstür stand mein Dad. Er wirkte wie eine Statue, schien nicht einmal zu blinzeln. Ich errötete unter seinem unnachgiebigen Blick und wandte mich ab.

»Wir sollten uns einen Ort suchen, wo wir ungestört sind«, schlug ich vor. Da Ryle dem Diner den Rücken zudrehte, hoffte ich, dass er unerkannt geblieben war und die Gäste nur unsere innige Begrüßung interessant fanden.

Er setzte mich ab und sah auf seine Armbanduhr. »Wir

haben nicht einmal sechs Stunden. Dann muss ich wieder zum Flughafen.«

»Nur sechs Stunden?« Die Enttäuschung schwang in meiner Stimme mit. »Wohin musst du dieses Mal?«

»Nach Atlanta. Wir haben dort heute Abend einen Gig.«

Ich sah zwischen ihm und Bruce hin und her. »Du bist aus Mexiko-Stadt angereist und zu mir statt nach Atlanta geflogen, obwohl du dort heute einen Auftritt hast?« Meine Stimme klang schrill.

Er ergriff meine Hände und lehnte seine Stirn gegen meine. »Nach dem, was in New York vorgefallen ist, musste ich dich einfach sehen.«

»Ich besorg mir was zu essen«, sagte Bruce und lief ins Diner.

Ein paar Herzschläge lang musste ich verarbeiten, was Ryle meinetwegen für eine beachtliche Reise auf sich genommen hatte. Ich wollte keine Minute, die mir mit ihm blieb, vergeuden und führte ihn um das Diner herum zum Hintereingang.

»Wenn du schon mal hier bist, kommst du nicht drum herum, dass ich dich meinen Eltern vorstelle.« Ich warf ihm einen bestärkenden Blick zu und bog in die Küche ab, in der Mom gerade am Kochen war.

»Ach du meine Güte«, sagte sie, sobald sie uns bemerkte. Sie nahm die Pfanne mit dem Rührei vom Herd, wischte sich die Hände an der Schürze ab und steckte sich eine lose Haarsträhne in den Dutt. »Wie ich aussehe. Wenn ich gewusst hätte …«

Ich lachte. »Ryle ist spontan vorbeigekommen.« Ich sah ihn an. »Das ist meine Mom.«

»Hallo, Mrs Collins.« Er trat näher und reichte ihr die Hand. »Es freut mich, Sie kennenzulernen.«

»Oh, bitte, nennen Sie mich Evelyn. Wie schön, dass Sie hier sind.« Sie hielt seine Hand mit beiden Händen und strahlte ihn an.

Mein Vater kam mit schmutzigen Tellern herein und stellte sie in die Spüle, ehe er etwas zu steif auf uns zutrat.

»Dad, das ist mein Freund Ryle.« Ich schmiegte mich an Ryles Seite.

Dad räusperte sich und nickte. »Ich bin Ron, der Vater.«

Ryle lächelte und streckte ihm die Hand hin, in die Dad einschlug.

»Ryle kann nicht lange bleiben«, sagte ich, wobei er mich enger an sich zog und auf den Scheitel küsste.

»Sie haben sicherlich Hunger«, sagte Mom, drehte sich um und stellte die Pfanne mit dem Rührei wieder auf den Herd. »Ich mache Ihnen ein leckeres Frühstück.«

»Evelyns Omelette ist im Diner der Renner«, warf Dad ein. »Ich muss erst mal wieder nach den Gästen schauen.«

Er verschwand nach draußen und stieß dabei fast mit Emily zusammen. Sie taumelte gähnend herein und blieb bei Ryles Anblick wie vom Blitz getroffen stehen.

»O mein Gott!« Ihr klappte der Mund auf.

»Meine Schwester hast du ja schon kurz nach eurem Konzert im Madison Square Garden kennengelernt«, sagte ich zu Ryle.

»Ja, stimmt. Die Inhaberin vom Eagle Rock. Diesem Café habe ich viel zu verdanken.« Er kniff mich sanft in die Seite.

Nachdem Emily ihm übermütig die Hand geschüttelt hatte, setzten wir uns in der Küche an den kleinen Tisch. Sie hatte nicht mehr schlafen können, weil Luca schnarchte, und beschloss, ihn wecken zu gehen, damit er Ryles Besuch nicht verpasste. Als sie mit ihm im Schlepptau zurückkam, war er trotz seines Schlafdefizits gut drauf.

Und so kam es, dass Emily, Luca, Ryle, Bruce, den wir aus

dem Diner in die Küche gelotst hatten, und ich an dem viel zu kleinen Tisch saßen und zusammen frühstückten. Während Dad zwischen der Küche und dem Diner hin- und herwechselte, kochte Mom und plauderte mit uns.

Ich freute mich, dass Ryle so gut aufgenommen wurde. Doch je mehr Zeit verstrich, desto unruhiger wurde ich. Er musste bald wieder gehen und ich hatte ihn noch keine Minute für mich allein gehabt. Seine Blicke verrieten mir, dass er dasselbe dachte, aber jedes Mal, wenn ich ein Gespräch zu Ende zu bringen versuchte, tat sich ein neues Thema auf. Schließlich war Bruce es, der uns die Gelegenheit verschaffte, uns zurückzuziehen.

»Wir haben noch drei Stunden«, verkündete er.

»O Mann, ihr zwei wollt bestimmt noch ein wenig allein sein«, säuselte Emily.

Ich erwiderte nichts, lächelte nur, nahm Ryles Hand und führte ihn aus der Küche. Er folgte mir die Treppe hinauf bis in mein Zimmer, in dem wir regelrecht übereinander herfielen, sobald ich die Tür hinter uns abgeschlossen hatte.

»Mein Pullover steht dir«, sagte er, während er ihn mir über den Kopf streifte. Sein Lächeln bescherte mir weiche Knie und setzte mein Herz in Brand. Er legte eine Hand um meine Taille. Mit der anderen umfasste er mein Kinn und hob es an. Quälend langsam beugte er sich zu mir vor, bis ich seinen warmen Atem spürte und seine Lippen nur noch wenige Millimeter von meinen entfernt waren.

»Du hast keine Vorstellung davon, wie sehr ich dich vermisst habe«, flüsterte er.

Ich schlang die Hände um seinen Hals, presste mich gegen ihn und überwand die letzte Distanz unserer Lippen, um ihm zu verdeutlichen, dass er mir ebenso sehr gefehlt hatte.

Wir küssten einander, als wäre Luftholen vollkommen überflüssig. Ryle drängte mich mit dem Rücken gegen die Tür. Ich fasste sein T-Shirt am Saum, zog es ihm über den Kopf und ließ es achtlos fallen. Seine Zunge glitt weich und sanft in meinen Mund, und ich fühlte, wie eine unbändige Hitze in mir aufstieg.

Wir taumelten zu meinem Bett und ließen uns lachend darauffallen. Ryle rollte sich auf mich und bedeckte meinen Hals mit federleichten Küssen. Ich bekam Gänsehaut und vergrub die Hände in seinem Haar. Unsere Körper fügten sich wie die letzten beiden Teile eines Puzzles zusammen. Ich spürte seinen Herzschlag an meiner Brust. Er schlug gegen mich, durch mich, im Gleichtakt mit meinem eigenen Herzen. Ich erwiderte Ryles Berührungen und Küsse, die sich nicht mehr neu, aber dafür umso intensiver anfühlten. Wie sollte ich jemals von ihm genug bekommen, wenn jede Liebkosung mein Verlangen nach ihm steigerte? Wir verloren uns ineinander, wurden mehr und mehr zu einer Einheit. Er bedeutete mir alles.

Später lagen wir einander zugewandt, atmeten schwer und sahen uns in die Augen. Wenn er mich auf diese eindringliche Weise musterte, hatte ich immer das Gefühl, er könnte meine Seele vor sich sehen. Mir waren die hellen Sprenkel im dunklen Blau seiner Augen nie so bewusst aufgefallen. Ich mochte seine dichten Wimpern. Er senkte die Lider, als ich sanft über sie hinwegstrich.

Ryle fand meine Familie nett und bedauerte, dass ich seine Mutter nicht hatte kennenlernen können. Er fand es spannend, den Ort zu sehen, an dem ich aufgewachsen war, und bat mich, ihm ein paar Anekdoten aus meiner Kindheit und Teenagerzeit zu erzählen. Wir redeten und redeten, bis irgendwann sein Handy klingelte.

Er ließ mich widerwillig los, lehnte sich aus dem Bett, hob seine Hose vom Boden auf und zog es aus der Tasche. Nach einem kurzen Blick auf das Display drückte er den Anruf weg und seufzte.

»Du musst gehen, stimmt's?«

»Komm mit mir, Lynn.«

»Und dann?«

Ryle legte sich wieder zu mir und zeichnete auf meiner Handinnenfläche die Konturen jedes einzelnen Fingers nach. Es fühlte sich an, als würde er dabei feinste elektrische Impulse aussenden. »Ich habe lange darüber nachgedacht, wie ich dich aus der Öffentlichkeit heraushalten und dir solche Situationen wie am Flughafen und in New York ersparen könnte.« Er setzte sich auf, stützte die Arme auf seine angewinkelten Knie und fuhr sich mit beiden Händen durchs Haar. »Aber die Wahrheit ist, dass ich es nicht kann. Du bist meine Freundin und deshalb werden die Presseleute immer ein Stück weit an dir interessiert sein.«

Ich setzte mich ebenfalls auf. »Ihr müsst dafür sorgen, dass sie mich in Ruhe lassen. Ich bin keine Person des öffentlichen Lebens und will es auch nicht sein.«

»Durch mich wirst du es gerade. Du warst bereits in sämtlichen Zeitungen und in Beiträgen im Internet und TV zu sehen. Ich kann nichts dagegen tun.« Er stand auf und begann sich anzuziehen.

Ich raffte das Laken um mich und ging zu ihm. »Gestern Nacht war ich gezwungen, hierherzukommen, obwohl ich eigentlich von hier geflohen war. New York ist jetzt mein Zuhause und ich möchte dorthin zurückkehren und ein normales Leben führen.«

Ryle schloss seinen Gürtel und zog sich das T-Shirt über den Kopf. »Es tut mir wirklich leid. Solange wir zusammen sind, wird dein Leben nicht normal sein.«

Ich atmete tief durch, ließ das Laken fallen und zog mich

ebenfalls an. »Und du verlangst von mir, dass ich das einfach hinnehme?«, stieß ich aus. »Das hier ist kein Zustand. Ich möchte mich wieder frei auf der Straße bewegen können.«

»Was soll ich denn deiner Meinung nach tun?«, brach es nicht weniger ungehalten aus ihm heraus. »Ich habe dieses Versteckspiel satt. Wenn wir ein Geheimnis um unsere Beziehung machen, bleibst du für die Presse umso interessanter. Bitte, Lynn … Lass es einfach geschehen und begleite mich übermorgen offiziell zu der Preisverleihung.«

Ich schüttelte den Kopf. »Dieser ganze Medienrummel macht mir Angst.«

Ryle stieß die Luft aus und streckte ergeben die Arme zur Seite. »Was erwartest du von mir? Wäre es dir lieber, wenn ich dich verleugne?«

»Ich wünsche mir einfach nur, dass es aufhört«, erwiderte ich und realisierte im selben Moment, wie sich das für ihn anhören musste.

Er sah mich an, als hätte ich ihm die Faust in den Magen gerammt. Während ich langsam auf ihn zuging, wich er vor mir zurück.

»Ich bin nun mal der, der ich bin. Wenn du willst, dass es aufhört, bleibt uns nichts anderes übrig, als von nun an getrennte Wege zu gehen.«

Mit diesen Worten ging er aus meinem Zimmer und hastete, ohne sich noch einmal nach mir umzudrehen, die Stufen hinab.

Seine plötzliche Flucht überrumpelte mich. Ich stand da wie erstarrt. Er konnte mich doch jetzt nicht einfach zurücklassen? Als draußen Autotüren zuschlugen, rannte ich los. Doch ich wusste im selben Moment, dass ich zu lange gezögert hatte, und hielt vor der Treppe inne. Ich lauschte, hörte den Schotter, der beim Wegfahren des Autos knirschte.

»Alles okay?«, fragte Dad. Er kam in mein Sichtfeld, blieb unten auf dem Treppenpodest stehen und sah zu mir herauf.

Ich schüttelte den Kopf, stieg zu ihm hinab und fiel ihm weinend in die Arme.

»Kann mir mal jemand verraten, was hier los ist?«, hörte ich Emily sagen. Sie kam den Gang entlang und sah Dad bitterböse an. »Was hast du getan?«

Er zuckte merklich zusammen.

»Dad hat nichts gemacht«, warf ich ein, bevor sich die beiden wieder in die Haare bekamen.

»Nein, dieses Mal nicht«, sagte er und küsste mich auf die Stirn. »Ich muss zurück in die Küche. Wir sehen uns beim Abendessen.« Er lief an Emily vorbei. »Es gibt Schmorbraten«, ließ er sie wissen, woraufhin sie sich merklich entspannte.

»Wieso stürmt Ryle an mir vorbei, als wäre der Leibhaftige hinter ihm her, wenn Dad ihn nicht vergrault hat?«

»Weil er seinen Flieger bekommen muss.« Ich seufzte. »Und weil ich ihn vergrault habe.«

Sie hob die Augenbrauen und wartete darauf, dass ich weitersprach.

»Das war's.« Ich biss mir auf die Lippe und sah zu Boden. »Im Grunde habe ich von Anfang an geahnt, dass das mit uns nicht funktionieren kann.«

»Heißt das, es ist aus?« Emily stand die Verwirrung deutlich ins Gesicht geschrieben.

»Es fühlt sich auf jeden Fall so an«, erwiderte ich mit brüchiger Stimme.

Nur in wenigen Situationen fehlten Emily die Worte. Sie schloss mich schweigend in ihre Arme und hielt mich fest. Minutenlang gab sie mir den Halt, den ich gerade dringend brauchte. Es war, als würde ich mir selbst entgleiten. Nie zuvor hatte ich mich so elend gefühlt.

Emily küsste mich auf die Stirn und begann sich langsam von mir zu lösen. Sie streichelte mir über die Wange, nahm dann meine Hand und legte etwas hinein.

»Was soll ich damit?«, fragte ich, als ich einen USB-Stick erkannte.

Sie zuckte mit den Schultern. »Ryle hat ihn mir beim Vorbeilaufen in die Hand gedrückt und mich gebeten, ihn dir zu geben.«

Ich wandte mich schlagartig um und eilte in mein Zimmer.

»Wenn du mich brauchst, findest du mich bei Mom und Dad in der Küche«, rief sie mir nach, als meine Tür bereits hinter mir ins Schloss fiel.

Ich setzte mich an meinen Schreibtisch und klappte den Laptop auf. Hastig steckte ich den Stick ein und wartete ungeduldig auf die Anzeige. Es gab nur eine Datei, die darauf gespeichert war und bei deren Namen mein Herzschlag kurz aussetzte. *Midnightsong*, las ich.

Mehrfach atmete ich tief durch und starrte auf die Buchstaben. Ryle hatte mir gesagt, dass es diesen Song ohne mich nicht geben würde. Mit zittrigen Fingern berührte ich das Touchpad, um die Datei zu öffnen.

Ryles Stimme erklang. Ohne instrumentale Begleitung sang er tief und sanft von einer Begegnung, die alles veränderte. Ich hatte vom Scheitel bis zu den Zehenspitzen Gänsehaut. Als eine einzelne Gitarre einsetzte, erzählte er vom Beginn einer gemeinsamen Reise. Nach und nach kamen weitere Instrumente dazu. Ich hörte ein Klavier, ein Schlagzeug und Geigen. Inzwischen hatten sich die anderen Jungs seinem Gesang angeschlossen. Sie erhoben kraftvoll ihre Stimmen, um die wundervolle Melodie im Refrain zum Gipfel zu treiben. Mir kamen die Tränen, als sie im Hintergrund auch noch von einem Chor unterstützt wurden.

I can hear your heartbeat, I can feel it, too. You touch my soul. I couldn't imagine loving so deeply; so deep that the world around us disappears. When you hold me tight, I feel alive. From now on our hearts beat as one.

33

Als es an meiner Tür klopfte, waren Stunden vergangen. Unzählige Male hatte ich *Midnightsong* gehört und konnte immer noch nicht genug bekommen. Ich hatte keine Tränen mehr.

Es klopfte abermals. »Lynn, das Abendessen ist fertig«, rief Emily.

Ich wälzte mich aus dem Bett, klappte den Laptop zu und öffnete ihr die Tür.

»Oje, wie siehst du denn aus?« Sie strich mit den Handflächen über mein Gesicht.

»Gib mir fünf Minuten«, sagte ich, ging ins Bad und trat vor das Waschbecken. Im Spiegel sah mich ein Mädchen mit geschwollenen, geröteten Augen an. Da konnten nur Schlaf und Zeit helfen. Dennoch versuchte ich mich an einer Schadensbegrenzung und benetzte mein Gesicht mit kaltem Wasser. Am liebsten wollte ich mich in meinem Zimmer verkriechen. Aber nach all der Zeit, die ich nicht hier gewesen war, und den Diskrepanzen zwischen meinen Eltern und mir war ich es ihnen schuldig, an dem gemeinsamen Abendessen teilzunehmen.

Emily stand in der Tür und beobachtete mich. »Mom und Dad haben das Diner für heute Abend geschlossen, damit sie Zeit für uns haben. Außer uns wird dich niemand sehen.«

Ich trocknete mich ab und ging zu ihr. »Bin so weit.«

Wir liefen Hand in Hand die Treppe hinab. Sie hatten im Diner eine Tafel eingedeckt, die zwischen den umstehenden leeren Tischen verloren wirkte. Vielleicht nahm ich es aber auch nur so wahr, weil ich mich ebenso fühlte. Mom brachte dampfende Kartoffeln und Soße, Dad gekochte Bohnen und den Schmorbraten. Er musterte mich aus verengten Augen und setzte sich an die Stirnseite des Tisches. Ich war ihm dankbar, dass er sich jeglichen Kommentar verkniff. Bei Luca, der sich auf den von ihm am weitesten entfernten Stuhl setzte, verhielt sich das allerdings anders.

»Ach, herrje. Du siehst aus, als wärst du in einen Wespenschwarm geraten.«

»Danke.« Ich setzte mich neben ihn und stieß ihm sanft den Ellenbogen in die Rippen.

Er legte den Arm um meinen Hals, zog mich in den Schwitzkasten und drückte mir einen Kuss ins Haar, was Dad mit einem undefinierbaren Blick beobachtete. Luca bemerkte es und ließ mich augenblicklich los. »Ich wollte dich nur aufmuntern«, flüsterte er.

»Es ist dir fast gelungen«, erwiderte ich und lächelte Dad dabei zögerlich an.

Dieser räusperte sich. »Dann haut mal ordentlich rein«, sagte er und lud sich Bohnen auf den Teller.

»Ja, lasst es euch schmecken.« Mom nahm neben ihm Platz und reichte mir die Schüssel mit den Kartoffeln, die ich an Luca weitergab.

»Ich kann noch gar nicht glauben, dass wir hier alle zusammensitzen.« Dad sah Emily und mich abwechselnd an und atmete tief durch. »Ich habe mich immer davor gefürchtet, euch in die Welt da draußen zu entlassen.« Er hatte plötzlich Tränen in den Augen und schluckte. »Womöglich war ich einfach verzweifelt, weil wir durch das Diner an diesen Ort gebunden sind und euch nicht folgen können. Es ist nicht leicht für uns. Ihr fehlt uns über alle Maßen.«

Wir starrten ihn an. Emily hatte sich gerade ein Stück Schmorbraten in den Mund geschoben und schluckte den Bissen, ohne zu kauen, hinunter. Sie stand auf, ging langsam zu ihm, beugte sich hinab und umarmte ihn.

Mom, die neben ihm saß, strich ihr über den Rücken und lachte und weinte gleichzeitig. Ich konnte sehen, dass Dad zitterte. Er hielt meine Schwester fest und streckte einen Arm nach mir aus, woraufhin ich ebenfalls aufstand, zu ihnen trat und sie mich in ihre Umarmung einschlossen.

»Ihr könnt uns gern in New York besuchen«, sagte Luca und Emily warf ihm aus Dank für das Friedensangebot eine Kusshand zu. »Unsere Wohnung ist zwar klein, aber irgendwie werden wir schon Schlafplätze schaffen.« Er schmunzelte, hob sein Weinglas und trank einen Schluck.

»Danke.« Dad nickte ihm zu. »Mein Verhalten von damals tut mir leid. Ihr kanntet euch kaum, und ich hätte nicht damit gerechnet, dass eure Beziehung Bestand hat.«

Luca straffte die Schultern. »Dieses Mädchen gebe ich nicht mehr her.« Er schaute Emily an. »Wenn ich nicht solchen Schiss davor hätte, dass sie Nein sagt, hätte ich ihr schon längst einen Heiratsantrag gemacht.«

Sie sah ihn mit großen Augen an. »Dann wirst du wohl über deinen Schatten springen müssen«, antwortete sie.

Er hob die Augenbrauen. »Heißt das, du würdest Ja sagen?«

Sie zuckte mit den Schultern und schmunzelte. »Das wirst du nur erfahren, wenn du mich fragst.«

Luca lächelte verschmitzt. Zu dumm, dass der Verlobungsring zu Hause in seinem Schubfach lag. Ich war mir sicher, er hätte es am liebsten hier und jetzt hinter sich gebracht. Ich liebte die beiden und freute mich ehrlich über ihr gemeinsames Glück. Heute versetzte mir ihre spürbare Zuneigung allerdings einen Stich.

»Schaltet bitte mal den Fernseher ein«, bat ich. »Ryle sagte, die Show, in der *Reanimation* heute zu Gast ist, wird live auf NBC übertragen.«

Dad wechselte mit den anderen einen unsicheren Blick. Erst als ich ihm noch auffordernd zunickte, stand er auf und ging zu dem Fernseher, der an einer Wandhalterung im Diner angebracht war. Er fand den Sender und meine Gefühlswelt brach wieder gänzlich über mir zusammen. Die anderen aßen schweigend, ich bekam keinen Bissen mehr runter. Gemeinsam lauschten wir den Jungs, die bereits auf der Bühne standen und *Sorry Now*, den Song, mit dem sie ihre Konzerte üblicherweise eröffneten, sangen. Sie trugen weiße T-Shirts. Ryle spielte auf seiner eigenen Gitarre und sah mit den zerzausten Haaren zum Anbeißen aus. Ich konnte nicht beschreiben, was sein Anblick in mir auslöste. Ein stechendes Herz gehörte auf jeden Fall dazu. Vermutlich fiel nur mir auf, wie müde er war.

Gelegentlich wurden die Leute im Studio mit der Kamera eingefangen. Sie waren alle aufgestanden, klatschten im Takt der Musik und nicht wenige sangen mit. Es war immer wieder erstaunlich, wie die Jungs das Publikum mit ihren Songs mitreißen konnten.

Als das Lied endete, entbrannte tosender Applaus. Der Moderator schüttelte ihnen die Hände und bat sie auf eine Couch, die neben einem Pult stand, hinter dem er selbst in einem Lederstuhl Platz nahm.

»Ihr fünf seid momentan nicht zu stoppen«, tönte er mit übertriebener Stimme. »Ihr mischt die Charts auf, füllt ganze Stadien und in ein paar Wochen veröffentlicht ihr euer zweites Album. Könnt ihr uns verraten, was die Fans erwartet?«

Er sah Ryle an, doch dieser wirkte teilnahmslos, weswegen Tom antwortete.

»Im ersten Album gab es drei eigene Kompositionen, die

restlichen Titel waren für uns geschrieben worden. Die neuen Songs stammen nun alle aus Ryles Feder. Deswegen wird das Album im Vergleich viel persönlicher.«

»Wie muss man sich das vorstellen?« Er wandte sich direkt an Ryle. »Wenn du die Songs schreibst, inwieweit sind die anderen daran beteiligt?«

»Ich habe eine Idee, bringe sie zu Papier und spiele den Jungs die Melodie auf dem Klavier oder der Gitarre vor«, erwiderte er. »Dann arbeiten wir den Song gemeinsam aus.«

»Apropos Gitarre. Wie wir alle sehen können, hast du ein neues Tattoo.« Die Kamera schwenkte auf seinen Unterarm. »Hat dieses Motiv eine besondere Bedeutung für dich?«

Ryle überlegte und zuckte schließlich mit den Schultern. »Es stellt meine Gitarre dar.«

Der Moderator schien mit der Antwort zufrieden. Doch er hatte noch nicht vor, wieder auf das eigentliche Thema zum Bewerben des neuen Albums zurückzukommen. »Derzeit wird in den Medien viel über dich und deine Freundin spekuliert. Verrätst du uns ihren Namen?«

Ich stand auf. Der Stoff meines Shirts knitterte in meiner Hand, da ich sie auf der Brust zur Faust ballte. Durch sein langes Zögern wurde es im Studio und auch hier bei uns mucksmäuschenstill. Es kam mir vor, als hätten Dad, Mom, Emily und Luca mit mir den Atem angehalten. Die Jungs saßen neben Ryle und wirkten unruhig. Während sie ihre Blicke auf ihn richteten, sah ich ihnen ihre Anspannung an. Ryle hielt die Schultern gesenkt und strich sich nervös durchs Haar.

»Okay, du willst uns ihren Namen anscheinend nicht verraten«, sagte der Moderator, um die Stille zu durchbrechen. Er lachte gekünstelt.

In den Zuschauerrängen setzte Gemurmel ein. Einige Mädchen riefen nach Ryle.

»Es ist vorbei«, sagte er.

Ich hielt mich an der Stuhllehne fest, weil sie das Erstbeste war, was mir in die Hände kam. Mein Herz hörte kurzweilig auf zu schlagen.

34

Es ist vorbei. Er hatte uns aufgegeben. Meine Gedanken fuhren Achterbahn. Benommen sackte ich wieder auf den Stuhl. Emily kam zu mir, kniete sich neben mich und strich mir immerzu sanft über den Arm. Ich schaffte es nicht einmal, auf ihre tröstende Geste zu reagieren. Stocksteif saß ich da und blickte zu Boden.

»Es ist vielleicht das Beste so«, flüsterte sie.

Erst war es mir gelungen, meine Tränen zurückzuhalten. Jetzt brachen sie aus mir heraus. Ich schüttelte vehement den Kopf.

»Als ich Ryle zum ersten Mal getroffen habe, wusste ich sofort, dass diese Begegnung eine Bedeutung hat. Von der ersten Sekunde an gab es eine Verbindung zwischen uns.« Ein Schluchzen drang aus meiner Kehle. »Ich liebe ihn. Aber ich will kein Leben in der Öffentlichkeit führen. Offensichtlich kann ich nur eins von beiden haben.« Ich stützte die Ellenbogen auf meine Beine und krallte die Hände ins Haar. »Und jetzt ist es zu spät. Ryle hat mir meine Entscheidung abgenommen.«

Die anderen schwiegen. Was sollten sie auch dazu sagen? Minutenlang verharrten sie in ihrer Position und beobachteten mich. Unter ihren besorgten Blicken wurde ich immer kleiner. Die Liveshow lief noch, aber der Moderator hatte die Band inzwischen verabschiedet.

»Ruf ihn an«, riet Emily mir. »Ihr solltet noch mal miteinander sprechen.«

Ich nickte zögernd. Hoffnung war das Letzte, woran ich mich noch klammern konnte. »Gibst du mir bitte dein Handy?«

Sie strich mir eine Haarsträhne hinters Ohr, streichelte über meine tränenbenetzte Wange und reichte es mir.

Mit rasendem Herzen stand ich auf und ging zum Fenster. Ich sah hinaus, ohne etwas zu sehen, und wählte Ryles Nummer. Doch es meldete sich nur die Ansage der Mailbox, woraufhin ich das Telefon langsam sinken ließ, mich zu den anderen umdrehte und den Kopf schüttelte.

»Wie kann es vorbei sein, wenn ihr heute Morgen noch zusammen glücklich wart?«, warf Luca ein.

Ich hob ratlos die Schultern.

Emily kam auf mich zu. »Ryle hat eine lange Reise auf sich genommen, um dich für ein paar Stunden zu sehen. Du bist ihm nicht von jetzt auf gleich egal.« Sie blieb vor mir stehen. »Daher frage ich dich ...« Sie machte eine Pause und sah mich eindringlich an. »Was willst du, Lynn?«

Mir entwich ein Keuchen. Ich behielt gern über alles die Kontrolle, doch mit Ryle musste ich loslassen und abwarten, wohin uns die gemeinsame Reise führte. Das war nicht leicht für mich, und dennoch wurde mir jetzt, da ich ihn verloren hatte, klar, dass ich mit ihm zusammen sein wollte – trotz des Chaos, das er als Rockstar mit sich brachte. Ich durfte ihn nicht aufgeben, auch wenn der Preis hoch war.

»Was soll ich deiner Meinung nach tun?«, flüsterte ich.

»Ich denke, es ist an der Zeit, dass du ihm sagst, wie wichtig er dir ist.« Sie zwinkerte mir zu.

»Dann muss ich so schnell wie möglich zu ihm«, sagte ich gedankenverloren und sah über ihre Schulter hinweg zu Dad.

»Heißt das, ihr müsst schon wieder los?«, fragte er und machte einen Schritt auf uns zu.

»Aber bis morgen früh bleibt ihr noch, oder?«, bat Mom gleichzeitig.

Es kostete mich Mühe, ihren Blicken standzuhalten. Ryle zu verlieren war weitaus schlimmer, als gemeinsam mit ihm über Klippen zu springen. Ja, ich hatte Angst. Aber für ihn wollte ich sie überwinden. »Es tut mir leid, ich bekomme jetzt hier kein Auge mehr zu. Ich muss etwas unternehmen«, erwiderte ich.

Dad seufzte.

»Ich komme bald wieder«, versprach ich.

Er verzog den Mund zu einem schiefen Lächeln. »Sicher?«

»Wir kommen beide wieder«, sagte Emily.

»Abgemacht«, entgegnete Dad, kam zu uns und zog uns in seine Arme. Mom kämpfte mit den Tränen und drängte sich von hinten zwischen uns.

»Ist es für euch beide in Ordnung, wenn wir noch so spät aufbrechen?«, fragte ich an Emily und Luca gewandt, nachdem wir uns aus der Umarmung gelöst hatten.

»Na klar.« Luca trat zu mir und strich mir bestärkend über den Rücken. »Wohin geht die Reise?«

»Nach Hause. Die Jungs kommen für eine Preisverleihung nach New York.«

Emily klatschte in die Hände. »Los, holen wir unsere Sachen.«

Wir sprinteten nebeneinander die Treppe hinauf. Und schließlich saßen wir fünfzehn Minuten später im Auto. Ich war froh, dass wir mit unseren Eltern wieder im Reinen waren. Da Emily während der Fahrt von Dads Schmorbraten und somit auch indirekt von ihm schwärmte, verhielt es sich bei ihr nicht anders.

»Wie ist dein Plan?«, fragte Luca und sah mich über den Rückspiegel an.

Ich lehnte den Kopf gegen die Scheibe. »So genau hab ich mir das noch nicht überlegt.« Ich spürte wieder einen schweren Klumpen in meinem Bauch. Seit wir losgefahren waren, hatte ich noch mehrfach versucht, Ryle über Emilys Handy ans Telefon zu bekommen – vergeblich. Anscheinend wollte er einfach nicht mit mir sprechen. »Ich gehöre nun nicht mehr zum Team und werde daher keinen Zugang zur Band erhalten. Glaubt mir, die Jungs werden total abgeschottet.«

Emily stieß die Luft aus. »Du klingst ja nicht besonders zuversichtlich.«

»Übermorgen ist die Preisverleihung. Ursprünglich war abgemacht, dass ich Ryle mittags im Hotel treffe. Dann hätten wir zumindest etwas gemeinsame Zeit gehabt, bevor er am Abend mit den Jungs zum Madison Square Garden aufbrechen muss. Aber nun habe ich noch nicht einmal eine Ahnung, in welchem Hotel sie einchecken. Sie buchen immer kurzfristig, damit die Presse nicht von ihrem Aufenthaltsort erfährt.«

»Ich werde nie verstehen, dass du dir diese Gala freiwillig entgehen lassen wolltest«, sagte Emily. »Ryle wollte dich dabeihaben und du ...« Sie stockte und sah sich wieder nach mir um. »Denkst du zufällig, was ich denke?«

»Was denkst du denn?«

»Du solltest ihm nicht nur sagen, dass du mit ihm zusammen sein willst, sondern es ihm auch zeigen.«

Ich rieb mir die Stirn. »Wie stellst du dir das vor? Ich hab ja nicht mal ein angemessenes Outfit für so einen Anlass.«

Emily verdrehte die Augen. »Gott, Lynn. Die Promis laufen zu Hause auch in Jogginghose und Schlabberpulli herum. Lass mich das mal machen. Du brauchst auf jeden Fall ein Kleid. Habe ich dich eigentlich jemals in einem Kleid gesehen? Ich kann mich nicht erinnern. Na ja, wir werden schon eins für dich finden. Es gibt in Greenwich Village eine kleine Boutique.

Die Inhaberin ist eine gute Freundin von mir und entwirft alles selbst. Da müssen wir morgen unbedingt mal vorbeischauen.«

Meine Gedanken drifteten ab. Nach dem Streit mit Ryle war ich total verunsichert. Sein Statement in der Liveshow hatte mir den Rest gegeben, und ich hatte noch keinen Plan, wie ich an ihn herankommen sollte. Mir musste dringend etwas einfallen, denn wenn ich ihn in New York verpasste, gab es keine nächste Gelegenheit mehr. Und dann war da noch die Angst, dass er mich gar nicht mehr sehen wollte und mich wegschickte, ohne mich anzuhören.

Im Wagen dehnte sich Schweigen aus. Immer wieder fielen mir die Augen zu, bis ich schließlich einschlief. Ich träumte von einem roten Teppich, der jedes Mal, wenn ich ihn betreten wollte, vor mir wegglitt. Ryle wartete an dessen Ende auf mich, die Jungs standen seitlich und feuerten mich an. Hinter ihnen runzelte Mark die Stirn und schüttelte frustriert den Kopf. Irina Lewis befand sich mit weiteren Mädchen auf der gegenüberliegenden Seite. Sie lachten mich aus.

35

Stunden später erreichten wir New York. Es war mittlerweile hell geworden. Wir bogen in die Straße zu Emilys Wohnung, wobei Luca noch eine Runde um den Block fuhr und nach Fotografen Ausschau hielt. Wie es schien, waren keine mehr vor Ort. Entweder lag es an der frühen Uhrzeit oder sie hatten nach Ryles öffentlicher Erklärung tatsächlich sofort das Interesse verloren. Ich schloss die Augen und ärgerte mich über mich selbst. Wie es schien, hatte Ryle recht behalten. Wenn man nach außen hin mit Reportern kommunizierte und ihnen Antworten gab, hatten sie keinen Grund, einen zu verfolgen. Doch ich hatte mich dagegen gewehrt, weil ich nicht im Fokus stehen wollte, und dadurch hatte ich mich nur noch interessanter gemacht. Mir wurde klar, dass man der Presse nicht komplett ausgeliefert war.

Vor unserem Haus war kein Parkplatz frei, weshalb Luca das Auto vier Eingänge weiter abstellte. Auf dem Gehweg begegneten wir einer Nachbarin, die vermutlich schon zur Arbeit musste. Statt uns ebenfalls zu grüßen, schüttelte sie im Vorbeigehen den Kopf und beschwerte sich über den zurückliegenden Tumult. Da wir geflüchtet waren, hatte ich mir keine Gedanken darüber gemacht, wie der Auflauf der Paparazzi sich für die Anwohner angefühlt haben musste.

In der Wohnung angekommen, führte mich mein erster Gang zu meinem Handy, das noch immer auf der Couch lag. Natürlich war der Akku leer, weshalb ich es ans Netzkabel steckte und mich neben der Steckdose auf dem Boden niederließ. Luca verschwand im Schlafzimmer und Emily im Bad, während ich kurz wartete und es dann einschaltete.

Es gab nur zwei alte Nachrichten von Ryle, die er mir geschrieben hatte, bevor er wusste, dass ich mein Handy vergessen hatte. Mehr nicht. Die Leere in meinem Inneren dehnte sich aus. Mein Finger schwebte über dem grünen Hörer. Da es noch nicht einmal sechs Uhr war, legte ich das Smartphone aber doch wieder zur Seite.

»Versuch noch ein wenig zu schlafen«, sagte Emily, als sie in Richtung Schlafzimmer schlurfte. »Sobald die Boutique geöffnet hat, ziehen wir los.«

Ich nickte und lächelte, damit sie sich nicht zu sehr sorgte und sich etwas Ruhe gönnte. Nachdem die Tür hinter ihr zufiel, legte ich mich auf die Couch und starrte an die Decke. Ryle und ich hatten uns gestern das letzte Mal gesehen. Es war nur wenige Stunden her, und doch war inzwischen so viel passiert, dass wir plötzlich unerreichbar weit voneinander entfernt waren. Ich versuchte mich zu erinnern, was ich im Streit zu Ryle gesagt hatte, was ihn dazu gebracht hatte, regelrecht vor mir zu fliehen und uns aufzugeben. Es war mein Wunsch gewesen, dass es aufhören sollte, und diesen hatte er mir nun erfüllt. Die Journalisten waren abgezogen und ließen mich in Ruhe. Doch ich war alles andere als bereit, den Preis dafür zu zahlen.

Ein Schluchzen drang aus meiner Kehle. Ich schlug die Hände vors Gesicht und konzentrierte mich darauf, gleichmäßig zu atmen. Es war meine Schuld. Ich hatte Ryle verloren.

Eine Weile lag ich einfach nur mit geschlossenen Augen da, sah Ryle in Gedanken vor mir, wie er lächelte und mit der Hand durch sein zerzaustes Haar strich. In der Erinnerung hörte ich ihn mit seiner unverwechselbaren Stimme meinen Namen sagen.

Ich zog meinen Rucksack zu mir heran, nahm den USB-Stick und den Laptop an mich. Während ich dem *Midnightsong* lauschte, rannen Tränen über meine Wange. Ich zog mir den Halsausschnitt seines Pullovers über die Nase, konnte seinen Geruch jedoch nicht mehr wahrnehmen.

Die Zeit kroch zäh und zermürbend dahin. Ich wartete, bis es Punkt acht Uhr war, stand auf und zog das Handy vom Ladekabel. Dreimal lief ich von einem Zimmerende zum anderen, nahm meinen ganzen Mut zusammen und wählte wieder Ryles Nummer. Es klingelte kein einziges Mal, nicht einmal die Mailbox schaltete sich ein. Lediglich eine automatische Sprachansage teilte mir mit, dass die gewählte Rufnummer derzeit nicht erreichbar war.

Das Loch in meinem Bauch wurde größer und fraß sich bis zu meinem Herzen. Bisher hatte ich keine Ahnung gehabt, wie sich Liebeskummer anfühlte. Ich hätte nur allzu gern auf diese Erfahrung verzichtet.

Die nächsten Minuten verbrachte ich damit, Ryle eine Nachricht zu schreiben. Ich rang nach den richtigen Worten, die ihm deutlich machen sollten, wie viel er mir bedeutete. Kaum hatte ich ein paar Sätze formuliert, löschte ich sie wieder. Schließlich gab ich es ganz auf. Frustriert warf ich das Smartphone auf die Couch und starrte es an. Es war unmöglich, ihm meine Gefühle in einer Nachricht zu beschreiben, ich musste ihm gegenüberstehen, um ihm all die Dinge, die mir durch den Kopf gingen, sagen zu können.

»Na, Süße, schon wieder wach?« Emily kam aus dem Schlafzimmer und streckte sich.

»Wann können wir los?«, fragte ich.

Sie blinzelte und sah auf ihre Armbanduhr. »Die Läden haben auf. Aber wir haben den ganzen Tag …«

»Fein, dann lass uns gleich gehen«, fiel ich ihr ins Wort.

Emily hob die Augenbrauen. »Du sprühst ja plötzlich vor Enthusiasmus. Ist was passiert?«

»Ja, ist es. Ich kann Ryle nicht erreichen. Ihn morgen wiederzusehen ist wahrscheinlich meine einzige und letzte Chance. Dabei weiß ich noch nicht einmal, wie ich an ihn herankommen soll.«

Sie nickte. »Ich brauche noch kurz einen Kaffee, dann können wir los.«

Dagegen hatte ich nichts einzuwenden, denn ich konnte selbst einen vertragen. Emily schlich wieder ins Schlafzimmer, um sich Wechselsachen zu holen. Danach verschwand sie mit ihrer Kaffeetasse im Bad.

Als wir eine halbe Stunde später aufbrachen, schlief Luca noch. Ich trug noch immer Ryles Pullover und zog mir vorsichtshalber die Kapuze über den Kopf. Aber selbst jetzt um die Mittagszeit waren keine Paparazzi zu sehen, was mir vor Augen führte, dass ich von einem Tag auf den anderen nicht mehr zu Ryle gehörte.

Die Boutique, von der meine Schwester in den höchsten Tönen schwärmte, lag in unserem Stadtteil. Trotzdem kam es mir ewig vor, bis wir dort eintrafen.

Emily fasste mich am Arm und schob mich gleichzeitig mit ihr zur Tür hinein. Die Besitzerin verabschiedete gerade eine Kundin und kam dann auf uns zu.

»Hallo, Emily.« Sie begrüßte meine Schwester mit einer Umarmung und Emily stellte uns einander vor. Ich mochte Diana auf den ersten Blick und fühlte mich in ihrem Laden wohl. Ein Kronleuchter, der für den Raum eigentlich viel zu groß war, hing von der Decke. Eine Wand bestand komplett aus Spiegeln. Regale und bewegliche Kleiderständer standen überall verteilt. Die Vielfalt der Kleider beeindruckte mich: kurz, lang, schlicht, berüscht, schimmernd, gemustert, einfarbig – ich konnte mich an der Farbenpracht gar nicht sattsehen. In der Raummitte befand sich ein rundes Podest und am hinteren Ende verhüllte ein schwerer dunkelgrüner Vorhang eine Umkleidekabine.

Diana trug ein bunt gemustertes Rockabilly-Kleid, das super zu ihrem schwarzen Bob mit kurzem Pony passte. »Sag mir jetzt nicht, du hast mir heute keine selbst gebackenen Cookies mitgebracht.« Sie sah Emily mit gespieltem Entsetzen an.

»Sorry, das hole ich beim nächsten Mal wieder nach. Unser Besuch hat sich ganz kurzfristig ergeben. Du musst für uns gute Fee spielen und meine Schwester einkleiden.«

Sie berichtete ihr, weshalb ich dringend ein Kleid brauchte. Ich wandte mich verlegen ab und schaute mich währenddessen weiter um.

»Ha, ich wusste doch gleich, dass ich dich irgendwoher kenne.« Diana lief zur Tür, schloss ab und klatschte in die Hände. »Welche Art von Kleid soll es denn sein?«

Ich hob ratlos die Hände.

Sie ging um mich herum und musterte mich. »Du brauchst es also für eine Gala. Darf ich fragen, für welche?«

»Eine Preisverleihung, die morgen im Madison Square Garden stattfindet«, erwiderte Emily an meiner statt.

Diana machte große Augen. »O mein Gott, du wirst mit Ryle Cooper hingehen, stimmt's?«

Ich biss mir auf die Lippe. »Das ist noch nicht sicher.«

»Das Kleid sollte erschwinglich und trotzdem für den Anlass angemessen sein«, sagte Emily.

»Macht euch um den Preis keine Sorgen. Ich borge euch gern ein Kleid aus. Wenn Lynn an dem Abend mein Label trägt, ist das Werbung für mich.« Sie umrundete mich abermals. »Silber würde dir gut stehen. Oder Gelb.« Sie schnippte mit den Fingern. »Dann wollen wir mal sehen, was wir für dich haben.«

Diana fegte von einem Kleiderständer zum nächsten und hängte verschiedene Kleider zur Anschauung an die Spiegelrahmen. Wir nahmen alle in Augenschein und entschieden uns in der engeren Auswahl für zwei pastellgelbe bodenlange Roben und ein silberfarbenes Cocktailkleid. Ich zog mich in die Kabine zurück und probierte sie nacheinander an. Ein Abendkleid gefiel mir besonders gut. Es war ärmellos, hatte einen V-Ausschnitt und war am Oberteil mit Spitze und winzigen schimmernden Perlen verziert. Ich strich sanft über den fließenden blassgelben Chiffonstoff, der einen seitlichen Beinschlitz aufwies. Den raffinierten Rückenausschnitt bemerkte ich erst, als ich mich über die Schulter hinweg im Spiegel betrachtete. Einen BH konnte ich darunter unmöglich tragen.

Diana zog den seitlichen Reißverschluss zu. Ich war überrascht, wie sehr ich mir in einem Kleid gefiel. Von dem Mädchen aus Eagle Rock war nicht mehr viel zu erkennen. Ich wusste, dass immer ein Teil von ihr in mir stecken würde. Aber die junge Frau, die ich jetzt im Spiegel betrachtete, wirkte selbstbewusster und konnte einem öffentlichen Auftritt durchaus gewachsen sein.

Emily musterte mich mehrmals von oben bis unten. »Wow. Ich erkenne meine kleine Schwester kaum wieder«, brach es aus ihr heraus. Sie hielt den Daumen hoch.

»An der Taille werde ich es noch etwas abstecken«, entschied Diana. »Und es ist ein wenig zu lang. Aber es fehlen ja auch noch passende Schuhe.« Sie ging zu einem Regal und nahm zielsicher silbrig glänzende High Heels heraus.

Ich sah zu Emily. »Damit werde ich mir den Hals brechen.«

»Solche Schuhe sind für gehobene Anlässe ein Muss«, sagte Diana, bückte sich und half mir dabei, sie anzuziehen. »Der Gang einer Frau wirkt viel graziler. Wenn wir sie tragen, strecken wir automatisch den Rücken durch.«

Sie passten wie angegossen. Ich ging ein paar zaghafte Schritte und merkte, dass sie nicht so unbequem waren, wie ich gedacht hatte.

»Fehlt nur noch passender Schmuck.« Sie brachte eine hölzerne Schatulle herbei, in der Emily und ich nach einer Kette und Ohrringen suchten. Ich entschied mich gegen eine Kette und wählte zarte Ohrringe, die mir fast bis auf die Schultern reichten. Während ich das Kleid noch trug, begann Diana es an meiner Taille mit Nadeln abzustecken. Ich stand ganz still, damit sie mich nicht versehentlich stach. Anschließend schauten Emily und ich zu, wie sie es für mich maßgeschneidert enger nähte.

Als wir später auf dem Heimweg waren, trug ich die wertvolle Abendrobe, die von einem Kleidersack verhüllt wurde. Emily schleppte die Einkaufstasche mit meinen neuen Schuhen, dem Schmuck und zwei alltagstauglichen Kleidern, denen sie einfach nicht hatte widerstehen können. Ich machte mir wegen der Leihgaben Sorgen.

»Was, wenn ich einen Ohrring verliere oder bei diesen hohen Absätzen stürze und das Kleid dabei zerreiße oder es bekleckere?«

»Diana ist versichert«, lautete ihre Antwort, die mich keineswegs beruhigte.

Durch die Änderungen, die Diana noch an dem Kleid hatte vornehmen müssen, waren beinahe vier Stunden vergangen, ehe wir wieder zu Hause ankamen. Luca saß vor dem Fernseher und schaute ein Basketballspiel. Es schien aber nicht besonders spannend zu sein, da er uns sogleich in der Küche Gesellschaft leistete und mit uns Gemüseeintopf kochte.

Wie schon den ganzen Tag warf ich immer wieder einen verstohlenen Blick auf mein Handy. Doch es gab kein Lebenszeichen von Ryle.

Obwohl ich Hunger hatte, aß ich meinen Teller nur halb leer. Nach dem Abwasch hielt ich es nicht mehr aus. Als wären meine Anrufe nicht offensichtlich genug, schrieb ich ihm, dass er mich bitte zurückrufen sollte. Es gab noch so viel zu sagen, und ich hatte Angst, dass ich nicht in seine Nähe kam. Doch offenbar war sein Handy immer noch aus.

Den Rest des Nachmittags, am Abend, bis tief in die Nacht kontrollierte ich immerzu, ob neben dem einsamen Häkchen noch ein zweites dazugekommen war und meine Nachricht endlich zugestellt wurde. Ich hoffte umsonst.

36

»Ich gebe es auf«, sagte Luca und stellte den Laptop beiseite. »Es gibt keinen Hinweis, in welchem Hotel die Band sich aufhalten könnte.«

Wir saßen am Frühstückstisch. Emily war für ihre Verhältnisse seltsam still. Sie stocherte ebenso wie ich appetitlos in ihrem Müsli.

»Lass uns heute Abend einfach zum Madison Square Garden fahren und uns mit anderen Schaulustigen an den roten Teppich stellen«, schlug sie vor. »Vielleicht bemerkt Ryle dich. Oder einer der anderen Jungs wird auf dich aufmerksam.«

Ich schüttelte den Kopf. »Wenn Ryle mich sehen wollte, hätte er seit zwei Tagen zu mir Kontakt aufnehmen können. Mein Auftauchen würde ihn also nur in eine unangenehme Situation bringen. Außerdem kommt man als Passant nicht nah genug an den roten Teppich heran. Das ist nur der Presse vorbehalten.«

»Hast du mal versucht, einen von den Jungs anzurufen?«, fragte Luca. »Die mögen dich doch.«

Ich schüttelte abermals den Kopf. »Sie sind wie eine Familie und auf seiner Seite. Die halten sich da raus.«

Emily stand ruckartig auf und begann das Geschirr zu spülen. Bei ihrer groben Herangehensweise war es ein Wunder, dass die Teller dabei nicht zerbrachen.

»Es muss doch noch irgendeine verdammte Möglichkeit geben.« Sie fuhr herum und trocknete sich die Hände ab. »Ihr seid es euch gegenseitig schuldig, noch mal miteinander zu reden. Was, wenn Ryle genauso leidet wie du? Gibt es denn niemanden, auf dessen Hilfe du zählen könntest?«

Mein Smartphone lag vor mir auf dem Tisch. Seit Stunden gab ich es kaum aus der Hand, in der Hoffnung, dass Ryle sich doch noch bei mir meldete. Ich nahm es auf und wischte über das Display. Auch Bruce würde Ryle nicht in den Rücken fallen. Aber er stand mir von allen am nächsten und er vertraute mir. Immerhin hatte er mir den Generalschlüssel ausgehändigt, damit ich Ryle an seinem Geburtstag überraschen konnte, obwohl es ein Risiko für ihn gewesen war. Wenn er mich jetzt auch nicht unterstützen konnte, würde er mir zumindest sagen, wie es Ryle ging.

Ich wählte seine Nummer. Mit jedem weiteren Rufzeichen schlug mein Herz schneller. Er ging nicht ran, und ich entschied aufzulegen, bevor sich die Mailbox meldete.

»Hallo, Lynn«, hörte ich ihn plötzlich sagen, gefolgt von einem tiefen Seufzen.

»Hey.« Ich schluckte.

Es herrschte einen Moment lang Stille. Emily und Luca fassten sich an den Händen und sahen mich erwartungsvoll an.

»Wenn du mich anrufst, solltest du auch etwas sagen«, forderte Bruce mich auf.

»Du kannst dir den Grund sicherlich denken.«

»Kann ich, aber ich bin mir nicht sicher, ob dieses Telefonat eine gute Idee ist.«

Ich atmete tief durch. »Wie geht es Ryle?«

»Es ist nicht leicht für ihn, bitte mache es ihm nicht noch schwerer.«

»Das ist das Letzte, was ich will. Ich muss unbedingt mit ihm sprechen. Kannst du mir sagen, wo er ist?«

Bruce seufzte erneut.

»Bitte, ich weiß jetzt, dass Ryle mir wichtiger ist als alles andere.« Im Hintergrund waren Stimmen zu hören, die immer lauter wurden.

»Ich muss auflegen. Sorry, Lynn, aber ich kann mich da nicht einmischen.« Er kappte die Verbindung.

Mir war, als würde sich der Boden unter mir auftun. Obwohl ich saß, hatte ich das Gefühl, zu fallen.

»Was hat er gesagt?«, erkundigte sich Emily.

Ich stand auf und schwankte Richtung Badezimmer. »Du kannst das Kleid zurückbringen. Es wird nicht gebraucht.« Ich schloss hinter mir ab, woraufhin Emily eine Sekunde später an die Tür klopfte. Doch ich musste jetzt einfach mal mit mir allein sein.

Um irgendetwas zu tun, drehte ich das Wasser auf und stellte mich unter die Dusche. Ich hatte keine Tränen mehr, die ich noch vergießen konnte. Stattdessen brannte sich die Trauer wie ein ätzendes Gift durch meine Adern. In mir war etwas kaputtgegangen. Ich spürte einen Schmerz, ohne sagen zu können, woher er kam. Er war in meinem Körper und in meinen Gedanken – einfach überall. Ryle fehlte mir unerträglich.

Emily klopfte immer wieder. Meine Haut war inzwischen aufgeweicht und das Bad voller Dampf. Ich drehte das Wasser ab und schlüpfte in den Bademantel. Dann ging ich zur Tür, um ihr aufzuschließen.

Sie sagte kein Wort, nahm stattdessen die Bürste zur Hand und begann mir die nassen Haare zu kämmen, wie Mom es getan hatte, als wir noch Kinder gewesen waren. Irgendwann saßen wir dann mit Luca auf der Couch und schauten eine Dokumentation, von der ich nicht sagen konnte, wovon sie handelte. Mein Blick glitt immer wieder zu dem Kleidersack, der an der Garderobe hing und regelrecht nach mir rief. Ich wünschte, Emily hätte das Kleid schon zurückgebracht, damit ich es nicht länger sehen musste.

Unter dem Vorwand, mir etwas zu trinken zu holen, ging ich in die Küche und warf einen verstohlenen Blick auf mein Smartphone, das keine neuen Nachrichten und Anrufe zu vermelden hatte. Ryle war unentwegt in meinem Kopf. Ich fragte mich, ob er schon in New York angekommen war, in welchem Hotel er wohl sein würde, was er gerade machte und ob er trotz allem auch mal an mich dachte.

Zurück im Wohnzimmer ließ ich mich kraftlos auf die Couch sinken. Im selben Moment klingelte es. Emily sprang umgehend auf, lief zur Tür und betätigte den Knopf der Freisprechanlage. Während ich die Stimme über den Lautsprecher erkannte, stand ich wie in Zeitlupe auf und tapste mit kleinen Schritten zur Tür. Emily hatte diese inzwischen geöffnet und wartete im Treppenhaus, bis unser Besucher bei uns eintraf.

»Hallo, Bruce«, flüsterte ich, als er schließlich eintrat.

Er stemmte die Hände in die Hüften und rang nach Atem. »Ich hoffe, dir ist klar, dass ich gerade meinen Job riskiere.«

»Heißt das, Ryle weiß nicht, wo du gerade bist?«, brach es aus mir heraus. Emily und Luca standen nun neben mir, Bruce gegenüber.

»Sie haben alle keine Ahnung. Und ich kann ehrlich gesagt auch noch nicht glauben, was ich hier tue.« Er warf einen Blick auf seine Uhr. »Wenn du möchtest, nehme ich dich mit ins Hotel. Was dann auch immer passiert, musst du allein regeln.«

Ich starrte ihn an, woraufhin er mir verschwörerisch zuzwinkerte.

»O Gott, ist das aufregend«, quietschte Emily. Sie nahm meine Hand, zog mich hinter sich her zum Esstisch und platzierte mich auf einem Stuhl.

Luca und Bruce traten zu uns. Sie beobachteten Emily dabei, wie sie aus einem kleinen Metallkoffer Schminksachen, Haarnadeln und ein Glätteisen hervorholte.

»Darf ich mal fragen, was das werden soll?« Bruce runzelte die Stirn.

»Ich habe mir ein anständiges Outfit besorgt, um Ryle gegebenenfalls zu der Preisverleihung begleiten zu können«, ließ ich ihn wissen.

Er hob die Augenbrauen. »Du scheust doch das Rampenlicht.«

»Na ja, ohne geht es nun mal nicht, wenn ich mit Ryle zusammensein möchte. Wir werden einen Weg finden, damit umzugehen. Und wer weiß, vielleicht bringt ein öffentliches Auftreten sogar Chancen, Kontakte und Aufträge für meine eigene Karriere mit sich.«

Bruce lächelte zögernd.

»Lynn, jetzt halt doch mal still«, schimpfte Emily.

»Reicht es nicht, etwas Wimperntusche aufzutragen? Du brauchst nicht solche Umstände zu machen.«

Als Antwort rollte sie mit den Augen und begann mich zu schminken. Beim Ankleben der falschen Wimpern stellte ich ihre Geduld auf die Probe, weil ich immerzu zwinkerte, sobald ich ihre Berührung spürte.

Nachdem sie mit meinem Make-up fertig war, lief sie um mich herum und griff in mein Haar. »Hm ... Worauf hast du Lust? Soll ich sie dir komplett hochstecken oder alle auf eine Seite frisieren? Das wirkt auch sehr edel.«

»Das überlasse ich ganz und gar dir.«

»Ich muss das Kleid noch mal sehen.« Sie schob sich den Stielkamm in ihren Dutt und ging zu dem Kleidersack. »Okay, bei diesem Ausschnitt stecke ich sie dir hoch.«

Sie machte sich an die Arbeit. Nebenbei hörten wir Radio, in dem über das bevorstehende Event berichtet wurde. Die Band war in drei Kategorien nominiert und hatte gute Chancen, mindestens einen Preis abzusahnen.

»Mädels, ihr macht mich fertig. Ich müsste längst wieder im Hotel sein.« Bruce warf mir einen ungeduldigen Blick zu.

»Wir haben es gleich«, sagte Emily. »Lynn muss sich nur noch umziehen.«

In ihrem Schlafzimmer half sie mir in das pastellgelbe Kleid und die silberfarbenen Schuhe, bei denen ich jetzt schon wusste, dass mir die Füße schmerzen würden. Die Ohrringe kamen als Letztes.

»Tada«, sang sie und schob mich vor den großen Spiegel.

Es war seltsam, mich in dieser Aufmachung zu betrachten. Meine Haare waren im Nacken locker zusammengesteckt, sodass ein paar Strähnen herausfielen und es nicht streng wirkte. Emily hatte mir eine sanfte Variante von Smokey Eyes geschminkt. War das wirklich ich?

»Du schaffst das, Schwesterherz.« Es war ja klar, dass Emily meine Unsicherheit nicht entging. »Ryle könnte Hunderte Mädchen haben, aber er hat dich ausgewählt. Also Kopf hoch. Zeig dich, du brauchst dich nicht zu verstecken.«

»Ryle *hatte* mich ausgewählt.« Ich wandte mich von meinem Spiegelbild ab und sah sie an. »Was, wenn er mich fortschickt?«

Sie seufzte. »Dann kannst du dir zumindest keinen Vorwurf machen, es nicht versucht zu haben. Und ich werde hier sein, um dich aufzufangen.«

Es klopfte. »Lynn. Ich werde jetzt gehen. Entweder mit dir oder ohne dich«, rief Bruce.

Emily öffnete die Tür und ich eilte an Bruce vorbei zum Ausgang. Statt mir zu folgen, war er jedoch stehen geblieben und sah mich von oben bis unten an.

»Du siehst bezaubernd aus.« Er lächelte.

»Danke.«

Luca nickte anerkennend und hielt beide Daumen nach oben.

Emily kam nochmals zu mir und umarmte mich. »Hol ihn dir«, flüsterte sie mir ins Ohr. Dann trat sie zurück und kämpfte mit den Tränen.

Jetzt war ich noch nervöser. Wie in Trance eilte ich mit Bruce die Treppe hinunter und stieg neben ihn in einen schwarzen Wagen, den er in der Nähe unseres Eingangs geparkt hatte. Fotografen waren weit und breit keine zu sehen, dabei fühlte ich mich endlich stark genug, um ihnen entgegenzutreten. Für Ryle, für mich – für uns. Mir blieb nur zu hoffen, dass es noch nicht zu spät war. Der Gedanke, er könnte mich nun zurückweisen, war unerträglich.

Während der Fahrt konnte ich keine Minute stillsitzen, und als wir ankamen, war ich das reinste Nervenbündel. Bruce hielt direkt vor dem Eingang des Hotels, woraufhin ein Portier ihm die Wagenschlüssel abnahm, um den Wagen für ihn zu parken.

Entweder hatten die Paparazzi noch nicht mitbekommen, dass die Band in diesem Hotel abgestiegen war, oder sie hatten sich schon alle vor dem Madison Square Garden versammelt, wo das heutige Event stattfand. Kein einziger Reporter war zu sehen, nur die drei Hotelportiers musterten mich neugierig, was zweifelsohne meinem Abendkleid zuzuschreiben war.

Ich folgte Bruce durch die große Drehtür. Da ich wusste, dass Ryle in diesem Gebäude war, bildete ich mir augenblicklich ein, seine Gegenwart zu spüren. Ich bekam feuchte Hände und mein Puls raste.

Wir liefen durch die noble Lobby. Ein paar von Bruces Kollegen hatten vor den Fahrstühlen und dem Treppenhaus Stellung bezogen. Falls sich doch noch Fotografen oder Journalisten hierher verirren sollten, bestand für sie keine Chance, die Band zu Gesicht zu bekommen.

Als sich die Lifttür öffnete, ließ Bruce mir den Vortritt. Er hielt eine Keycard an den Scanner, damit der Fahrstuhl bis zur obersten Etage durchfuhr. Es herrschte angespanntes Schweigen. Ich war mir sicher, dass er mich mochte, aber vorrangig sorgte er sich um Ryle, der wie ein Sohn für ihn war.

»Ich werde dir niemals vergessen, was du hier für mich riskierst«, flüsterte ich.

Der Lift hielt und Bruce durchquerte mit mir einen Vorraum bis zu einer großen Holztür. Dort blieb er stehen und sah mich an. »Der Junge hat schon viel durchgemacht. Wenn du auch nur den Hauch eines Zweifels hast, dann lass Ryle gehen.«

Und dann klopfte er an die Tür.

37

Es war Mark, der uns öffnete. Als er mich sah, hielt er mitten in der Bewegung inne und riss die Augen auf. Stumm schaute er von mir zu Bruce, auf dem sein Blick dann beunruhigend lang ruhte.

»Sie können nicht auseinandergehen, ohne vorher noch mal miteinander gesprochen zu haben«, sagte Bruce ganz ruhig.

Ich erwartete, dass Mark ihm ins Gewissen redete und mich zum Gehen aufforderte. Stattdessen atmete er tief durch, trat beiseite und bedeutete mir ohne ein Wort, einzutreten. Bevor ich hineinging, sah ich noch mal zu Bruce zurück, der mich bestärkend anlächelte. Langsam lief ich den Flur des Appartements entlang. Die Suite ähnelte der, in der Ryle und ich in L.A. gewohnt hatten. Sie verlief über zwei Etagen und hatte eine große Terrasse. Als ich die Stimmen der Jungs hörte, schlug mir das Herz bis zum Hals. Ich wusste nicht, wohin mit meinen Händen. Hoffentlich kam ich in den ungewohnten Schuhen heil bei ihnen an.

Kaum hatte ich die Stufen zum Wohnraum erreicht, erblickte ich Tom, David, Simon und Dan – nur Ryle fehlte. Tom war mir am nächsten. Er stand vor einem Wandspiegel und band sich gerade seine Krawatte. Wie die anderen trug er einen schwarzen Anzug.

»Ha.« Er freute sich über den perfekt gebundenen Knoten und rückte ihn zurecht. »Ich finde mich heute so sexy, ich könnte glatt selbst mit mir schlafen.«

»Das ist ein verstörender Gedanke«, entgegnete David und trat zu ihm. Dabei bemerkte er mich. »Donnerwetter«, stieß er aus und starrte mich an.

Tom folgte seinem Blick und machte große Augen. »Alter … ähm …« Er scannte mich mehrfach von oben bis unten ab.

»Wow«, sagte Simon. Er saß in einem Sessel, und neben ihm stand Dan, der seine Freundin im Arm hielt. Kate sah in ihrem bodenlangen schwarzen Kleid und mit ihren dunklen Locken hinreißend aus.

»Ryle ist auf der Terrasse«, ließ Mark mich wissen. Er und Bruce gingen an mir vorbei und gesellten sich zu den anderen.

Ich lächelte ihn dankbar an, woraufhin er mein Lächeln zögernd erwiderte. Sein Blick war ein unausgesprochenes Kompliment.

Mehrmals rang ich nach Luft. Dann gab ich mir einen Ruck, durchquerte den Raum und lief auf die Terrasse hinaus. Ryle war nirgends zu sehen. Der Außenbereich führte offenbar um die Suite herum. Deshalb ging ich weiter und bog um die Ecke.

Als ich Ryle erblickte, durchfuhr mich ein warmes Kribbeln. Er stand am Geländer, drehte mir den Rücken zu und schaute in die Ferne. Ich brachte kein Wort hervor, war gebannt von seiner Gegenwart. Er war hier, ich war bei ihm.

Mit einem Mal veränderte sich seine Haltung. Als würde er plötzlich spüren, dass ich nur wenige Schritte hinter ihm stand, spannte er sich an und drehte sich langsam um. Unsere Blicke begegneten sich und hielten einander fest. Er rührte sich nicht, sagte nichts. Meine Anwesenheit schien ihn völlig zu überrumpeln. Mit seinen leuchtend blauen Augen und den zerzausten Haaren sah er zum Niederknien aus. Der Anzug stand ihm ungemein gut.

»Hallo, Ryle.« Meine Stimme zitterte.

Er presste die Lippen zusammen, schwieg weiter.

Ich musste mich zusammenreißen. Das hier war meine letzte und einzige Chance.

»Bitte hör mich an. Du hast den Kontakt zu mir ohne ein Wort des Abschieds abgebrochen, aber ich kann dich nicht gehen lassen, ohne dir vorher noch etwas zu sagen.«

Ich machte einen zögerlichen Schritt auf ihn zu. Es war so schwer, die richtigen Worte zu finden.

»Ich kann deinen Herzschlag hören, ich kann ihn auch fühlen«, zitierte ich den Refrain von *Midnightsong*. Ryle hatte dieses Lied für mich geschrieben und ich empfand jedes Wort auch für ihn. »Du berührst meine Seele. Ich konnte mir nicht vorstellen, so sehr zu lieben, dass die Welt um uns verschwindet. Ich fühle mich lebendig, wenn du mich festhältst. Von nun an schlagen unsere Herzen gemeinsam.«

Meine Kehle brannte. Ich schluckte und Ryle tat es ebenso. Seine glänzenden Augen verrieten mir, dass er wie ich gegen die Tränen ankämpfte.

»Ich habe diesen Song schon gefühlte tausend Mal gehört«, sprach ich weiter. »Er erzählt unsere Geschichte, und ich möchte nicht, dass sie zu Ende ist. Du bist von einem Tag auf den anderen in mein Leben getreten und mir blieb keine Zeit, mich auf deine Welt vorzubereiten. Es war alles so verwirrend und ja, auch beängstigend. Ich dachte, ich würde dort niemals hineinpassen.« Eine Träne ließ sich nicht länger zurückhalten und rann über meine Wange. »Aber jetzt habe ich verstanden, dass meine eigene ohne dich nicht mehr dieselbe ist.«

Er biss sich auf die Lippe. Seine Atmung ging schwer.

»Ich habe versucht dich anzurufen und dir geschrieben. Wenn du den Kontakt abgebrochen hast, weil du das mit uns wirklich beenden willst, werde ich das akzeptieren und dich nicht weiter bedrängen. Wenn du es aber meinetwegen tust, weil du glaubst, mir nicht das Leben bieten zu können, das mich glücklich macht – dann muss ich dir sagen, dass du dich irrst.«

Ryle legte den Kopf schräg. Nun war er derjenige, der einen Schritt auf mich zukam. Er streckte die Hand nach mir aus, ließ sie aber auf halbem Weg wieder sinken. »Ich habe den Kontakt abgebrochen, weil ich mir nicht anders zu helfen wusste. Wie soll ich es sonst schaffen, dich aufzugeben?«

Konnte ich hoffen? Mein Herz schlug so schnell wie niemals zuvor. »Ich bin hier, Ryle. Gib uns noch eine Chance. Wenn es für dich in Ordnung ist, würde ich dich heute Abend gern zu der Gala begleiten.«

Sein Lächeln kam zögernd, steigerte sich jedoch zu einem Strahlen. Nochmals trat ich näher. Da umfasste er mein Gesicht mit beiden Händen und sah mir derart tief in die Augen, dass ich ganz weiche Knie bekam. »Lynn.« Seine Stimme war nur ein Hauch.

Und dann streiften seine Lippen die meinen und er verführte mich zu einem sanften Kuss. Seine Daumen streichelten meine Wangen, während seine Hände in meinem Nacken ruhten. Ich schlang die Arme um seine Mitte und lehnte mich an ihn. Irgendwo hinter uns hörte ich die anderen jubeln.

»Wo wir das jetzt geklärt haben, könnten wir endlich aufbrechen«, sagte Mark nach einer Weile und schmunzelte. »Wir sind spät dran.« Er stand plötzlich neben uns, fasste uns beide an den Schultern und drängte uns Richtung Ausgang. Ryle hielt mich dicht an seiner Seite. Ich hatte nicht vor, ihn heute noch mal loszulassen.

»Ist dir bewusst, wie wunderschön du bist?«, flüsterte er.

»Ich kann es noch gar nicht fassen, dass du wieder bei uns bist«, sagte Tom und stieß mir sanft mit dem Ellenbogen in die Seite.

»Ja, das ist echt eine Überraschung«, warf David ein. »Eine sehr schöne, wohlgemerkt.«

Mein Lächeln reichte von einem Ohr zum anderen. Wir betraten alle zusammen den Fahrstuhl und Kate stellte sich neben mich.

»Ich bin froh, dass du auch dabei bist«, sagte ich zu ihr.

»Dito. Für mich ist es heute ebenfalls eine Premiere. Ich habe Dan zwar schon zu Veranstaltungen begleitet, wurde aber bisher immer separat eingeschleust.«

Dan sah mich an. »Durch die ganzen Medienberichte ist der Druck für dich natürlich noch viel größer.«

»Macht Lynn nicht verrückt.« Mark verließ vor uns den Fahrstuhl. »Sie braucht nur in die Kameras zu lächeln.«

»Keine Sorge«, sagte ich. »Ich schaffe das schon.«

Bruce nickte mir lächelnd zu. Ich hatte ihm so viel zu verdanken.

Ryle blieb stehen und küsste mich auf die Wange. »Ich werde dir nicht von der Seite weichen. Alles, was du tun musst, ist bei mir zu sein.«

38

Die Veranstalter hatten eine Limousine geschickt, um die Band abzuholen. Da bisher niemand wusste, in welchem Hotel die Jungs untergebracht waren, verlief die Fahrt bis zum Madison Square Garden problemlos. Dort angekommen reihten wir uns hinter anderen Limousinen ein, aus denen nach und nach prominente Gäste direkt vor dem roten Teppich ausstiegen und sich dem Blitzlichtgewitter stellten.

Mein Puls war jenseits der Norm. Ryle streichelte mit dem Daumen über meinen Handballen und spürte sicherlich, dass ich zitterte. Als wir an der Reihe waren und die Autotür von außen geöffnet wurde, warfen Kate und ich uns gegenseitig bestärkende Blicke zu. Ohne mich loszulassen, stieg Ryle nach Mark aus dem Wagen und half mir heraus. Dann legte er mir einen Arm um die Taille und hielt mich fest an seiner Seite. Die Jungs flankierten uns zusätzlich, als wollten sie ebenfalls auf mich aufpassen.

»Seid ihr wieder zusammen?«, rief jemand.

Ryles Griff um meine Taille wurde augenblicklich fester. »Ich wollte nie von Lynn getrennt sein. Das Wichtigste war für mich, sie vor der akuten Belagerung der Presse zu schützen«, antwortete er.

»Habt ihr euch in dem Café kennengelernt, in dem die Band vor Wochen gestrandet war?«, fragte ein Reporter und sah mich an.

»Ja«, erwiderte Ryle an meiner statt. »Und in der Zeit, in der Lynn uns als Tourfotografin begleitet hat, habe ich mich hoffnungslos in sie verliebt.«

Ich fand es süß, dass er mich weiterhin schützen wollte und alle Fragen der Reporter abfing. Aber ich war hier, um mich voll und ganz zu ihm zu bekennen – und das musste ich ihm auch zeigen.

»Es hat mir großen Spaß gemacht, an den Bildern des Booklets für das neue Album zu arbeiten«, ergriff ich das Wort und spürte, wie Ryle mich überrascht ansah. Ich schmiegte mich demonstrativ an ihn. »Einige der Fotos, die ich backstage von der Band geschossen habe, können Sie übrigens bald bei der Charity-Ausstellung von Magnus Peterson für einen guten Zweck ersteigern.«

Ryle strahlte übers ganze Gesicht und nickte mir anerkennend zu. Ich fühlte mich wie befreit und hatte keinen Zweifel daran, dass wir alle Steine, die man uns in den Weg legen würde, gemeinsam zerschmettern konnten. Kein einziges Mal ließ Ryle mich los, gab mir mit jeder zärtlichen Berührung, jedem liebevollen Blick und jedem Wort, das er mir beruhigend ins Ohr flüsterte, zu verstehen, dass ich zu ihm gehörte.

Die anderen Jungs rückten von uns ab, da die Reporter nach einem Einzelfoto von Ryle und mir verlangten. Die Fotografen schrien unsere Namen, weil jeder von ihnen uns dazu bringen wollte, in seine Richtung zu schauen. Erst etliche Minuten später hatten wir den roten Teppich hinter uns gelassen. Mark war mit unserer Performance sehr zufrieden und ich war es ebenfalls.

Vor wenigen Wochen war ich mit Emily hier in der Arena gewesen, um backstage beim Tour-Auftakt der Band dabei zu sein. Es war das zweite Mal gewesen, dass ich Ryle begegnet war. Und heute war ich mit ihm zusammen hier. Hätte mir das damals jemand vorausgesagt, hätte ich denjenigen für verrückt gehalten.

Dort, wo bei dem Konzert Stehplätze gewesen waren, standen nun Stühle. Während der Gala saß ich zwischen Ryle und Tom in der zweiten Reihe. Im Verlauf des Abends traten verschiedene große Künstler auf, wobei ich selbst in den Fan-Modus schaltete.

Die Ansprachen und die zumeist ausschweifenden Dankesreden der Preisträger fand ich eher langweilig. Aber sobald *Reanimation* aufgerufen wurde, flippte ich mit Mark und Kate gemeinsam aus. Ich bemerkte immer wieder, dass die Gäste in unserer unmittelbaren Nähe jede noch so kleine Berührung und jeden Kuss zwischen Ryle und mir genau beobachteten. Allerdings taten sie das augenscheinlich nicht aus Missgunst, sondern eher aus Neugier.

Die Jungs gewannen in den Kategorien *Beste Newcomer, Beste Single, Bester Live Act* – alle drei Preise, für die sie nominiert gewesen waren. Sie waren nicht nur für mich die Stars des Abends. Als sie gegen Ende auf der Bühne standen und erstmalig ihre neuste Ballade namens *Midnightsong* zum Besten gaben, sah Ryle immer mal wieder zu mir. Ich schaffte es nur mit Mühe, nicht vor Rührung zu weinen. Bei den anschließenden Standing Ovations bekam ich Gänsehaut.

»Diese Auszeichnungen sind umso bedeutender für mich, wenn du bei mir bist und das alles zusammen mit mir erlebst«, sagte Ryle, nachdem er wieder neben mir Platz genommen hatte. Sein herzergreifendes Lächeln ging mir durch und durch. »Morgen früh fliegen wir schon wieder nach Dallas. Deshalb würde ich die Aftershowparty gern sausen lassen und viel lieber mit dir abhauen.«

»Da bin ich so was von dabei«, flüsterte ich und erwiderte sein Lächeln.

Er zog sein Handy aus der Innentasche seines Jacketts und schrieb Bruce eine Nachricht. Sobald die Show vorbei war, verabschiedeten wir uns noch auf unseren Plätzen von den anderen, die alle enttäuscht waren, dass wir schon gehen wollten. Daher gab ich nach und sah Ryle fragend an. Doch er ließ sich nicht umstimmen. Irgendwie wirkte er unruhig, sagte aber nicht, was los war.

Auf dem Weg zum Ausgang wurden wir immer wieder von Leuten aufgehalten, die Ryle zu den Preisen beglückwünschten und mir ebenso freundlich die Hand schüttelten. Es dauerte beinahe eine halbe Stunde, bis wir uns nach draußen vorgearbeitet hatten. Dort erwartete uns Bruce in einem der altbekannten Vans. Schaulustige, die sich vor dem Madison Square Garden versammelt hatten, schrien nach Ryle, sobald sie ihn erblickten. Vereinzelt hörte ich sogar meinen Namen heraus. Ich tat es ihm gleich und winkte. Dann verschwanden wir im Wagen hinter den verdunkelten Scheiben aus ihrem Blickfeld.

»Hast du den Schlüssel besorgt?«, fragte er Bruce, nachdem dieser losgefahren war.

»Ja, hab ich.« Er schaute in den Rückspiegel. »Da hängen zwei Motorradfahrer an uns dran.«

Ryle seufzte und blickte sich um. »Warte, bis wir ausreichend vom Garden weg sind, und fahr dann rechts ran.« Er wandte sich mir zu und zog mich an sich. »Geht es dir gut? So schlimm war es gar nicht, oder?«

»Es war einfacher, als ich dachte«, erwiderte ich und schmiegte mich an ihn. »Aber diese Schuhe bringen mich um.«

Er lachte. »Zieh sie doch aus.«

Das tat ich nur allzu gern. Ryle hob meine Füße auf seinen Schoß und begann sie zu massieren. »Du bist echt mutig. Was, wenn ich Schweißfüße habe?«

»Bei Tom wäre ich da vorsichtig. Aber es sind ja deine Füße«, kommentierte er und grinste.

»Was hast du vor?«, erkundigte sich Bruce bei Ryle, während er den Blinker setzte und rechts ranfuhr.

»Ich werde sie freundlich darum bitten, uns etwas Privatsphäre zu gönnen.«

»Das kann ich übernehmen«, bot Bruce an, aber Ryle öffnete im gleichen Moment die Tür und stieg aus.

Ich blickte zurück und beobachtete ihn durch die Heckscheibe. Er unterhielt sich kurz mit den Paparazzi und ließ sich bereitwillig von ihnen fotografieren. Ein paar Passanten erkannten ihn, doch da stieg er bereits wieder zu mir ins Auto und zog die Tür hinter sich zu. Bruce ordnete sich im Straßenverkehr ein. Die Fotografen fuhren ebenfalls weiter, drehten aber um.

»Verrätst du mir jetzt, wohin wir fahren?«

Er nahm meine Hand und verschränkte unsere Finger ineinander. »Bevor wir uns gestritten hatten, habe ich immer wieder darüber nachgedacht, wie wir es schaffen können, uns trotz der vielen Trennungen nicht zu verlieren.«

»Und?«, hakte ich nach, als er nicht weitersprach. »Was ist dir dazu eingefallen?«

Er beugte sich zu mir. »Das wirst du gleich sehen«, flüsterte er, bevor er mich küsste.

Das war gemein. Er wusste genau, wie ungeduldig ich war. Aber er verstand es gut, mich während der weiteren Fahrt von meiner Grübelei abzulenken.

»Soll ich hier auf euch warten?«, fragte Bruce schließlich und fuhr in eine Parklücke.

»Nein, ich rufe dich später an, wenn du uns wieder abholen kannst.«

»Alles klar.« Er drehte sich zu uns um und übergab Ryle einen Schlüssel. »Ich warte, bis ihr drin seid.«

Ryle schob die Tür auf und stieg vor mir aus. Wir waren in Greenwich Village, nur drei Häuserblocks vom Eagle Rock entfernt. Auf der gegenüberliegenden Straßenseite befand sich ein kleiner Park und vor uns ragte ein vierstöckiges Fabrikgebäude mit Klinkerfassade und hohen Fenstern auf. Über dem Eingang hing der Schriftzug einer Druckerei.

»Willst du ein Buch über uns drucken lassen?«, erkundigte ich mich schmunzelnd, während er mich zur Eingangstür führte.

»Die Druckerei ist in ein größeres Gebäude umgezogen«, berichtete er und steckte den Schlüssel ins Schloss. »Jetzt steht diese Fabrik leer, und ich denke ernsthaft darüber nach, sie zu kaufen.«

Bruce fuhr davon, sobald wir eintraten.

»Wozu brauchst du denn eine Fabrik?«

Ryle schloss hinter uns zu, ging durch die Vorhalle bis zu einer in der Mitte des Raumes gelegenen Treppe, blieb dort auf der ersten Stufe stehen und drehte sich zu mir um. »Es ist schwer, in New York eine Wohnung mit ausreichend Platz zu bekommen. Als mir der Makler dieses Objekt angeboten hat, dachte ich sofort, dass sich die großen Räume perfekt dazu eignen, sie zu Loftwohnungen umbauen zu lassen.«

Ich ging langsam auf ihn zu. »Du willst also investieren und später Mieten kassieren?«

Er schüttelte den Kopf. »Nein, Lynn. Ich will hier selbst einziehen. Und am liebsten mit dir.«

Mir klappte die Kinnlade herunter.

»Lass es mich bitte erst erklären, bevor du in Panik ausbrichst«, sagte er und deutete um sich. »Im Erdgeschoss könnte ich ein eigenes Tonstudio einrichten, damit die Jungs und ich uns nicht mehr in fremden einzumieten brauchen. Und auch wenn die Band sich in ein paar Jahren auflösen sollte, hätte ich die Möglichkeit, für andere Musiker Songs zu schreiben und sie hier mit ihnen aufzunehmen.« Er ergriff meine Hand und zog mich hinter sich die Treppe hinauf. »Im ersten Stock hätte ich gern eine Gästewohnung mit sechs Schlafzimmern. Da könnten die Jungs wohnen, wenn wir im Tonstudio arbeiten. Und natürlich wäre sie auch für andere Besucher nutzbar.«

Ich wollte zu einer Antwort ansetzen, aber er küsste mich schnell auf den Mund und führte mich weiter die Treppe hinauf.

»In der zweiten Etage könnten deine Schwester und ihr Freund einziehen. Du sagtest doch, sie hätten wenig Platz in ihrer kleinen Wohnung.«

»Ryle.« Spätestens jetzt war der Punkt erreicht, wo ich ihn unterbrechen musste. »Emily und Luca könnten sich das niemals leisten.«

»Da finden wir einen Weg«, erwiderte er und ging mit mir im Schlepptau abermals voraus. »Ich weiß ja, wie viel dir deine Schwester bedeutet.«

Wir erreichten die dritte Etage. Ryle drehte sich zu mir um und wich vor mir zurück, bis unsere Finger auseinanderglitten. »Hier könnten wir wohnen – wenn du es ebenso wie ich willst.« Er wich meinem Blick aus, ließ seinen stattdessen umherschweifen.

Ich sah mich ebenfalls in der Lagerhalle um. Die Loftwohnung würde durch die sichtbaren Dachbalken und die großen, nach oben rund auslaufenden Fenster wunderschön sein.

»Wir kennen uns doch noch gar nicht lange«, flüsterte ich.

Er nickte. »Ich weiß. Aber ich glaube, wenn wir keinen gemeinsamen Ort haben, an dem wir uns finden können, dann …«

»Dann werden wir es nicht schaffen«, beendete ich seinen Satz.

Ryle lehnte sich mit dem Rücken an eine Säule. »Ich möchte

endlich ein Zuhause haben. Und das kann nur ein Ort sein, an dem ich dich finde.«

Ich sah ihn mit großen Augen an, war im wahrsten Sinne des Wortes sprachlos.

Er kam wieder zu mir und führte mich abermals ein paar Stufen hinauf, bis wir auf dem begehbaren Dach ankamen. Wir waren über der Baumhöhe des angrenzenden Parks und sahen in der Ferne die beleuchtete Skyline Manhattans strahlen. Ich erkannte in der Nähe das Uni-Gebäude. Auf der anderen Seite floss der Hudson River vorbei. Kleine und große Boote brachten seine Wasseroberfläche durch ihre bunten Lichter zum Schimmern.

»Es ist wunderschön hier«, sagte ich.

»Denk darüber nach und lass dir so viel Zeit, wie du brauchst. Aber mal angenommen, ich würde hier einziehen. Würdest du mir Gesellschaft leisten, wenn ich in New York bin?«

Bisher hatte ich keine Ahnung, wie viel Glück man empfinden konnte. Ich schenkte ihm ein strahlendes Lächeln und nickte. Bevor ich ihn traf, hätte ich nie geglaubt, dass ich einen Menschen jemals so sehr lieben könnte.

Ryle zog sein Jackett aus, legte es mir über die Schultern und zog mich an sich. Wie in der wunderschönen Nacht am See strahlten über uns die Sterne, nur blasser, weil die Lichter der Stadt uns umgaben. Es war einer dieser Momente, in denen es sich so anfühlte, als existierten nur Ryle und ich auf dieser Welt. Ich verführte ihn zu einem sinnlichen Kuss, mit dem wir unsere gemeinsame Zukunft besiegelten.

EPILOG

Ein Jahr später

Meine Schwester und ich schleppten den letzten Umzugskarton ins Haus, und ich war zum wiederholten Mal dankbar, dass Ryle einen Fahrstuhl hatte einbauen lassen.

»Ich werde ewig brauchen, bis ich das alles wieder ausgepackt habe«, jammerte Emily.

»Auf meine Hilfe kannst du heute nicht mehr zählen«, erwiderte ich. »Durch den Umzug habe ich einigen Stoff für die Uni aufzuarbeiten. Wenn ich Ryle und die Jungs nächsten Monat für zwei Wochen nach Europa begleiten und dafür Vorlesungen schwänzen will, muss ich mich ranhalten.«

Wir verließen den Fahrstuhl und betraten ihre Wohnung.

»Du fehlst mir jetzt schon, obwohl du noch nicht mal weg bist«, sagte sie.

»In den Semesterferien bin ich noch viel länger mit Ryle unterwegs, da sind die vierzehn Tage gar nichts.«

Wir stemmten die Kiste auf ihren Esstisch, der in der alten Wohnung riesig und hier im Loft klein und verloren wirkte. Ich musste mich immer noch daran gewöhnen, wie viel Platz wir hier hatten. Durch die Gästewohnung im ersten Stock konnten uns Mom und Dad nun ohne Probleme regelmäßig besuchen. Sie würden Augen machen, wenn sie unser neues Zuhause das erste Mal sahen.

Emily machte sich über einen der Kartons her, die sich überall auf dem Boden stapelten. »Ich hab keine Lust mehr.

Am liebsten würde ich ein paar Tage blaumachen, um die Wohnung in Ruhe einzuräumen.«

»Dann tu das doch«, erwiderte ich. »Die Mädels müssen auch mal ohne dich im Café klarkommen.«

Sie ließ das Besteck, das sie in den Händen hielt, zurück in die Kiste fallen. »Du hast recht. Inzwischen habe ich die beiden gut eingearbeitet.«

Wir nickten uns einvernehmlich zu. Das Eagle Rock lief so gut, dass Emily zwei Aushilfen einstellen konnte und mit einem Großhändler kooperierte. Wenn alles nach Plan lief, würde sie bald eine weitere Eagle-Rock-Filiale eröffnen. Doch vorher wollte sie erst einmal ihre Hochzeit hinter sich bringen.

»Wann besorgen wir dir eigentlich endlich ein Brautkleid?«, fragte ich.

»Wenn ich mindestens ein weiteres Kilo abgespeckt habe«, antwortete sie.

Ich lächelte, sah auf meine Armbanduhr und lief zur Tür. »Falls du mich suchst, ich bin oben. Ryle kommt in einer Stunde. Bis dahin muss ich noch etwas aufräumen.«

Statt ins Loft ging ich zuerst aufs Dach, um die gestern gelieferten Pflanzen zu gießen. Die in riesigen Kübeln gepflanzten Palmen waren so schwer, dass sie von einem Kran aufs Dach gehievt worden waren. Auf der Hälfte des Daches hatten sie Rollrasen verlegt. Ein großer Tisch mit Stühlen, vier Liegen und eine gepolsterte Liegefläche, die mit ihrem Sonnendach an ein Himmelbett erinnerte, hatten ihren Platz inmitten der grünen Oase gefunden. Emily und ich wollten irgendwann noch Lichterketten an den Bäumen und Sträuchern anbringen.

Nach einer halben Stunde hatte ich mithilfe des Gartenschlauchs alle Pflanzen mit Wasser versorgt. Ich eilte in unsere Wohnung, die Ryle heute zum ersten Mal fertig eingerichtet sehen würde. Zwar hatten wir alle Möbelstücke gemeinsam im Internet ausgesucht, die Raumaufteilung und Dekoration hatte er jedoch mir überlassen, und ich war dementsprechend aufgeregt, wie er es finden würde.

Es gab eine cremefarbene Ledercouch, auf der locker acht Leute Platz fanden. Zwei dazu passende Sessel standen ihr gegenüber und dazwischen befand sich ein Tisch aus Holz und Glas. Daneben, an der fensterlosen Wand, hing ein Fernseher, der einer kleinen Kinoleinwand Konkurrenz machen konnte. Luca würde sicherlich viele Football-Abende bei uns verbringen. Und ich freute mich schon darauf, im Winter in einem der Liegesessel vor dem Kamin zu lesen. Im Sommer würde ich allerdings die Dachterrasse dafür nutzen.

Unsere offene Küche war weiß und schwarz. Sie besaß eine Kochinsel, hinter der sich ein langer Esstisch mit acht Stühlen befand. Ein großes Aquarium, in dem bisher nur wenige Fische eingezogen waren, diente als Raumteiler zu dem Billardtisch, dem Dartautomat und der Bar.

Ich konnte noch gar nicht glauben, dass das nun mein Zuhause war. An die Größe musste ich mich auf alle Fälle erst noch gewöhnen. Dennoch fühlte ich mich jetzt schon wohl, denn dieser Ort brachte Ryle und mir auch eine gewisse Freiheit. Emilys Couch war schon für mich allein zu eng gewesen, geschweige denn, wenn ich sie mit Ryle geteilt hatte. In Hotels mussten wir aufpassen, dass unser Aufenthalt unbemerkt blieb, und die Zimmer waren immer fremd.

Vor den hohen Fenstern standen Grünpflanzen, allerlei Kerzen und eingerahmte Fotos. Sie zeigten uns lachend, Grimassen schneidend, schmusend, inmitten der Jungs – immer zusammen. Eine der breiten Fensterbänke hatte ich mit dicken Kissen ausgelegt. Dort hatte ich gestern gesessen und gelernt, was an dem ganzen Papierkram, der noch herumlag, gut zu erkennen war.

Ich ging hinüber und raffte alles zusammen, um es im Büroschrank neben dem riesigen Schreibtisch zu verstauen. Auf meinem Laptop lag die ausgedruckte Mail von Magnus Peterson. Eines meiner Bilder von *Reanimation* hatte bei seiner Charity-Ausstellung den höchsten Spendenwert erzielt, weshalb er mich bat, auch dieses Jahr wieder daran teilzunehmen. Zudem bot er mir an, ihn als seine Assistentin für ein Shooting nach Kanada zu begleiten. Da mein Terminplan durch mein Studium und die Treffen mit Ryle voll war, musste ich sein Angebot leider ausschlagen. Zumal ich seit der Cover-Gestaltung des Albums etliche Aufträge erhalten hatte, die von Buchcovern zu Werbeanzeigen bis hin zu Fototerminen reichten.

Das Bad und das Schlafzimmer waren separate Räume, wobei an diese noch ein Ankleidezimmer grenzte. Ryle besaß deutlich mehr Klamotten und Schuhe als ich. Das Regal, in dem seine Sneakers standen, war sogar beleuchtet. Ich hatte es am Tag zuvor eingeräumt und war mir sicher, dass der Anblick Ryle gefallen würde.

Inzwischen musste er in New York gelandet sein. Die Veröffentlichung von *Midnightsong* hatte die Band an die Spitzen der Charts katapultiert. Ryle kam heute aus Asien, um drei Tage bei mir zu sein. Sicherlich würde er mit Jetlag zu kämpfen haben.

Ich lief ins Bad und bedauerte fast ein bisschen, dass mir für den Whirlpool die Zeit fehlte. Zumindest wollte ich frisch geduscht sein, wenn ich Ryle begrüßte. Wir hatten uns seit zwei Wochen nicht gesehen, und ich konnte es nicht erwarten, ihn endlich wieder in die Arme zu schließen.

Als ich mit Duschen fertig war, drehte ich das Wasser ab und hörte ihn in diesem Moment meinen Namen rufen. Hastig band ich mir ein Badetuch um und ging in den Wohnraum, wo ich Ryle langsam durchs Loft laufen sah. Seine Jeans hing ihm tief auf den Hüften und das dünne weiße T-Shirt lag eng an seinem wohlgeformten Oberkörper. Während ich ihn heimlich beobachtete, sprang mir fast das Herz aus der Brust. Er nahm alles in Augenschein und trug dabei ein Lächeln auf den Lippen, das mir verriet, dass er glücklich und zufrieden war.

»Lynn«, rief er mich erneut.

»Ich bin hier.«

Ryle drehte sich zu mir um, strahlte mich an und ließ seinen Blick an mir hinabgleiten.

»Willkommen zu Hause«, sagte ich.

Wir eilten aufeinander zu und fielen uns in die Arme.

ENDE

DANKSAGUNG

Mein allergrößter Dank gebührt meinen Leserinnen und Lesern. Viele von euch begleiten mich seit meiner ersten Geschichte. Ich kann nicht in Worte fassen, wie glücklich es mich macht, dass ihr jedem neuen Buch entgegenfiebert. Danke, für eure Begeisterung für das, was ich schreibe. Danke, für euer wundervolles Feedback in Rezensionen, Beiträgen, Kommentaren und Nachrichten in den sozialen Medien. Danke, für eure teils seitenlangen Mails. Danke, für eure Gespräche auf den Messen, bei Meet & Greets und Lesungen. Ihr seid großartig!!!

Ich danke meinen Eltern und meinen Söhnen für eure Liebe, eure Geduld, euren Zuspruch und die anhaltende Unterstützung. Ebenso danke ich an dieser Stelle in alphabetischer Reihenfolge Andi, Anne, Christian, Elli, Katja, Nina und René, weil ihr für mich nicht nur Freunde, sondern auch Familie seid. Ihr seid meine größte Inspiration.

Ein großes Dankeschön an den Carlsen Verlag. Hinter den Kulissen erfordert es viel Teamgeist, bis ein Buch im Handel erhältlich ist. Lektorat, Korrektorat, Satz und Covergestaltung sind die ersichtlichen und dennoch nicht die einzigen Arbeitsschritte, die eine Geschichte durchlaufen muss, ehe sie gedruckt und gebunden zu einem richtigen Buch wird. Ich danke allen, die an der Entstehung von *Midnightsong* mitgewirkt haben.

Ich danke meiner bezaubernden Lektorin Rebecca. Du bist meine wichtigste Kritikerin und hast mich dazu ermutigt, das Beste aus der Geschichte herauszuholen – auch wenn das bedeutet, einen Charakter vollständig zu streichen und zehntausend Wörter in den Papierkorb zu werfen. ;-) Was soll ich sagen: Es hat sich gelohnt und ich lerne bei unserer Zusammenarbeit immer wieder dazu. Danke, für alles. *Midnightsong* wäre ohne dich nicht das, was es jetzt ist.

Danke, an Nicole und Alex. Ihr habt mir mit euren Erfahrungen bei der Recherche sehr geholfen.

Herzlichen Dank an Kai, Michael und Oliver, die all meine Geschichten im Hörspielstudio XBerg als Hörbücher vertonen, und an meine liebe Nina Reithmeier, die bisher alle eingesprochen hat. Ich freue mich schon darauf, mir *Midnightsong – Es begann in New York* anhören zu können.

Anna, meine Agentin mit Herz. Ich schätze mich unglaublich glücklich, dich an meiner Seite zu haben. Du unterstützt mich, egal welche Idee ich gerade wieder ausbrüte. Danke, für deinen unerschütterlichen Glauben an mich, für deine Begeisterung, deinen Frohsinn und deine Freundschaft.

Es gibt so viele Menschen, die mich unterstützen. Ich kann nicht alle aufzählen, aber ich bin dankbar, dass es euch in meinem Leben gibt. Fühlt euch umarmt.

Eure Nica